Denmark Police's Mystery

懸案密碼

Denmark Police's Mystery

懸案密碼

BEST 嚴選

奇幻基地出版

懸案密碼8：
第2117號受難者

VICTIM 2117

猶希・阿德勒・歐爾森 著
廖素珊 譯

Jussi
Adler-Olsen

BEST嚴選

緣起

在繁花似錦的奇幻文學花園裡，你或許還在門外徘徊，不知該如何抉擇進入的途徑；也或許你已經置身其中，卻因種類繁多，或曾經讀過不合口味的作品，而卻步、遲疑。

BEST嚴選，正如其名，我們期許能透過奇幻基地對奇幻文學的了解，以及對讀者的理解，站在出版者與讀者的雙重角度，為您精選好作家與好作品。

他們是名家，您不可不讀：幻想文學裡的巨擘，領域裡的耀眼新星。

它們最暢銷，您怎可錯過：銷售量驚人的大作，排行榜上的常勝軍。

這些是經典，您務必一讀：百聞不如一見的作品，極具代表的佳作。

奇幻嚴選，嚴選奇幻。請相信我們的眼光，跟隨我們的腳步，文學的盛宴、幻想世界的冒險，就要展開。

獻給桑德拉。

溺斃者的手指

溺斃者的
雙手的生命
早於我們的歷史
既遙遠
又如此逼近
我們看見溺斃者
看見他們
對生命與和平的渴望

每天
我們看見
他們手指的指尖
消失於海洋中
但我們的眼睛
還沒有學會看見

他們的手指
從海洋中挺出
伸直
向天空而去
不再溼透
溺斃者的手指
永遠乾枯

——伊拉克難民與詩人　法拉·阿蘇非（Falah Alsufi）

序幕

在阿薩德全家人離開敘利亞薩阿巴爾一個星期前，他的父親帶他去逛週六市集。市集裡一片繁忙景象，人潮熙來攘往，攤子櫛比鱗次，賣著鷹嘴豆、石榴、布格麥、色彩繽紛的香料，咯咯鬼叫的家禽則等著利斧落下。父親將雙手放在阿薩德細瘦的肩膀上，以深沉、滿懷智慧的眼神凝望著他。

「聽好了，兒子，」他說，「你很快就會夢到你今天的經歷，你會希望重新聽到這些紛雜的聲音和聞到這些撲鼻而來的氣味，而在那些夢想消散前，還會有許多輾轉難眠的夜晚。趁還可以的時候，好好看看周遭的一切吧；好好把眼前的景象烙印在心底，這樣你就不會完全失去它。這是我給你的建議，兒子，你懂嗎？」

阿薩德用力緊握父親的手，彷彿聽懂般點點頭，但他從來就沒有真正搞懂過。

第一章　荷安

荷安·艾瓜達並不虔誠，事實上恰恰相反。他趕在復活節遊行前離開巴塞隆納，任由那些穿著黑袍的天主教徒入侵蘭布拉大道。他也是個喜歡收集不雅雕像的愛好者，比如教宗和三位智者脫褲做出排泄動作的雕刻。儘管有這個褻瀆的怪癖，最近幾天，他還是時不時就在胸前畫了無數次十字架，因為如果上帝真的存在，他就必須得到祂的好感，尤其這些天以來，他厄運連連。

他長久盼望的信終於在早上抵達，荷安再度畫個十字架，因為他很確定，這封信的內容將塑造他的命運。

現在，在讀過信件三個小時後，他正坐在巴塞羅內塔（注1）海灘區的咖啡館內，在熱氣中頻頻顫抖，身心交瘁，鬥志盡失。他懷著無比的希望活了三十三年，認為運氣總會在某個時刻眷顧他，現在想來真是荒謬。無論如何，在這之後，他實在沒有氣力再等待下去。八年前，他的父親將電纜線綁在脖子上，把自己掛上一棟建築物的水管。他父親在那裡當管理員。他的小家庭自此毀滅，儘管他父親從來不是個無憂無慮的男人，但他們始終不懂為什麼。在一秒鐘的差異內，荷安和小他五歲的妹妹突然被單獨留給從未恢復往昔模樣的母親，荷安盡力照顧她倆。在那個關口，他只有二十五歲，正在大學攻讀新聞系，身兼好幾份零工以維持起碼的生活，把自己累得要死。但隔年變成他生命中最後的轉捩點。他的母親服用安眠藥過量，數天後，他的妹妹追隨其腳步而去。

只有置身現在，回顧往日如煙，他才了解自己無法再面對更多的打擊。這一路上，在某個時刻，艾瓜達家族慢慢失去對人生大局的掌控力。黑暗攫走他們全體，很快就會輪到他了。說到底，撇除那些感覺幸福和小小勝利的短暫時刻，人生不過是場詛咒。而在僅僅一個月間，他的女朋友棄他而去，他的職涯也跟著完蛋。

幹，當所有事情都如此毫無意義時，何苦折磨自己？

荷安將手伸進口袋裡，眼神飄向吧台後面的服務生。

在生命最後，用極小的完整自尊來結束生命和付清咖啡錢，會要求太高嗎？他想著，一邊瞪著咖啡渣。但他的口袋空空如也，而失敗的計畫和人生野心像無法掙脫的循環般重新降臨他身上。所有惡劣的關係和不斷降低的生活低標，剎那間變得無法視而不見。

他已經摔落谷底。

兩年前，時值另一次深沉的沮喪，一位塔拉戈納（注2）的算命師曾經告訴他，他很快就會發現自己一腳踩進墳墓裡，但中午驟然降臨的一道光會拯救他。她似乎很有說服力，荷安也緊攀著她的預言不放——但那道光究竟在哪？現在，他甚至不能在保有一絲尊嚴的狀況下離開咖啡館。他落魄到付不起可塔朵咖啡的幾塊歐元，連那些坐在英格列斯百貨前的人行道上、攤著手要錢的骯髒乞丐，都能湊出點零頭來喝杯濃縮咖啡。去他的，就算衣衫襤褸的流浪漢，在銀行門口露宿街頭，只有一隻狗兒相伴，都能掏出幾塊歐元。

所以，儘管算命師的強烈眼神曾誘惑他，帶給他未來的希望，她卻是大錯特錯。有件事倒是

注1　巴塞羅內塔（Barceloneta），為巴塞隆納舊城區的一個濱海社區。

注2　塔拉戈納（Tarragona），位於加泰隆尼亞自治區地中海沿岸。

可以確定：現在，報應來臨了。

他低頭看著咖啡桌和桌上堆著的一疊信封，嘆口氣——那些證明他已被逼到角落、變得無藥可救的證據。他當然可以對還遺留在家中的剩餘信件視而不見，因爲縱使他好幾個月來都沒錢付房租，瘋狂的巴塞隆納租客法卻保證他不能被掃地出門趕到街上。既然自從聖誕節後他就無法煮一頓熱食，他何必擔心瓦斯費？不，將他逼瘋的是眼前的四封信。

至於他與前女友的關係，荷安一再表示悔改，承諾穩定的未來和痛改前非，但他始終就是賺不到錢。最後女友受不了還得繼續養他，毅然決然叫他滾蛋。在隨後的幾個星期內，他安撫討債討得很急的債主，向他們保證，一旦他收到最近四篇文章的稿費，就可以輕易付清債務。他不是正處於撰寫一系列優秀報導的過程中嗎？他何不相信自己？

而現在，躺在桌上的是拒絕信。用字並不猶豫，語氣也毫不模糊，更不委婉，而是直截了當，無情至極，就像在鬥牛最後階段中，將劍刺進鬥牛心臟的鬥牛士。

荷安將杯子舉到臉旁嗅一下，享受咖啡的剩餘芳香。這時，他望向棕櫚樹林立的海灘和做日光浴的洶湧人群，他們展示著五顏六色的泳衣。在不久前，巴塞隆納才因一名瘋子瘋狂開車駛進蘭布拉大道和中央政府機構，在投票所前屠殺正常市民而癱瘓（注），但現在，這好像已被拋諸腦後，煙消雲散。透過閃爍蒸騰的熱氣迎接他的景象，是如潮的快樂人群。他們喋喋不休地大叫，皮膚冒著一層薄薄汗水，看起來性感萬分。這一刻，這座城市似乎重生——幾乎是以輕蔑之姿——而他則靜靜坐著，萬般無力，感覺徒勞，茫然尋找算命師的發光之星。

從荷安身處的咖啡館到在海灘邊緣玩耍的小孩之間，距離很短，非常誘人地短。在不到一分鐘內，他就能跑過做日光浴的人，衝進海水中，潛入起泡沫的海浪，快速而絕然地猛吸好幾口氣。在鬧烘烘的海灘活動下，沒有人會注意一個身著整套衣服的瘋子躍入海中。而在距離現在不到一百秒內，他就能將生命拋在身後。

儘管他的心跳加速，荷安不禁嘲笑這個想法，心裡苦甜參半。認識他的人會覺得不可思議，一個像荷安．艾瓜達這樣的懦夫竟然會自殺？那個單調又無精打采、在討論中沒種發言的新聞記者？

荷安掂一掂信封的重量。那些只不過是在他剩餘的狗屎人生中，又加上額外幾公克的侮辱，所以為何要為此哭泣？他已經下定決心了，他馬上就會告訴服務生他付不起咖啡錢，旋即一股腦兒衝向海灘，對身後的抗議置若罔聞，勇於奔赴計畫。

他繃緊小腿肌肉，正準備採取行動，兩位穿著泳裝的客人突然站起來，由於太過突然，還把長腳凳踢翻。荷安轉過頭來面對他們。一個人正瞪著掛在牆上的電視螢幕，滿臉驚詫，另一個人的視線則掃視海灘。

「把音量調大！」第一個傢伙對著螢幕叫著。

「嘿，你瞧！他們就在下面的步道上。」另一個人大叫，指著聚集在外面的一大群人。

荷安循著他的視線看過去，瞧見新聞電台轉播人員正在三公尺高的柱子跟前就位。那根柱子

注　應指二〇一七年八月十七日下午，巴塞隆納蘭布拉大道發生車輛衝撞的恐怖攻擊事件。共十三人遭撞死，約百人受傷。

是市政府在幾年前豎立的。柱子的下半部是金屬，上半部有個數位計數器，裡面有四個數字閃爍發光。荷安很久以前讀過柱子上的說明，設立計數器的目的是爲了記錄從該年年初開始，在地中海淹死的難民人數。

海灘上，穿著泳衣泳褲的人們像磁鐵般被新聞轉播人員吸去，幾個本地男孩跨大步從巴勞德街朝這一幕走去。或許他們已經在電視裡看到了這一切。

荷安將注意力轉向服務生，他正像機器人般擦亮玻璃杯，眼睛則死盯著電視不放。螢幕上的跑馬燈宣布「新聞號外」，所以荷安逮住這個大好機會，慢慢走向步道。

儘管人生災難連連，他還活得好好的——他畢竟打從骨子裡仍是一名新聞記者。地獄還可以再等一會兒。

第二章　荷安

一名女記者站在大柱子前，不受周遭跑者、溜滑輪者和大量騷動的影響，全然清楚地意識到她所造成的效果。她甩甩頭髮，舔舔舌頭，將麥克風伸到早些時候趕過來湊熱鬧的男人和男孩前，他們正張著嘴，盯著她的雙峰。吸引他們的東西絕對不是她說的話。

「我們無法確切地知道那些逃來歐洲的人當中，有多少人被淹死。對這些不幸的靈魂而言，歐洲代表著天堂和自由。」她說，「但在最近幾年，這個數字高達數千，光是今年，就已經有超過兩千名死者。」

她略微轉身，指向柱子頂端的數位計數器。

「在這裡，我們可以看到今年到此刻爲止，淹死在地中海的難民人數。去年的這個時候，數字甚至更高，而我們也可以預測明年會一樣糟。儘管這是個難以想像的可怕數字，發人深省的是世界——就是你和我——竟能毫不猶豫地將它拋諸腦後，只要這些死去的人沒有留下姓名。」

她直視攝影機鏡頭，眼妝畫得很誇張。「這不就是我們，甚至其他世界正在做的事嗎？我們就只是單純地視而不見。爲了反擊，甚至是控訴這類無情的反應，第十一號電視台決定將我們後續的報導專注在一名死者身上，更精確地說，是一名被沖上岸的男子，他的遺體近期在東地中海賽普勒斯被人發現。我們會顯示這位難民曾是個有血有肉的眞實男人。」

她低頭瞥瞥奢華的手錶。「在不到一個小時前，這名可憐男子的屍體被海浪沖到海灘上，在炎炎夏日，就卡在海邊玩得心滿意足的人群之間。我們可以想像，就像這些現在在巴塞隆納桑特米特爾海灘上的人。」她將手臂揮向正在做日光浴的人們，藉此強調她指的是誰。

「螢幕前的各位，我說的這名男子，他的屍體在今天早晨首先被沖上賽普勒斯東南部的阿依納帕海灘。該海灘廣受旅客歡迎，而這名男子使得眼前這個海灘上的柱子，數字來到兩千零八十，這僅只是到今年的此刻爲止，就已經罹難的難民人數。」她暫時打住，以追求戲劇效果，再抬頭看向計數器。「數字的增加只是時間問題。而今早的第一名受難者，是名皮膚黝黑的稚氣男子，穿著愛迪達運動衫和破舊的鞋子。他爲何會在地中海丟失性命？當我們看著巴塞羅內塔平靜蔚藍的海浪時，是否有想過就在此刻，距離這裡幾千英里外，同樣洶湧的海洋正在毀滅難民追尋他們更好人生的夢想？」

她停止發言，製作將螢幕影像切換到賽普勒斯。海灘上的人可以在攝影師旁豎立的螢幕上看到這幕，那景象立刻讓周遭的嗡嗡聲停止。螢幕上映出接連好幾個可怕的鏡頭，一名年輕男子的屍體俯臥在沙洲間，接著幾位好心人將他拖到海灘上，再把他翻過來變成仰躺。鏡頭在此打住，之後螢幕再次切換到巴塞羅內塔的記者，她正站在幾公尺遠處，準備結束報導。

「在幾個小時後，我們會得知這名男子更進一步的資料：他是誰，他來自哪裡，以及他的故事。我們將在廣告後回來，而在這段期間，我身後的數字也將不斷攀升。」她用手指指向計數器，以此動作結束報導，同時以認眞的眼神直視鏡頭，直到攝影師說：「卡。」

荷安環顧周遭，不禁微笑起來。這可能會變成大新聞！但聚集在此地的數百人間，眞的沒有其他媒體代表了嗎？除了他本人和這幾名新聞電台轉播人員之外？他就這麼一次身處對的地方了嗎？他眞的憑空撈到了一個超大的獨家新聞？

他以前從來沒有過這麼強烈的直覺。

誰會讓這樣的大好良機溜走？

荷安抬頭看著數位計數器思索。

死亡人數剛才還在兩千零八十，轉眼間，現在已經變成兩千零八十一。而正當女記者抽著菸和攝影師交談時，那些男孩還在死瞪著她的胸部。就像他們，荷安也徘徊不去。

十分鐘前，他才剛決定要爲淹死在地中海的統計人數做出貢獻，但現在他反而黏在計數器旁裹足不前。悲慘的數字如此眞實，彷彿可以具體觸摸，這讓他覺得頭暈，不安感油然而生。他原本站在這裡，以稚氣的專注和滿心的自憐自哀只顧著想著自己的事，可於此同時，人們卻在海上爲生命而奮戰。奮戰！這兩個字重重擊打著他，他突然了解他過去的經歷和壓抑的欲望。一股放鬆感襲來，幾乎使他熱淚盈眶。他曾如此接近死亡，接著那道光倏地降臨，拯救了他。正如算命師預言的那般，那道光會帶給他存在的理由。在他眼前的數位計數器見證了其他人的不幸，現在則提供了留待未來被人寫下的絕妙故事。他陡然間大徹大悟。

就像預言所說的，他的一腳在最後一刻被拉出墳墓。

接下來幾個小時混亂脫序，荷安現在已經想出搶救他職業的計畫，並藉由此挽救生計和未來。他查詢飛往賽普勒斯的起飛時間，確認如果他搭乘十六點四十六分前往雅典的飛機，就可以及時轉機抵達賽普勒斯拉納卡機場，並在午夜左右到達阿依納帕海灘。

他瞪著機票價錢。每一趟幾乎都要五百歐元，而他沒有這筆錢。所以，在他下定決心後的半小時，便闖空門進入前女友的雜貨店。他用女友在過去幾個星期來一直哀求他歸還的鑰匙打開後門，抱著毅然的決心，走到櫃檯後。她將現金藏在一個小盒子裡，放在幾只蔬菜箱底下。

在二十分鐘內，她會從午睡後返回並發現他留在盒子裡的借據，而在那時，他已經抵達機場，口袋裡則有將近一千六百歐元。

阿依納帕海灘上的淒厲尖叫聲劃過海濤聲而來，黝黑海浪的泡沫被現場閃耀的泛光燈照得通亮。海灘上，距離一群穿制服的救護人員前數公尺開外有一排屍體，灰色羊毛毯蓋住他們的臉。那是個可怕——但對記者而言是迷人的——景象。

在更上方十五公尺處，警察重重戒備，一群二十到三十名左右的人們呆站著，神情沮喪而震驚。儘管包裹著毛毯，仍舊在寒風中瑟瑟發抖。毛毯包裹的方式和那些遮住死者臉龐的毛毯沒有兩樣。在面對殘酷無情的現實下，安靜而絕望的眼淚在他們的眼眶中打轉。

「站在那邊的是幸運生還的人。」在看到荷安仔細觀察的眼神後，有人做出回應，「他們有穿救生衣，在離岸遠處被船撈起。我們的人員剛在半個小時前發現他們像魚群般聚在一起，這樣他們才不會被浪頭打散。」

荷安點點頭，邁出小心翼翼的步伐，往前朝那些屍體走去。幾位警察比出手勢要他離開，但當他亮出記者證時，他們便將自身代表的權威和訓誡轉向那群吵鬧的觀光客和派對動物，那些人正試圖用智慧型手機記錄這片場景。

*冷酷無情的人們。*荷安掏出相機時想著。

他聽不懂希臘語，但他不可能弄錯救護人員的肢體語言。現在，他們正比著手勢，姿態緊急而緊張，指著慢慢接近的浪頭。他們之中的一個人將一台泛光燈轉向漂浮到岸上的一個物品。

當那個屍體漂浮到距離岸邊二十公尺處時，一名救護人員邁步涉水，伸手拉住他，彷彿他是一堆破布。屍體被拉上沙灘時，幾名倖存者開始哀嚎。

荷安轉身面對群眾。痛苦的哀啼來自兩個女子。她們彎著腰，手舉起來半掩著臉，試圖用盡全力來理解她們正在見證的景象。那是個悲慘的畫面。一個男子蓄著蓬亂的黑鬍子，似乎很激動，嘗試打斷她們的反應，但他的努力無法緩和她們嘴中發出、遠遠就可聽聞的絕望。一名剃著光頭和穿著藍色制服夾克的年輕男子往前跳出來，近距離對屍體拍照，現在她們的號叫更顯悲慟了。他看起來是官方人士，可能是派駐在那以便記錄每個救援行動，所以荷安拍下他的照片。為避免惹他不快，還先對他點點頭，希望能給對方他有得到特別准許的印象。幸運的是，現場沒有其他新聞記者。

接著他轉身，拍了幾張那群人中正在哀嚎的女人們。從記者的專業角度來看，每當鏡頭在捕捉人類鮮活的悲傷時，照片效果總是最好的——儘管那不是他的唯一目的。他會如法炮製在巴塞羅內塔看到的電視人員，那就是呈現未經處理的畫面、細膩入裡的感情、傳播和分享震驚。

不管看起來有多不幸，這個淹死的男子是他個人的戰利品。他會試圖使死人起死回生——而且不僅是為了一小群加泰隆尼亞讀者，那將會是為了全世界。就像幾年前，那個三歲的敘利亞庫德族男孩淹死後，照片在全球媒體瘋傳那般（注）。無論情況有多可怕，他會為一名男子的命運點亮光芒——並在過程中讓自己變得富有和受人尊敬。這是他的計畫。

他猶豫一下，背景中的尖叫聲非常眞實。巴塞羅內塔的第十一號電視台在播放阿依納帕的景象時，倒是缺乏這份情感渲染力。尖叫聲賦予場景額外的情緒，一股緊迫的眞實感，而那是所有

注　二〇一五年，敘利亞一名三歲的庫德族男孩艾蘭．庫迪與家人要偷渡前往希臘，不幸沉船，屍體被沖到土耳其海灘。該照片迅速蔓延，促使國際反應。

他的故事會勝過其他人的必要保證；讓人感到困惑的是，這也添加了另外某些張力。他從其他情況中熟知這類複雜的情感，但他不認為這適合現在的場景。他為何應該對自己現在正在做的事有罪惡感？他不是正在進行非常特別的報導嗎？

相機突然變重。他原本以為自己抓到很特別的號外，但實際上，這不過就是從第十一號電視台偷來的點子，不是嗎？因為撇開他正在現場做調查的事實不談，是什麼使它顯得特殊？他只是有樣學樣地抄襲，他為何不就老實地對自己承認？

荷安陡地將自我懷疑甩開。有樣學樣，那又如何？只要他拍得和寫得夠真實，誰會抱怨？

等他稍後記錄完男人遺體的拯救過程，會將注意力轉向哭泣的女人，試圖挖掘出她們的打擊為何如此深沉，還有她們是否和那名淹死的男人有私交的內幕。這會提供那男人身分的某些細節，還有他為何逃離母國的原委。這些人是從哪認識他的？為何是他死，而不是他們？他軟弱嗎？他是個正直的男人嗎？他有小孩嗎？

荷安朝屍體走過去，舉起相機準備拍攝。那名男子躺著，臉部轉離他，朝著巨浪的方向。男子的衣服很稀鬆平常，在身旁扭擰成一團，接著一名救護人員將屍體從沙洲拉出。

荷安在屍體稍微轉過來時站得很靠近，那景象讓他剎時停下動作。屍體的手臂最後抽搐一下，頭轉了過來。這並不是個男人的屍體，而是名年邁女性。

他不禁畏縮一下。他從來沒有這麼直接面對過死亡，那真的很令人不快。他見過車禍的受害者、染血的柏油路，和徒勞抵達現場的救護車閃爍的藍燈。而在他做記者的短短期間內，他也已經看夠市立殯儀館的景象。但相對那些死亡而言，眼前這個毫無防禦能力的女人的命運帶給他的衝擊最為沉重。這個漫長的旅程滿載著希望，最後卻以這樣的悲劇告終……這確實有潛力成為一個特別具有感染力的故事題材。

他深深將海洋的空氣吸入肺部，屏住氣，同時眺望黑暗的海洋以穩定情緒。由於他已牽扯進這個明顯的悲劇之中，他可以看出眼前的場景毫無疑問會是樁獨家新聞，而罹難者不是男人、年輕女人或小孩。他的直覺告訴他，年邁受難女性的故事將更好賣。誰不會在這個不幸的命運中，看出人生的毫無意義和造化弄人？如此漫長的人生，如此可怕的結局。

片刻後，儘管衝擊很大，荷安還是和眼前的情況達成妥協。他將相機轉向屍體，拍了幾張照片後，打開攝影模式，沿著仰臥的屍體繞圈，確保捕捉到每個細節，直到救護人員制止他。

屍體曾在海中泡過一段時間並承受海上航行的艱困，但他仍能輕易看出女人來自富裕家庭，這絕對會增添照片的賣點和提高受眾的興趣。人們經常看見一般難民衣衫襤褸，盡情展現命運的殘酷，以作為自身忍受長途旅行和艱苦的證據；反之，這個女人穿著得體，儘管毛皮外套被撕裂，鞋子也不見了。她淡紅色唇膏依然清晰可見，眼影也沒有糊掉。七十歲左右的她風韻猶存。然而，你無法忽略縱貫她臉上的皺紋，那無疑是導致她絕望逃離某些試煉的證據，但她似乎仍保持驚人的尊嚴。

「我們知道這些人來自哪裡嗎？」他用英文問一名便衣警察，後者正跪在屍體旁。

「我想他們來自敘利亞，就像最近幾天的幾波難民潮一樣。」他回答。

荷安轉身朝向倖存者。他們皮膚黝黑，但只稍微比希臘人黑一點，所以敘利亞似乎是個正確的猜測。他看著沙灘上成排的屍體，數了數，三十七。男人、女人，可能還有一個小孩。荷安想到在地中海另一岸的巴塞羅內塔海灘，二一一七這個數字在夜空中閃爍。如此毫無意義的生命浪費。

他抽出筆記本，草草寫下日期和時間，至少給自己已經開始工作的感覺，而這個工作將會把他從深淵中拉出，賦予自身嶄新的意義。這將會是篇關於受世人忽略的死者的報導。不是正值盛年的健康成人，或毫無防禦能力的孩童，而是一名在剛剛才慘遭溺斃的年邁女性。就像其他二一一六名受難者，這個女人沒能在今年活著熬過橫越地中海之旅。而他要寫的就是有關她的故事。

他潦草寫下文章標題「第二一一七號受難者」，然後望向那群生還者，以及曾尖叫的女人。眼前仍有許多飽受折磨而扭曲的臉。在上方，顫抖的身軀呆站著緊抓著彼此，但那兩個女子和蓄鬍男子已然消失。取代他們的是那名剛在荷安身旁照相、穿著藍色制服夾克的男人。

荷安將筆記本塞進口袋，正要拍幾張女人臉部的特寫。就在此時，女人清澈、坦率的眼睛忽然射進他心底。

爲什麼會發生這種事？那對眼神在問。

荷安猛然倒退。在他的世界裡，難以理解的現象荒謬可笑，但在那一刻，他的身體卻止不住打著哆嗦。那彷彿就像女人想接觸他；想讓他了解他什麼都不懂，而且他做得還不夠好。

荷安無法將眼神轉開，因爲這雙美麗鮮活的眼眸裡還有更多疑問。

我是誰，荷安？

我來自哪裡？

我的名字是什麼？

荷安在她跟前跪下。

「我會挖掘出來的。」他說，闔上她的眼皮，「我保證。」

第三章　荷安

「不行，如果不是事先同意，你這個獨立記者的旅行費用不能向報社報帳。我們要告訴你多少次你才懂，荷安？」

「但收據都在這，妳瞧，我有完整的旅費清單！」

他將文件夾推過桌面，裡面有到賽普勒斯的機票和所有其他雜費的證據，並努力擠出自己最燦爛的笑容。他非常清楚瑪塔．托拉只是個辦公室助理，權威不大，所以她有什麼權力拒絕他，尤其是現在？

「妳沒有看見我昨天刊在頭版的報導嗎，瑪塔？那可不是副刊裡的某個專欄而已，它是《日之時報》的頭版故事——而且是我寫過最棒的故事。我知道會計部絕對會核可我的一千六百歐元。好心一點，瑪塔，我沒辦法支付自己的旅行費用，我是向前女友那邊先借錢墊的。」

荷安哀求的表情可不只是爲了效果。他的前女友著實教訓了他一頓，並威脅要向警方報案。她叫他小偷，還哭得很淒慘，因爲她知道自己永遠不會再看到那一千六百歐元。然後她攤開手，命令他將店裡的鑰匙歸還。藉由這個動作，這段關係不但結束了，還眞的永遠完蛋。

「會計部會核可這筆花費，你這麼想嗎？哈！聽好，我**就是**會計部，荷安。」她哼了一聲，「如果你的前女友以爲你能隨時跑進來報社要錢，她一定是個白癡。」

荷安在她走回辦公桌後，仍試圖恢復鎭定。

「嗯，那至少付我機票錢吧，瑪塔，反正報社怎樣都可以報銷那筆帳。」

「去向你的編輯抱怨，看那樣能不能幫上忙。」她簡潔地說，甚至沒費神抬頭看他。

他或許曾希望編輯室會對他拍手叫好。他對這類認可當之無愧，因為他終於給了《日之時報》一份贏得世界媒體認可的獨家新聞。國際媒體甚至還引用他的照片。一名穿著毛皮外套而溺斃的年邁女人沐浴在泛光燈中，沙灘上成排的屍體，尖叫的女人。《日之時報》可能已經從中海撈了一筆，但在荷安走過正式雇員的隔間時，沒有人有任何反應，除了一名年輕駐外記者顯然在大搖其頭，甚至沒有任何人點頭或輕微的微笑。這究竟是怎麼回事？在電影裡，你的同事總會站起身來為這樣的壯舉鼓掌，難道出了什麼差錯嗎？

「我只有五分鐘，所以長話短說，荷安。」他的編輯關上辦公室門，似乎忘記請荷安坐下，反正他還是不請自坐。

「會計部的瑪塔剛打電話告訴我，你希望報社出你的旅行費。」她從眼鏡上沿看他，表情嚴厲。「你別想了，荷安。你會收到這篇阿依納帕報導的一千一百歐元稿費。算我笨，我竟然笨到在你繳交文章時承諾給你這筆錢。就這樣，一分也不能多，你應該為此感激涕零。」荷安實在不懂，他曾假設那篇淹死女人的故事會為他贏得獎金和全職工作的機會。為何統籌獨立記者的編輯，夢瑟．維果現在正瞪著他，好像他剛對她吐口水？

「你讓報社成為笑柄，荷安。」

荷安不解地搖搖頭，她究竟在說什麼啊？

「好吧，那麼我就來告訴你二一一七號受難者故事的後來發展。在昨天，它的確似乎是個很棒的故事，但今早，這篇後續報導被刊載在至少五十份國際報紙上——更別提每個巴塞羅內塔的報紙都有同樣的故事，除了我們以外。重點在於你沒有做好你的工作，荷安，你的表現甚至遠遠落後你的同事。在你一頭埋進撰寫報導之前，應該先做番調查的，我的優秀朋友。」

她「啪」地在他面前丟下幾份西班牙日報在桌上，頭版標題讓他猛然倒抽口氣。

「二一一七號受難者慘遭謀殺！」

他的編輯指著報導下面的一句話。「《日之時報》對二一一七號受難者的報導並不正確，該名女子並非淹死，而是慘遭謀殺，被利刃殘酷刺死。」

「你應該清楚，調查如此不周的故事會害我給人不夠專業的不佳觀感。」她說著，將那堆令人屈辱的報紙推到桌旁，「但這當然是我的錯，在你老是試圖強塞給我們那些無趣的文章後，我早該預料到會出這種事。」

「我不懂，」他懇求，但其實並不眞心，「我看到她被沖上岸。事發當時我就在現場，妳也看到我的照片了。」

「那你應該等到他們將女人翻過身時再拍照。她從頸後被人直接刺入，就在第三和第四頸椎骨間，武器大概有這麼長。」她用兩手比畫長度，「立即死亡。感謝上帝，我們不是唯一鬧出笑話的人。第十一號電視台把在你抵達時那天，那名被沖上阿依納帕海灘的年輕男人吹捧成英雄，後來不得不改口，換掉畫面。結果原來他是一個恐怖細胞組織的領袖。」

荷安震驚不已。謀殺？所以她的眼神告訴他的是這個嗎？他應該……他應該看出來嗎？

荷安轉身朝向編輯。他想解釋那個女人給他的震撼，爲何他沒有將他的工作做得更好，爲何他允許自己受到影響。但他深知，新聞記者不該允許自己調查不夠周延和情感不夠客觀。

門上傳來「叩叩」敲門聲，會計部的瑪塔走入房間。她將兩個信封遞給夢瑟·維果後就轉身離開，看也沒看荷安一眼。

編輯將其中一封遞給荷安。「這裡是你的一千一百歐元，儘管你不値得。」

荷安默默收下信封。夢瑟．維果的工作職責之一也包括職場霸凌，所以他能怎麼辦？什麼都不能做！他稍微點頭致意，轉身就要溜出門。問題是這信封裡的錢能讓他撐多久，他已經開始汗流浹背。

「你以爲你要上哪去？」他聽到身後的聲音說，「沒那麼簡單可以脫身。」

不久後，他站在街道上，抬頭呆瞪著建築物。另一場示威遊行正從對角線大道朝市中心走去，伴隨著口哨聲、口號、吶喊和頗富攻擊性的汽車喇叭聲，喧鬧吵嚷，但唯一在他腦海中迴響的卻是編輯剛剛說的話。

「這裡是五千歐元。你有整整十四天可以把這個故事挖個透，而且你是獨立作業，只能靠自己，懂嗎？因爲沒有任何同僚肯碰這個爛攤子，所以你變成了緊急解決方案。太多線索使得現在已經看不見頭緒，所以你的職責就是要讓它重新引人注意。這是你欠報社的人情，你就是虧欠我們這麼多。去找出幾個能告訴你那位女人身分的倖存者，並要他們告訴你，她究竟發生了什麼事。懂嗎？從跟某些倖存者的訪談裡，你可以知道她和兩個女人在一起，一個比較年輕，一個比較老，還有一位蓄長鬍的男人在渡海時和她們說過話——直到充氣筏下沉爲止。去找到他們。你知道他們是誰，因爲你有他們的照片。我要你每天向我報告最新狀況，你的所在地點，和你在做什麼。在此同時，編輯室會繼續編寫故事，維持外界的熱議不減。那五千歐元就包括你的所有花費，你搞懂了嗎？我一點也不在乎你得賄賂誰，或睡在哪。如果你沒錢住旅館，那就露宿街頭；

如果你沒錢吃飯，那就餓肚子。直到辦好這件差事前，不要跑回這裡要更多錢，懂嗎？這裡可不是西班牙大報《國家報》。」

他只能點點頭，掂掂信封的重量。除了把這份工作辦好，亡羊補牢外，他還能怎麼辦？

那五千歐元已足夠成爲答案。

第四章　亞歷山大

過去幾個月以來，他的手指變得如此靈巧，他幾乎覺得自己已和遊戲控制器渾然成爲一體。絕大部分的時間裡，他的個人電腦和「殺戮昇華」宇宙成爲唯一的現實。他和螢幕上士兵的距離——以及他們殺害的人——在同時變成一切和絕對虛無。

爲了不止一個理由，亞歷山大將身心奉獻給電腦遊戲。當他的高中同窗將畢業帽丟進衣櫃，搭乘飛機到遙遠的地方如越南、紐西蘭和澳洲做發現之旅，來試圖將考試的試煉拋諸腦後，亞歷山大找到他對世界所能發出的最黑暗幽深的輕蔑。他那些白癡似的同學怎麼能去全球旅行，並對人類生存的唯一目的是控制和吞噬彼此視而不見？人類實在像骯髒的老鼠。他就絕對辦不到，就算用盡全力也沒辦法。事實上，他痛恨每個人類。如果人們太靠近他，他便會使出無情的伎倆，暴露他們最糟糕的特質。這使他成爲霸凌的明顯目標，因此他斷然截斷和任何人的接觸或友誼。

不，亞歷山大已經選擇了一條不同的道路。他整個人活在虛擬現實裡，如果有遇見其他人的風險，他就拒絕離開房間。哪天當他選擇離開房間時，就是他人生中的最後一天。

毋庸置疑。

一天中大部分的時間裡，他可以聽到從臥室房門另一邊傳來的零星聲響。從下午四點到半夜，以及隔天早上六點十五到七點四十五分之間，他可以聽到父母在房子裡活動。當他們最後關上前門去上班，整個屋子安靜下來後，他會解開門鎖，溜出臥室。一旦到外面，他便會將夜壺裡的排泄物倒入馬桶，為那天的剩餘時間做足夠的三明治，裝幾瓶保溫瓶的咖啡，然後溜回房間，鎖上門，睡到下午一點。他醒來後，會在電腦玩「殺戮昇華」整整十二個小時，再睡幾個小時好讓眼睛休息，然後再在螢幕前坐一或兩個小時。

他如此度過白天和夜晚。射擊，射擊，射擊，他的殺戮數穩定升高，而他打死遊戲裡所有敵人的勝率則緩慢增加，日日得到改善。如果任何人能被視為這遊戲的菁英玩家，非他莫屬。

亞歷山大會為週末特別準備妥當。每個星期五早上，他會囤積大量麥片、牛奶、麵包和奶油。隨著週末推移，他變得習慣夜壺濃嗆的臭味，因為必須等到星期一才能將它倒乾淨。他的工作日行程總是被該死的週末打亂，這意味著他通常會聽到父母在臥室外活動。他們越來越頻繁的爭吵並不會使他煩憂——他幾乎樂在其中，但當一切突然變得安靜時，他就開始提高警戒。他們會跑到他房間外，威脅要把門踢壞，送他去住院。接下來是威脅切斷網路，這招完全無效，因為他們跟他一樣上網成癮。何況，他們知道他有個強大的無線數據機，如果真被逼急了，他有能力駭入鄰居的 Wi-Fi。之敗之後，他們會轉而發出威脅，要停止替他領祖母留給他的遺產，如此一來，就不會再買食物給他。最後，他們會帶人來和他談談：包括心理學家、社工、家庭治療師，甚至他以前的學校老師。

但亞歷山大才不會被唬倒，他很清楚他父母的心態。他們不會想讓任何人知道，他們的家庭，這棟位於哥本哈根郊區的古雅黃色小別墅裡的真實情況。當他們站在他門前極力哀求，為重新恢復正常中產階級家庭生活的幻覺而奮戰時，他便對著門吐口水，或像瘋子般大笑，直到他們停止。

他一點也不在乎他們的感覺，他們是自找的。他的母親以如此可悲的姿態哀求他時，他應該屈服嗎？她在期待什麼？光是那樣就足以攻破他的心防？她那些可怕的特質就會就此蒸發，或她的絕望會抹滅她所有的狗屎行徑？他會忘記她和他那可笑的父親對其餘世界有多漠不關心嗎？

他憎恨他們。而在他最終離開房間的那天，他們會後悔自己曾希望他打開房門，他們會深深詛咒自己曾懷抱這個希望的那天。

那天，至少有二十次，他以歡愉的心情凝視著暫停的螢幕，上面是色彩繽紛和暴力橫陳的地貌。數天以來，掛在牆壁上的報紙頭版新聞則明確提供他答案，告訴他如何對父母和同輩展示的冷漠和憤世嫉俗做出反擊。就是像他們那樣的人，才是這個世界中身懷罪孽的人；他們就是爲何世上會繼續有像牆壁上的女人那種受難者的原因。

他的父母去上班後，那份報紙就躺在走廊，連翻都沒翻開過，好像他們與世界大事毫無干係，但頭版新聞抓住他的視線。那個女人和祖母的相似處讓他暗暗一驚，傷神無比，痛苦的回憶排山倒海而來，只有祖母曾給過他親密感和照顧。

他讀起有關那個女人的新聞報導，她的命運與數千人類似，他瞬間胸懷強烈憤怒。而就他自己所觀察，那份久遠以前滋生的憤怒已經隨著時間在他心裡茁壯，現在已成長到他得有所行動。

亞歷山大瞪著她良久良久。儘管她的雙眸散發出死亡的況味，儘管她的世界離他那般遙遠，他將犧牲自己來紀念她。他傳達的訊息會是毀滅性但清晰無誤的：任何對人類的暴虐行徑都應該遭受嚴厲懲罰。

首先，他會將他的任務通知警察，而等他終於展開行動時，包准會上頭條。

他抿緊嘴唇，點點頭。他目前的勝數是一九七〇，已經殺害超過兩萬名敵人。即使得花費白天所有時間，他仍會在相當短的時間內達成二一一七勝的目標。這些都是他對在牆壁上的那位無名受難者發出的聲援：二二一七號。

等他終於達到那個難以想像的勝數時，他會離開房間，爲那個老女人和自己所遭受過的侮辱復仇雪恨。此事毋庸置疑。

他望向掛著武士刀的對面牆壁，那是他祖母的遺物，他在PS2玩「鬼武者」時曾將它磨利。

他很快就會有用到它的機會。

第五章　卡爾

眞是讓人心思矛盾的雨天，卡爾想著。而穿透百葉窗的黯淡天光，襯得夢娜的赤裸肌膚和白色牆壁幽幽發光。今早，他的視線再度愛撫她脖子肌腱間形成的美妙凹槽。她昨晚睡得很沉，和卡爾在一起時，她總是如此，昨晚也不例外。在她的小女兒莎曼珊死後的頭幾個月期間，她不斷啜泣，哀求他每日陪伴；當他躺在她床上，則絕望地對他伸出手。即使他們做愛，她仍舊哭泣著——通常是整晚。卡爾則對她的需求投降。

當然，那段期間對他們而言相當艱苦，但如果沒有他的支持，以及夢娜對莎曼珊留下來的十四歲兒子路威的責任感，叫她繼續活下去可能太過困難。一個令人較可以忍受的妥協後來逐漸成形，而那絕不是因爲夢娜長女瑪蒂達的關係。實際上，夢娜從未和她懇談過。

卡爾伸手去拿手錶，是時候打電話給家裡的莫頓，以確定他會把哈迪準備好。

「你要走了嗎？」他身旁的睏倦聲音說。

他將手放在她的短髮上，髮絲已整頭灰白。「我得在四十五分鐘內趕到警察總局。回頭繼續睡吧，我會盯著路威起床和出門。」

他起床，讓自己的視線流連在她羽絨被下的身體曲線。每天早晨，相同想法總是一閃而過。他生命中的女人都有著相當坎坷的人生。

黝暗的雲像毛毯般掛在警察總局上方，已經在那滯留將近一個星期。這是個悲慘的秋天，緩慢而沉重，使得他在通往冬季黑暗月分的道路上，越走心情越凝重。他痛恨冬季。凍雨、大雪和瘋狂的人們像瘋子般狂奔，買著沒人眞正想要的禮物。早至十月，聖誕節音樂就已大聲放送，眼前一片燈海，而大量的塑膠和燦爛閃光原本理應提醒人類耶穌的聖誕日，結果卻搞得規模大到無所不在，眞是可怕。彷彿這一切還不夠他煩似的，在這些灰色牆壁後方，一疊卷宗靜躺在他桌上，就像一疊證據，告訴他仍有許多殺人犯沒有受到縱樹和聖誕節裝飾的感化，依然在此刻於丹麥逍遙法外。而那些人周遭沒有人知道他們幹了什麼好事，顯然他得靠自己揪出那些混蛋。

人們可能覺得這些差事輕而易舉，但自從兩年前，那個社工冷血殺害個案的案子爆發後（注1），世界變得更爲扭曲。光天化日下的槍擊暴力、對公務員發出的停工威脅、針對穆斯林的罩袍禁令和割禮禁令（注2），以及使得試圖管理或維護都成爲不可能的無止境的其他措施。那些警察同僚寧願進入當地政壇，也不願追捕逃稅者、適應不良的移民，和罪犯金融家。新的行政地區改制終於開始有效運作，現在卻得面對它們壽終正寢，時間和精力被白白浪費。卡爾對這些狗屁倒灶的忍受度幾乎已達極限。

但如果卡爾突然放棄，突然認輸，那些三樓的蠢蛋無法解決的嚴肅案件究竟將由誰來調查？而關閉部門的點子已經暗暗栽下。或許他可以轉行找保母或遛狗的工作，由自己來決定什麼時候

注1 詳細故事參見《懸案密碼7：自拍殺機》。

注2 二〇一八年八月，丹麥發布罩袍禁令禁止在公共場合穿全身罩袍「布卡」，同時對未成年人不得舉行割禮展開討論。

工作，又是為誰工作。但如果每個人的想法都像他的話，誰來對付社會裡的所有敗類？

在對值勤員警點頭時，卡爾無法確定他還能保有多久的精力回答那個問題，想到此，他嘆口清晰可聞的氣。在警察總局的每個人都知道，卡爾嘆氣就是他們的嘴應該閉上的信號，而且要保持距離，但奇怪的是，他們今天似乎沒注意到他和那個嘆息。

他朝地下室走去時，已經感覺到不太對勁。人們茫然瞪著前方，除了從地下室走廊底部的高登辦公室發出的一道黯淡光線，那裡一片漆黑。懸案組的燈光全部關閉。

卡爾氣呼呼噴口氣。現在又是怎麼了？電燈開關該死的在哪？通常會有人做開燈這類瑣事。

他摸索著看看樓梯底有沒有開關，遍摸不著。但前方有個大型重物擋住他，害他踢到腳趾，撞到膝蓋。卡爾咒罵連連，往旁邊一站，然後向前猛然一走，卻撞上另一個大型盒狀物體，頭還一彈重擊到牆壁，肩膀猛地撞上一條垂直管線，然後他整個人瞬間平趴到地板上。

他趴在那，發出一大串連自己都不知道會存在的咒罵。

「高登！」他盡全力怒吼，掙扎著站起身，沿著牆壁慢慢摸索前進。沒有回應。

他進自己的辦公室後，終於設法點亮桌燈和打開電腦，之後坐下來揉搓痠痛處。

他真的是懸案組裡唯一的人嗎？這還是長久以來頭一遭。

他伸手去拿保溫瓶。運氣好的話，裡面會有昨天剩下的一滴咖啡，但這種情況很罕見。

只有一滴也好。他猛力搖晃後想著，並感覺裡面剩下的夠倒出半杯，他此時已經不計較冷熱了。他從抽屜裡拿出一只紫色杯子，那是他繼子送他的禮物，它從未見過天日，因為其造型過於怪誕。他倒出咖啡。

「搞什麼鬼……？」他看到桌子上的紙條時喃喃自語。

親愛的卡爾：

你所要求「與你目前案件相關的檔案」放在走廊。因爲箱子太重，小小的我只有足夠力氣搬到那裡爲止。

愛你的，麗絲

卡爾皺起眉頭。那是留下箱子的該死超笨地點，但當罪犯是警察總局裡最性感的女人時，他能對誰大發雷霆？他將手機放在桌上，呆望片刻。

你需要燈光時爲什麼沒想到用它呢？他思索著，一拳「咚」地捶在桌子上，滿腹挫折。杯子「砰」地彈跳起來，以側面降落。咖啡不僅潑灑在麗絲的紙條上，還倒在他待會得仔細閱讀的卷宗上。它們現在看起來，就像是從馬桶裡撈出來的。

他坐著，死瞪著髒兮兮的案件檔案足足有十分鐘，滿腦子都想著香菸。夢娜要求他戒菸，他就戒了，但現在，用煙霧充滿肺部和鼻孔的欲望實在無法控制。戒斷症狀讓他變得暴躁易怒，首當其衝的阿薩德和高登對此熟知不已。但在白天，他總得對某人發洩挫折，這樣他在和夢娜相聚時才能儲備好一絲絲的自然正能量。

見鬼！這是他在菸癮變得過強時的咒語，彷彿這幫得上忙似的。

電話響了起來，嚇他一跳。

「你能上來這裡嗎，卡爾？」那是個不容討論的問法。警察局局長有個吱吱叫的嗓音，即使是對她這樣的嬌小女性而言都很不尋常。不管她自不自覺，她都有能力讓任何人覺得不自在。

但**她**爲何親自打電話來？懸案組已經被關門大吉了嗎？所以地下室才這麼暗？或是他得上去

任人宰割？他自主決定的權力被奪走了嗎？如果是這樣，他可不怎麼感到開心。

他立刻注意到三樓的凝重氣氛。甚至連麗絲似乎都陷入明顯的陰鬱。警察局局長的辦公室走廊塞滿安靜的調查人員。

「究竟發生了什麼事？」他問麗絲。

她搖搖頭。「我也不完全知道，但不是好事。和羅森．柏恩有關。」

卡爾很吃驚。他們終於挖到凶殺組組長的醜事了嗎？如果真是如此，那他今天會很開心。片刻後，他和同僚站在會議室裡，後者全都面無表情，這很令人驚異。他們的預算又再度被政客們刪減了嗎？那是羅森．柏恩的錯嗎？他可不會對此感到驚訝。但就卡爾的目光所及，羅森現在的確不在這。警察局局長將肩膀往前推，這是她的習慣動作，但效果卻往往徒勞，此舉動絲毫無法幫助她實現在太緊的制服外套和豐滿的胸部間掙扎成功的希望。

「我必須以滿心的哀傷來執行我的職責，並通知你們，儘管你們當中有些人已經知道了。局裡在四十五分鐘前接到根托特醫院的電話，確認羅森．柏恩已經過世的消息。」她低頭一會兒。

卡爾試圖消化她剛才說的話。

羅森．柏恩死了？他或許是個傲慢的混蛋，總是出言挑釁和咄咄逼人，但說真的，卡爾雖對那個男人沒有多少同情，但他也從來沒希望他死掉過。

「羅森今天像往常一樣去伯恩斯托夫公園做早晨慢跑，回家後顯然還好好的。無論如何，五分鐘後，他的心臟病發作，之後呼吸困難……」她花了一下子保持鎮定，「他的妻子，蘇珊娜，你們之中有很多人都認識她，試圖對他做心肺復甦術。儘管救護車也馬上抵達，心臟科做了最大努力，他們還是沒能救回他。」

卡爾環顧四周。幾位同僚似乎真的受到影響，但他認爲大部分人的反應是馬上開始推測：誰會接任他的職位？如果他們挑了某個像席格·哈爾姆的人，會夠有我們受的。他帶著恐懼忖度。但另一方面，如果是泰耶·蒲羅就會萬事如意，碧特·韓森的話會更一帆風順。

希望如此，他會默默禱告。

他在人群中尋找阿薩德的臉，但遍尋不獲。他可能已經過去探視蘿思，或在某處做案件的後續調查。儘管如此，他的確看到高登。他站在後面，頭和肩膀比所有人都還要高，臉色慘白，眼睛紅得像夢娜最不如意的時候。卡爾在他們眼神交會時招招手。

「當然，我們今天不要太過悲傷。」警察局局長繼續說道，「我知道你們有些人會很難過，因爲羅森是位備受推崇的組長，也是局裡的資產。」

卡爾得用力咬住舌頭，免得自己猛烈咳嗽起來，那未免太不恰當。

「我們得讓時間來療癒哀傷，但在未來的日子裡，我們也必須以平常的步調來工作。我當然會盡快通知你們羅森的繼任者是誰，這也是重新思考警察總局未來發展的機會。」

媒體發言人亞努斯·史塔爾站在她身旁，點點頭。他當然會點頭啦。任何管理者最大的弱點，不就是無法抗拒在最小的機會來臨時，興起撥亂反正的欲望嗎？不然管理階層，尤其是公務員，如何證明自己存在的價值？

他聽到高登在他身後嘆氣，轉身面對他。若說高登氣色好實在是違心之論。卡爾知道高登是羅森·柏恩一路護著進入警察總局的，所以他的反應可以理解。但自從那之後，柏恩不是一直讓高登很難保住自己的飯碗，生不如死嗎？

「阿薩德在哪？」高登問，「他在蘿思那裡嗎？」

卡爾皺起眉頭。高登想到阿薩德和羅森．柏恩之間的關聯是對的。奇怪的是，羅森．柏恩和阿薩德之間總像有種兄弟情誼。那段卡爾沒有參與的共同過往經歷，似乎在兩人之間創造了強烈的聯繫。說到這，當初也是柏恩招募阿薩德進入懸案組的。所以，卡爾倒是得爲此向羅森道謝。

而現在他卻突然暴斃。

「我該打電話給阿薩德嗎？」高登問，全心期待卡爾會完成這項任務。

「也許我們該等到他回來這裡。如果蘿思現在和他在一起，或許蘿思聽了後會變得心情焦慮。你說不準她的反應。」

高登聳聳肩。「你該發給他一通簡訊，叫他在蘿思聽不到時打給你。」

眞是天才計畫，卡爾對他豎起大拇指。

「今早那個怪傢伙又打了另一通電話給我。」當高登抽完鼻涕，他們走下樓梯時，他說。

「好。」那是兩天內，高登第十次提到這件事了，「你有問他，他爲何特別要找你嗎？他有告訴你嗎？」

「沒有。」

「你還是沒辦法追蹤到那個電話嗎？」

「對。我試過了，但他用預付卡。」

「嗯，如果你覺得煩，下次可以直接掛掉。」

「我試過了，沒有用，他會在五分鐘後又打來，然後一直打到我聽他說話才肯罷休。」

「把他說話的內容再告訴我一次。」

「他說，等他達到二一一七時就會大開殺戒。」

「到那還有好幾年喔。」卡爾大笑。這是蘿思還在職時，他可以期待得到的粗魯反駁。

「我問過他二一一七是什麼，但他的回答眞的很神祕兮兮。他說，等他的遊戲到達二一一七時就會知道了，然後便縱聲大笑。我告訴你，那個笑眞的很詭異。」

「我們可以暫時將他歸類爲心理有病的白癡嗎？你猜他幾歲？」

「不會很老。他聽起來幾乎像個青少年，但我猜比較老。」

早晨慢慢推移，但阿薩德沒有回電或回覆卡爾的簡訊。現在一定已經有人通知他了。

卡爾眞的只想回家。自從被叫去樓上凶殺組後，他就沒有碰過一份卷宗。每件事都會崩解的預感現在變得格外強烈，很像想抽菸時的沮喪。

如果阿薩德沒在半小時內出現，我就走人。他想，瀏覽起網路尋找徵人啟事。非常奇怪的是，沒有特別提供ＢＭＩ指數逼近二十八的五十三歲刑事警官的職缺。

那眞的只剩下當地政壇了，但他該死的能在阿勒勒市議會裡做什麼呢？而且他該爲哪個黨效力？

現在，他總算聽到走廊傳來阿薩德那特別的腳步聲。

「你聽說了？」卡爾說著，注意到阿薩德出現在門口時，雙眼間兩道深深的皺紋。

「是的，我聽說了。我得直接去蘇珊娜那邊幾個小時。情況眞是糟糕。」

卡爾點點頭。阿薩德安慰過遺孀了，他和柏恩家庭的關係就是如此密切。

「她很憤怒，卡爾。」

「嗯，可以理解，相當突然。」

「不，不是那件事。她氣他把自己累誇。」

「『累垮』，阿薩德，該說『累垮』。」

「我不懂，他是在慢跑。反正，她也對他回家時總是忙著做人質談判而生氣；也氣他的情婦、氣他花錢如流水。」

「等等，倒帶一下。羅森．柏恩有個情婦？」

阿薩德看著他，滿臉困惑。「如果羅森．柏恩能不被抓到，他會盡可能到處脫褲子偷情。你也知道的。」

卡爾看起來很震驚。那個可悲的無聊傢伙？女人究竟在那個混蛋身上看到什麼啊？

「她為什麼不乾脆把他踢出門？」

阿薩德聳聳肩。「駱駝不喜歡新的出水洞，卡爾。」

卡爾試圖想像柏恩的妻子。就這麼一次，駱駝的隱喻似乎很貼切。

「你說『人質談判』是什麼意思？」

「被拘留的生意人、記者、笨蛋觀光客、救援人員——」

「對，對，對，我知道哪種人容易被抓，但為什麼是柏恩？」

「因為他比任何人了解其中的陷阱，像什麼時候另一邊的人會因為最小的錯誤而殺害人質。」

「那是你怎麼認識柏恩的嗎？他在人質談判的情況裡幫過你？」

阿薩德的表情瞬間僵硬起來。「比較像是相反過來。那也不是人質案件，而是被監禁在伊拉克最可怕的監獄裡。」

「阿布格萊布？（注）」

他同時點頭和搖頭。

「是也不是。我們就說它是附屬建築吧。那裡有好幾座，但讓我們姑且叫它一號。」

「你那樣說是什麼意思？」

「其實我剛開始時也搞不懂，後來才發現那個建築群比阿布格萊布小很多。它獨立在主要監獄之外，囚犯則是那種需要特別關照的。」

「比如像？」

「遭俘虜的外國人、高級官員、政客、間諜和有錢人。有時是違抗海珊政權的整個家族；知道太多內情的人，還有想發聲的人。像那樣的人之類的。」

該死的地獄。卡爾忖度。「羅森．柏恩在那裡？」

「不，不是他。」阿薩德站著慢慢搖頭一會兒，瞪著地板。

「好吧。」卡爾說道。這是那種阿薩德不願談的話題。「那是我從湯瑪斯．勞森那裡聽說的，我記得我問你時你確認了。但聽好，我知道這對你來說是個困難的話題，阿薩德，就忘了我問過吧。」

阿薩德閉起眼睛，在再度直視卡爾的眼神前深吸口氣。

「不，羅森不在監獄，也不是人質。囚犯是他的哥哥，傑斯。」他皺起眉頭，看起來又像要絕口不提了。他是否後悔洩漏了某件他不該說的事？

「傑斯？傑斯．柏恩？」他隱約記得這個名字，「我見過他嗎？」

阿薩德聳聳肩。「我不認為。或許你見過，但他現在在安養院。」他從口袋裡掏出手機。卡爾沒聽到鈴聲，所以它一定是在靜音模式。

阿薩德將手機貼住耳朵，點著頭，雙眼間的皺紋更深了。他回話時聽起來很不滿意。不管回

注　位於巴格達以西三十二公里處。二〇〇四年，美軍在此虐待伊拉克戰俘的行為被揭發，引起全世界關注與譴責。

答是什麼，彷彿他聽到的都不如他意。

「我得離開了，卡爾。」他說，將手機塞回口袋，「剛才是蘇珊娜．柏恩。我們同意該由我通知羅森的哥哥，但她還是先打電話告訴他了。」

「他無法承受，對不對？」

「他真的受到很大的打擊，我又要離開了，卡爾。我的事可以等到今天稍晚，但這事不能等。」

卡爾最後一次回阿勒勒的家幾乎是一個星期前的事。自從他開始在那裡和夢娜的公寓之間來來去去後，他的房客莫頓憑藉其對室內設計的高度另類才能，緩慢而穩定地在房子裡留下他的印記。光是入口兩旁就增添了兩座赤裸裸的肌肉男金漆雕像，這已經會讓任何一位看護感到窘迫不安了；更別提客廳，它現在已從七〇年代實用平實風格的家具，轉變成一片由番紅花黃和亮綠色構成的色彩狂歡景象。說實話，如果讓卡爾試圖描述，它給人的整體印象幾乎是發霉的艾曼塔乳酪。而現在只需要莫頓把珍貴的摩比公仔收藏從地下室搬上來，擺滿客廳，就能完成一幅怪奇景象。

「哈囉。」卡爾叫著，警告裡面的人，正常人要進來了。

沒有回應。卡爾皺起眉頭，想從廚房窗戶捕捉哈迪的復康專車的蹤影。他的老朋友兼同僚顯然出門了。

他攤倒在客廳裡哈迪那張空床旁的扶手椅中，將手放在床上。或許是該修改莫頓的租約，讓他租整棟房子的時候了。當然，他們得有默契，萬一他和夢娜分手，他們可以隨時將租約改回先前同意過的協議，那就是莫頓只能用地下室。

卡爾微笑起來。如果讓莫頓．賀藍掌管整棟房子，他的男友米卡可能會搬進來。他們現在都有點年紀了，所以兩人也許已經準備好進入正式關係。

門口傳來嘎嘎聲，哈迪的電動輪椅和莫頓的笑聲流入客廳，讓這裡充滿生氣。

「嗨，卡爾，很高興你在這。你絕對猜不到今天發生了什麼事。」莫頓看見他時說道。

至少看起來不是壞事。他想著。他看見哈迪閃閃發光的眼睛，和米卡那肌肉渾圓的身軀在他們後面舞動。

莫頓沒脫掉夾克就坐在他面前。

「我們要去瑞士，卡爾。我們三個：米可、哈迪和我。」他綻放燦爛的微笑說著。

瑞士？有著到處是洞的乳酪和堅固銀行保險箱的國家？那能讓人多興奮啊？卡爾馬上可以想到很多比無聊的瑞士更好的其他去處。

「沒錯，」米卡接話，「我們和一家瑞士診所約好了，他們保證會評估哈迪的情況，看他是否準備好植入大腦電腦介面。」卡爾看著哈迪，一臉茫然。他不曉得米卡在說什麼。

「喔，抱歉沒先告訴你，卡爾，」哈迪低語，「我們花了好長一段時間才存到錢。我們不知道能不能辦到。」

「一個德國基金會支付住宿費和部分手術費，真是瘋狂。」米卡附和。

「你們都在興奮什麼啊？這個介面是什麼東西？」

現在莫頓進入超速模式。他能保守這麼久的祕密實在很不符合他的個性。

「匹茲堡大學研發了一種方法，他們把微電極植入癱瘓病人控制手部活動能力的大腦部分。這個醫療法已經成功使癱瘓的身體重新恢復，比如手指的感覺。我們想讓哈迪試試那個手術。」

「聽起來很危險。」

「聽起來會，但其實不會。」米卡繼續說，「儘管哈迪已經可以移動一根手指，和做出一些肩膀動作，但那遠遠不夠，他沒辦法使用外骨骼動力服。」

卡爾聽不懂。「動力服?!那是什麼?」

「一種重量很輕的機器骨架，可以套在身體上。骨架裡的小電動馬達能幫助那些無法自行走動的人邁步移動，幾乎就像是病人自己走動一樣。」

卡爾試圖想像在這麼多年後，哈迪還能站起來到處走動。兩百零三公分高的身軀套在鐵架子裡，他看起來會活像科學怪人，或更糟糕。那景象簡直可笑，但卡爾可沒有笑的欲望。那眞能實現嗎?他們是不是只是在給他虛幻的希望?

「卡爾!」哈迪將電動輪椅駛過來幾公分，靠近他，「我知道你在想什麼。你在想我會大失所望，那可能會讓我更沮喪;它可能會花上好幾個月，結果依然證明是白忙一場。我說得對吧?」

卡爾點點頭。

「但是，卡爾，自從十二年前，我全身癱瘓，躺在霍恩貝克脊椎傷害中心，請求你殺了我的那天起，直到今天，我對未來都沒有什麼眞正的目標，沒有眞的能讓自己感覺正常的方法。我的確多多少少能照自己的意願開著輪椅到處跑，我對那非常感激。但這個也許能爲其他東西奮戰的點子帶給我非常多的活力。所以，你不認爲，如果它沒用的話，我們就再來面對現實?」

卡爾再次點頭。

「我希望手術能讓我用大腦感覺到手臂，或許甚至雙腿。他們對癱瘓的猩猩做過實驗，牠們後來重新恢復走路的能力。問題在於我有沒有足夠的肌肉力量。」

「我想，那就是會用到動力服的原因囉。」

如果哈迪能點頭，他會點的。

第六章　阿薩德

一道邪惡的藍色閃光在安養院正面的紫藤花上不斷舞動。

保護者阿拉，Allah hafiz，請千萬不要是傑斯。

看著空蕩蕩的救護車後門大大敞開，阿薩德暗自祈禱。

他跨四個大步就走上入口階梯，衝進接待室。那裡沒有醫護人員，只有好奇的老病患輕聲低語。他衝過他們時，他們將頭轉開，阿薩德隨即衝下走廊，朝他朋友的房間奔去。

三名值班的看護站在門口，臉色慘白，眼睛盯著前方的房間。房間裡面傳來沉悶的聲音。阿薩德停下腳步，深吸口氣。近乎三十年來，他的命運和傑斯密不可分；而在那許多年間，他不斷詛咒他倆相遇的那天。但除了那之外，傑斯是他在此生中最親近的人，比誰都還了解他，所以現在從他心頭蔓延上來的感覺，是他在最近十年內最糟糕的體驗。

「他死了嗎？」他問道。

最靠近他的看護轉身面對他。「哦，薩伊德，是你嗎？」她伸出一隻手，「別進來。」

沒有更進一步的解釋，其實也不需要，因為下一分鐘一台輪床就被推了出來。白布下，一雙腳丫並排著，狀似安詳。直到其餘身體映入阿薩德眼簾，他最糟糕的恐懼才得到確認。救護人員試圖用另一張床單蓋住臉部，但鮮血還是滲了出來。

阿薩德舉高手，在輪床推到他身旁時，示意他們停止。他得確定那真的是傑斯。如他所料，他抬起床單時，救護人員大聲抗議，但當他們看到他的眼神後，便安靜下來。

傑斯的眼睛半閉，嘴巴的一角垂向他自己刺頸動脈的地方。

「發生了什麼事？」他輕聲說，闔上那張毫無生命的臉龐上的眼瞼。

「誰或哪個人打了電話給他。」最年長的看護說，輪床此時推向前門。

「我們聽到他尖叫，等我們跑下來看是出了什麼不對勁的事情時，他叫我們讓他獨處，他看起來很平靜。他只是想獨處一會兒，還說他想被推出來和其他人一起的時候，會叫我們。」

「那是什麼時候的事？」阿薩德問。

「我們發現他用筆心刺頸動脈不過是三十分鐘前的事。那時他還在呼吸，而且——」她突然停下話，那句話好像卡在她喉嚨裡。即使對老練的看護而言，這一定仍是個駭人的景象。

「値班的醫生剛好來完成一位病人的死亡證明，他昨晚過世。我想醫生還坐在我的辦公室裡讀傑斯的病歷。」另一位看護助理說。

阿薩德扶住門框好保持鎮定，試圖吞嚥喉嚨後方的唾液。羅森·柏恩和他哥哥在同一天過世；這怎麼可能呢？阿拉現在正把沉甸甸的手放在他的肩膀上嗎？他突然覺得手臂好像被砍斷了，這是阿拉的旨意嗎？他的過去被陡然活生生切斷，並丟進所有記憶結束的烈焰裡，這也是阿拉的旨意嗎？他覺得天毀地滅。

「我不懂，這太困難了。」他說，「傑斯和他弟弟今早還活蹦亂跳，現在兩人都走了。」

阿薩德搖搖頭。如果羅森和傑斯是在將他們三人繫在一起的國家裡喪失性命，他們會在屍體還沒機會變僵前就入土爲安。

「不，是難以解釋。」看護說，「幸福，幸福，每個靈魂都會找到安寧，但就像聖歌說的，『那日子，那時辰，沒有人知道。』我們得在還行的時候盡量活出精采人生。」

阿薩德凝視房間。從輪椅下的血和地板上的暗色條紋判斷，傑斯是在坐著的狀態自殘，然後在他死後，他被往左抬到輪床上。他轉出筆心的帕克筆仍在咖啡桌上，呈現分解狀態。那支筆是阿薩德在很多年前送他的禮物。

「他用來刺自己的筆心在哪？」他出於習慣問道。

「在我的辦公室裡，在醫生那邊，被放進證物袋裡。我聽到他打電話，安排派一些人過來。他也拍了些照片，他總是非常專業。」

阿薩德環顧房間。現在他弟弟羅森．柏恩也死了，誰將繼承這裡的東西？傑斯沒小孩，沒其他手足。這些八十三年來的人生濃縮精華的殘餘會落到蘇珊娜手中嗎？黃銅相框？那裡面的男人曾經將近一百八十五公分高，制服上還裝飾著一排動章？那麼他便宜的家具和早就過時的液晶電視呢？阿薩德走進辦公室，醫生正坐著打字，鼻尖上架著半框眼鏡。

在傑斯住在安養院的這些年來，阿薩德曾和醫生彼此禮貌性地點頭好幾次，那是傑斯從退休老兵之家轉過來以後的事。醫生沉默寡言，總是一臉疲倦，但做他那行的誰又不是如此？

現在他們又對彼此點頭致意。「是自殺。」他從電腦螢幕後說，言簡意賅，「我進門時他手上還抓著筆，而他頭的位置讓他無法放開手。」

「這不讓我感到驚訝。」阿薩德說，「他剛接到他弟弟死去的噩耗，那可能是他所能接到的最可怕的消息。」

「原來如此，眞悲慘。」醫生說，完全不帶同情，「我正在寫報告，所以我會特別點出那點，作爲他自殺的假設起因。就我所了解，你們認識很多年了。」

「是的，從一九九〇年代開始，他是我的精神導師。」

「他以前談過要自殺嗎？」

傑斯曾談過要自殺嗎？阿薩德不由得微笑起來。像他那樣奪取過無數性命的士兵，誰不曾無止無境地談過自殺？

「沒，起碼在他住在這裡時沒有。至少沒和我。從來沒有。」

阿薩德打電話給傑斯的弟妹，蘇珊娜，安撫她的震驚，在她開始說那是她的錯時，協助她恢復鎮定。他安慰她說，不管怎樣，傑斯都可能自殺。

他也在那點上撒了謊。

阿薩德站在安養院前方，抬頭瞪著飄過的灰色天空。說起來，這對今天的可怕事件是個非常合適的背景。他腦中對那兩個男人的紛雜思緒讓他感覺疲憊，全身無力。他雙腿站不穩，只能蹣跚而行，其餘身體則感覺精疲力盡，就像感染到流感。他倒退幾步，伸手去搆階梯旁的長椅，他和傑斯常在此安靜道別。他坐下，拿出手機。

「卡爾，我今天不會回去了。」他簡短告訴卡爾事情經過後說道。

電話另一端沉默了一會兒。「我不知道這個傑斯·柏恩對你的意義，阿薩德，但我想一天遭逢兩個死亡，對象又和你這麼親近，實在太多了。」他最後說，「你想你需要休息多久？」

阿薩德想了片刻。他怎麼知道？

「你不用現在馬上回答，我們先放一個星期如何，阿薩德？」

「嗯，我不知道。也許幾天就好。可以嗎？」

第七章　阿薩德

在蘿思的公寓，一堆新報紙已經堆疊在骯髒窗戶前方的走廊下。如果你考慮到這街區的居民平均每天捐贈大約六公斤的報章雜誌，那算起來一年可是超過兩噸。走到樓下回收筒那邊可不是阿薩德最愛的工作，但，該死，蘿思的鄰居都很友善，而讓她撐著活下去的就是她的剪報，所以有何不可？至少人們已不像一年前把報紙一股腦兒留在她的廚房窗戶前。種類繁多是件好事，他得稱許他們。她不止瀏覽丹麥出版物，這棟公寓的外國居民還提供德文、英文、西班牙文和義大利文報章雜誌，此舉大幅增添了新聞的多樣性。

蘿思坐在客廳，背對著面向外面草坪的窗戶，一疊剪報像往常般堆在她面前。這就是她的宇宙。自從她歷經被銬在鄰居馬桶上和被兩個殘酷年輕女子當成人質的試煉（注）後，她就再也沒有真的回到現實。而那是兩年前的事了。那時，蘿思三十六歲，但今天，她看起來簡直像個四十五歲的女人，足足胖了二十公斤，走路時腳丫好像踩不穩。她小腿的血栓、追求安慰的暴飲暴食和抗憂鬱藥物都對她造成巨大傷害。

阿薩德將購物袋和一疊報章雜誌砰地放在餐桌一端，把鑰匙收回口袋。蘿思抬頭看他，只說聲了「嗨」。她的反應遲鈍，但除此之外，那個暴躁的老蘿思仍舊在某處保持原樣，而那就是他

注　詳細故事參見《懸案密碼7：自拍殺機》。

現在極爲需要的定心丸。

「所以，妳今天出門散步了沒？」他帶著諷刺的微笑問道，因爲她絕對沒有。外面的世界不再是蘿思的世界。

「你有記得買垃圾袋嗎？」她問。

「有。」阿薩德邊將東西拿出來邊說。四捲透明垃圾袋，夠用四或五個星期。「我替妳買了點罐頭，讓妳未來幾天不會餓著，蘿思。那是我今天跑來這裡兩趟的原因。」

「有案子嗎？」

「沒有，但這件事間接和羅森・柏恩有關。我想妳聽說了？」他說。

他走到收音機前將音量關小。

「是的，我從收音機上聽到了。」她說著，似乎沒有特別受到影響。

「好，我也剛在車上的收音機聽到。」

「你說『間接』？」她放下剪刀片刻，出於禮貌，而不是真心關心。

阿薩德深吸口氣，該切入重點了。「是的，很悲慘，對我而言也是。羅森・柏恩的妻子打電話告訴他哥哥羅森的死訊後，他哥哥自殺了。」

「打電話？」蘿思舉起一根手指在腦袋旁打圈，「她從來就不怎麼聰明，這婊子怎麼這麼笨？他自殺了？我不認識任何那麼在乎羅森・柏恩的人。」她空洞的大笑在平時總能讓阿薩德振奮精神，但現在毫無效果。此刻，蘿思對大多數人的同情心躲在遙遠的某處。

她注意到他的反應，撇開臉。「我對這裡做了些改變，你看得出來嗎？」

阿薩德看著牆壁。兩面牆壁從地板到天花板仍堆滿棕色檔案箱，裡面全是分類妥當的剪報。而電視機周遭的第三面牆壁則用膠帶貼滿各種剪報，形成一大片拼貼。蘿思顯然對任何話題都保持興趣和高度好奇，但她的憤怒是持續不斷且毋庸置疑的。剪報的主題從哥本哈根不斷興建的建築計畫和複雜道路修繕工程的交通安全，到動保和些許皇家動態報導等不一而足。像往常般，這些新聞總是被其他大量新聞遮蔽光芒，比如媒體對政治管理、腐敗和政客免責權的攻擊。對當代歷史學家而言，這類變數和不斷改變選擇的每週精選照片顯示了丹麥和其餘世界的目前實況，但在此刻，阿薩德無法精確指出什麼是蘿思對此地的嶄新改變。

「我可以，蘿思。」他還是敷衍一下，「看起來不錯。」

她看起來很惱火。

「那一點也不好，阿薩德。丹麥被謀殺了，被殺害了，你難道看不出來嗎？」

他輕撫自己的臉。他得一吐爲快，或許之後她就能夠了解。

「羅森的哥哥叫作傑斯，蘿思，我已經認識他將近三十年。我們曾一起擁有很多美好的回憶和可怕的經驗，而現在我是唯一記得那些事的人。我需要幾天時間來消化一切，妳懂嗎？傑斯的死帶回許多回憶。」

「回憶來來去去，阿薩德，你不能控制它們，尤其是不好的回憶。我最清楚了。」

他看著她，嘆口氣。兩年前，這三面牆壁覆蓋著蘿思的日記裡的發狂囈語。回憶如此痛苦，蘿思有次曾在喝醉後向阿薩德坦承，如果不是被那兩個年輕女子橫加阻礙，她早就自殺了。當然，蘿思太了解心靈會堆積你情願忘懷的回憶這類惡夢。

阿薩德呆瞪著前方，站了一會兒。傑斯自殺了，那個阿薩德曾一度冒生命危險拯救過的生命。現在他和他弟弟都去世了，而剩下來的唯有許多年前羅森．柏恩打電話來，求他救他哥哥的那天，那個致命的回憶。在那之後，他人生的記憶刹時全數結束。要不是那通電話，他現在仍會擁有自己的家庭。一想到此，他就痛苦不堪。自那之後，已經過了十六個年頭。十六年來的希望和奮戰，他還得盡全力阻止痛苦和眼淚逼近。

他再也無法忍受了。

他的手向後伸，摸索著椅子，往後攤坐，眼淚泉湧而出。

「究竟是怎麼回事，阿薩德？」他聽到蘿思說。他沒抬頭，但感覺到她掙扎著站起身，走來蹲在他跟前。「你在哭，怎麼回事？」

他望進她的眼眸，觀察到她已經有超過兩年沒出現過的眼神。

「那是個太長又太悲哀的故事，蘿思，但我覺得結局今天趕上我了。我得哭一哭來發洩，求個了結，蘿思，反正我什麼也不能做。就給我十分鐘，十分鐘就好，然後我就會沒事了。」

她握住他的雙手。

「阿薩德，如果你沒打開隱藏我過去的日記，我該怎麼辦？我早就自殺了，你知道的。」

「那也是駱駝在所有的水都消失時說的話，但牠還是站在水槽旁固執不走，蘿思。」

「那是什麼意思？」

「看看妳四周，妳不是在慢性自殺嗎？妳不再工作，只靠救濟金為生；妳從不出門。你差遣小孩和我去替妳買雜貨。妳害怕外面的世界；妳情願坐在骯髒的窗戶後面，這樣妳就不會對外界進來的影像招架不住。妳不和妳妹妹說話；妳幾乎從來不打電話去警察總局。妳忘記高登、卡爾和我，以及成為一個絕佳辦案小組的一員所能帶給妳的正面能量。妳看起來對人生不再有所渴求。如果真是這樣的話，人生還有什麼意義？」

「我有想要的一樣東西，阿薩德，你現在能在這裡給我。」

他抬頭看她，一臉沉思。那可能不是他能或想給她的東西。

她開始呼吸沉重，彷彿她想說的話卡在喉嚨裡。有那麼片刻，他幾乎從她帶有強烈目的的眼神中，認出以前的蘿思。

「對，」她最後說，「我眞希望你這次能成爲打開你的書的人，阿薩德。我認識你十一年了，你是我最要好的朋友，但我對你一無所知。我不知道你的背景，不知道你眞正是誰。我眞的希望你能告訴我，阿薩德。」

他就知道。

「跟我去臥室，躺在我旁邊。就閉上眼睛，告訴我你想說的事。別想其他事情。」

阿薩德想皺眉頭，卻辦不到。現在他深陷悲傷的泥沼中，勉強和不信任感便無法倖存。

她使勁拉他，而這是長久以來，蘿思首次不是爲了自己採取主動。

在蘿思崩潰後，阿薩德就沒進過她的臥室。但這個原先陰鬱、毫無生氣的房間，現在已經轉變成一座安詳的庇護所。床單上灑滿花，如海般的金色枕頭占據視野。只有牆壁提醒他，這裡的情況也很不穩定。即使是在這個房間裡，牆壁也貼滿控訴破碎世界的剪報。

阿薩德躺在床上，如她要求的那般閉上眼睛。

她在他身旁躺下時，他感覺到她身軀的溫暖。

「說吧，阿薩德，想到什麼就說什麼。」她說著，手臂抱住他胸膛，「只要記得我什麼都不知道，所以我不會把一切當成理所當然。」

有那麼幾分鐘，他和懷疑奮力搏鬥。他準備好了嗎？這是正確的時機嗎？但當她躺著動也不動，不再堅持或嘗試說服他後，他緩緩開始傾吐。

「我出生在伊拉克，蘿思。」

他可以感覺到她在旁邊點頭，也許她早知道這點。

「我名字不叫阿薩德，儘管現在我不想被叫其他名字。我的眞名是薩伊德．阿薩迪。」

「札伊德？」她聽起來像在品嘗那個名字。

他瞇起眼睛。「我父母已經過世了，我是獨生子。我現在認爲自己應該沒有家人，儘管那可能不是眞的。」

「所以，你不想要我叫你札伊德，你確定嗎？」

「發音是『薩』，而不是『札』。但，沒錯，對妳和其他我在乎以及在丹麥認識的人而言，我還是阿薩德。」

她更靠近他了。他可以感覺到對她傾吐心事讓她心跳加快。「你曾說你來自敘利亞。」

「我最近幾年說了不少事，妳應該全信全疑，蘿思。」

他感覺到她開始咯咯輕笑。好久沒聽到她的笑聲了，幾乎讓人感到一股自由自在的解放感。

「是『半信半疑』，阿薩德，不是『全信全疑』。」

「我不懂。」

「它們聽起來很像，但全和半可是差很多。」

「那麼這次我是對的，蘿思。在這種情況下，妳應該全信全疑，不要在乎它是不是成語。」

他張開眼睛，原本想跟著她大笑，卻突然瞥見頭頂牆壁上的一張剪報，整個人瞬間凍住。

二一一七號受難者。他讀道。

阿薩德連忙跳起來。他得湊近看一下。報紙照片的粒子很粗，常騙過眼睛。那可能只是長得像她的某個人。一定是這樣的，一定得是！

但從半公尺遠外，他就已經知道自己不該懷疑。那**是**她沒錯。

他陡地掩住眼睛，喉嚨緊緊收縮。他幾乎不能聽到自己的嗚咽。他感覺到自己吐在臉上的溫暖呼吸，口水流下他的手腕。

「拜託，現在請別碰我，蘿思。」他感覺到她將手放在他肩膀上時喘著氣說。

他仰頭深吸口氣，慢慢稍微張開眼睛，好讓視線緩緩集中在那張照片上。當他終於完全張開眼睛時，事實清晰得讓人痛苦。那個溼透的屍體仰躺著，軟趴趴，顯然毫無生命。女人的眼睛雖然茫然瞪著，但仍生氣蓬勃。那雙曾時常撫摸阿薩德臉頰的手，似乎緊抓著沙，像是某種象徵。

「萊莉，萊莉……」他一次又一次地喃喃低語，手指愛撫著她在照片裡的前額和頭髮。「發生了什麼事？發生了什麼事？」

阿薩德的頭垂到胸前。這些年來的不確定、渴望和悲傷變得更加強烈，癱瘓了他的感官。

萊莉死了。

他又感覺到蘿思的手，小心地與他的手指交纏，她用另一隻手溫柔地轉過他的頭，好讓他們四目交接。他們靜靜凝望彼此一會兒，她才冒險提問。

「我幾乎每天換剪報，這篇是最近幾天的。你認識她？」

他點點頭。

「她是誰，阿薩德？」

許多許多年來，他不知道萊莉的命運，但在他內心深處，阿薩德騙自己說她會永遠活著。即使在敘利亞戰事最糟糕、沒人在乎誰被殺、又被誰殺的時候，他內心總是知道萊莉會在那個世界末日中找到活路，因爲如果任何人辦得到，非萊莉莫屬。但她現在躺在那，而蘿思則在問她以前是誰。不是她是誰，而是她曾是誰。

他的手游移過剪報，掙扎著想找到呼吸的節奏好開口說話。

「萊莉．卡巴比是我的家人逃離伊拉克後照顧和收留我們的人。我父親是工程師和官員，透過掌權的阿拉伯復興社會黨而太過接近海珊。有天，他在不經意間批評了他。要是我父親的種族背景不是什葉派穆斯林，那可能沒事，但在那個時候，對一位像他那樣的什葉派，任何批評或錯誤舉止都很容易鑄成死亡（注）。海珊的警衛收到命令要來逮捕我父親，就在這發生前不到一個小時，我父親接獲警告，所以我父母決定立刻逃亡。除了我跟一些珠寶，他們什麼也沒帶。當萊莉．卡巴比歡迎我們住進她在敘利亞西南部薩阿巴爾的家時，我才一歲。儘管我們不是她的家人，我們還是和她住在一起，直到我父親終於在丹麥找到工作。那時我才五歲，我們抵達這裡的時候，我還是個非常快樂的小男孩。」

他抬頭看著剪報，希望在萊莉空洞的眼眸裡，捕捉到她想傳遞的訊息，哪怕是一點也好，但徒勞無功。

「妳要知道，萊莉．卡巴比是我們的救命恩人，而現在……」

他嘗試閱讀照片下方的文字，但每個字都變得好模糊。老天，真是可怕，可怕的一天，他已經抵達自己所能承受的極限。

「我很遺憾，阿薩德，」蘿思輕聲說，「我不知道該說什麼。」

他搖搖頭，她**能**說什麼？

「等你想知道更多事情經過，我可以給你外國報紙的剪報，它有更詳細的細節。因爲這件事不過發生在幾天前，所以我知道那些報紙放在哪。你要我去拿過來嗎？」

他點點頭，蘿思離開臥室。

她回來時，在他身旁的床沿放了一個棕色檔案箱，然後打開它。

「這篇來自《泰晤士報》，他們大幅報導，因爲這位受難者非常罕見。看看日期，這篇報導是在一份西班牙報紙搶先報導此事的隔天刊出。它讀起來不會讓人很愉快，阿薩德，要不要我讀給你聽？你想要我停下來時可以告訴我。」

他搖搖頭，他比較喜歡自己讀，這樣他才能控制自己的情緒。

阿薩德一逕兒地讀，像小心踮腳越過不安全的吊橋，他的眼神試探性地移過字眼。那篇文章鉅細靡遺，而且就像蘿思說的，太過寫實。受難者嘴裡的黏液、躺在沙灘上的長排屍體。報導開始時說第一個被沖上岸的男人是聖戰士。在被刮掉長鬍子後，他的皮膚仍舊滿是傷口。長鬍子是民兵的招牌特徵。

阿薩德在照片以及報導提出的問題中掙扎。萊莉爲何選擇逃離？發生了什麼事？

蘿思遞給他另一份報紙。「《泰晤士報》隔天刊載這篇。我得告訴你，阿薩德，這眞的很可怕。老女人不是淹死的，她是被謀殺的。那就是爲什麼我把她的照片貼在牆壁上的原因。我想告訴她，我對她的遭遇非常遺憾。」

阿薩德的肩膀垮下來。

「她被用尖銳的物品刺進頸背。解剖細節昨天公開。她的肺部沒有多少海水，阿薩德。所以，在他們把她扔進海裡時，她可能已經死了或就快死了。」

阿薩德無法了解。這位溫暖、慈愛的人，身體裡沒有一根邪惡的骨頭，竟然會慘遭謀殺。什麼樣卑劣的豬玀會做這種事？爲什麼？

他拿起報紙。照片和他們前一天用的不一樣。角度稍微不同，但眼神和屍體的位置相同。他再度觀察她一會兒。她看起來這麼値得信任，就像他記憶中的那般。她的雙手攤放在潮溼的沙子

注　伊拉克獨裁者海珊是遜尼派，曾殘酷鎮壓什葉派。

上——撫愛過他的雙手、唱歌給他聽的嘴巴、啟發他相信某天所有一切會變好的眼睛。

只是對妳而言不是，萊莉。他想著，憤怒和復仇的欲望開始緩緩成形。

阿薩德讓視線游移過粗糙粒子的照片，那些沙灘上的屍體。那景象很可怕，幾乎難以忍受。身軀無力的輪廓，從床單下伸出的成排腳丫。女人、小孩、男人，然後是萊莉。在這張照片拍攝後，她也跟其他人排在一起。現在這個溫暖和熱情的女人，他們一家虧欠了一切的女人，只淡淡地變成見證世界的憤世嫉俗和恥辱錯誤的一個統計數字。

這是他想居住的那種世界嗎？

他將注意力轉向另一張照片，一群人站在海灘更上方，臉龐蝕刻著恐懼。

是你們其中的誰殺了她嗎？他思索。

他緊閉眼睛。就算他得賠上一切，他都要抓到謀殺萊莉的人。他對自己承諾。

在黯淡的光線下，那張照片拍得有點不清晰，但某樣東西抓住他的目光。剎時間，充滿痛苦的辨認降臨。在其他倖存者之間，有個男人站在背景直瞪著相機，幾乎像他希望相機捕捉自己的身影一般。他的鬍子留到胸膛一半處，提醒人們他逃離的瘋狂可怕政權；他的眼睛和他散發的態度一樣嚴厲。一名年輕女子站在他身旁，表情扭曲，而她旁邊站著另一個女人——

隨即黑暗吞噬了他，他聽到遠處有個聲音叫著：「阿薩德！」

第八章　荷安

荷安馬上討厭起那個坐在拉納卡機場櫃檯後的男人。他像國王般坐在寶座上，兩眼怒視，散發汗臭和國家失序的臭味。

最後，他終於轉過來面對荷安。荷安已經花了兩小時呆看著這位沒刮鬍子但倒是儀表堂堂的移民官，他在那之後才擺出屈尊的高傲姿態，回答荷安的問題。那花不到他十秒鐘，而所有他身後的制服人員都點著頭。搞什麼鬼？所以，他們一開始就知道答案了。

荷安的鼻孔賁張，那可能是他想痛揍他們全體的欲望在心中升起的關係。

「是的，你瞧，」移民官不慌不忙地說，「我們昨天把活著的人帶到梅諾吉亞難民營，把死者送入停屍間，所以沒有人留在阿依納帕。」他說著，他的爛英文讓荷安想起他初中時的水準。

荷安強迫自己點頭，表示禮貌。「梅諾吉亞難民營，知道了。我怎麼去那裡？」

「如果你付不起計程車錢，可以搭巴士過去。」

他不想費神聽荷安問他要在哪裡坐巴士。

一名乘客告訴他，軍營零星散布於貧瘠的地貌中，就像黃色的點點噴濺，和這趟田園風光之旅的況味相去甚遠。建築物相對來說很新，被鋼鐵柵欄包圍；而在建築物前，有塊和一名成人等高的地點資訊看板。「你不可能會錯過。」那男人對他說，出乎意料地友善。但荷安可不覺得自在，因爲地點資訊完全以希臘文寫成，而他在網路上又找不到電話號碼或任何聯絡人的名字。

他以最卑微的姿態面對在主要建築裡碰到的第一個人。他知道在這類地方，制服會讓穿著的人變得多傲慢。他可經不起拒絕。

「是的，當然，我們在等你，艾瓜達先生。拉納卡機場的移民官好心地打電話給我們，通知說你立刻就會過來。」他伸出手，語氣滿是親切，反而害荷安一時語塞。「當外界關注起我們的難題時，我們總是很開心。你懂的，我們是個小國家，難以收容這麼多難民。」

這下，荷安以嶄新的角度看待機場那位冒汗的移民官，對他刮目相看。*等我坐回程飛機如果又碰到他，我會送他一瓶七星梅塔莎白蘭地。*他忖度，但後來他又想到自己的預算。他不能這麼浪費，五星應該就夠了。

「去年我們收到四千五百八十二份庇護申請，」獄警繼續說道，「想當然，大部分是敘利亞人，而我們在處理程序上已經落後非常多。確切來說，我們落後一千一百二十三份申請，這幾乎是去年年底的兩倍，所以我們很感激媒體的關注。你要我帶你去看看環境嗎？」

「是的，麻煩你。但我最感興趣的是和昨天的倖存者會見。可以安排嗎？」

那男人的嘴角小小抽搐一下，顯示那不是他的優先議題，但他盡力緩和表情。

「當然可以。在導覽後，好嗎？」

數百張黝黑的臉龐仔細觀察著他，混雜著懷疑和希望。對他們每個人而言，他在這代表什麼？他來自某個國際救援組織嗎？他用英文溝通，那是個好或壞徵兆？這個男人突然出現，是種正面跡象嗎？

難民沿著鋼鐵柵欄蹲在庭院裡，也蹲在漆著大地色調的光禿禿大房間裡，房裡有鋼鐵桌子，卻明顯缺乏座椅。在每樣東西都有相同大地色調的宿舍裡，男人躺在行軍床上，頭枕著雙手，投給他的眼神和他在外面碰到的人一樣。*你是誰？你以為你在瞪什麼？這裡不是動物園。你能做任何事嗎？你能幫助我嗎？你只是另一個來過後又要離開的人嗎？能請你滾蛋嗎？*

「你也看得出來，保持周遭環境現代化和維修良好對我們來說很重要。難民被關在首都尼科西亞監獄第十號樓的可悲日子，好在已經過去了。那裡的環境糟糕又不健康，燈光很暗，牢裡塞了太多人。在這，你不能指控我們這些。」獄警對幾名尋求庇護者點點頭，但對方沒回應。「這些人逃離時帶的隨身物品很少，自然不夠長期滯留，所以我們組織衣服換洗，成立清潔小組保持衛生。」

*我不會當眞把這個寫下來。*荷安想著。「我寫報導時會記得那點。」他仍然這樣說，「那些昨天被帶進來的人，他們在哪？」

獄警點點頭。「嗯，我們得將他們另外留在一處，跟別人隔離。我想你當然已經知道，我們辨識出一名死者是遭到追緝的恐怖分子，所以我們不想冒任何險。在倖存者中，可能有更多恐怖分子，所以我們已經開始調查——在某些案例裡是審問——這樣我們才能知道每個人的故事是不是無懈可擊。」

「你有辦法知道那點嗎？」

「我們非常擅長此點，是的。」

荷安停下腳步，瀏覽相機裡的照片檔案。「我想和這兩個女人談談。」他指指照片，是一名表情絕望的女人站在黑鬍子男人身旁。「印象中救難人員把老婦人拖上岸時，她們非常激動，所以她們應該可以告訴我更多有關這位老婦人的事。我寫過她。」

獄警的表情驟變。「她的頸部遭刺，我想你知道吧？」

「是的，但警察什麼也不知道，所以我想嘗試找出凶手和動機，才會來到這裡。」

「你知道在這種情況下，我們仍舊堅守所有移民的國際對待標準吧？二〇一一年制訂的一五三條款並沒有和本地市議會在二〇〇八年通過的法令相衝突，只是關於延長拘留超過六個月的法律評估自動程序已經被暫停。」

荷安搖搖頭。這簡直是毫無關係的胡言亂語，他為什麼現在要談這些？

「當然。」他說。

那男人看起來鬆口氣。「我會提到這個，是因為我們發現自己進退維谷。我們不想拘留難民，事實上，我們想盡快擺脫他們，但他們一旦在此登記註冊，我們就束手無策。我們不會把背景無法完全確定的人放進社會裡，這世界得了解這點。他們可能是恐怖分子、罪犯、基本教義派，就是那類歐洲不願收容的人。儘管我們的資源有限，我們還是很小心。光我在這島上的期間，我們已經有足夠意外了。」

「我懂，但婦孺通常是無辜的，不是嗎？」

「小孩是有可能，但女人？」他哼了一聲，「她們會迫於壓力，她們可以被操縱。她們有時甚至比男人狂熱，所以，不是的。她們才不是先驗上就很無辜。」他指向另一棟延伸建築裡的庭院。「我們要往那邊去。我們把男女分開，我想你想拜訪的是女人住的普通房。」

裡面非常安靜。咕噥聲高而尖銳，其他人則低聲啜泣。女人以哀求的眼神瞪著他，其中一位正用母乳餵嬰兒——除此之外，不見小孩蹤跡。

「小孩在哪？」荷安問道。

「除了這個嬰兒外沒有小孩。就我們所知，有名女人有個五歲女兒，但那個孩子可能沒存活下來。」

荷安再次看著女人們無奈的臉。存活下來！他思考著。這說法眞是諷刺，但跟其他詞彙相比，這很好地解釋了這場惡夢的廣度。

「這些就是所有昨天被帶進來的女人了嗎？」

「不，現在有兩個女人在房間裡接受詢問。」他指指兩扇門，「總是同時兩名。」

荷安將照片與那些瞪著他的女人們一一比對。就他所見，沒有人是那兩個在老婦人被拖上岸時悲慟欲絕的女人。

「我在找的女人不在這。我能參觀審訊室嗎？」

獄警看起來很不確定，但還是點了點頭。「這個，幾秒鐘可能可以。我們不該打攪他們。」

他試探性地打開第一扇門。一名穿著制服的女性坐在桌後，背對著門，桌上有一疊像是外行人拍的男人照片。獄警旁放了個冒著煙的杯子，但坐著的女人面前什麼也沒。她戴著頭巾，瞪著荷安。她也不是他正在找的女人。

荷安意識到自己的未來一瞬間變得模糊且毫無希望。萬一女人們不在難民營呢？她們還會在哪？前晚那些從群眾裡消失的人，現在已經抓不回來了嗎？這樣他要怎麼繼續說故事？

一分鐘後，他最糟糕的恐懼實現。另一名遭審問的女人也不是照片上的人。

「你確定前天那群人裡的女人沒被拘留在梅諾吉亞難民營以外的地方嗎？」他在他們返回普

通房時問著，非常頹喪。

「對，很確定。非法移民通常拘留在島上九個不同的警察局裡，包括利馬索爾、阿拉季普和奧羅克林尼（注），不會在其他地方。我可以向你保證，那晚被拘留的每個人都在這裡。」

荷安看著相機螢幕，放大兩個女人的臉，然後他朝第一排女人舉高相機，指著她們的臉。女人們緩緩強迫自己空洞的眼神轉過來凝視照片。片刻後，她們全搖搖頭。她們認不出她們，但在後排稍遠處，一名女子稍微點了頭。

「是的，那兩個女人坐在小艇前排座位。」她用英文說，然後她指指身後的另一個女人，「坐在那的女人跟她們一起坐在前排，膝蓋上還有個小女孩。但我不認為你可以從她口中問出任何事，她失去了女兒，傷心欲絕。」

她指的那名女性穿著花朵洋裝，側邊被撕破。從喉嚨到肋骨上抓耙的紅色傷口正在淌血，暗藍色瘀青則見證她所歷經的試煉。她將一隻手放在鎖骨上，在荷安走近她時，以漫不經心的眼神看著他，對他的點頭或招呼沒有回應。

「我很遺憾妳不知道妳女兒在哪。」他說。

她沒有反應。也許她不懂英文。

「妳聽得懂我說的話嗎？」他問。

那個微小抽搐是否表示她聽得懂？

他朝她伸出相機。「妳認得這兩個女人嗎？」

她表情冷淡，看看相機後聳聳肩。他重複那個問題，但同樣被冷淡以對。她迷失在自己的陰暗思緒裡。

荷安將相機舉到半空中。「有人認識這兩個女人嗎？她們和妳們搭同一艘船。」

「給我一千歐元，我就告訴你。」穿著裂開的花朵洋裝的女人陡然說道，不帶任何感情。

荷安震驚無比。一千歐元？她瘋了嗎？

「我知道她們是誰。給我錢，我就告訴你。你為什麼該是唯一從我們的不幸中撈到好處的人？」

她的五官突然變得鮮明，軟弱的嘴唇變得僵硬；臉上的皺紋不僅來自最近的喪女之痛，也來自降臨在她短暫人生中的無盡悲劇。

「我沒那麼多錢，但我很願意給妳十歐元。」

「現在給我等一下，荷安．艾瓜達！」獄警低語，拉著他的袖子，「你不該和她們討價還價。一旦開始，就會沒完沒了。反正你要找的女人不在這。」

儘管價碼很低，荷安原本預期他的出價會引來貪婪的凝視和哀求的手，但就像獄警，他周遭的眼神只表達了嘲諷和不屑。儘管不能保證什麼，他還是抓住錢包，拿出五十歐元鈔票。「我今晚得餓肚子了，但這是我的價碼。」

那女人二話不說，搶走鈔票。「讓我再看看那張照片，你還有其他照片嗎？」

荷安滑到第一張，照片中女人緊攣著彼此哭泣，蓄鬍男人則抓住其中一名溼透的外套。

「那是殺害那位老婦人的豬玀。」她指指那位蓄長鬍的男人，「他和那兩位女人在一起，毫無疑問。你可以確定他現在已經刮掉鬍子了，就像那位溺斃的聖戰士。」

注 利馬索爾、阿拉季普、奧羅克林尼，分別是賽普勒斯第二大城、東南部城鎮，和位於拉納卡東北的村莊。

第九章　荷安

荷安試圖在難民營外整理思緒。到拉納卡的巴士不會很快就來，所以他可以趁這時間將得到的資訊用錄音機錄下來。

那女人指認那個蓄鬍男子，隨後在光禿禿的房間裡引起騷動，擴散到後排，氣氛突然變得非常激烈。好幾個女人抓住荷安的手臂，好將照片看清楚，咒罵和叫喊聲頓時充滿整個房間。幾個女人對他手中的相機吐口水，直到相機幾乎滴著水，其他女人則評論起那個女人剛對他說的話；而這些先前非常被動的女性，突然被歷經可怕經驗後的挫折所淹沒。要是那個黑鬍男子現在在房裡，他眞的會被生吞活剝。

然後，一個女人說，老婦人可能像船上大部分的人，是從薩阿巴爾或稍遠的北部地區來的。那女人還說，照片裡的兩個女人和她同行，但她們的方言和其他人不同，是鄉村用語和輕微外國口音的奇怪綜合體，口音難以分辨來處，但可能源自伊拉克。她們不知道那兩位女性的其他事，除了她們是母女之外。

「你看了大概也猜不出來。」其中一位喊著，因爲事實上，女兒看起來似乎比母親還老。

「被強暴的人會逐漸枯萎。」另一位大叫。

荷安捕捉到最後高喊的那女人的眼神，她躋身於一大群怒目而視的臉龐中，女人們開始在彼此之間低語，紛紛點頭。其他人則用阿拉伯文尖叫，幾乎異口同聲，好似她們遭受到相同暴行。

「老婦人發生了什麼事？」在大家的情緒平靜下來後，荷安問穿花朵洋裝的女人。

「我確定她認識那個男人，就像她也認識那兩個女人。那三個女人對他卑躬屈膝，甚至是害怕。他對她們指頤氣使，如果她們不稱他的意，就會動手打她們。我不確定他爲什麼要刺死老婦人，但我注意到在小艇開始翻覆時，她就消失了。」

她轉向其他女人，以阿拉伯文問問題，幾個女人氣呼呼地回答。兩個女人就在荷安面前開始打架，撕扯彼此的衣服，將骯髒的指甲戳進對方的臉。這場小衝突立即散播至整個房間，相互侮辱變成打巴掌，轉而導致對身體和臉的痛擊。荷安不懂發生了什麼事，但當第一個女人倒在地上流血時，他頓時了悟情況已經失控。

審訊室的房門突然啪地打開，制服官員帶著堅定的表情，開始揍最靠近他們的女人，以此對那些具攻擊性的女人表示，派對結束了，她們應該乖乖坐在地板上，以免承受更糟糕的待遇。

「恐怕你得走了，」獄警說道，「你害她們情緒激動。希望你的錢花得值得。」

他犧牲了五十歐元，結果他發現了什麼線索能幫助調查？什麼也沒！所以，才不呢，他才沒有得到他的錢理應換到的情報，但起碼他現在已經有個清楚的目標。

那個黑鬍子混蛋謀殺了二一一七號受難者，而荷安會找到他的，他會排除任何阻礙。

當然，說得比做得簡單。

荷安關閉錄音機，看著難民營四周炙熱的地貌。他現在該做什麼？那兩個女人和那個謀殺犯都不在營裡，所以他們在哪？這島嶼的希臘人領土，也就是賽普勒斯共和國長一百六十公里、寬八十公里，北部則屬於北賽普勒斯土耳其共和國。他們有可能在任何地方。以前不想被找到的人會去躲在島上的中部特羅多斯山脈；有人幫忙的話，他們甚至可以找到某些方法混進土耳其語領土。即使身爲歐盟居民的他可以得到簽證追著他們過去，但他手上只有一條線索，所以，他能在那做什麼？

荷安吸進乾燥的空氣，他現在眞的壓力很大。他還剩十三天，而他爲了進入這個與世隔絕的地方，已經花了太多有限的預算。

他轉向柵欄。要是他回頭進入男性羈押區呢？他會有機會得到更多線索嗎？審訊正在進行中，他們會肯讓他進去嗎？

他想起編輯下最後通牒時的表情，然後他做了一個在這個情況下最合理的決定。從現在開始，他會拋掉羞恥心，漫天撒謊，編出老婦人和她的經歷故事，越精采越迷人越好。謀殺她的男人已經被指認出來了。根據那點以及他讓那兩個女人臣服於他的暴行，荷安可以輕易編寫出讓人信服的故事。殺人動機得花點時間構想，但他最不缺的就是想像力。

是的，那其實是個好主意。世界媒體會對謀殺犯逍遙法外這類故事的後續報導買單，尤其是現在那個男人已經被從照片中指認出來了。如果編輯室裡有某個擁有修圖技巧的人，他們可以輕易修圖，並預想出他刮掉鬍子的模樣。

在通盤考慮過後，他打算前往尼科西亞，採用某些民間傳說來爲他編造的故事加油添醋。他會擷取一些賽普勒斯爲成爲獨立國家時所打的內戰素材。他很確定一件事：等他回巴塞羅內塔時，他身上不會剩任何一歐可以還給報社。或許他甚至可以在島上找到人替他僞造收據，這樣在他回家找新工作期間，還會有點現金留下來讓他撐一段時日。

現在他要做的只剩下替難民營的外部拍幾張照片，然後他就可以找一間還不錯的旅館，在柔軟的床上躺下來好好睡一覺。

正要拍照時，他瞥見一名提著水桶的女人越過柵欄後的庭院，直接朝他走過來。

他正要拍她，以給報導更多眞實感時，她剎時僵住，舉起手阻止他。

「我們動作得很快。」她抵達柵欄時說。是那個叫著兩位失蹤女人年紀看起來有多老邁和關係爲何的女性。「給我一百歐元，我就會告訴你我知道的，我知道的比其他人都要多。」

「但我——」他一時說不出話，她的手指伸過柵欄。

「我知道那個男人是誰。我知道事發經過，所以動作快點。」她朝向他，手指蠕動著，「他們不能看見我在這。」

「誰，獄警嗎？」

「不，不是他們。我會把一半的錢分給獄警，因爲他們也摻一腳。我擔心的是其他女人，她們馬上就會出來庭院運動。如果她們看見我和你在一起，她們會殺了我。」

「殺了妳？」荷安摸索著錢包。

「是的，某些女人不像其餘的人，她們是民兵的眼線，不和我們說話。她們在躲避敘利亞軍隊，奉命在對難民有定額分配數量的歐洲國家裡執行恐怖活動。」

荷安搖搖頭，這簡直不可置信。

「我先給妳五十歐元，如果之後妳能說服我，我再給妳五十歐元，這樣可以嗎？」任何能讓故事更聳動的題材都值得。

她搶過錢塞在頭巾下。「我聽到老女人叫那蓄鬍男人的名字，我確定那是他爲什麼痛下殺手的原因。他想保護他的身分，因爲他是恐怖分子豬玀，就像淹死的那個男人。他們肯幫我們橫渡海洋的唯一理由，就是如此一來，他們就能混進歐洲。不會有其他理由了。」

「他叫什麼名字？」

她將手指伸過柵欄。「付我剩下來的五十歐元，快點。」她跺著穿涼鞋的腳，沙塵像雲朵般揚起。「我還有更多情報可以告訴你。」

「我怎麼知道妳沒在撒謊？」

她轉頭看後面。如果沒有危險，她應該不會看起來這麼擔心吧？

他拿出紙鈔，這次她將鈔票塞進胸部；這張一定是要留給她自己的。

「當我們這群人在敘利亞的海灘聚集等著小艇時，蓄鬍男人過來給我們下命令。」她說，「他叫自己阿布杜·阿辛（Abudul Azim），『眞主的僕人』，但老女人叫他迦利布（Ghaalib），那意味著『勝利者』。老女人在海上叫出那名字時，他氣得發瘋，毫不猶豫就用錐子刺她頸部。他知道他在幹什麼，也知道該怎麼下手，而且他似乎早就準備好了，彷彿不管怎樣，他都會這樣做。我目睹那個罪行時血液都凝固了，但好在他沒看見我。」她將手按在嘴巴前以防止情緒失控。

「妳是什麼意思，準備好了？」

「他手上突然冒出一支錐子。他特地坐在她隔壁，這樣他就能輕易刺她脖子。可能也是他在之後把船刺破的。」

「那兩個和老婦人在一起的女人呢？她們爲什麼沒有插手？」

「她們背對著我們，所以沒有目睹一切，但她們轉身看見老婦人消失在海裡時尖叫起來。最年輕的本來要跳進海裡救她，但迦利布抓住她。屍體沖上岸後，她們指控他，但他警告她們，她們如果不小心，就會遭逢相同命運，那讓她們閉上嘴。」

「妳是怎麼知道的？也許妳是爲錢編出這些。我怎麼能信任妳？」

轉瞬間，她的表情從同情轉爲憤怒。「你能！再讓我看看那張男人和女人的照片。」

荷安滑著找照片。「妳是指這張？」

「看看那兩個女人和那男人，誰就站在他們正後方？我！我聽到他們所有的對話。」

荷安放大照片。她的五官有點不清楚，但**的確**是她。剎那間，這位憂心忡忡的纖細女人變成了他急欲尋找的眞相目擊者，每位新聞記者夢寐以求的眞實故事主要消息來源。實在太棒了。

「妳叫什麼名字？」

「你需要知道我名字幹嘛？你想害死我嗎？」她的身子抽離柵欄，猛搖著頭。

「那兩個女人和那男人後來去哪了？」荷安在她身後叫著，「妳有看見他們擺脫群眾或有沒有看著他們的人嗎？」

她在離他十公尺開外停下來。「我不知道，但我看見一位穿藍色制服夾克的攝影師，迦利布對他打手勢。他原本在上面跟我們在一起，拍了迦利布和那兩個女人的照片後，在老婦人被沖上岸時，便下去拍屍體。迦利布表面上很不安。他雖然什麼也沒說，但我想他很高興老婦人在那時被沖上岸。」

「我不懂。他謀殺了她，如果她不再出現，不是對他比較有利嗎？」

「那兩個女人看到老婦人後意志崩潰，我想這正合他意。」

「妳是說，他故意讓自己和兩個女人以及屍體曝光？」

她先是轉頭看後方，然後點點頭。

「但爲什麼？」荷安問，「他在逃命，理應想要消失在歐洲某處的群眾裡，隱姓埋名。他應該不想被指認出來吧？」

「我一直在想，他也許想向某人傳達訊號，表示他還活著。但現在我知道你會確保整個歐洲得到這個消息。也許就是因爲你在那，使得那位德國攝影師對迦利布而言變得多餘。」

「德國攝影師，他是德國人？」

「對。他過來我們這裡一會兒，用德文對迦利布說了什麼。你繞著老婦人屍體走動時，他指著下方的你，然後迦利布點點頭，遞給他某樣東西。但我沒看見那是什麼。」

建築物的大門砰地打開，她本能畏縮一下，立刻拔腿就跑。沒有解釋，沒有道別，她得確保自己沒被看到。

儘管她表達過不想拍照，荷安還是在她邊跑洋裝邊飛揚時拍了張照片。

首都尼科西亞的旅館離列德拉街只有兩個街區，一晚才四十歐元，所以他可以在那住個幾晚，而不會讓預算爆表。他已經掌握足夠事實和資訊，可以寫出一篇有血有肉的故事送去《日之時報》。儘管如此，或許他該在這個豐富多彩的地區更進一步挖掘調查，這可為他博得更多專欄版面，甚至還可能足夠連續寫個幾天。

總而言之，他現在有個可追查的具體線索，儘管似乎仍模糊空泛。那就是那位理光頭、穿藍色制服夾克的德國攝影師，就他記憶所及，他也拍了幾張他的照片。

荷安將相機放在大腿上，拍了幾張地方特別料理手撕豬肉三明治的照片。現在，他已經將所有相機照片複製到手機和筆電裡，因此刷相機裡的照片檔時不會有忐忑感。單單憑藉這些素材，應該足以讓他在《日之時報》弄到專職工作。誰會料到他有本事在世界媒體中弄到頭版報導呢？它一定已經爲報社那些貪婪的股東賺進一大筆錢，所以，或許，只要他膽子夠大，就能以繼續調查理由來要求個全職職位。夢瑟．維果又不是上帝，他爲何要對提出合理的要求感到害怕？

他想到她惱火的表情，不由得大笑起來。他繼續瀏覽照片，看到他爲德國攝影師拍的那張。

荷安皺起眉頭。說到底，那張不是很管用。除了那男人駝著背，穿著某種藍色制服夾克外，並沒有其他能辨識他身分的細節。而從他爲拍好屍體所採取的位置和角度，連那男人的光頭都拍得不是很清楚。

該死，該死，該死！

荷安搖搖頭，瞇起眼睛湊近看相機螢幕。那件夾克爲何讓人們覺得那是制服夾克？是因爲剪裁嗎？特別的藍色色調？黑色翻領，或也許是陽剛的肩膀？手臂或肩膀上沒有標誌或徽章，但它看起來的確是像制服。那夾克有可能是被剝掉級別，然後放在賣場裡販賣嗎？在這個鎮裡有那種賣場嗎？他很懷疑。

他打開筆電，搜尋在哪可買到制服。尼科西亞似乎沒有專門賣軍隊制服的商店。也許它只是單純在跳蚤市場買的。對啊，它甚至有可能是攝影師穿了多年的夾克，也有可能是在世界上任何地方買的。

荷安嘆口氣，不禁覺得洩氣，再端詳阿依納帕的那些照片。他有沒有照到攝影師在海灘上，和精疲力盡的難民站在一起的照片？不，他沒有。他該死的爲何沒多拍幾張呢？

他再回頭去看駝背攝影師的照片。沒有任何能幫他解開謎題的細節嗎？

再仔細審視下，那件夾克應該不是軍服，而可能是某種民間的運動夾克。質料似乎是來自第一次世界大戰的那種制服毛料，但它絕對沒那麼老舊。再者，它也不適合拿來在現代戰場裡穿。如果他假設德國人會在德國買德國制服，他該問誰？而德文的**黑色翻領**和**藍色夾克**又該怎麼說？在嘗試幾次後，Google 翻譯說是「Schwarzer Kragen」和「blaue Uniform」。

他只能硬著頭皮開始問了。荷安搜尋後，很快便找到網路上幾個辯論論壇，人們在那討論所有種類的制服，分享制服來自哪裡的情報。他在幾個論壇貼上攝影師穿藍色夾克的照片，並寫道：「有人能告訴我，這件制服來自哪裡嗎？」

他寫完後，夜還不怎麼深。

隔天早上，他睜開眼睛感覺一片炙熱，一道太陽光線在小房間裡投射出黑如煤炭的斑駁陰影，答案就在筆電螢幕上。幾隻睏頓的壁虎已經投降，默默伏在窗簾桿下，等著傍晚的涼爽空氣降臨。

Ich weiss nicht wie alt diese Foto ist, aber mein Vater hat so eine geshbt. Seit zehn Jahren ist er pensioniert von der Strassenbahn München. Es ist ganz bestimmt dieselbe.

那個女人說她叫吉瑟拉・瓦伯格。

荷安跳下床，用翻譯軟體翻譯。她不知道外套有多老，但她認得那是她父親在爲慕尼黑路面電車公司服務時穿過的制服。

*我該怎麼辦，我該怎麼辦？*他忖度，搜尋**慕尼黑路面電車制服**。他原本以爲得花幾個小時搜尋，結果幾秒鐘後他就發現eBay有在賣一件看起來一模一樣的制服。

廣告說：「老慕尼黑路面電車車掌制服，附徽章，三九九歐元。」

它絕對是同一件制服，但該死的他現在該怎麼辦？儘管筆電裡記滿筆記，卻只帶著可以再寫兩三篇報導的合理假設，飛回巴塞隆納？不，這還不夠。但他該如何追蹤這條線索，最後找到這個穿制服的男人，質問他和消失的難民的關係？何況那位難民應該是名聖戰士，現在藏身在上帝才知道的歐洲某處。

荷安的房門傳來叩叩敲門聲。

門口的男孩看到眼前的荷安只用一張床單遮掩身體，表情暫時陷入困惑，但還是將手裡的信封遞給他。荷安一接過信封，男孩拔腿就跑。他還來不及喊出聲，男孩已跨了幾大步跳下樓梯。

困惑的荷安坐在床沿打開信封。

裡面有張紙條包住一張照片。

荷安將照片拿出，光看一眼，他就知道他犯了什麼罪。

他惶惶然閉上眼睛，吞了幾口口水後，才敢再看照片一眼。照片很可怕，毫無可容懷疑的餘地。屍體仰躺著，喉嚨被劃開，眼睛無神死沉。兩張紙鈔夾在女人慘白的嘴唇間。精確來說，是兩張五十歐元。

荷安將照片丟到床上撇開頭，努力與想嘔吐的強烈欲望搏鬥。那女人爲微薄的五十歐元賭上性命，結果輸了。倘若他寫下這個不幸女人的死因，所有人都會指責他。事實的確要命，如果他沒接受這項工作，她仍會活著。

荷安茫然瞪著前方。不幸的是，他早已接下了這份差事。

他呆坐一會兒，手裡拿著紙條，然後才鼓起勇氣讀上面的英文內容。

荷安．艾瓜達，我們知道你是誰，如果你照我們的話去做，就不用害怕。

你將會追蹤線索爲報社寫下所有故事。只要我們知道我們搶先你一步，就會一路給你指示告訴你該怎麼做。只要你不放棄，我們就會留你活口。

記得告訴全世界，在我們出擊時，會超乎想像地痛苦。

你會再聽到我們的消息的。

阿布杜．阿辛，正在往北

第十章　阿薩德

阿薩德渾身發抖，但那是什麼？一場夢或現實？

他清楚看見他的女兒穿著淡紫羅蘭色洋裝站在門口：六歲的奈拉和五歲的羅妮雅。她們以優雅而細膩的動作向他揮手。而身體微恙的瑪娃站在她們之間，眼淚盈眶，兩隻手按在隆起的肚子上，那是第三個即將來臨的寶寶。她的表情說著告別。那不是暫時與情人離別造成的失落，而是長久扎根在阿薩德心中的悲哀道別，帶著無止境的痛苦。那之後，海珊的安全警衛將他拖進黑色廂型車裡，那是距離現在超過六千天前的事。日日夜夜，夏季轉冬季，他只能想著降臨在自己家庭中的厄運，總是尋尋覓覓找不到答案，唯有痛苦無盡延伸。此時此刻，他對令人招架不住的震驚感覺如此無力，幾乎因此停止心跳。十六個可怕的年頭伴隨著他不確定的孤獨，頓時從意識撕裂開來，因為他終於找到她們還活著的跡象。

然後眼前的景象改變。瑪娃站在他面前，只有二十一歲，美麗如暈紅的曙光。薩米爾用手臂摟住姊姊的腰，表情驕傲地微笑著。「我想像不出比你更棒的姊夫，薩伊德。」他說，「我代替父親開心地把瑪娃的生命和命運交到你手中，我知道我們都受到幸福的祝福，alhamdulillah，一切讚美歸於阿拉。」

她孕育新生又忠貞，小伊拉克難民在人生中所能有的一切渴望都實現了。他們在眞主與世界的和諧中共處七年，然後一切戛然而止。

阿薩德在半睏倦中低喃她的名字，立即感覺到一具身軀攀住他。他鬆口氣，將手伸到身後，感覺到身軀的柔軟和溫熱，他頸背上的溫暖氣息，和一位熟睡女子的呼吸節奏——這悸動同時讓他心跳加速和放鬆。長年來壓抑的性慾和對親密的渴望，霎時間將所有混亂思緒剷除殆盡。他閉著眼直覺地轉身，回憶起女性身軀的氣味和挑戰。在昏昏欲睡的狀態中，他的雙手慢慢移下她的背部。她的呼吸越來越急促，她下腰和臀部的肌膚潮溼而炙熱。她扭動一下，稍微轉身，張開大腿，他注意到他對她引發的效果。

「你確定嗎？」慵懶的聲音喃喃低語，似乎來自無人之境。

阿薩德舉起頭，磨蹭到她額頭，感覺她溫暖的嘴、雙唇和舌頭。她以強烈的慾望擁抱他的親吻。她的雙手往下滑，喚醒他的身軀。

他睜開眼，感覺自己的眼淚泉湧而出，但他不知道原因。那是種令人不安的感覺，警告他這不是值得醒來的一天。就像思及一場即將來臨而你無法通過的考試，就像你剛被診斷出危及性命的癌症，或就像你的情人在你背後偷吃，然後離開你；就像人生陡然瓦解，把你留在情感和經濟的混亂中。那是他正身處一個虛幻時刻的模糊感覺。然後他了悟，他正側躺著，瞪著蘿思房間的牆壁。她全身赤裸緊貼著他，而離他頭部半公尺外則靜躺著一份報紙，頭版裡有一張稍微失焦的照片，那是他失去已久的妻子。

這才是現實，它迫得阿薩德喘著氣掙扎呼吸。

他身後的身體稍微移動，感覺到一隻手按住肩膀。

「你醒了嗎，阿薩德？」一個聲音低聲問。

第2117號受難者
VICTIM 2117

「蘿思？」他咬牙皺眉，「發生了什麼事？」他問，但不想知道答案。

「你在床上昏倒，然後你似乎失去知覺地躺著，卻在啜泣。我試圖叫醒你，想打斷你正在做的惡夢，但最後被迫放棄，我就直接在你身旁睡覺了。然後在半夜，我們做愛，你終於陷入深沉和安詳的夢鄉。」她自然而然地問，「就這樣。但你為何昏倒，阿薩德？有事情不對勁嗎？」

他彈起身坐起來，眼神在她的臉龐和床腳的剪報間游移。

「你知道你正把你那棕色的陽具吊在我臉前晃吧？」她大笑。

阿薩德低頭看著裸露在外的生殖器。

他帶著滿臉歉意，看著她。

「我不知道我在幹什麼。妳是我最要好的朋友；如果我知道，我……」

她在他跟前跪下，仍舊全身赤裸，一隻手指按在他嘴唇上。

「噓，傻巧克力男人。你還是我最好的朋友，美妙的做愛傷害不了任何人。我們都是單身，不是嗎？我們只是兩隻撞見彼此的駱駝，剛好在路途中經過吧。」她開心大笑，但她快樂的情緒絲毫沒有感染到阿薩德。

「這不是真的，蘿思，我不算單身。那就是為何昨晚和今早會影響我如此巨大的原因。」

她用羽絨被蓋住胸部。「我不懂，你對誰心有所屬？」

阿薩德拾起剪報，仔細端詳。這麼多年來，他對唯一的真愛保持忠貞，希望能找到她；現在在發現她還活著的同一晚，他卻對另一個女人投降，交出身軀。

阿薩德注意到剪報頂端的日期，那是才幾天前的事。他現在很肯定，那**是**瑪娃站在泛光燈中，臉因痛苦而扭曲。他得強迫自己看著她沮喪、無助的神情，衣服鬆垮垮掛在她瘦弱的身上，臉因多年來的艱苦而憔悴。儘管遭逢這一切，她看起來似乎仍有足夠精力給站在她身旁的女性某種安慰。但她身旁的女人是誰?可以肯定是一個年輕女子，即使她的臉在焦距外。那可能是羅妮雅或奈拉嗎?現在她們比瑪娃高了?他問自己。

他再度無法控制自己的眼淚。阿薩德甚至不知道自己的女兒長什麼樣子。如果站在那的是他的一個女兒，另一個在哪?奈拉在哪?羅妮雅在哪?誰是誰?

第十一章　卡爾

「拜託幫我看看這個，卡爾。」高登說，臉色慘白。他指著臉頰上一個紅腫的小塊隆起。「我擔心那是皮膚癌，因爲我夏天做了很多日光浴。」

卡爾湊近看，那該死的是很噁心。

「如果你想聽我的意見，你不該再去摳它，我從沒看過這麼噁心的東西。」要是他語氣再強烈一點，那個緊張兮兮的可憐蟲就會像小樹枝般斷裂。他看起來嚇壞了，聲音顫抖。

「不要摳它？所以**是**癌症囉？」

「這個，我不是醫生，但我可以告訴你，如果你再繼續摳它，裡面的膿會爆開，我可不要你在這裡發生那種慘劇。那只是個該死的青春痘，高登。」

想到這麼噁心的事時表情還能放鬆，可眞是奇怪。

「還有其他事嗎？我眞的很忙。」卡爾說，他可沒在撒謊：他需要嚼尼古丁口香糖、他的腳需要蹺在桌上好好休息一下；而當新聞閃爍在液晶電視螢幕前，他得閉上眼睛小睡片刻。

高登遲疑一下，恢復鎭定。「嗯，不過是那個讓人毛骨悚然的傢伙又打電話來了！他每天都打電話告訴我，他想幹什麼。」

「好吧。」卡爾嘆口氣，伸手去拿尼古丁口香糖，「告訴我吧，那個瘋子今天說了什麼？」

「他重複說，等他達成目標時，他就要用武士刀砍掉父母的頭，然後他要衝到街上到處揮刀殺人，殺越多越好。」

「武士刀，眞有趣。他是日本人嗎？」

「不，我想只是個普通的丹麥人。我把他錄下來了，你想聽嗎？」

「老天，才不要！所以，你還相信他是認眞的？」

「是的，不然他不會天天打來，不是嗎？」

卡爾打個呵欠。「你最好聯絡我們樓上的同事，高登。我們不需要一個瘋子在地下室裡煩我們。如果你沒能阻止他殺害二十個人，我不認爲你會想爲此負起責任。」

高登看起來憂心忡忡。他顯然不想。

「等等。」電話鈴響起時，卡爾嘆口氣，不情不願伸手過去。是三樓打來的電話。

「我們現在就要去上面的指揮中心。」他疲憊地說。另一場小睡泡湯了。「他們五分鐘後要介紹柏恩的接任者，我們好像一定得在那恭逢其盛。最好向上帝祈禱，不會是席格・哈爾姆。」

在一個星期裡，卡爾第二次發現自己站在會議室，和一群臭氣燻天的同僚像沙丁魚般擠在一塊。他實在希望能眼睜睜看著他們被一艘船載到世界盡頭。那些在世界上享有一席之地的調香師能發明出無數種香水，卻從沒想到他們的善意野心所創造出來的完美芬芳，會在一整天出汗又沒辦法洗澡的身體上變成什麼味道，實在奇怪。更別提年長者用的老香料和年輕同僚用的娘娘腔雨果克萊——或不管該死的叫什麼狗屎——相互混合後，散發出的氣味有多嗆人了。

卡爾幾乎被燻昏。

警察局長走上前來。「在羅森．柏恩舉行葬禮前就宣布接任者可能很麻不不仁。但，要不是A部門裡經手的案子量太多，或事實上，是我想盡辦法說服一位非常特別的人來接手的話，我可能會願意再等一下。我現在能很肯定地說，他比任何人都更有能力擔任這項職務。」

「慘了，是泰耶．蒲羅。」卡爾對高登咕噥。

但高登搖頭，指指他身後。泰耶．蒲羅就站在那，看起來一點也不像得到新職務的人。

「我知道這裡的每個人都會同意這項任命。」警察局局長轉身面對她的辦公室門，「你可以出來了，馬庫斯。」

馬庫斯．亞各布森，這位他們的前老闆走出來時，房間裡掃過一波震驚的喘氣聲。自他退休去照顧妻子後已經過了六年。他妻子罹癌，病得很重。儘管缺席良久，看到他還是讓警察們自動自發鼓掌起來，幾秒鐘後則轉變成如雷掌聲、口哨，和猛跺地板。可眞稀罕，這個嚴肅的會議室中從未聽到這般激動和熱烈的反應。

馬庫斯滿臉感動，但只一閃而過。他將兩隻手指放進嘴裡吹個響亮的口哨，大家都聽到了。

「謝謝各位。」他等會議室安靜下來後說，「謝謝熱烈歡迎我歸隊！我知道你們中的大部分人可能想著我已經超過有效期限了。但就這麼一次，政客來出手搶救，他們要求我們延後退休年齡。所以，雖然我已經垂垂老矣，你們還得忍受我一陣子。」

大家又開始歡呼，他舉起手示意保持安靜。

「我很難過。羅森．柏恩是位誠實可靠的警察，他應該再多活很多年的。我幾小時前和他的遺孀蘇珊娜談過了。我可以告訴你，他的家人很難過，尤其是羅森的哥哥，傑斯，昨天也自殺了。」他停下話好讓大家消化這個消息。

「我在可預見的未來會擔任凶殺組組長，我很驕傲地接受此職務，並秉持A部門的古老精神。當然，警察局局長爲這部門取了正確名字。儘管如此，你們中有些人知道，我是個愛唱反調的傢伙，因此在她的首肯下，我決定將A部門稱爲『重案組』。那是說，只要我還在角落辦公室辦公一天，就是如此。政客和他們的改革才不能指揮我們該怎麼爲工作場所命名。」

現在，沒人有辦法再阻止震天的歡呼。甚至連卡爾都拍起手來。就是這樣，帶點不文明的抵抗，事情才會更美妙。

高登是第一個對地下室的怪味做出反應的人。彷彿他的臉剛被狠狠打了一下，他突地停下腳步，鼻孔抖動。至少這裡聞起來比樓上的刮鬍水大亂鬥要好。

「蘿思？」高登小聲說，滿是樂觀。他好幾個月沒看到她了，儘管他是最難承受她崩潰一事的人。但人們都說，從希望中會誕生永恆，而那常常是一個人唯一能擁有的。

卡爾拍拍他肩膀。「可能只是麗絲下來這裡找檔案，高登。你不該期待會再在警察總局看到蘿思。」他正要再拍他時，蘿思倏然從他辦公室裡走出來。

「你該死的跑哪去了？我們等了整整半個小時！」

而這是出自缺席兩年的人之口。

「蘿思！見到妳眞好，歡迎回來，儘管只是短暫拜訪。」卡爾綻放罕見的燦爛微笑，好確實讓她知道大家都很想她。

從她的表情判斷，卡爾的歡迎有點太誇張。高登的擁抱顯然讓她比較開心，但話說回來，他們以前畢竟鬧過辦公室戀情。

「我們坐在這等，因爲這裡的空間比較大。你們兩個都進來吧。」

卡爾哼了一聲。她消失了兩年，現在她突然回來頤指氣使，還占據他的辦公室。她說「我們」是什麼意思？她說的是阿薩德嗎？

的確。他們發現他坐在卡爾的辦公椅上，幾綹頭髮掉落在黝黑的臉上。

「老天，老兄，你看起來失魂落魄。是因為羅森和傑斯的關係嗎？」

阿薩德茫然看著前方，但還是設法搖搖頭。

「聽好！」蘿思將幾張剪報砰地放在卡爾的辦公桌上，指著一張照片裡的某人，「阿薩德現在非常震驚，卡爾，他有理由如此。他這幾年來跟我們編了很多故事，包括他在丹麥這裡和妻小一起住。但我們曾經見過他們嗎？他曾經告訴我們，任何有關她們的具體細節嗎？他最近幾年來甚至有提到他們嗎？不，他沒有，但今天阿薩德突然決定告訴我他家庭的真相。他和妻子瑪娃以及兩個女兒在十六年前失去聯絡，自那之後，他慢慢開始接受她們已經死去的事實。但昨晚發生了完全沒有意料到的事，因此我現在才會對你們指著這張剪報中的女人。」

卡爾一臉困惑，看著阿薩德，他坐著，撇開臉。

「我看得出來你在想什麼，卡爾，你是對的。」蘿思說，「昨天，阿薩德在這張剪報上看見他妻子瑪娃。」

卡爾望向照片，閱讀上面的文章，那是在講另一個橫越地中海的致命逃亡，這次是到賽普勒斯。

「你確定嗎，阿薩德？」他問道。阿薩德轉頭過來點點頭。

卡爾試圖詮釋他的表情，他以為自己已經在多年來學會讀懂阿薩德臉上的線條。嚴肅被痛苦取代的表情、他的笑紋會在釋放一切壓力的大笑前變深、眉頭上的皺紋是表示深思熟慮或憤怒。但現在他認不出阿薩德的眼神。抽搐的眉毛訴說著絕望，他嘴邊的皺紋顫抖，眼睛無神，了無生氣。他甚至沒有眨眼。

卡爾不知道他該如何反應，這可不是說話委婉的時候。他們也許從未眞正認識眼前的男人？他們先前對阿薩德身世的直覺是一回事，但未來該怎麼辦？當眞相最後揭曉時，他們能承受嗎？他希望如此。

「這個，」他稍微暫停後說道，「你終於打開心扉了，阿薩德，那一定讓你鬆口大氣。我們能更進一步了解你，只要幾個句子就會改變我們對你的想法，也許我們終於可以認識眞正的你，至少我希望是如此。」

在能回答前，阿薩德花了點時間恢復鎮定。

「抱歉，卡爾。我眞的很抱歉，非常非常抱歉。」他邊說邊將手按在卡爾的手上。手如燃燒般灼熱。

「我非得那樣做不可，卡爾，沒有其他方法。」

「原來如此，如果我的了解正確，以後不用再像以前那樣了？」

「不，不用再像那樣了。」

「或許現在你已經準備好告訴我們眞相了？」

蘿思輕輕捏著阿薩德的肩膀，他直視著卡爾，額頭冒著點點汗珠。

「我的眞名是薩伊德．阿薩迪。」他小聲開始說。

這就足夠讓卡爾心亂如麻了。薩伊德？阿薩迪？

蘿思注意到他的反應。

「阿薩德還是阿薩德，卡爾。讓他自己說。」

卡爾點頭又搖頭，然後又點頭。彷彿他沒有在多年來期盼聽到眞相。但薩伊德？他現在應該這樣叫他嗎？

「我想我們都同意在阿薩德找到他的瑪娃前，給他所有他所需要的時間吧？」她問。

「老天，當然。」卡爾咆哮。她以爲他是誰？無情無義的阿道夫．艾希曼（注）？「阿薩德，聽你說你的痛苦經歷，我眞的很難過。」他眞的是這個意思，「你一定很難熬。」

卡爾瞥瞥高登和蘿思。那個強悍的女人竟然眼睛含淚？高登是在溫柔而深情地看著她嗎？即使蘿思胖了那麼多，她顯然還是能讓高登血脈賁張。

卡爾深吸口氣，因爲他的下一個問題會引發嚴重的情緒反應。

「阿薩德，我希望你了解我得直接問你。這是否意味著我們之間在此發生的一切都是欺騙？我當然知道你的過去問題重重，但因爲你不願意談，而且我知道你有很多祕密，所以我也不提。但你說話的奇怪方式、所有的語言誤解，還有那些提到敘利亞的事，究竟哪些才是眞的？而你到底是誰？」

阿薩德在椅子中挺直身軀。

「我很高興你開口問我，卡爾，要不然我會很難啟齒。但你得知道，每件事的背後都有個充足的好理由。我再一次向你道歉。你也必須知道，我是你的朋友，就像我希望你也是我的朋友，我從未特地說或做任何傷害我們友誼的事。我對語言的大部分誤解是眞的。儘管今天我是個十足的丹麥人，但我大部分的人生卻是活在不怎麼說丹麥語的環境裡，因此造成一些影響和後遺症。許多會說兩種語言的人都是這樣的，卡爾。所以，你可以信任我，不要擔心。那種說話方式已經變成我的習慣，有時是種角色，有時則完全出於自然。」他邊說邊搔鬍子，「但，當然，你知道，當駱駝想學阿拉伯文，又繞著駱駝群走，整天練習時，會發生什麼事？」

卡爾看著他，滿臉困惑。他現在眞的有力氣開這種玩笑嗎？

「其他駱駝會覺得牠很古怪，所以開始欺負牠；貝都因人則不能忍受聽奇怪的阿拉伯文，認為那聽起來糟糕透頂，結果牠最後變成餐桌上的肉排。」

他說完寓言後自己輕笑起來，之後立即變得滿臉嚴肅。

「今早，我答應蘿思要告訴你，我想你需要知道故事，但只能到某種限度。現在嘗試坦白一切會讓我承受不了，但祕密最終都會解開的。」

卡爾盯著阿薩德。好好聽他要把多少隻駱駝編進故事裡，應該會很有趣。

「阿薩德需要我們的幫助才能找到瑪娃。你們都要摻一腳嗎？」蘿思繼續說。

她說「**我們的**幫助」嗎？她突然又變成小組成員囉？

「義不容辭，阿薩德。」高登說，卡爾嘗試理所當然地點頭。

「如果我們眞能幫上忙。」卡爾又說，仔細看剪報，「這事發生在外國，所以我們不能就那樣跑去進行警方調查，你知道吧？」

「誰管那麼多啊，卡爾。」蘿思立刻護短，「只要我們不要假裝是在執行官方勤務，我們就可以做任何我們想做的事。繼續說吧，阿薩德。」

阿薩德點點頭。「我很抱歉，但你們得耐心聽，因為有很多內幕。」他深吸口氣，「也許我該從一九八五年開始，那是我們抵達丹麥十年後。我那時是菁英體操運動員，認識了薩米爾，他小我幾歲。你們認識他；他現在是警察。一九八八年，我念完高中，我在那專攻語言，然後被徵召入軍隊服務。我表現得不錯，於是上級推薦我進入軍官訓練課程，但我拒絕了，反而成為憲兵

注　阿道夫·艾希曼（Adolf Eichmann），一九〇六至一九六二年納粹德國納粹黨衛軍少校，猶太人大屠殺的主要責任人之一。二次大戰後逃至阿根廷，之後被以色列特務逮捕，審判後執行絞刑。

的士官。我是在那時認識羅森．柏恩的，他那時是諾勒松比憲兵學院的教官。他說服我繼續軍旅職涯，接受訓練成爲口譯官，因爲我的阿拉伯文、德文、俄文和英文都說得很流利。」

卡爾嘗試消化這一切，這可是很多訊息。「好，那可能解釋了你和波羅的海的關係。在東方共產陣營瓦解後，你駐紮在那嗎？」

「對，當時，丹麥奉行想成爲北極強權的大國政治政策，送幾十億資助波羅的海國家。所以，在一九九二年，我在愛沙尼亞和拉脫維亞駐紮，後來又到立陶宛。我是在那裡認識羅森的哥哥傑斯的，他是名情報官。我爲他工作了短暫時間。」阿薩德咬咬臉頰，嘆口氣，「我們很快就變得很親近。他就像我的精神導師，建議我申請特種部隊。」

「爲什麼？」

「他自己是特種部隊，他顯然看見我的潛力。」

「你被接受了嗎？」

「是的，我被接受了。」

卡爾微笑起來。當然如此。

「所以，你在那學到各種花招，這解釋了你在危急情況時展現的技巧。」

阿薩德想了一會兒。「你知道特種部隊的座右銘：Plus sees, quam simultatur嗎？」他問。

蘿思和卡爾搖搖頭。對從布朗德斯勒夫來的農家土包子而言，拉丁文並不能引發多大興趣。

「那是，呃……？」高登嘗試。

阿薩德的微笑一閃而過。「它意味著『眞實本事比表面功夫強』。你們懂嗎？我學會在所有情況下閉緊嘴巴，但除那之外，還有其他爲何我以前不能向你坦承眞實身世的迫切理由，卡爾。我希望你了解。首先，那是爲了保護我的家人，還有我自己。」

「好，我們會試圖了解，阿薩德，但你得告訴我們，你怎麼會走到那一步。因為如果我們想幫你，你就需要吐露所有的祕密。我們等——」

卡爾來不及躲開蘿思打在他後頸上的巴掌。

「看在老天份上，別逼他，卡爾。他就要說了，你聾了嗎？」

卡爾揉揉頸背。這個女妖不再為他工作其實是件好事。她除了敢打斷他的話之外，還非常厚臉皮，逕自充老大示意阿薩德繼續說。

「在同時，我完成了擔任野戰觀察員和口譯員的所有資格。所以，在一九九二年，我被調派到波士尼亞東北部的圖茲拉區，那是波士尼亞穆斯林和塞爾維亞人內戰正酣的時候。」阿薩德繼續說，「那也是我首度見證人類有多可惡和殘暴。」

「是的，很令人深惡痛絕，我是說在那發生的事！」高登評論。

阿薩德對高登的用字綻放微笑，然後臉一僵，那是卡爾從未見過的表情。

「我看了太多慘劇，艱辛萬分才學到想在戰爭裡存活，得完全仰賴你的預知能力。我痛恨這點，所以當我回家時，我計畫從戰場上退出。我很難想出除此之外自己還能做什麼，但，那時，由於我的語言資格和優異的軍事表現，我被招募為奧圖堡（注）特種部隊營的教官。當時，在我的人生裡，那是最棒的職務。」他點點頭，「我那時單身，」他微笑，「而奧圖堡的日子很有趣。但，有次週末放假，我去哥本哈根探視父母和老友薩米爾．迦齊時，我認識了他的姊姊，瑪娃。那是我第一次瘋狂墜入愛河，接下來的七年是我人生中最美好的時光。」

他垂下頭，吞了幾次口水。

注　丹麥奧圖堡（Aalborg），位於日德蘭半島北部。

「你想喝什麼嗎？」蘿思問。

他搖搖頭。「我們結了婚，瑪娃搬去奧圖堡。兩年內，我們就有了奈拉和羅妮雅。我當教官真的很開心，想留在北日德蘭，但在千禧年元旦前一晚，我父親突然過世，所以我們搬回我父母在哥本哈根的公寓，好幫助我母親。我母親和瑪娃都沒工作，所以我得養五個人。我不想繼續在軍中服務，因爲我可能會被再度派駐到外國，所以我到處找民間的工作。」

「結果你找不到？」蘿思問。

「當然，不然妳以爲？我寫了超過一百份應徵信，但有個阿薩迪的阿拉伯姓氏，我連一個面試機會都沒有。這時，在哥本哈根卡斯特雷斯軍事碉堡的傑斯．柏恩提供我一個面試。因爲我能流利地說那麼多語言，他建議我申請丹麥國防情報局的職缺，在他手下工作。傑斯是位少校，曾在中東分析部工作過一段期間，剛好需要一位會說阿拉伯文的幹練老兵，就像我。我知道那得冒著被調派到中東的險，當時海珊仍在施行他的恐怖統治，但傑斯向我保證，就算是那樣，也會是在完全能控制的情況下。換句話說，我不會暴露在任何危險中。」阿薩德低著頭，「當然，最後的結果並不是那樣。」

他抬頭看向卡爾，神情悲戚。「我沒通盤考慮到，如果我們突然遇上災難的話要怎麼辦？不幸的是，我們的確在不同層面上碰到了，而我的軍事資歷則帶來嚴重後果。我母親在二〇〇一年九月十一日兩天前因癌症過世，自九一一後，世界就瘋了。我的世界也隨之瓦解。」

「爲什麼你的也是？發生了什麼事？」高登問道。

「發生了什麼事？K-Bar特遣部隊、古盧普費雷部隊和森蚺行動（注）。」

「你現在在講阿富汗，對吧？」卡爾問。

「沒錯，阿富汗。那是史上第一次丹麥蛙人軍團和特種部隊被派遣去執行戰爭任務。從二

○○二年一月開始，這兩個兵團突然成爲國際盟軍的一部分，我是其中的口譯官，也是手持機關槍的特種部隊士兵。我可以私下告訴你，我很常用到機關槍。幾個月後，我知道了如何殺戮和被殺戮的所有細節。我看到人們被炸成兩半，發現被砍頭的平民和變節者，參與鎮壓塔利班和蓋達民兵的行動，而這些都是祕密進行，我們的家人和朋友都不知道我們個人涉入的恐怖行徑。」

「你大可以拒絕的。」蘿思反駁。

阿薩德聳聳肩。「如果妳也像我一樣是從中東逃離，妳總會夢想著，有一天，這地區會從所有的壞事和邪惡中解放，得到自由。塔利班和蓋達代表，也繼續代表著反面事物。妳也要記得，我不知道自己會惹上什麼麻煩。我們沒有人知道。在那時候，我還以爲自己已經看盡一切壞事——還有什麼可能會讓我驚訝？除此之外，那是不錯的穩定收入，不是嗎？」

「你曾派駐到阿富汗幾次？」卡爾問。

「幾次？」阿薩德說，口氣苦澀，「只有一次，但爲期五個月，情況艱困，軍事配備很重，熱浪不斷。當地人還頻頻發出威脅，你從不知道對這些人而言，你代表著什麼。我不會希望我最糟糕的敵人陷入這種情境。」

他停下來考慮該怎麼講下一句話。

「結果更糟糕的還在後頭，而那完全是我自己的錯。」

注　K-Bar特遣部隊，是美國領導的來自七個國家的特種作戰部隊。古盧普費雷部隊（Task Group Ferret），是二○○二年丹麥獵兵中隊（Jaeger Corps）調派到阿富汗的特種部隊。森蚺行動則是二○○二年美國、阿富汗以及數國軍隊協同想要摧毀塔利班的軍事行動。

第十二章　阿薩德

「如果其他檢查員找不到，我他媽的要親自證明那些混球在哪藏了狗屎。」傑斯．柏恩少校有天深夜對阿薩德說。那是個漫長又炙熱的深夜，他們在白天完全沒有得到進展。在傑斯作爲聯合國武器檢查員，被派去伊拉克只有幾個星期後，他帶著阿薩德同行。

他跟著聯合國武器檢查員國際小組的其餘組員抵達，僅身負唯一目的——證明美國總統聲稱，海珊祕密儲藏大規模毀滅性武器的論點是對的。美國說服的不止丹麥，還有大部分世界，但他們什麼也沒找著。而在傑斯．柏恩的武器檢查小組成員之間，對此任務的懷疑開始蔓延。也就是在這個時候，他們的上司，漢斯．布利克斯，對美國情報機構提供的證據表達重大疑慮，因爲他搞不清處哪些是基於假設，或哪些僅是一意孤行。不過，傑斯．柏恩從未有過半絲懷疑。

「海珊的人對老派瑞典外交官而言太過狡猾了。」他對阿薩德解釋，「漢斯．布利克斯就是不會懂，在伊拉克人遠遠看到聯合國制服人員接近時，他們早就已經藏好我們在找的東西。你不認爲他們在沙漠底下有那麼多地堡，很有可能在那裡藏各種機械和髒彈嗎？」他問道。

阿薩德其實並不確定。他們在那個地區目前爲止見過和問過的伊拉克人似乎很真誠、老實。核電廠工程師和管理人員顯然清楚交代他們儲存的鈾和其他放射性物質，還有它們的用途。他們審查的軍事基地的確儲藏大量傳統武器，但那是從和伊朗的無情戰爭中留存下來的，而他們並沒有發現任何違反日內瓦公約的證據。儘管美國人堅信大規模毀滅性武器的存在，但沒有人能確定武器可能在哪。海珊可能巧妙利用這片混亂，而他常發表的費解言論只讓情況更加惡化。但沒有多少人願意公開表態，主張這可能只是個無稽之談，其中當然不包括傑斯．柏恩少校。對世界貿易中心的攻擊不是個事實嗎？他問自己。而那些攻擊背後的主腦人物難道不是中東人嗎？那不就證明了他們面對的是什麼樣的人？

所以，爲何這隻骯髒的狗，海珊，就會有所不同？

這類頑固的結論應該要經得起正常的質疑。但如果你能灌輸給一個人巨大的不安，他的推論能力和對常識的正常懷疑過濾機制就很容易受到影響。這就是在九一一後的時期內，被美國總統和其顧問充分利用的人性弱點。整個世界爲新敵人和新生意機會準備就緒，最重要的是，也爲掩蓋布希政府的錯誤鋪路。布希政府先前一時疏忽，沒有察覺到從中東局勢所崛起的國際和本地緊張的規模。所有資源都必須付諸行動，不計任何代價。布希用新的術語和具攻擊性的修辭，如**反恐戰爭**和**邪惡軸心**，來控制這個紛亂局面。而透過這個方法，他非常有技巧地創造出大眾對採納軍事行動的渴望，也藉此癱瘓政壇上的反對勢力。如果在入侵阿富汗後，證實殘暴的專制者海珊的確已在大規模毀滅性武器的基礎上增強軍力，那麼，除了要求拆除那些武器外，還有什麼選擇？

儘管海珊持續否認，他仍受到嚴厲的制裁威脅，如果他不准武器檢查員檢查伊拉克軍事基地的話。此舉會栽下懷疑的種子，使世人認爲伊拉克眞的藏有大量大規模毀滅性武器。而對西方的一般公民而言，這種話術有種魔力，可以涵蓋幾乎任何東西：核子武器，末日炸彈，生化戰爭。此外，他們還被告知，這份懷疑是奠基在事實上。那個令人作嘔的專制暴君不是曾無數次證明他的殘暴？光對哈拉卜賈（注）的生化攻擊就至少殺害了三千名庫德族平民，那就是足夠的答案。哪

注　一九八八年，在兩伊戰爭結束之際，伊拉克軍隊試圖擊退伊朗而對庫德人發動了生化毒氣大屠殺。

還需要什麼額外的證據？

丹麥首相心甘情願地跟著這類修辭和邏輯起舞。當美國總統告訴他，伊拉克藏有大規模毀滅性武器時，他贊成必須找到它們並盡快拆除，而丹麥將助美國一臂之力。

不惜任何代價。

從一開始，他們的計畫就是傑斯．柏恩、阿薩德和其他聯合國下屬會協助檢查和調查，儘管那會花點時間。當瑪娃在伊拉克費盧傑的親戚，聽到她丈夫可能會派駐在伊拉克一陣子的消息後，便在阿薩德不知情的情況下，送消息到丹麥，建議瑪娃帶著女兒來到位於巴格達西方的這個城鎮拜訪他們，她也可藉此機會向他們介紹家族的最新成員。那是個快樂的團聚，尤其當她告訴他們，她和阿薩德正在期待第三個小孩時。她那時可能只是在懷孕初期，但喜訊就是喜訊。

瑪娃想讓她們抵達伊拉克這件事成為驚喜，而那的確出乎意料之外。她突然和女兒們站在阿薩德的帳棚外面，對他綻放燦爛微笑，眉毛冒著大汗，期待他擁抱她們。瑪娃非常興奮，認為她丈夫會對夫妻能在出生國重逢一事，感到極度開心。

但阿薩德反而沮喪不已。伊拉克的局勢很不穩定，沒有人知道明天會如何。他催促她們向親戚道別，趕快回丹麥。但瑪娃有別的點子。反正阿薩德還要在伊拉克待好幾個月，他們為何不能偶爾在費盧傑的親戚家見見面？他在他們結婚的絕大部分日子裡都被派駐海外，所以為何不抓住這個機會彌補一下？

阿薩德沒兩下就被瑪娃說服了。她是他的心和慾望；加上女兒，她們是他活著的目的和呼吸的世界。所以，阿薩德向她的願望屈服，而那是他人生中最大的錯誤。

「我們同意每星期見一次面，我們那樣做了一個月。然後，傑斯．柏恩就遭到海珊的祕密警察逮捕。」

阿薩德的視線掃過蘿思、高登和卡爾，準備繼續說他的故事。

「等等，」卡爾說，「傑斯被逮捕？他可是武器檢查員，爲什麼媒體沒有報導？」

阿薩德能了解卡爾爲何有此疑問，那眞的是很糟糕的轉折。

「傑斯做了蠢事。他穿著便服闖入沒邀請他的地方。他賄賂在那工作的人，可以時他就硬闖。他在合法的公司拍攝機械和設備的照片，然後利用那些照片，試圖引發懷疑。」

「你有牽扯其中嗎？」蘿思問道。

阿薩德搖頭。「不，正好相反，我警告過他好幾次。最後，他在沒告訴我他有什麼打算的情況下消失。我知道他惹上大麻煩了，然後有天晚上，他沒回來。」

「他們逮捕了他？」

「沒錯，還送他去一號。」

「那是個可怕的地方，對吧？」高登說。

阿薩德點點頭。一個非常可怕的地方，他比任何人都清楚。

阿薩德報告上司，並通知他們，恐怕傑斯．柏恩已經被捕。但他被告知，在目前局勢下，他們一籌莫展。那男人沒穿聯合國制服，還涉入間諜案，所以他只能靠自己了。儘管他家人請求外交干涉來說服伊拉克人撤銷告訴，結果卻沒有回應。上級無可避免得放棄他，否則會危及在伊拉克的整個聯合國行動。

阿薩德知道他們是對的，傑斯自食惡果。說到間諜行動，海珊的法官很少展現憐憫。直到死刑判決下來，直到它要被執行的前一週，整個局勢的絕望和無助才眞正衝擊到傑斯和阿薩德。

阿薩德帶著明顯的哀傷，敘述傑斯的弟弟，羅森．柏恩如何在處決的前一天抵達。

羅森確實沒有浪費任何時間。穿著西裝的三位伊拉克獨立辯護律師輪番受到威脅、訓斥，最後說出無法兌現的承諾，會盡力確保他哥哥被釋放。但他們的反應都一樣，他們以輕蔑的眼神看著羅森．柏恩和他腋窩下的暗色汗漬，毫不猶豫地告訴他，這類想引發律師反抗海珊的司法判決的賄賂並不存在，他們不能冒險站在一位被判死刑的白癡丹麥人那邊。羅森知道有多少人就此消失在沙漠的無名墳墓裡，難道沒有任何人知道他們發生了什麼事？

在兩天徒勞的威脅和請求後，羅森．柏恩了悟，不會有赦免這回事了。他的哥哥將被領至絞刑架，頭蓋上黑頭罩，脖子上纏著絞索，活門打開後掉下幾公尺深，拉斷頸椎。那將是迅速而確定的死亡。

那晚，羅森．柏恩在飯店房間裡整晚沒休息。隔天，他把阿薩德叫去，告訴他自己的計畫。

「我很抱歉得把你捲進來，阿薩德，但你會說阿拉伯文，又是受過訓練的士兵。如果誰能救出傑斯，非你莫屬。」

阿薩德憂心忡忡。「你的意思是？」

「你去過傑斯被關的監獄裡面嗎？在巴格達西方，靠近費盧傑，你妻子的家鄉。」

「阿布格萊布？我很清楚它在哪，羅森，但我會在那裡做什麼？那是人間煉獄。」

羅森．柏恩點香菸時雙手發抖。「不，那是個離這裡幾公里的混凝土附屬建築。但你是對的，那是人間煉獄。那裡沒有人權，只有不可置信的折磨、虐待和苦難。過去幾年來，許多無辜的人在那被處死刑，而一旦你進入一號，你就死定了。所以，你要在那裡做什麼是個好問題，那就是我要在此要求你的事。你要幫我把傑斯救出來。」

阿薩德瞪著他，一臉不可置信，感覺到一股冷顫滾下脊椎。羅森以爲他是誰？超人嗎？

「羅森，那不是你能選擇自行去拜訪的地方。我們要怎麼進去？更別提如何在逃過他們注意的情況下，把傑斯救出來？另一邊不是還有士兵和警衛嗎？」

「阿薩德，我們無法在不受注意的情況下救傑斯出來。但不管怎樣，我們都會讓他們放他走。」阿薩德閉上眼睛，想像戒護嚴密的監獄，有著高大的混凝土圍牆和鐵絲網。這男人在想什麼？他瘋了嗎？

「我看得出來你在想什麼，阿薩德，但這計畫不是不可能。我們需要說服安全警察，傑斯是能讓聯合國武器檢查立即停止的最好機會。我已經聯絡過判他死刑的法官並達成協議，條件是只要傑斯聽話。」

「我不喜歡這個點子，但讓我猜猜看。你會告訴他們，傑斯是在聯合國首肯下進行間諜活動，對不對？」

柏恩點頭承認。「是的，那會破壞整個任務，使得聯合國得中止檢查。傑斯會是伊拉克在那個戰略運作中的最佳籌碼。」

「我能了解你會爲救哥哥發揮你所有的影響力，羅森，但那是謊言，他們會發現的。」

「發現？伊拉克人只要有供詞，才不在乎那是眞的或假的。根據法官說的，他們已經對他嚴刑逼供過了。但他很強悍，無法打破他的心防。他們鞭打到他昏倒，然後用冷水沖醒他，再繼續重複鞭打他。他們宣稱他已經投降，招出任何他們想要他說的話。但現在他們很肯定，他確實隸屬於武器檢查小組，而要是他能提供他們聲明說，他的上級命令他執行間諜行動——不管眞假——都會產生巨大的新聞衝擊。伊拉克情報單位就是奠基在謊言上，阿薩德。」

阿薩德想像傑斯的模樣。他曾見過傑斯在立陶宛打鬥的狠勁，知道他比他所認識的任何人都能承受痛苦，一天的鞭打就能打破他的心防似乎不太可能。

「羅森，如果傑斯洩露任何有關他爲誰工作的細節，他們一定是動用了最殘暴的私刑。如果他們想讓他站在攝影機前，那可得對他逼供好幾天。」想到那些混球的逼供招數就讓阿薩德渾身發抖。「或許他們會在密閉房間裡將他綁在椅子上，逼出他的口供，錄影下來，然後直接處決他。他們一旦得到想要的東西，還有什麼能阻止他們殺他？」

「如果我的計畫奏效，他們就不會那麼做。這就是你能借力使力的地方，阿薩德。你會進去救他出來。」這個點子讓阿薩德手臂上的寒毛直豎。伊拉克監獄裡每天都有人失蹤。一旦你被關進去，可沒辦法光靠運氣出來。

羅森將監獄的藍圖推向他，上面寫著：「阿布格萊布監獄，巴格達懲治機構，一號。」

「我不相信傑斯會像他們聲稱的，或你想像的那般受到凌虐，因爲我已經設法取得在他行刑前十分鐘去探望他的許可，你可以用我的口譯員身分跟我進去。在檯面上，十分鐘是給你道別的時間，但在實際上，大部分人從未有那個機會。我可不只是要去道別；我要把他救出來。」

他指著藍圖底下的一排小牢房。「這是死囚房。他們將囚犯拉出來凌虐，等到他們得到想要的口供後，就吊死或劃開死囚的脖子。建築物後方的荒蕪地帶用來當萬人塚。挖土機會挖更深和更寬的溝來埋更多屍體。我很清楚那裡發生的事。」

羅森指著藍圖右上方的大正方形。

「這個角落的正方形區域是通往出口的走廊——整個監獄裡唯一的一條。」

他指指在出口附近的叉叉。

「你和我會站在正方形走廊這裡。當他們將他從死刑牢房裡帶出來時，他們會直接走向我們。攝影機會架在這裡，傑斯會在那招供，說自己受到聯合國指使。爲了證明他不是屈打成招，我會站到攝影機前，直接問他是否因爲遭受脅迫才那樣說，他會否認。那是我和法官達成的協議。在招供後，他會站起來，我們會護送他到前院，我的司機會在那等著載我們離開。」

「你說的好像很樂觀，但萬一有事出錯呢？」

「那就是你插手確保我們活著出去的時候。你會說他們的語言，你會小心聽他們說的話，這樣我們才能及時做出反應。」

「我不懂，羅森。他們放我們進去時，不會准我們帶武器。那樣一來，我們要怎麼防衛自己？」

「阿薩德，你是特種部隊士兵，相信你的直覺。如果事情出錯，你會知道如何解除周遭人的武裝，並使他們喪失行爲能力。」

阿薩德抹掉前額的汗珠，扭曲著臉，轉身面對卡爾。他不知道爲何坦承這一切如此困難，他只知道自己已經精疲力竭，幾乎要崩潰。

「那就是過去發生的事，羅森·柏恩完全被逼急了。我可能需要休息一下，卡爾。我可以禱告和休息一個小時嗎？」

第十三章　亞歷山大

他們試圖破門而入，闖進他臥室。

他聽到門外的低語，看見門把慢慢往下轉。

但亞歷山大毫不在乎，因爲他早就做好了預防措施。他在安頓好自己的第一天時就考慮過門的事。不管門是向內或向外開啟，都會爲想保持它們緊閉的人創造難題，儘管他已經用鑰匙鎖上門，而鑰匙也不容易從鑰匙孔中推出來。

雖然如此，他臥室的房門是往外向走廊開啟，透過鑰匙箱裡的橇桿鎖緊，很容易讓人撬壞闖進來。然而，亞歷山大比任何人都清楚，他父親絕對不會主動搗壞這麼豪華的門，更別提他太捨不得門，又自命清高，不會認爲值得爲兒子這樣犧牲。

亞歷山大還記得他父親在帶他導覽新房子時的自豪和快樂。

「看看我們的新房子，兒子，那是高貴手工藝的眞正象徵。堅固的門、灰泥天花板、手製欄杆的樓梯。好好瞧瞧！你不會在這找到任何塑膠門把、夾板假牆面，或油漆剝落的牆壁。不，這是有意志和技術的人們所創造的傑作，一棟獨特而美麗的房子。」

他父親老將「意志和技術」掛在嘴邊。他說到其他人時，總根據他們是否擁有「意志和技術」而將他們分成幾個類別。而那些在他眼中沒有意志或技術的人，則被他一筆勾銷，成爲他的國家，也就是丹麥永遠不歡迎的低劣底層人類。

每次吃飯時都伴隨著他對那些低劣人種的嚴厲斥責，那些人不是沒做好份內事，就是拒絕遵從他所謂運作良好的國家法則。亞歷山大有天終於忍不住爆發，對他父親狂吼，他應該他媽的閉上嘴，去幫助那些沒有意志和技術的人，而不是不斷聲稱自己比其他所有人優秀。於是在他這輩子裡，他父親第一次重重打他巴掌。當時他才十三歲，那是後來許多巴掌的第一個，而因爲房子裡緊張程度逐漸升高，最後沒有人懷疑，他父親寧可有個正常的丹麥男孩做他兒子，也不要亞歷山大。

現在，他們住在幾乎建造於百年前的房子裡，蓋此房子的人則兼備意志和技術。儘管那扇門很特殊，是往外開的，但可以從裡面鎖死，除此之外，還有一個非常沉重的黃銅門把，難以拆除。這門把是亞歷山大在家裡享有一方安寧天地的關鍵。他父親在突發異想裝修房子時，在亞歷山大的臥室灰泥牆壁上裝了鋼線，從那掛了一排鹵素燈。鋼線用裝置鎖緊，但亞歷山大早就把它扯下來，將鋼線的一端綁在門把上，另一端纏繞在對面牆壁的鑄鐵暖氣調節器上，這便足以阻止任何人將房門打開到足夠寬度並闖進來。亞歷山大只要花十秒鐘就能解開整個裝置，在房子沒別人時開門出去。所以，當他父母站在門外低語時，他只是對著自己微笑。他們絕對進不來。

「我很好，」他對門大叫，「我只需要再幾個星期，然後我就會出去。」

低語剎時停止，亞歷山大當然在撒謊，他內心深處知道他並不好。

他昨天花了一整天打遊戲，在其中喪失性命，害他成績倒退許多，使得他曾暫時考慮是否該停止達到二一一七勝的野心。他只是想給牆壁上的那個無名女人——她和所有其他死在海灘或溺斃的人，應有的注意力。等那刻來臨時，他計畫通知他在警方的聯繫人自己的確切意圖，然後出房門砍掉父母和任何剛好在移動路線上的人的腦袋瓜。如此一來，將沒有人能夠忘記那個數字和那個無辜的女人。

這就是他的計畫。

加油，亞歷山大，他告誡自己，看著螢幕。你辦得到的，振作起來，無情地射擊和殺戮。你最近只是太累，改變節奏，你就能達成目標。

門外又傳來聲響。

「你的朋友愛迪就站在這，亞歷山大，」他母親叫道，「他過來打招呼。」

那是個漫天大謊。首先，愛迪不是他的朋友。第二，他才不會突然來說哈囉。或許他是過來想借什麼反正他永遠也不會還的東西，或他可能想要得到某些色情網站的網址，但絕對不會只是單純好心過來打招呼。絕對不會。

「嗨，愛迪，我父母付了你多少錢？」他叫回去，「我希望是一大筆錢。但如果你夠聰明，你會拿了錢就跑，因爲我不想見你。甚至連一秒都不想，再見，愛迪。」

那可憐的傢伙眞的很想賺那筆錢，大聲叫著說他想念亞歷山大。他父母的確教了他該說什麼，而且教得很好。

「只要十分鐘，亞歷山大。」他以比平常更嘶啞的聲音說。

亞歷山大伸手去拿牆壁上的武士刀，將刀拔出刀鞘，它銳利地不可思議。如果愛迪有辦法破門而入，這白癡最好知道等著他的是什麼。他的頭會重重落地，桌子、椅子和地毯會濺滿他的心臟運送到全身的血液，而且還會濺得一滴都不剩。

「五分鐘就好。」那個白癡又嘗試一次。

亞歷山大沒有回答，讓人放鬆戒備的最佳策略就是不要回答他們。受到忽視會使人們徹底發狂，也能癱瘓他們。「沉默是最佳武器。」他曾聽某人這樣說過。人際關係的破裂肇因於沉默，朋友會因爲沉默而消失；政客的最佳武器就是沉默，而撒謊是第二種，並且緊緊相隨。

他母親和愛迪持續哀求幾分鐘，每次哀求都變得越來越短促，最後走廊的聲音消失。

亞歷山大將武士刀收回刀鞘，掛回牆壁上，繼續玩遊戲。他在完成目標前還得贏整整一百五十次。日子順利時，他一天可以贏十五次；運氣背時，則只有幾次。但如果幸運女神再度眷戀他，如果他好好努力，保存實力，並且加倍專心，他就能在兩星期內達到目標。那純粹是動機問題，而亞歷山大很清楚該如何專心致志。

他拿起手機，找到電話號碼。他過去幾天做得非常成功。他並沒有想方設法在每次都聯絡到他的警察聯絡人。但這次他打過去幾秒鐘後，便聽到另一端傳來略微帶著鼻音的腔調。

「又是你，」警察說，「告訴我你的名字，不然我不想和你說話。」

亞歷山大差點大笑出聲。警察能對告訴他不久後就會大開殺戒的人置若罔聞嗎？這是被允許的嗎？他當亞歷山大是什麼？

「那好，我只是打電話來讓你知道，我並沒有如自己希望得進展神速。在我抵達二一一七前，你可能要等一等，因爲很難取得進展。你知道的，我老是被殺，那會讓分數倒退，還浪費時間，然後我又得累積積分。」

「你在玩什麼遊戲？達到二一一七對你而言什麼這麼重要？什麼和那個數字有關？」

「等我達到時你會知道的。等我**真的**達到時，你想不知道我的名字都不行。這是個承諾。」

之後，他掛斷電話。

第十四章　卡爾

「妳知道的比阿薩德剛告訴我們的還多嗎，蘿思？」阿薩德去祈禱和休息時，卡爾問。

「不，並沒有，這是我第一次聽到大部分的內容。」

「我了解妳會回來警察總局，是因爲妳希望我們幫助阿薩德。這表示妳要返回懸案組了嗎？」

「我看起來像嗎？」

卡爾仔細審視她的外表。以前那位紀律嚴格和熱愛運動的女人已經胖得不成樣子。她臃腫的體態和遲緩的行動著實讓他震驚。她的問題使他語塞。

「妳很美，」高登從後面說道，「妳辦得到的，蘿思。」

她對著竹竿報以微笑時，那傢伙是慾火焚身、差點流口水了嗎？

「我們很想念妳和妳敏銳的觀察力，蘿思，甚至在某種程度上，還有妳的傲慢無禮。」卡爾說，「事實上，如果我們要在阿薩德的案子上花時間，我們就得堅持要妳回來上班。但選擇權在妳。妳要不要加入？」

走廊傳來一個熟悉但意料之外的聲音，打斷他們。

「誰要不要加入？」那人出現在房門口時問道。馬庫斯．亞各布森大駕光臨。

他走到卡爾跟前，伸出手，面帶微笑歡迎每個人，看來有新鮮事了。

「你們可能已經想通了，我要在幾個部門間發揮領導魅力。他們是在說妳嗎，蘿思？」

她以尊敬的眼神看著他，但忘記點頭。她對這位老練成熟的男人總是心軟。

馬庫斯對她綻放典型的燦爛微笑，整張臉皺在一起。「如果妳感覺強烈到可以歸隊，這對大家都好。我知道妳的日子很難過，所以妳顯然需要時間考慮。」

他轉向卡爾。「我要從你的部門開始著手，你也許會認爲那是因爲我要一層樓一層樓來，那你就錯了。因爲懸案組是我們警察總局裡最有效率和最成功的調查單位，我不只希望能留住你們全體，還想改善你們的工作條件，以及變得更現代化。有鑑於此，我要送個小禮物給你和阿薩德，卡爾。」

卡爾幾乎不敢相信自己的耳朵。

「你和阿薩德得密切合作，卡爾，而這個試驗專案的一部分就是要確實強化同僚間的關係，我們要給你們兩位這些裝備。」

他遞給卡爾兩個盒子。

卡爾看著包裝。那是那種萬能超級現代手錶。該死，他們新就任的凶殺組老組長怎麼會有他會用這種新玩意的想法？他連夢娜咖啡桌上的遙控器用途都搞不清楚了。這下他得閱讀使用手冊嗎？想都別想！他情願讀有關蒙古國清潔習慣的報導。好在有路威可以教他，這應該正合那小子胃口。

「嗯，謝謝。」他說，「我確定阿薩德會特別高興。」

「它有GPS，所以你們總是能找到彼此。比如，你現在就可以知道阿薩德在哪。」

「它有那麼精確嗎？」

馬庫斯．亞各布森看著他，滿臉不解。

「嗯，現在他大概在離此八公尺遠處，就在走廊另一端，他所謂的辦公室裡。」

亞各布森微笑起來。羅森・柏恩可永遠不會這樣做。「這個，重點是那是對你們努力工作的謝禮。如果你們有任何話想說，儘管來找我，我會謹記在心。」

卡爾看著另兩個人，對自己默數秒數。一，二，三……

只有四秒，而且是高登提第一個問題。

「我有個問題，」他說，「有個年輕人每兩分鐘就打電話過來威脅要殺他父母，然後跑到街上隨機殺人，那是說，一旦他達到他在玩的遊戲的一個特殊數字後。我想他是認眞的，所以我們在討論該採取什麼步驟。」

「好，你報告這件事很好！」

「他的手機用的是預付卡，他可能有好幾張。」

馬庫斯顯然同意那個假設。他可能不認爲會是別種情況。「這種情況持續多久了？」他問。

「幾天吧。」

「你聯絡過電信公司嗎？」

「聯絡過。但不幸的是，那傢伙和我的通話時間很短。他可能每次都會更換預付卡，我還可以打賭，他沒用手機時會關機。」

「那麼，我們可能可以確定那是沒有GPS的老舊機種。」蘿思附和，「如果我們要用基地台偵測他，每個人就需要馬上進入情況。假使我們成功，也不會像是人們以爲的是在半徑十公尺內找到他。那可不像剛剛送你的手錶。」

「他說丹麥文嗎？」馬庫斯對高登問，不受蘿思對手錶盒子明顯嫉妒的眼神影響。

「是的，很流利，我會這樣說。他聽起來像是青少年，或稍微老一點。」

「你是根據什麼這樣推論？」

「他講話像想要小聰明的青少年，但他的用字有點成熟。或許他教養很好。」

「你是什麼意思？」

「嗯，比如，有次他用**收拾**而非**殺害**或**謀殺**。」

「嗯，他講話很做作嗎？」

「怎麼說？」

「像來自倫斯登或蓋莫爾霍特的人？」

「不，我不會那麼說，但他也沒有哥本哈根口音，比如像諾勒布羅區或洛德雷的年輕人。」

「沒有特別的菲因島、日德蘭或西蘭島口音？」

「不，我不認為你能辨識出特定口音。」

「我想，不如你下次把他錄音下來吧？」

「是的，當然，我已經錄了。我只成功錄過一次，但他那次說的不多。」

「有時一點線索就能查很多出來，高登。」

卡爾同意。警方有語言學和方言專家，所以馬庫斯說得對。值得調查一下。

「你聯絡過丹麥安全和情報局嗎？」凶殺組組長問道。

卡爾覺得這該由他自己回答。

「不，我們還沒聯絡丹麥安全和情報局。但當然，我們正在考慮。」

「你們知道這傢伙為何特地打電話給懸案組嗎？」

「不知道，但我**有**問過他。」高登回答。

馬庫斯又整張臉一亮。

「這位年輕人無疑讀過有關你們的事，他可能知道你們多有效率，真心想在太遲前被捕。」

哇，正中要害。卡爾想道。現在高登說什麼也不會放棄這個案子了。

這根竹竿搔搔頭。「所以，除了錄下對話外，我還應該做什麼？」

「聯絡丹麥安全和情報局，請他們一起和你聽電話。」

卡爾皺起眉頭。老天，才不要，他才不會讓他們檢查他的電話線。

「我們會自己想辦法，馬庫斯。」他說，「我們自己有抓到那種白癡的辦法。」

高登正準備抗議，但注意到卡爾怒目瞪他的眼神。卡爾連忙改變話題。「我們有另一個案子，它需要我、蘿思和阿薩德在往後幾天投注我們所有的注意力，說來可能要花更多天。」

馬庫斯坐下來聽卡爾和蘿思輪流解釋阿薩德的身世之謎。

對一個從根本上認爲他的警察經歷已經讓他看盡天下事的男人而言，這位凶殺組組長受到這故事的衝擊程度，比卡爾預期得還要強烈，此點毫無疑問。

「老天！」馬庫斯在靜坐片刻、試圖消化剛聽到的故事後這樣回答。這顯然並不容易。

「這就說得通了。」他最後說，「當然，這解釋了阿薩德的身世，和羅森．柏恩爲何不遺餘力爲他創造新身分，以及爲他確保一份能發揮才能的工作。」他對卡爾說，「他把阿薩德送來樓下你這裡很對，卡爾，這完全不是巧合。」

「卡爾，讓馬庫斯看那些剪報。讓他看看是什麼開始所有的災難。」蘿思說。

卡爾將那堆剪報推向他，指著第一張剪報裡的女人照片。

「那是阿薩德的妻子，瑪娃，站在她身邊的可能是他的一個女兒。」

馬庫斯從胸前口袋拿出老花眼鏡。「照片是幾天前在賽普勒斯拍的，原來如此。」

「是的，在阿依納帕，那是難民上岸的地方。」

「那其他剪報呢？它們說了什麼？」他拿起幾份剪報，讀上面的標題，「你全部都讀過了嗎？」他問。

卡爾搖搖頭。「不，我還沒有時間。但蘿思讀過全部，對吧？」他說，「她收集剪報。」

蘿思竟然臉紅起來。那可眞令人震驚！她眞的會尷尬嗎？

她從下方抽出一張剪報。

「這張掛在我臥室的牆壁上。阿薩德是在那讀到的，它幾乎害他癱瘓。」

她說她的臥室？阿薩德究竟在那裡做什麼啊？

「後來，我了解了原因。」她繼續說道，「阿薩德認出那位溺斃的女人。她對他而言像是第二個母親。」

他們全看著剪報標題。二一一七號受難者。

「搞什麼……」卡爾驚呼，高登坐在他旁邊，嘴巴大張，什麼話都說不出來。

「二一一七！」高登最後終於擠出幾個字，「那就是那個一直打電話給我的男孩試圖在遊戲裡達到的數字！在那之後，他就會殺害他父母。」

凶殺組組長的表情明顯改變，這改變既熟悉又讓人歡迎。那表情是什麼仍是個謎題，但毫無疑問的，他正在思考兩者間的關聯，這一向是他的長處。但現在他在想什麼呢？很可能和卡爾一樣。這不可能只是個巧合。

「那數字顯然給那男孩深刻的印象，但他是在哪讀到的？」

「那上了全球報紙的頭版新聞，馬庫斯。」蘿思回答。

他皺起眉頭。「他什麼時候開始打電話給你的，高登？是在這些頭條之前或之後？」

高登瞥瞥剪報日期。「絕對是之後。一天，比較可能是兩天後。」

「那個男孩有可能知道溺斃女人和阿薩德的關係嗎？而且這還間接和懸案組有關？」

「不可能！」蘿思反駁，「我確定，阿薩德昨天才第一次看到照片。但在報導裡，描述這些難民在世界上承受的可怕遭遇的文筆很富有感染力。你得夠憤世嫉俗，才會對此無動於衷，所以我才把它掛在牆壁上。」她又說。

「嗯，那男孩確實是以非常憤世嫉俗的方式被打動了，如果妳問我的話。儘管我還是認為，我可不會因為我母親是個惡夢和快把我逼瘋，就想砍掉她的腦袋。」卡爾嘟囔。

凶殺組組長陷入沉思。「好，高登，等那男孩下次打來時，告訴他，你知道二一一七號受難者照片的事了；再告訴他，你了解他的憤慨，看看有沒辦法讓他打開話匣子。」

高登緊張地看著他，也許他不是做這份工作的正確人選。

「還有，高登，」凶殺組組長繼續說道，「你現在可以去叫阿薩德過來，或薩伊德·阿薩迪也行，看他愛被叫哪個名字。我不認為你該告訴他，那男孩和那個數字的事。以後還有很多時間可以跟他說，現在已經夠有他受的了，你覺得怎樣，卡爾？」

卡爾點點頭，腦中浮起十年前阿薩德在地下室這裡開始工作的畫面。他那時自我介紹，說他叫哈菲茲·阿薩德，是敘利亞難民，戴著綠色塑膠手套，腳邊放個水桶。但在他內心深處，他其實是薩伊德·阿薩迪：一位特種部隊士兵、口譯官、伊拉克人，和幾乎流利的丹麥文使用者。那男人是個天賦異稟的演員。

阿薩德頂著那頭凌亂的捲髮進來時，他們全轉向門口。他眼神疲憊，充滿血絲。他短暫和馬庫斯·亞各布森打個招呼，並恭賀他得到新工作。之後他坐下來，聽卡爾解釋凶殺組組長現在已經得知他的情況，而如果他想繼續說他的故事，他們會很感激。

阿薩德清清喉嚨幾次，閉上眼，但等他感覺蘿思將手按在他肩膀時，他才繼續說下去。

「直到要執行處決兩天前，羅森．柏恩和我才有辦法去監獄和他哥哥見面。看到他坐著，雙手被銬在身後，臉幾乎被打到無法辨識，羅森便知道伊拉克人已經讓傑斯完全招供了。」

阿薩德張開眼睛，直視卡爾。「他的鼻子從此歪掉，半隻耳朵剝落。赤裸的身軀上全是割傷和瘀青。指甲變成深藍色。難怪羅森會這麼震驚。監獄不准他們跟彼此說丹麥文，所以他無法告知傑斯他的所有計畫。無論如何，羅森的談話時間超過允許的十分鐘，然後警衛突然把傑斯拉回去，很可能是受到指示。羅森告訴我，傑斯聽到計畫時似乎無動於衷。羅森原本還以爲，傑斯寧願死也不要背叛聯合國，但後來他開始哭泣。他被徹底擊垮了。」

「我不懂，」卡爾說，「那有什麼大問題？等他重獲自由後，他大可以改口告訴媒體他是獨立行動。」

「你不是職業軍人，卡爾。他會被不光榮退役，你懂嗎？在他的世界裡——」

「是，我什麼都不懂。」

「他知道，伊拉克人會說他獲釋後的獨立行動說法是個謊言。他們曾逼他說出眞相，而這會留在紀錄裡，他怎麼樣也洗不清的。」

「但他卻贊同計畫，所以最後發生了什麼事？」

阿薩德稍微彎腰，彷彿那份記憶會讓他胃痙攣。接著他繼續說下去。

第十五章　阿薩德

第二天，太陽無情照射，全伊拉克籠罩在難以忍受的熱氣中。柏油路融化，當地人都躲在家裡避暑。那天比阿薩德曾經歷過的大熱天都還要熱。離開羅森·柏恩的旅館不過兩分鐘後，他倆的襯衫就都被汗水浸透。到監獄的路途遙遙，感覺沒有盡頭，羅森租借的裝甲車活像個烤箱。甚至連他們老練的司機，一位羅森在過去認識的黎巴嫩商人，都從鬍子冒著大汗。好像他喝下一杯水後，水從嘴巴倒流出來一般。

他在離混凝土牆十公尺外停車，圍牆圍繞整個建築群，入口大門處有兩名不苟言笑的士兵在等他們。他們發出像突擊隊命令般的鬼吼，迅速爲他們搜身。一開始氣氛就不對，他們護送他倆進去裡面時，阿薩德感覺快要窒息。

那兩名警衛領著他們走過五公尺寬、二十公尺長的走廊，兩旁有內牆和外牆。最後終於走到一片荒蕪的四方形廣場，一邊是一整排相互連接的混凝土建築。離他們不遠處，他們聽見一位囚犯短促地叫著「阿拉至大」，隨即是幾聲沉悶的轟鳴，之後恢復寂靜。

放射性般的熱氣，使得無人廣場四周的圍牆似乎跳起舞來，幾乎讓人無法呼吸。

然後他們被命令安靜站著等待。兩名士兵就在他們身後警戒，每個人身側都掛著機關槍。阿薩德注意到他們警覺和看透一切的眼神。儘管熱氣讓他們昏昏欲睡，但萬一情況變得無法預料，他們可會毫不遲疑地開槍。

阿薩德轉向羅森．柏恩。他看起來很不好，臉部腫脹，呼吸短而淺促。

要面對無法馴服的焦慮總是很困難。

十分鐘後，兩名光著上身的獄警將羅森的哥哥，傑斯拖出來，讓他在他們面前跪下。他身後跟著兩位看起來像官員的黑西裝男子，毫無疑問是海珊的安全警察成員，最後是位穿長袍的伊拉克人，他扛著過大的攝影機。兩名獄警離開正方形廣場後，穿黑西裝的兩名男子站在傑斯後方，傑斯幾乎抬不起頭，男子踢他踢得直到他勉強抬頭，直視他的弟弟。他的神情如此絕望，滿是懊悔和恐懼，難以想像他的供詞會順利騙過世人。

接著，攝影師走過來，給羅森．柏恩一個手勢，要他走到攝影機和他哥哥中間。阿薩德退後幾步，這使得他更靠近背後的士兵。他沒回頭，但算出有三大步。

滿身大汗的羅森．柏恩站在他前面，面對攝影機。他沉默著，可能有點站不穩，但話說回來，氣溫是個大挑戰。在正方形廣場拂面的灰塵與閃爍熱氣中，兩位黑西裝男子面無表情，站在跪著的傑斯．柏恩身後。在阿薩德身後的士兵就像機器人，準備好等命令下來，就將整件事做個了結。阿薩德和羅森可是深陷險境。

阿薩德站著，文風不動，試圖確定威脅可能來自哪個方向。

快點，羅森。他焦急地想著，用手背抹去前額的汗珠。你可要說對的話，做對的事。

但，打從攝影師比手勢示意羅森．柏恩在何時張開嘴後，等待感覺起來就像永恆。最後那個時刻終於來臨時，羅森聽起來卻像是遭到巨大脅迫。他的句子反覆單調，掙扎著該用哪個英文字。原本理應是他哥哥得到聯合國授意行動的明確證詞，反而變成說服不了人的鬧劇。

就在那時，傑斯展現他的能耐。也就是在那時，那絕望的人抬起頭，直視著攝影機。

「我弟弟只是說出我們私下同意的事。」他以結結巴巴的英語說，「你看得出來他有多受到這件事的影響。但事實是，我是私自行動。沒錯，我進行間諜行為，但我沒有發現任何可以爲這次聯合國任務提供正當性的武器。」他深吸口氣。「那是事實，我被判處死刑。不是因爲我沒穿制服闖進伊拉克敏感地區，而是因爲在我最後一次任務中，幾乎殺害一名警衛。所以我向命運投降，並爲我的意圖和行徑對每個人道歉。」

他停下話，吐了幾口血水到跟前的沙地上。直到那時，阿薩德才了悟羅森·柏恩眞正的計畫是什麼，還有爲何他沒告訴他，但只是指示他聽從直覺的原因。現在就是運用直覺的時候了。在傑斯的血口水消失在沙地的那刻，他就知道了。

在傑斯做了這份出人意表的供詞後，只有兩種可能。有可能伊拉克法院的判決會得到執行，在這種情況下，傑斯會被吊死；另一個可能，就是懲罰會更快速降臨。但有件事是確定的：現在就得採取行動。當兩位黑色西裝男子中，年紀較大的那位嚴厲地看了阿薩德身後的士兵一眼時，阿薩德立刻聽從直覺。最年輕的警衛鬆開夾克、右手伸去拿武器的那一剎那，傑斯以不可置信的力量爆發，從下跪的姿勢跳起來，倒向男人們，使他們倒地。

阿薩德毫不猶豫做出相同舉動，往後倒撞上身後最靠近的士兵，兩人倒在塵土上，而阿薩德壓在上面。他立刻用手肘撞進士兵的喉嚨，伸手抓他的機關槍，拉到一邊，立刻朝另一名士兵的肚子開了一槍。此時，傑斯和幾秒鐘前才準備冷血殺害他的警衛展開搏鬥，在他頸背開了一槍。現在，警衛倒在地上，一臉困惑，亂揮手槍。傑斯施出殘忍的鎖喉，扭動手臂直到脖子斷裂。

在阿薩德迅速發出一連串子彈，射入第二名警衛的大腿前，他只來得及模糊喊一聲救命，便趴在地上。誰也沒料到攝影師會發動攻擊，他一個動作就將攝影機丟到一邊，一個箭步跳出火線，轉身面對阿薩德，手中揮舞著刀子，眼神瘋狂，證明他有能力刺殺任何人。

在那一刻，阿薩德和傑斯之間的紐帶從此變得堅不可摧，因爲拿著警衛手槍的傑斯，對著攝影師的脖子開了一槍，在他倒地前就殺害他，阿薩德才能得以活命。在這一切發生的時候，羅森．柏恩沒有從站立的地方移動半吋以免擋路。但他眼觀四方。「他們從另一邊來了，小心！」他大叫，指著憑空冒出來的幾名警衛，手中的武器瞄準他們。

「我會掩護你們！」阿薩德大吼，從躺在地上的士兵那猛扯機關槍，那士兵還抓著自己被扭斷的脖子。然後他撿起攝影機，把帶子掛在肩膀上。

傑斯和羅森．柏恩跳過受傷的警衛，將他當作盾牌，沿路拖著他。從最遠的圍牆那射擊來幾顆子彈，阿薩德以短暫連發回應，射倒一名士兵。現在外頭也傳來槍聲。

「那是我們的司機！」羅森叫道，「交給你了，阿薩德。」他命令。

從他們能看見建築物尾端入口的那一刻開始，阿薩德就不斷射擊，一路納悶還剩幾發子彈。在離他前面幾步處，傑斯將受傷的伊拉克人當成掩護推著走，鮮血仍從他腿上冒出來。士兵沒有射他，他一定是重要人物。阿薩德心想。

上方傳來連發的子彈，射得阿薩德左腳旁的沙地揚起朵朵塵雲。

「快找掩護！」他對柏恩兄弟和囚犯叫著。他和兩兄弟撲向內牆，沿著邊緣匍匐前進，拖著警衛避開從上方來的火線。終於抵達大門，司機正站在裝甲車後，拿著冒煙的機關槍連發子彈。

後來，阿薩德才知道他殺了多少人，但此時，只見警衛和士兵在四面八方紛紛倒地。

他們全力在塵土雲朵中衝刺，伴隨著子彈射在裝甲車尾門上，重複空洞的噠噠聲響。等監獄離開視線時，他們從車中拉出受傷的警衛，讓他躺在地上。

「把這個緊緊綁在大腿上，這樣你才不會流血致死。」阿薩德對他說，將皮帶扔給他，「記得感激我們饒你一命！」他們開車朝阿布阿瑪狂駛而去。後來換車子時，他本該要有鬆口氣的感覺，但他沒有。這麼多人死掉，這麼多失去父親的孩子會哭著入睡。

第2117號受難者
VICTIM 2117

那個下午，羅森．柏恩向他們最親近的聯合國觀察員報告這段插曲，深表懊悔，然後立刻和傑斯消失不見。他們朝庫德斯坦在荒蕪地勢走了一個月，然後從土耳其返回丹麥，在那之後才又聽到他們的消息。阿薩德原本應該和傑斯以及羅森立刻離開伊拉克，但就在他們要離開前，他的小女兒流著眼淚打電話給他，說她們的母親病倒了，擔心會流產。

高登辦公室的電話響起，阿薩德停下話。

「我敢打賭是那個男孩。」高登說。

「記得錄音。」卡爾從走廊叫道。

馬庫斯．亞各布森看著阿薩德。「你沒成功逃離伊拉克？」他問。

阿薩德以痛苦的表情看著他。「沒有。」

「結果有很嚴重的後果？」

「是的，很不幸。」

「但柏恩兄弟卻逃過一劫？我不懂。」

「伊拉克人從不提這件事，因爲他們擔心海珊的反應。他們輕描淡寫說是囚犯暴動，並隨機拖了一群囚犯到庭院裡處決，以示懲罰。」

「原來如此。」凶殺組組長深吸口氣，「你發現內幕時一定很內疚。」

「是的，沒錯。我後來在他們抓到我的那天得知此事，一號裡的每個人都痛恨我。」

卡爾將剪報攤在面前。「你確定？你的義母，敘利亞來的萊莉，是二一一七號受難者？」

「我確定！但我不懂，她怎麼會和我妻女坐同一艘船逃亡。」

「她們是從敘利亞逃離的，我們只知道這麼多。」

「對，但我以爲我的家人在伊拉克。」

「萊莉和你妻子互相認識嗎？」馬庫斯．亞各布森問。

「是的，我們在羅妮雅出生前不久去拜訪過萊莉的家。直到敘利亞內戰爆發前，我們仍定期通信。我們寄送彼此的照片。她很關心瑪娃的懷孕，說她自己算是個祖母了，只是她自己沒有子女或孫子女。我不知道她和瑪娃後來是怎麼聯絡到彼此的。萊莉逃到伊拉克，會比我妻女從反方向逃去敘利亞說得通。」

「你也確定站在那的是你妻子，阿薩德？照片很不清楚，解析度很差。」

「這張不會。」蘿思拉出一張有著較小照片的剪報說，「這是從不同的報紙剪下來的，效果和解析度比較好。」

「我還沒看過這張照片。」阿薩德湊近說。

「你還沒？」

他搖搖頭，陷入沉默，幾乎像在用眼神愛撫那女人眼睛血紅的臉龐。

「不，我還沒看過這張，但這**是**她沒錯。」他說著，嘴唇顫抖，「她身旁的年輕女子是我的一個女兒，我很確定。」阿薩德的雙手因感情而顫抖，他以指尖溫柔撫觸妻子的臉。

他移開手時，手突然在半空一僵，注意到站在她們身邊的男人。

「怎麼了，阿薩德？」蘿思問。

阿薩德渾身發抖。那男人在這張照片裡的身影非常清楚，太清楚了。他就站在阿薩德心愛的家人身邊，這傳達的意義很可怕。

「阿拉憐憫我。」他呻吟，「我瞪著的這個男人，是我在這世上最恐懼、痛恨的男人。」

第十六章　荷安

等在慕尼黑機場外的計程車司機，只稍微看了一眼荷安潦草寫下的地址。他以腔調濃厚的方言說到那裡很貴，但荷安並不眞的聽得懂他說的話，他還是假設那對他的微薄預算而言會太貴。

「就直接開去那裡。」他依然這樣說，指著擋風玻璃外湧過航站的混亂交通。

他原本希望在慕尼黑找到攝影俱樂部或協會，看他們能不能認出穿制服夾克的那名德國攝影師。所以他打電話給迪林根（注）的全國協會，試圖以英文解釋自己的用意。他問他們是否知道他可以在哪打聽到更多消息，但回電話的人和荷安本人的英文都不足以進行良好的溝通。

之後，他搜尋他想得到的所有細節，但最後還是認命。事實是，德國第三大城市似乎沒有能幫得上忙的機構或攝影協會。他的最後結論是，他應該嘗試聯絡幾家報社或照相館；如果還是行不通，再試試攝影藝術博物館。他會給他們看穿制服的光頭男子的照片。

除了制服的來源，那男人是否和慕尼黑有關聯才是最大的問題。荷安希望如此，因為儘管他的調查是另外一回事，他還是得每天向報社提供調查簡報。雪上加霜的是，他現在還必須向這位迦利布，那位稱自己是阿布杜．阿辛的人報告。

這人讓荷安恐懼異常，而他有充足的理由。迦利布不是已展示了他的殘忍和能耐？那混蛋是個無情的虐待狂，毫不遲疑地謀殺二一一七號受難者，還命令手下去割關在警戒森嚴的難民營裡的一名女人的喉嚨。那怎麼可能呢？荷安想都不敢想迦利布有哪些可怕的人脈網路。

因此，現在，荷安老是轉頭察看後車窗，並納悶他是否被跟蹤，這應該不是非理性之舉。那輛黑色奧迪、寶馬或賓士是在跟蹤他們嗎？或是那輛從機場就跟在後面的白色富豪？它們是不是早該轉彎駛離了？

自從他離開尼科西亞後，就採取了預防措施，而且打算維持下去。

迦利布的警告清楚到無可爭議。荷安得照他字面上的指示去做，不然就會落得像二一一七號受難者或割喉女子的下場。有鑑於此，他採訪梅諾吉亞難民營的專題報導在刊登於《日之時報》上時寫得一絲不苟，還附上一張被謀殺女性的照片。他低調處理在她的不幸中他所扮演的角色，並暗自希望這個程度是魔鬼迦利布所能接受的。

幾小時後，他看見他追查謀殺者的報導在網路上變成大新聞。他一將定稿傳給《日之時報》，他們就將故事賣給渴求煽情效果的無數歐洲報紙。被謀殺的女人的可怕照片現在變得非常吸睛，掛在機場報攤的所有報架上，割開的喉嚨遭馬賽克處理，眼睛還蒙上灰色橫條。

荷安的編輯自然對那份報導欣喜若狂，它的確帶來巨大收益和正面注意。報社根本不在乎它的駐外記者正身陷險境，那是他自己得承受的職業風險。

透過擋風玻璃，在他們從那座中世紀城門伊薩爾門後方開進去時，他瞥見城市中心的雄偉建築。他選擇慕尼黑市立博物館作爲調查攝影師身分的第一站，博物館自豪於其大量的照片館藏。那裡一定有人能告訴他該去哪找情報。光頭攝影師穿著老舊藍色路面電車制服跑來跑去，不是應該會在攝影圈裡引發注意嗎？這樣推論應該很合理。

荷安拿出在尼科西亞的男孩遞給他的紙條。「只要我們知道我們搶先你一步……」上頭如此

注　迪林根（Dillingen），位於德國的巴伐利亞。

寫道。但萬一他真找到攝影師又該如何？他會突然太靠近危險嗎？

「五十八歐元。」計程車司機在他們抵達博物館時說，這次的德文說得非常清楚。

荷安大鬆口氣。計程車司機可以要雙倍價錢，反正他也不會知道自己是否被敲竹槓。

從外觀看來，慕尼黑市立博物館很像老舊倉庫，其格局像幾何遊戲般在周遭異軍突起，建築師設計那天心情可能不是很好。不過話說回來，荷安可是來自一個招牌建築是高第的奇想城市。博物館的一座內院裝飾著噴泉雕像，你得瞇起眼睛才能了解它的美麗。他從那進入博物館，一路走到售票處的大廳。

儘管他告知女售票員他來此的緣由，還秀記者證給她看，他依然得花七塊歐元買票入場。

「嗯，我真的不知道你該和誰談。」那女人回答，「你真的該和樓上部門的烏利奇或魯道夫談談，但他們今天都沒進來。也許你可以問問三樓的人，我們在那有兩個短期攝影展。」

荷安環顧大廳。在櫃檯幾公尺外有些「移民推動城市」的展示，那是博物館在一樓的特展。荷安納悶攝影師在阿依納帕現身和這展覽是否有關聯。如果真是這樣的話，或許攝影師和迦利布之間的關係就是場意外，他們的交談單純只是巧合。

難道這一切都是白忙一場？荷安嘆口氣。倘若他從一開始就編故事，事實就會毫不相干。但在尼科西亞接到迦利布的紙條後，船已經啟航，木已成舟。

他在三樓找到攝影展，一群說德語的訪客正在參觀，數百張加框肖像照片掛滿白色隔板牆，隔板牆又分隔出幾個房間。荷安走近導覽人員，她看起來的確像博物館員工。

「不好意思。」她說到一半時他插嘴，她憤怒回瞪他一眼。

「你得等到我們結束。」她口氣嚴厲地說，轉身背向他。

荷安四處張望。房間裡沒地方可坐，所以他靠在入口旁的牆壁空白處，照那女人說的話辦。她別想溜走，我非得和她說上話。他忖度，在一大群人中盯著她的黃色裙子不放。

他對訪客綻放和藹微笑，他們走過他身邊，誤以為他是員工，幾個人甚至問他問題。他總是禮貌地點點頭，指指黃色裙子。人們報以微笑和點頭認可，這讓他想，他或許可在巴塞隆納的現代藝術博物館或畢卡索博物館找份工作，如果《日之時報》不給他全職工作的話。

這想法挺誘人的。

一名中東男子進入房間對他微笑。荷安回以微笑時，男人走過來伸出手。荷安不禁感到困惑，但隨後揣想那男人可能只是比平常人更有禮貌，於是和他握手。

男人放開手，荷安的手掌裡多了一張折起來的紙條。荷安困惑地抬頭看，但那時，那名男子已經繞過一群中國觀光客，像鯡魚群般滑過入口，然後消失不見。

「哈囉。」他在那男人背後大聲叫著，引來幾名訪客轉身以責備的眼神瞪他。他比個姿勢表示歉意，爾後在抗議的騷動中，推擠過中國觀光客，走到樓梯上。

掃視常態展覽和樓下幾眼便已足夠。那男人消失了。荷安跳下寬敞的樓梯，跨了幾步就走到下方樓梯平台的魚骨鑲木地板上，繼續往下走，直到抵達大廳。

「剛才是不是有個阿拉伯男人走過這裡？」他問女售票員。她點頭，指向出口。

搞什麼鬼？他衝出另一個內院時想著。這是個偌大的鵝卵石庭院，一旁有咖啡桌，另一邊是堆疊的石頭加農砲。

「妳有看見一個阿拉伯男人跑過這裡嗎?」他對坐在長凳上的金髮女子大叫,她正在寫字。

她聳聳肩。究竟爲何人們今天都沒注意到周遭在發生的事啊?

「我剛看見他跑往廣場裡的猶太會所的方向。」一個年輕腳踏車騎士轉過角落,騎進院子時對他叫道。荷安盡快跑到博物館前的廣場,猶太會所就屹立在那。他瞥見那男人就在離主要道路三十公尺外,進入一輛白色富豪。

那輛富豪就像我從機場離開後就開在計程車後面的車。他恐懼地察覺。他們在跟蹤我!他們知道我在哪,我在做什麼!他邊想邊按捺住噁心想吐的衝動,廣場開始旋轉起來。他喘著氣,一把抓住排水管,免得自己崩潰倒下。他設法恢復鎮定後,終於了解自己的處境。他在迦利布這場令人作嘔的謀殺遊戲中,只是個暫時和非常有價值的棋子。

那時他才有勇氣打開紙條。

你在慕尼黑玩得很開心吧,該走了,荷安.艾瓜達。小心不要太靠近。

正是他所恐懼的。

樓上攝影展的黃裙導覽人員在他第二次靠近她時,似乎還沒有原諒他稍早的無禮莽撞。她現在已經結束導覽,正在和一名年輕男人說話,男子有著哀求的眼神,腋下夾著厚重的資料夾。

「不,我不認得他。」荷安給她看穿藍色制服的攝影師的照片,她不屑一顧地回答。

荷安的肩膀往下垂。

「在慕尼黑,或全德國,有沒有誰熟識攝影師圈,而我可以諮詢呢?」

她搖搖頭,顯然對在她導覽時干擾她的人沒有興趣,但那也可能就是她的天性。她對拿著資料夾的男人也很不友善。

「你要搞清楚，是**我們**邀請藝術家，而不是反過來。等你設法在哪裡成功開過個展後，我們就會很樂意看看你的作品。」她說得很直率。

語畢，她轉身離開，效果強烈到黃色百褶裙在她腿間旋轉。

「Scheisszicke.（混蛋。）」那男人對荷安低語，那顯然不是讚美。「我聽到你問她的事了。你最好問站在那邊寫筆記的那個男人。他的專長是攝影藝術，是個評論家。」

荷安照辦，但只再次得到傲慢的眼神和一個聳肩，甚至沒有一句「很抱歉，我幫不上忙」。

荷安嘆口氣，他從他報社的同事身上已經很熟悉這類自負。

「說實在話，親愛的！」批評家那位有著運動員體型、年紀較輕、眼睛大大的伴侶用英文插話，「你看不出來這就是在慕尼黑人民劇院前，遭到演員攻擊的那個男人嗎？」

藝術批評家回報以朦朧的眼神，然後定睛看著荷安伸出的手機照片。

他倆對彼此頗有默契地咯咯傻笑。

「你是對的，哈利，**老天爺**，笑死人了。」他越過荷安的肩膀回答，「那演員不就是在街道上和臨時演員親熱時被拍到的傢伙嗎？」他大笑，「不就是在他婚禮三星期後的事？對，對，我現在想起來了。那演員叫什麼來著？」

他的伴侶在他耳邊低語，然後轉向荷安。「那個攝影師被痛揍一頓。」他縱聲大笑，「而演員因暴力行徑被判罪，從他妻子的律師那收到不太鼓舞人心的信。慕尼黑有時實在是個很歡樂的城市。去查查當時的舊報紙和雜誌，你會找到那則報導。就我印象所及，那就發生在去年演奏季開始前。」之後，他們繼續向前走。

「嘿，什麼演奏季開始前？」荷安大叫，「大概是什麼時候？」

「在暑假後。」大眼男子叫回來。

荷安點頭表示感謝，經過黃裙女子身邊，甚至沒費神假裝看她一眼。

在Google上快速搜尋幾次後，他確認演奏季是在九月於慕尼黑人民劇院展開，這意味著攻擊事件可能發生在幾個星期前。

他在Google翻譯中打入「小報」，被翻譯成Boulevardblatt，這讓他找到幾份報導那次攻擊事件的雜誌。雜誌有著亮澤的封面，而那位演員叫卡爾．賀伯．忽貝爾，最後被判刑。受害者是位攝影師，為此事件收到小額現金賠償。儘管如此，他仍因在公共場合騷擾一位公眾人物而遭到罰款。罰款經過上訴，最後那個男人被無罪釋放。

根據雜誌報導，攝影師四十二歲，名叫伯德．賈克伯．瓦伯格——和那個在網路論壇回答荷安有關制服問題的女人同姓。所以，他倆大概有親戚關係，可能是他姊妹。那傢伙也以名字縮寫「B.J.」而知名；而荷安假設這縮寫也代表他另一個暱稱「Blaue Jacke」（藍色夾克），這個推理應該不會太牽強，那是他的招牌穿著。

荷安感覺到一陣哆嗦滑下脊椎。這絕對是他在找的男人。

他花了三分鐘查到伯德．賈克伯．瓦伯格的地址，那地方離這裡只有十分鐘車程。

荷安首次覺得自己真了不起。

這感覺棒透了！

第十七章　阿薩德

阿薩德看別人的眼神一般溫馨而富有同情心，但今天絕非一般的日子。他沒看任何人，但他的確感覺得到他們的反應。站在像沙丁魚罐頭的地鐵車廂裡，他們只是一副空殼。人們正下班回家，思緒已經飄到晚餐、電視影集、和小孩親密相處幾分鐘、獨自待在廁所片刻，和隨後的性事上。他們站在那，遵循著毫無意義的日常作息、習慣性儀式，和必須完美的階級生活規律，按部就班過著日子。

和他們相反，他站在那渾身顫抖，腋下夾著綠色牛皮紙資料夾，而那恰好是他想活下去的證明。現在，他的感官全圍繞著生存打轉、掙扎。

阿薩德正以任何可能的方式經歷內在的心靈騷亂。他再度要求同事在他講述自己的故事時允許他稍微休息片刻，好讓自己祈禱和追尋寧靜。但這次，他就快要爆炸了。無法想像的悲傷和毫無意義的憤怒讓他緊抓住那份小資料夾，彷彿它是會隨時被搶走的純金寶物。

十分鐘後，他站在一棟黝暗的建築物前，抬頭瞪著從窗戶流瀉而出的光線，咬緊牙根。那道光線就像從薩米爾的公寓閃耀而出的燃燒烈焰。

薩米爾打開門的那一刻，阿薩德旋即崩潰。面對憤恨的咒罵和如激流般的阿拉伯字眼時，阿薩德沒發出無法控制的哭喊，也沒有全身癱軟，僅只是嗚咽著口齒不清的呻吟。

他們有幾年沒見面了，而他們最後一次碰面時並未達成和解。所以，薩米爾的立即反應是困惑和保護家人。他們正繞著餐桌而坐，像蠟像般呆瞪著阿薩德。

「去你們的房間。」他對小孩大叫，比手勢要他妻子跟他們去。

接著他轉身面對阿薩德，神情凶狠，似乎很樂意將他往後推下樓梯。

「這個。」阿薩德邊說邊遞給他資料夾。

薩米爾看著，滿臉困惑，阿薩德的雙腿往下一落，以雙手掩住臉。

薩米爾打開資料夾，拿出影印的照片並翻過來看。此時，他所發出的每個聲音都像鎚子般重擊著阿薩德。薩米爾喘氣連連，背靠著牆壁滑向地板，就在阿薩德身旁跪下。他的眼神仍緊盯著從賽普勒斯來的照片。

「瑪娃還活著，阿薩德。」他們最後在餐桌旁面對面坐下，薩米爾重複說著。

阿薩德對這些醉人的字眼投降，他第一次看到那些照片時也是夢囈著這些話語。

就像阿薩德做的那般，薩米爾用指尖輕撫照片中姊姊的頭髮。他撫摸她臉頰和雙眼時痛哭出聲，表達因距離而產生的傷感，以及對人生蝕刻在她臉上的所有皺紋，表示哀痛。

然後他的表情改變，爲之一僵。「事情會變成這樣全是你的錯，阿薩德，全是你的錯！你不值得她回家回到你身邊，你懂我的話嗎？或許她也不想再和你有任何瓜葛。」他看著他，眼神憤恨。他們之間已經持續這狀態多年。

阿薩德將那個邪惡的預言推出腦海。「在瑪娃身邊的是迦利布。」他說，指著站在她身旁的蓄鬍男子。「他也不打算讓我再見到她。她們仍是他的人質，他不會自動放她們走，相信我。」

薩米爾專注看著照片，他的眼神好像穿透那張黑暗的面孔。薩米爾立刻明白，這男人是他從未在眞實人生中遇到的魔鬼，但那人卻謀殺了他的哥哥，並在綁架瑪娃和他姪女時毀了他的家庭。儘管他憤怒異常，他仍保持靜默，逕自將顫抖的指甲用力按壓在迦利布的臉上。

阿薩德深吸口氣，他也有同樣的感受。

「小心別毀了照片，薩米爾。如果你抬起手，你會看見你的一位姪女站在瑪娃身旁。」

阿薩德的妻舅似乎沒有聽進去。他彷彿得重新經歷過去十六個年頭，眼前得重新浮現一切，才能相信這個成年女子是他的家族成員。

「是哪一個？」他問道。

阿薩德的聲音顫抖，他說他不知道。他眞的不知道。

「那瑪娃的另一個女兒呢？」

阿薩德沒對他選擇的字眼表達抗議。事已至此，他了解薩米爾，因爲他畢竟是對的。她們是瑪娃的女兒，不是他的，不是拋棄她們、任憑她們讓命運擺布的男人的女兒。

「你得幫我，薩米爾。」他以低語壓抑自己的憤怒，「我們得找到她們，你聽到了嗎？你得和我去賽普勒斯。我們會找到她們，殺了迦利布。我們會活剝他的皮，將他丟給狗吃。我們會挖出他的眼睛——」他注意到薩米爾低頭瞪著餐桌，剎時閉上嘴。

「你得幫我，薩米爾，拜託？」他再度哀求。

薩米爾坐挺起來。他憤怒的眼神越過吃到一半的晚餐、髒兮兮的盤子和剩下的變冷蔬菜以及醃魚，直瞪著阿薩德，一臉輕蔑，搖著頭。

「你竟敢這麼說，阿薩德？你是獵捕這個怪物超過十五年的人。你上天下海搜尋，但從沒找到他。你甚至從沒得到任何線索，你甚至不知道她們是死是活。而你現在和我說這些？」他嘲笑道，「你忘了他是何方神聖，阿薩德，你被憤怒蒙蔽了。你眞的以爲他還在賽普勒斯嗎？這個迦利布？他現在可能在任何地方，就是不在賽普勒斯。你有聽到我說的話嗎？」

阿薩德離開公寓，將資料夾留在薩米爾的餐桌上。此舉並不是因爲如今憤怒和悲傷的感受已有兩人可分享而得以消散，而是由於他不能將那個魔鬼迦利布的照片留在他身邊，不能放在這麼靠近他身軀的地方。光是影印的味道就讓他噁心想吐，資料夾像是會灼燒他的手。現在輪到薩米爾受苦了，或許這會讓他改變心意，記起他的責任。

阿薩德伸手想握薩米爾的手，但薩米爾置之不理。不過阿薩德知道，一旦門在他身後關上，薩米爾會在那晚第二次雙膝落地。

那晚，阿薩德幾乎沒睡。沒有姿勢能使他逃離這份無法承受的清醒。沒有黑暗能庇護他免於想到前一天發生的事，那繼續燃燒著他的靈魂。

他和衣躺在床上輾轉難眠長達數個小時，將鬧鐘收音機和紙張從床頭桌掃落，羽絨被踢到地上，最後進去浴室，在鏡中端詳自己，連連嘔吐。在地上的鬧鐘收音機響起機械聲音，告知他已經七點，而美好的一天正等著他，可他精疲力竭到無法形容。終於，他躺下來休息，蜷曲身子有如嬰兒，緊擁著床單，彷若它是個活物。

他在離家前最後做的事，是對著鬧鐘收音機爆出一大串痛恨的咒罵，把它砸向廚房地板摔爛。沒有任何人造玩意能告訴他，等著他的是美好的一天。

第十八章　迦利布

「我們上次能那麼快找到薩伊德·阿薩迪是阿拉的旨意。如果那個白癡像那對懦弱的丹麥兄弟一樣迅速逃離，我們根本永遠找不到他。」迦利布對坐在他跟前的攝影師說。攝影師身處慕尼黑這個亂糟糟的公寓裡，活像城堡裡的國王。

但如果我們從未找到他，這一切就不會發生。他忖度，輕撫疤痕累累的下半張臉，思緒頓時迷失在他與薩伊德相遇後的屈辱記憶中。他為此付出了慘痛代價。

復仇！迦利布對自己微笑，因為現在復仇的時刻接近了，他十分確定。

「那件事是多久前發生的？」沙發上的攝影師問，指著迦利布的下巴。

「多久前？」迦利布以嚴厲的眼神看他，「百種罪孽和百萬次呼吸前。自那之後，鮮血之海已經流到沙地上。所以是很久以前，但也已經足夠。」

現在，隔壁房間裡的女人又在鬼叫了。迦利布轉向站在他身後的男人。

「讓她們閉嘴，哈米德。」他用阿拉伯語對魁梧的男人說，後者一直在聽他們的談話。「踢她們或打她們都可，直到她們聽話，叫她們躺在床上等我進去。強迫她們吞安眠藥，我們十分鐘後離開。」

攝影師帶著嘲笑的神情微笑起來。「你管不了你的女人，是吧？」

迦利布看他一眼，攝影師的笑容瞬間消失。

「你很快就不會再聽到她們的叫喊，因爲我們得上路了。」

攝影師看著他，一副想探究到底的表情。

「首先，你得告訴我，以前你找到薩伊德．阿薩迪時發生了什麼事。」

「發生了什麼事？那男人變得軟弱，想帶妻女逃回丹麥的家，那就是發生的事。他們跟家族住在費盧傑郊區，這幫助很大，因爲我的家族也來自那裡。」迦利布搖搖頭，「就在阿布格萊布一號發生殺戮事件幾小時後，他進入城鎮，衣服上還沾著血跡。那個白癡可能以爲沒有人會注意到，但在我們的國家，連小孩子都認得血跡。那個光景，加上他女人住的房子裡傳來的高音叫喊，任誰都會懷疑發生了不尋常的事。」

迦利布綻放微笑。「不，如果有人管不了他的女人，那人就是薩伊德．阿薩迪。但話說回來，他是在太注重女人意見的國家裡長大的，那就是他們的死穴。」

攝影師往後靠向沙發背。「祕密警察在同一天去逮捕他？那是之後發生的事嗎？」

他們身後的房間傳來沉悶的尖叫，隨後是幾聲單調的重擊聲。半分鐘後，一切歸於寧靜，迦利布的助手重新進入客廳，站在他身後。迦利布點頭表示稱許，再度轉向德國攝影師。「對，那就是確切發生的事，警察在同一天抵達。那白癡以爲他能想辦法帶著家人逃離伊拉克，但他的妻子生病了，所以警察輕鬆在那裡找到他和他家人。他們將他拖去監獄的廣場，他和那對兄弟殺害的男人屍體在地上排了長長一排。那些傢伙和他們在監獄圍牆外的幫手總共屠殺了十五個人。屍體沒蓋上布，所以他能清楚看見自己做了什麼好事。」

「你當時爲何不就馬上殺了他？」迦利布搖搖頭，這些白種狗是什麼都不懂嗎？

「你要知道，薩伊德．阿薩迪擁有大量的祕密知識，得從他身上逼問出來，而那就是我們在阿布格萊布一號的專長。那時，我國家的安全警察存在的唯一目的就是嚴刑逼供，問出讓海珊滿意的答案。一號的人員得為那天稍早發生的慘劇賠罪，你懂嗎？」

「所以你對他刑求？」攝影師問。

「刑求，殘害，摧殘身體，隨你怎麼說。但那個男人很強悍，所以這就是為何整件事還沒結束。但現在我們得上路了，我身後的朋友得知，那個西班牙人已經入城來找你了。」

攝影師全身一震，身子坐挺。「找我？他知道我什麼？」

「我怎麼知道？但那位小加泰隆尼亞人顯然比你以為的還要聰明。」迦利布起身，「如果我需要你的服務，我會再聯絡你。」

「嘿，等等，迦利布。你不能就這樣離開，你欠我一大筆錢。」

迦利布看起來很吃驚。「欠你？我不懂。我已經付給你我們同意的金額了。」

「那麼我們同意的金額不對。你付我去賽普勒斯的錢，但沒付我你們住在我公寓，還有關在我臥室的兩個女人的花費；你也沒付現在有個男人就要來問我問題的封口費。那加起來是不少錢，迦利布。」

「迦利布不付住宿費，我們討論過。」

「那，那兩個女人呢？在床上的血？你們吃的食物！那些呢？那些都要錢，迦利布。」他目光凶狠，身子往前傾，「你被全歐洲通緝，只有我知道你刮掉鬍子後的長相，別忘了那點。所以，如果你不付清，你可能會後悔。」

迦利布瞥瞥助手，然後將眼神轉回攝影師和他喉嚨上的脈搏。

「很好，我聽到了，藍色夾克。你想我該為那些付多少？一百歐元？」

「是的，一百歐元，還有五千歐元的封口費。」

「好讓你閉嘴？嗯，你顯然誤會什麼了。」他對身後的男人短促點個頭，「你沒想清楚。我像是綁在叢林邊緣、好引誘老虎出來的山羊嗎？當老虎終於上鉤時，那就是牠始料未及的結局。綁著的山羊耐心等待，而你從不該低估有角的動物。」

迦利布感覺到助手將刀柄塞他進手裡，他把刀藏在身後。

「但你是對的，你應該爲你的服務和保持沉默得到些慰勞。我們不該虧待你，不是嗎，瓦伯格先生？」電光石火間，他猛然用力將刀往前刺，攝影師驚嚇得往後跳，降落在沙發頂端，眼睛盯著刻有字的鋒利刀刃。

他們等到巷子空蕩無人。儘管那兩個女人的肋骨因重擊而劇痛，她們還是不發一語，跟著男人走，在她們被推進富豪時，只能發出幾聲微弱的抗議。

「把車子開到馬路的另外一邊，然後停在轉角，哈米德，這樣我們就能看見誰進出房子。」迦利布指示。他轉向後座，那兩個女人躺在那，臉頰靠著臉頰，已經熟睡。

「我們該上路了，到法蘭克福前還有好長一段路。」哈米德說。

迦利布看著他。「我知道，但等我們的人有的是時間。」

他們沉默地等了十五分鐘，黑影慢慢爬上黃色建築的立面，人們開始下班返家。

「你和薩伊德在一號時發生了什麼事？」哈米德打破靜寂，「他們抓回他時，你在那嗎？」

「是的，我從二十一歲起就在一號工作。」

「你是獄警？」

迦利布微笑起來。「也算，你可以說我是有特殊權威的獄警，我讓人們說話。我可以贏得囚犯的信任，或打到他們招供吐實。」

「薩伊德呢？」

「啊，是的，薩伊德很特別，不是那種被寵壞的白癡，那些人褻瀆我們的總統，在脖子被套上絞索時尖叫痛哭。薩伊德是聯合國人員，所以他招出的每件事都會像燃燒的劍般，刺入那些自負和自以爲是的異教徒的胃裡。他們膽敢以他們的存在來嘲笑我們的領袖和整個政權。」

「但他還活著，我不懂怎麼……」

這倒是眞的，薩伊德還活著，迦利布只能怪自己。願阿拉憐憫他。

他轉向車子的側窗，耐心地等候男人進入街角的視線。一名男子穿著冬季大外套，圍著藍色長圍巾。迦利布讓心思開始游移。

士兵們強迫薩伊德低頭看著死者的臉，這樣他才能仔細看進每位死者的眼神。接著士兵將口水吐在他臉上，嘲笑他，讓他確定並了解到每個被害者的復仇會以十倍奉還。

儘管闃暗已降臨監獄的內院，迦利布依然清楚地看見薩伊德滿身冒汗，但他不吭一聲，在第一次審問開始時保持沉默。只有在他們將電極片貼上他的乳頭，第五次打開電流時，他才開口。縱使痛苦而絕望，他咬字仍舊清晰，說著能令人理解的阿拉伯文，帶著一種不完全是伊拉克方言的發音和腔調。「我叫薩伊德·阿薩迪，我是丹麥公民。」他說，「我是自願來此，我和丹麥或聯合國代表團的關係和今天稍早發生在此地的慘劇毫無瓜葛。我們是獨立行動，唯一目的是救出一位囚犯。你們最好知道，你們不會從我這裡逼問出任何東西。隨你們怎麼逼我，這不會改變任何事。」他堅持了五個小時，然後昏倒，被拖到死囚房單獨監禁。

他們曾在類似情況下失去一位囚犯，但這次不會再發生這種失誤。而這就又是阿布杜，也就是迦利布，進場的時刻。「你得贏得他的信任，阿布杜，現在我需要你做兩件事。」審訊官說，「告訴他，你的家人和他妻女住在同一個社區。第二，你得確保在今晚將母女從家族帶走，拿來當作人質。你辦得到嗎？」

「沒問題，我們有個很適合的地方。我會告訴她們，她們身處險境，因爲她的丈夫不肯吐實，而我想幫助她們。」

審訊官看起來很滿意。「你要確實告訴薩伊德．阿薩迪相同的事。明天一大早，就在我們把他拖過來前，你要在他耳邊低語，你站在他那邊，你只想要幫他家人。你會把她們帶到安全的地方，這樣她們才不會被拿來對付他。」

執行時簡直易如反掌。那男人的妻子，瑪娃，在阿布杜那晚深夜抵達時身體不適，聽到來人告訴她，安全警察會回來爲一家之主的行爲而對整個家庭究責，而這不幸是種正常程序時，便嚇壞了。所以，瑪娃盡快打包，沒有和其餘家族告別，以求保護他們。如此一來，他們就能老實發誓，母女們眞的就這麼消失，而他們眞不知道兩人的下落。

直到母女被丟進泥土打造的山羊屠宰場裡，瑪娃才察覺她們落入陷阱。女孩們大哭尖叫，但在發現每次自己張開嘴，母親就會遭到痛揍後，兩人便馬上停止。

隔天日出前，阿布杜站在薩伊德的囚房外準備好。他似乎睡得不錯，儘管眼神洩漏他的恐懼，身體遭到逼供殘害，他的動作依然冷靜。於是阿布杜向前走到門的小窗口前，低聲叫他的名字。「我住在費盧傑，我家族認識你妻子的家族。」阿布杜小聲說，「我們是熟人，雖然我是遜尼派，但我們沒人是海珊的忠誠子民。」他望著走廊，用食指指著他，「如果你膽敢提起我說過這些話，我就要殺了你。這事很重要，你要記住。我已經把你的家人帶到安全的地方。相信我，我會盡全力救你出來。我還不知道該怎麼做，但只要你撐下去，我們會想出辦法的。」

迦利布深吸口氣，眼神重新專注望向攝影師住的大樓。

是的，薩伊德還活著，但迦利布沒有回答哈米德的問題。不是任何人都適合聽所有的故事。

「我假設法蘭克福那已經做好所有的安排了，哈米德？」他反而發問。

「是的，我們將聖戰士分散到五間市中心的旅館。就像你命令的，他們都有西式外表。沒有男人蓄鬍，沒有女人戴面紗。我們一開始吸收的幾個人抗議這項要求，所以扣除他們。」

「最後的總數是十五人？」

「十二。還有幾個在賽普勒斯被囚禁，但兩位最優秀的逃離了，他們現在也在德國。」

迦利布握住哈米德毛茸茸的手腕，輕輕捏緊。他是個好人。

一輛計程車轉入街道，停在伯德．賈克伯．瓦伯格的大樓主要入口前。

車子在那等了一兩分鐘，接著一名削瘦的男人下車。儘管有段距離，任誰都看得出那男人很緊張。他努力控制動作，但卻又陡然中斷，似乎有點茫然不知所措。在進門前，他一隻手滑過口袋好幾次。頭部一個抽搐，眼神掃過這個地區。他小心到甚至連最小的汗珠都記得抹掉。

荷安．艾瓜達顯然很緊張，他倒退回街道上、抬頭看攝影師的窗戶時，手握成拳狀好幾次。他期待看到什麼？一張監視他的臉？突然拉上的窗簾？

他什麼都沒觀察到後，便走向對講機，找到名字，按了幾次電鈴。

迦利布早料到，沒人反應時荷安會猶豫。而當荷安開始按每個公寓的電鈴時，他印象深刻。

他最後成功讓大門打開，進去裡面，迦利布這下確定他的訊息會傳達給正確的人了。

「你現在可以開走了，哈米德。」他說著，心滿意足，「小心開車，我可不想被攔下來。我們會在四小時後抵達法蘭克福，一切順利。」

第十九章　荷安

一位女子在入口等著荷安，雙手抱胸。她的花朵洋裝已經褪色，就像她本人般年華老去，但眼神凶惡憤怒，聲音尖銳。儘管他不眞的聽得懂她的德文，意思卻很清楚。她究竟爲何會被一個陌生人打攪，他又爲何按她的門鈴？他在這棟大樓有事嗎？他要找哪間公寓？

他聳聳肩，食指在頭旁邊繞圈圈。「抱歉，我弄錯樓層了。」不管她聽不聽得懂，他邁開大步走過她爬上樓梯，感覺背後她如匕首般的目光。

走上兩層樓後，他終於看見刻著B. J. 瓦伯格的黃銅門牌。在門牌下面，有張貼紙寫著華而不實的名號：慕尼黑國際攝影局。

荷安抬起手指到門鈴上，猶豫不決，隨即注意到鞋子上有一小道光線——門是微微敞開的。他將耳朵貼緊信箱孔傾聽，但只聽到樓下的女人砰地關上門。

他的直覺叫他稍等。他屏住呼吸，靠在樓梯平台上兩扇公寓門間的牆壁旁。小心，荷安，他心想，門不會自己開著，除非住在這裡的人急著離開，或出了什麼可怕的事。

荷安靜靜等待。十五分鐘後，樓梯或門後仍沒有動靜，他小心將門推開走進去。

從來沒人指控過荷安．艾瓜達是個潔癖，但你絕對也不能說住在這間公寓裡的人是個潔癖。拖鞋散落在玄關整個地板上。一個破舊的皮革公事包掛在半開的門的門把上；門後是不太好看的光景，馬桶蓋掀起，馬桶到處沾著尿漬。舊報紙和攝影雜誌成堆凌亂地靠在牆壁旁，這意味著走每步路都要小心別把它們撞翻，更別提留在那準備拿出去丟的垃圾袋。

走廊涼爽，微風徐徐，是從他前面的大房間裡吹過來的。荷安假設那一定是攝影師的客廳。

「哈囉，瓦伯格先生，」他用英文說，「我能進來嗎？」

他等了一下，將前門在身後關上，重複他的問題，這次大聲了點。

由於沒有回答，他推開客廳門，立刻認出那是張 IKEA 沙發，和他家人二十年多前買的那張一模一樣。他在走進客廳前，注意到向著街道的窗戶大大敞開。

迎面而來的是瘋狂駭人的景象。他猛然一驚，雙膝一跪，就這麼落在地板上半凝固的血池裡，那些血從穿著制服夾克的男人那擴散出來，流過玻璃茶几，橫越地板。

儘管那男人的臉頰直接貼在玻璃茶几上，還是可以輕易看出他的喉嚨被從兩耳間劃了致命的一刀，給人一張開口笑的錯覺。荷安來不及按捺下作嘔反射的直覺，馬上大吐特吐，結果膝蓋間的血池一下就被他早餐吃的難吃自助餐所覆蓋。

這下我該怎麼通知警方？那是個好主意嗎？他站起來，幾乎恢復鎮定後想道，樓下那個臭女人看過我，她會認爲是我幹的。他推理。萬一警察不相信我的解釋呢？萬一他們以謀殺罪逮捕我呢？他想到夢瑟．維果得處理這個新突發狀況時嚴厲的臉。報社會提供翻譯員或律師嗎？如果事情演變至此，誰會付保釋金？

別無他法，他得在太遲前離開這裡。荷安低頭看鞋子和長褲，它們已經沾上那麼多血和嘔吐物，這下他踩過和碰過的每樣東西都會留下痕跡。

我得換衣服。他忖度，脫下鞋子，走過沒沾到血的地毯。然後他小心地脫下長褲，確定它沒碰到他或地板後，在面前將它舉高，走進玄關走廊，將它和鞋子丟進一個垃圾袋裡。

他在緊鄰客廳的臥室裡看見類似的混亂情景。房間滿是汗臭味，幾張羽絨被丟到地板上，沒整理過的雙人床顯示超過一個人睡過那裡。

他打開破舊的衣櫃，發現一疊衣服和鞋子。兩分鐘後，他穿上陌生人的衣物，可惜有點太小，不合身。

*老天，現在我該怎麼辦？*他想著。這時，手機的刺耳鈴聲響起，讓他驚跳起來。

他偷窺客廳試圖弄清聲音來源，注意到狹窄的餐邊櫃上有個找零箱，那跟瓦伯格常穿的車掌制服一定是一套的。手機就放在找零箱上方，上面有張紙條。*「接電話。」*

荷安帶著不祥的預感接起電話。

「晚安，荷安．艾瓜達。」另一頭傳來預料中的聲音，「你可能對我們攝影師的情況感到震驚，但那是因爲你打破了和我的協議，記得那點！」

儘管萬般不願，荷安本能轉頭看著屍體，再度感覺到胃在收縮。他不能再吐了。

「我得說你幹得好，荷安．艾瓜達。你設法讓我們登上新聞，現在整個世界都知道我們會製造許多痛苦。你也很聰明地追蹤到我們。」說話的人大笑起來，那笑聲讓人很不愉快。「是的，是我們回答了你在網路上有關制服的問題，讓你的故事可以繼續寫下去，這情況還會再持續個幾天，但你能諒解，對吧？」

荷安說不出話來，但他的確點了頭。

「我們正往北走，荷安，我們需要幾天時間，才能給你我們的位置和計畫的下一步指示。在此期間，我們會給你一些報導資料，好讓你繼續吊大眾的胃口，這樣也符合我們雙方的利益。現在去拿攝影師的手機，放進你的口袋，並確保電力充足，這樣，我們何時想聯絡你都沒問題。你會在他的袋子旁找到充電器。你最好不要輕舉妄動，我們每次打電話給你都會換預付卡。在警察抵達前趕快離開那裡，免得局勢對你來說變得難以處理。我確定你知道德國警察不好惹吧。別對任何人透露我們的談話內容，爲明天的報紙寫下你敢寫的報導即可。」

荷安看著地板上的嘔吐物、凝固的血液裡他的腳印，還有不屬於他的長褲和鞋子。

「遵命。」他最後只能這樣回答。

他拿著垃圾袋離開公寓，讓前門半開著，盡量安靜地走下樓梯，然後將垃圾袋丟進巷子裡的垃圾箱裡，接著坐在公寓大樓對面的咖啡館，以顫抖的雙手舉著美式咖啡等待警察抵達。自他匿名打電話給警察，通知他們他看到的慘劇後，已經過了十分鐘。但他仍不知道，警察抵達時他會怎麼做。

他盯著攝影師的手機。它的型號比他的新多了，也比較先進。三星Galaxy S8，附有很棒的相機。他大概得等它出品五年後才買得起這類機種。

他解開手機，在打開照片檔前瀏覽不同的圖示。照片檔是空的，但他還能期待專業攝影師什麼？拿著手機到處照相嗎？他想到這個荒謬想法時幾乎歇斯底里地笑了出來，但那確實就是他的感覺……歇斯底里。

他開始打開其他應用程式，看看裡面也許會有些有意思的內容供他寫報導之用。首先是三星筆記，但裡面什麼也沒。郵件信箱，什麼也沒。保密檔案，什麼也沒。臉書，沒有。Instagram，沒有。什麼都沒有，手機甚至沒有攝影圖示。

他在應用程式的最後一頁，終於發現看起來很有希望的東西。那是個藍色攝影機圖示，叫作取景器。他點擊圖示後，馬上找看看有無存放在某處的照片或影片。

他沒料到會找到任何東西，所以當一個影片檔在螢幕上跳出來時，他的眼睛爲之一亮。

他打開檔案。

那個影片檔燈光很暗，拍攝出兩個男人在攝影師的客廳角落壓低聲音交談。燈光很暗意味著他無法看清長相，而且他們說的是阿拉伯文，他也聽不懂。

半分鐘後，攝影位置改變，清楚顯示攝影是暗中進行，有某件像鬆散編織的物品蓋住鏡頭上方三分之一處。然後，一陣窸窣聲響起，可能是來自攝影鏡頭外的某處。幾秒鐘後，一個人出現在鏡頭右邊，將拉起的厚重窗簾稍微往旁一推，一道微弱光線立即射進客廳，落在談話的男人們臉上。荷安不認得那兩個男人，但他認得拉窗簾的男人身穿的夾克。那是攝影師，拉窗簾是為了確保祕密攝影的最佳品質。

兩位交談中的男子大概五十歲開外。一位有張與眾不同的臉，下巴和脖子上也有同樣特殊而奇形怪狀的疤痕。也許那是光線作祟，但它看起來像是變色的疤痕組織。第二位男子從其舉止判斷是第一位的下屬，留著對阿拉伯人而言相當罕見的髮型。他的肢體語言讓人想起手臂向上勾擊的老練拳擊手，他平坦的鼻子更符合那個形象。

他們小聲而有自覺地說話。他們對攝影師視而不見，全神貫注在他們在討論的話題上。他們偶爾使用手勢，第二個男子看起來尤其誇張——彷彿要對空氣出拳將某人擊昏——然後兩人都大笑起來。

光線突然捕捉到兩個男人的臉時，荷安暫停影片，用自己的手機照了張螢幕上的臉部特寫。他們的表情冷靜又冷漠。*這兩人其中之一會很快割開攝影師的喉嚨*。他恐懼地想著。那個可憐、可憐的男人站在那裡眺望窗外，心中一點也沒起疑。

荷安重新打開影片，仔細聽他們對彼此說的話。也許他能聽得出一個認識的字。荷安專心致志，忘記周遭的世界。字眼以跳音或有時吠叫般的阿拉伯語腔調說著，和他自己柔和的母語迥然不同。接著他聽到理平頭的男人叫著另一個男子的名字，因爲他重複那個字眼數次使得荷安如此推測。但他仍得倒轉好幾次才能確定。沒錯，毋庸置疑。

那名字是迦利布。

他屏住呼吸，再次暫停影片。這人眞的和阿依納帕海灘上的蓄鬍男子是同一個人嗎？他就是操弄其他人命運的傀儡師嗎？那位謀殺了老婦人，魔爪甚至伸進難民營裡的人嗎？就是那個會毀滅一切擋在他路上的障礙的人嗎？

如果是的話，這就是荷安最恐懼的男人。

荷安從手機上抬頭，目光捕捉到連串藍色閃光，一輛警車幾乎無聲地停在伯德．賈克伯．瓦伯格的屍體正在變冷的大樓前。

荷安低頭再看看長相凶狠的殺人犯特寫。這男人仍逍遙法外。

在短暫考慮過他的選項後，他瞬間下個決定，轉寄檔案。然後他在Google翻譯裡打了幾個字，對著自己重複，站起身橫越街道，往兩位綠色制服警官的方向走去。一位警官原先走出巡邏車，戴上警帽，而另一輛閃著藍燈的警車從後面過來，幾位看起來很幹練的便衣警察下車。

他們對同僚點點頭，以嚴肅到近乎讓人恐懼的態度朝上指指窗戶。荷安停下腳步重新思索，但一位辦案人員以專業的一瞥注意到他的猶豫，立即察覺到這名旁觀者也許是重要關係人。

荷安也點頭示意，朝著他們走最後幾步，然後慢慢用最清楚的德文說：

「Ich habe diesen Mord gemeldet.」

我是這椿謀殺案的報案人。

第二十章　卡爾

昨天在解釋那個站在他妻子身邊的男人是誰時，阿薩德特別激動。之後，他的心思飄向遠處，無法繼續訴說。「這些故事太沉重。」他這樣說，「甚至連駱駝偶爾都得跪下來休息。我不知道我有沒有進路。」

「是『有沒有出路』。」蘿思糾正。

他以沉重的眼瞼看著她。「我腦海裡所有的不安讓自己感覺精疲力竭。我需要時間思考、睡覺和祈禱。好嗎？等我們明天碰面時，我會試著告訴你們剩下的故事，儘管很困難。你們能給我一點時間嗎？」

那晚，卡爾回到家和夢娜在一起，嘗試重述阿薩德驚人的身世。

「但，卡爾，」夢娜聽完後說，「如果阿薩德多年前就把這些事告訴你，我們也許能幫他的忙。他爲什麼不說呢？」

「這是個好問題。但妳仔細想想，他怎麼能洩漏任何事？羅森．柏恩確保他有個新身分，他毫無疑問有許多理由得保守祕密。」

「你認爲他擔心失去工作嗎？」

「不，但他確實擔心他的眞實身分會曝光。」

「**你**絕對不會洩漏他的身分。他應該知道那點。」

「我想他差點要告訴我好幾次。但他多少顧忌在中東猖獗的邪惡事件，以及所有在歐洲發生的激進化行徑。什葉派對上遜尼派，內戰，他在哪都看得到敵人。」

「眞恐怖。」她說，「你能想像你的家人被當人質那麼多年嗎？不知道他們的下落，或甚至他們是否還活著？我就知道我不行。」

卡爾握住她的手。「不，那很殘酷。最重要的是，他深知俘虜她們的男人會不計手段來找出他的下落並殺害他。那是他爲何得繼續臥底調查的原因。我現在了解了，或許連羅森．柏恩和他哥哥也不知道他不在警察總局時人在哪裡。」

「你覺得他是利用懸案組提供的管道來尋找家人的下落嗎？」

「正是。我認爲那就是羅森．柏恩讓他到懸案組工作背後的理由。但我現在回想，恐怕他早就放棄能和她們重聚的可能性。」他搖搖頭。「然後發生了這件事。想像妳要面對阿依納帕的老婦人的下場，那一定很震驚。」

「你想他會告訴你其餘的內情了嗎？」

「是的。如果他不肯說，我們就得說服他。對了，蘿思回到小組上來了。」想到這他微笑起來。阿薩德的不幸還是有帶來好事。

夢娜拉回手，以嚴肅的表情看著他。

「卡爾，我想問你一件事，一件完全不同的事。」她深吸好幾口氣，「如果哈迪、莫頓和米卡計畫去瑞士的這趟旅行結果不如人意，你想會發生什麼事？我是說，如果哈迪的情況沒有改善，你會搬回阿勒勒嗎？」

「搬回？」他努起下唇，想了一會兒，「不，我覺得不會。妳為什麼這樣問？」

「因為我……我愛你，卡爾。這一年你在這裡陪我度過那麼多難關。你知道那對我來說意義重大嗎？」

他審視她的表情。她的表情與問題相符嗎？他的調查天性自問。

「拜託告訴我妳為何要問，夢娜。」他說，「妳是不是對我有什麼隱瞞？」

她以罕見的謙卑姿態低下頭，幾乎彷彿覺得尷尬。她在隱瞞什麼？他越來越不安。

「妳生病了嗎，夢娜？」他伸手去握她的手。

然後她轉過來面對他，臉上帶著迷人的酒窩，他想她就要爆出歇斯底里的大笑。

「生病？」她輕撫他的臉頰，「隨你怎麼說吧。當莎曼珊去世時……」她立即恢復鎮定，「喔，老天，卡爾，我的女兒生氣蓬勃，如此才華洋溢，她……當她死時，我有一部分也跟著死了，我的靈魂被擊垮。就我從事的工作而言，我應該是第一個知道憂傷能怎麼影響人的人，但我每況愈下。我的醫生建議我服用抗憂鬱藥，但你知道我沒吃，對吧？」

他點點頭，現在他更擔憂了。

「我的情況真的很糟，卡爾。我的身體和心理完全失去平衡。我感覺我以光速老化，但之後我服用賀爾蒙，而那真的幫助很大。但服用賀爾蒙是會有副作用的，恐怕我服用的劑量過高。」

「副作用？我不知道妳的意思。那會產生血栓嗎？那是妳在擔心的事嗎？」

她綻放微笑，再次捏捏他的手。

「我五十一歲了，卡爾，我懷孕了。所以你不能搬回阿勒勒。你願意對我保證嗎？」

卡爾的身子剎時往後傾。幾年前，他曾深受焦慮症襲擊，使他頓失每日存在的意義，並讓所有現實感枯竭。

現在，他感覺起來像是要承受另一場焦慮症的攻擊。

如果有哪兩個人那晚沒能睡多少覺，肯定是卡爾和阿薩德。阿薩德以跪姿趴著，臉頰貼在跪毯上，睡得像死人一般。而卡爾在隔天早上進警察總局地下室時，看到的就是這個光景。

「你會把跪毯扯破，阿薩德。」

卡爾跳進房間，手裡端著一杯給阿薩德的咖啡，說出第一句話。

阿薩德困惑地看著卡爾遞給他的咖啡杯。

「謝謝。」他說，餟飲一口。咖啡似乎在他喉嚨裡產生極端不快的感受。他憤怒地瞪著卡爾，彷彿他的老闆最後逮到機會報復所有那些阿薩德煮過的咖啡。

「那只是要弄醒你，」卡爾說，「你還需要的話，我能煮更多。」

阿薩德扭曲著臉，顯然地球上沒有更絕望的人。

「今天對我們倆來說都會很難熬，阿薩德，所以我比誰都早到這裡。」

「對我們倆來說？你是什麼意思？」阿薩德坐在掃帚櫃般的辦公室的凳子上，疲憊的頭靠在牆壁上。

「我就直說吧。夢娜告訴我，我要當父親了。我昨晚發現的。」

他的眼睛像碟子一般大。安徒生在童話故事《打火匣》（注）裡是這麼寫那隻狗的，而這就是現在阿薩德的模樣。

注《打火匣》（The Tinderbox）安徒生童話故事，描述一位士兵獲得神奇打火匣，能召喚來三隻魔幻狗的奇遇故事。

「是的，我知道，夢娜已經五十一歲了，那眞的……眞的……」嗯，他能說什麼？不尋常？奇蹟？

「我們倆都有點震驚。」他反倒說，「我是說……我們當然想要小孩，但考慮到我們的年紀？夢娜的孫子路威會比他的舅舅或阿姨大上十五歲。那不尋常，是吧？況且我們能有健康正常的寶寶嗎？我們想冒險嗎？如果我們想，我希望我們可以，而等這小孩去上高中時，我們已經七十歲了。」

卡爾茫然瞪著前方。

夢娜懷瑪蒂達時十八歲，隔年她就生了幼女莎曼珊。最重要的是，莎曼珊生路威時才十八歲。母親強壯、年輕且健康，所以母子均安。但現在夢娜已經五十一歲了，那很突然，而且離夢娜第一次懷孕已經過了三十三年。三十三年耶，看在老天份上！那想了都讓人頭暈。現在五十四歲的他將要首次成爲自己親生小孩的父親。

再者，卡爾害怕想像他父母和姊姊聽到這消息時的反應。布朗德斯勒夫老家的人會奔走著昭告天下。

聽完，阿薩德像夢遊者一般站起身，身軀搖晃一會兒，接著盯著卡爾，彷彿準備要長篇大論，給他善意的建議，告訴他經歷這些爲何是個可怕的點子。卡爾已經準備好要爲自己辯護、正要火冒三丈時，阿薩德慢慢哭了起來。

「卡爾。」他邊捧著卡爾的頭，邊把前額靠過去，「卡爾，那是全天下最美妙的事。」之後他倒退，眼睛泛淚瞪著卡爾，嘴角有一抹微笑跳動，「那是個徵兆，卡爾，你懂嗎？」

卡爾的確懂。

他們沒和蘿思以及高登提懷孕的事，但如果這兩人稍微警覺點，他們一定會發現房間裡突然生氣勃勃。

「我會嘗試長話短說，不要提太多細節，」阿薩德說，「反正我想你們也不會喜歡。」

「你就做你覺得適合的事，阿薩德。」蘿思回答。

他將剪自前天報紙的剪報放在桌上，指著照片。「站在我妻子身旁的男人叫阿布杜．阿辛。也許我昨天提過了？他是伊拉克人，是我妻子在費盧傑的同鄉。他就是毀掉我人生的人，我只希望我也能毀了他的人生。」

作爲死囚，汗水、嘔吐物和尿騷的惡臭令人窒息和刺痛，使他眼睛布滿血絲，而阿薩德也很害怕。那天清晨，他們領著五個人走過他的囚房，到對面混凝土建築的絞刑架那邊。他聽到他們絕望的哀求；在警衛拖著他們往前走時，感覺到死亡的恐懼。

他門上的小窗口被打開時，他確定時間到了，但那是迦利布第一次出現。他以簡單幾個字，謹慎告訴阿薩德要信任他，他家人和他妻子的家族很熟，他能幫助他。他只需要撐過幾天。

下次阿薩德再看到那個男人，是在鮮血噴濺和天花板骯髒低矮的審訊室裡，那天他了悟到自己得恐懼最糟糕的情況。他的訓練告訴他，在刑求時，自己會被綁在椅子上或吊掛起來，但他猜錯了。一位穿傳統白色及踝長袍的男人進門，在閃爍不已的天花板燈光下，站在他前面。他直視阿薩德的眼睛微笑著，然後對四個高大男人彈彈手指，他們有著毛茸茸的赤裸身軀，跟著他們進門。他們手裡拿著細長的棍子，姿態則暗示這不是他們第一次使用棍子，然後在阿薩德身邊繞成一圈。

審訊官的第一個問題是關於他的身分，以及他是否知道自己的罪行必須以生命作代價。他沒有回答，審訊官再次彈彈手指。

那四個男人揮打第一杖。對阿薩德受過訓練的身軀而言，其實很容易承受，只要他在被打前繃緊肌肉就好。審訊官問到他的軍階、任務、出生地，和聯合國觀察員的下一步時，他還是沒有回答。棒打則變得越來越用力，每一擊也變得越來越接近腹部和頭部。

在那時，那位曾保證他家人會安全的男人進入審訊室，站在後牆邊。

在沒有任何人看到的情況下，他看著阿薩德的眼神讓阿薩德了解，這頓棒打很快就會結束。

也的確如此。在如此用力擊打的最後一分鐘內，阿薩德本能地試圖做出防禦，他們忽然住手。「你很強悍。但今天稍晚，我們會讓你告訴我們所有的事。」審訊官說。

阿薩德努起下唇，對他的臉吹出溫暖氣息。他試圖保持外表冷靜，但他的腎上腺素其實在飆升，心臟狂跳。

他們沒辦法擊垮他的。

阿薩德攤倒在椅子上，沒有看任何人。他稍事休息，彷彿要再集中體力才能繼續講。

「他們連續痛打我三天，打到我噴血。他們威脅要把我的頭按在浴缸的水裡淹死我，但我什麼都沒說。直到他們將電極片貼到我乳頭上，通上電流後，我才吐實。我告訴他們我的名字，還有聯合國代表團對我們的救囚計畫毫無所悉，我們的目標只是拯救一個朋友。」

阿薩德描述伊拉克人的憤怒。接下來幾天的刑求非常可怕，他當時真希望自己乾脆死去。

就在那時，審訊官放棄，並說隔天早上就會執行死刑。

卡爾和蘿思四目交接，然後看看高登，他似乎正掙扎著要使足夠的血液流到腦門。他可最好不要昏倒。

「那晚，那個混球又來我的牢房。這次他對我很生氣，他說的故事變了。現在他說，他們抓了我的妻子和兩個女兒作爲人質，如果我不照他們的要求坦白供出一切，我妻女也會嘗到刀峰的滋味。我震驚不已，但我能說什麼？或許我不相信他。我不知道。」

卡爾的心思暫時游移，沒注意到阿薩德的故事如何使他受到影響，或自己的下巴肌肉正在抽搐，雙拳緊握。

「抱歉打斷你，阿薩德，但你對那個男人足夠了解，知道他會在塞普勒斯後去哪兒嗎？」

他搖搖頭。「不，毫無頭緒，但他不知怎地知道我在歐洲某處。他或許甚至知道我在丹麥，只是不確定地點。我毫不懷疑他想引誘我公開現身，他會爲了達成目的不擇手段。我的家人在他手中，他任何時刻都可以嚴重傷害她們。我對那點不再懷疑。」

他指指幾張照片。「看看瑪娃的臉，她嚇壞了。」他吞吞幾口口水，眼淚潺潺流下臉龐。「我要怎麼在不傷害她們的情況下找到她們？我一點也不知道。曾有一度，瑪娃和薩米爾的哥哥試圖查出她們在哪被囚禁，結果他付出了生命的代價。他們把他的喉嚨劃開，丟到他們老家前的泥土地上，就像被屠宰的動物那樣(注)。所以薩米爾才會這麼恨我。」他轉向卡爾，「你記得，我們在車站揪住彼此的脖子後，他便要求上級將他從警察總局調到格洛楚普，因爲他想離我遠遠的？」

他坐著，撇開頭不看他們好一會兒，試圖控制呼吸。「那也是爲什麼，多年來我總在夜晚輾轉難眠的原因。我也用Skype對我岳父道歉了無數次，現在我岳父死了。」他聲音顫抖，「奇怪

注　穆斯林屠宰牲畜時，須先面對麥加割喉放血。

的是，薩米爾這麼多年來都沒洩漏我在哪。我想，他怕那會傷害到他的姊姊或姪女，他可能是對的。」

阿薩德以雙手掩住臉。他的感受一目瞭然。

「鼓起勇氣，阿薩德。我知道這很困難，非常困難，但我們都在幫你加油。」卡爾轉身面對其他兩人，「對吧？」

高登和蘿思點點頭。

「所以，現在我們要有條不紊地進行調查。我知道時間對我們不利，但看看這裡，阿薩德。」他拉出所有在他面前的剪報，「這些文章刊登在巴塞隆納的一份日報上，《日之時報》，而且是由同一個人寫的，荷安・艾瓜達。」

「是的，我查出新聞編輯叫作夢瑟・維果，是位女性。」蘿思附和，「我這裡有電話號碼。」

「很好，現在我們去找出荷安・艾瓜達在過去幾天寫的所有文章。等我們更清楚情況時，我們就打電話給這位編輯，本著我們身為刑事調查員的專業質問她，她的駐外記者怎麼會知道一位假裝是難民的罪犯這麼多的事？」

第二十一章　荷安

「早安，荷安．艾瓜達，我是賀伯特．威伯。」一個穿著套頭毛衣的肥胖男人說，「我是這個地區的反恐小組專員。我對我們昨晚得將你羈留在此一事感到抱歉，但我們當然需要通盤檢查你的說法和背景。我希望你沒待得太不舒服。」

荷安聳聳肩。在德國監獄裡待一晚，不會是記者能碰到的最糟糕經歷。

「我假設你知道你在玩火？」荷安點點頭。

「是的，你當然清楚。我從你的報導看得出來你已經和這個迦利布，或者我們該叫他阿布杜．阿辛，達成某種協議。而在你們相識的短暫時間內，他已經是三樁謀殺案的嫌疑犯或共犯。」

荷安挺起身子，望過情報官的肩膀。如果這是他的雇員工作的地方，那此地非常需要一位室內設計師。空蕩蕩的牆壁沒有裝飾，無用而冷冽的燈光、綠色地板。所以，他們現在在哪？他能確定的是這不是間辦公室，而這讓他憂心忡忡。他們可能懷疑他謀殺了伯德．賈克伯．瓦伯格嗎？他得接受偵訊或甚至更慘的事嗎？

「我不可能在他殺人之前得知他的行動。」他以懇求的表情說，「我已經告訴過你很多次了。」

「我當然知道，但就算是這樣，你還是太接近這三樁謀殺案了，這令人擔憂。我完全了解作爲記者，你得追蹤故事，有時還會太接近核心。但如果你還在考慮寫下你昨天和今天在警察局接受偵訊的事，我嚴肅建議你不要這麼做。我們認爲那會讓這個迦利布緊張地躲起來，而我們當然不希望如此。你看到你背後牆壁上的東西了嗎？」

荷安在椅子裡半轉身，抬頭看用馬克筆在白色牆壁上直接寫的城市列表；而它對熟悉世界歷史的人來說，讀起來非常嚴肅又可怕。

慕尼黑，格拉芬，二〇一六年五月十日*
拜揚聯邦鐵路，二〇一六年七月十八日
慕尼黑，莫薩赫，二〇一六年七月二十二日*
安斯巴赫，二〇一六年七月二十四日
柏林，二〇一六年十二月十九日
漢堡，二〇一七年七月二十八日
明斯特，二〇一八年四月七日
*：懷疑與恐攻有關

下面則寫著：

巴黎、里昂、尼薩、圖盧茲／蒙托邦、聖艾蒂安德魯弗萊、布魯塞爾、列日、布爾加斯、馬德里、倫敦、斯德哥爾摩、哥本哈根、曼徹斯特、土庫、伊斯坦堡、聖特拉斯堡、奧斯陸**
**：右翼極端份子恐怖攻擊

「你進這房間時第一樣看到的東西是這列表絕非巧合。你必須了解，因爲過去幾年在這些城市發生的恐攻，所以昨天，在像那種事發生在我們國家的城市裡的時候，我們非得採取最嚴格的預防措施。近到今年的四月八日，我們還在柏林半程馬拉松賽，化解了殘暴的刀子攻擊，而如果不是有像我們和同僚這些人，會有更多城市和日期不幸列入那面牆壁上。這就是我們爲什麼需要查出這個迦利布在打什麼主意。你同意嗎？」

「你一定知道些什麼。你是不是翻譯了攝影師錄影檔裡的對話？」

「當然。你得體諒，我們必須保留攝影師的手機和我們從裡面得到的資訊。恕我直言，你或許會經不住誘惑在報導裡引用翻譯。」荷安搖搖頭。他以爲他會笨到承認這點嗎？

「如果迦利布曾懷疑你會寫出那個資訊，你可能早就簽下自己的死刑判決，所以，我們可是在保護你，你同意吧？」

幾小時後，荷安穿著內襯縫上GPS的風衣站在街道上，如此一來，德國聯邦情報局就能掌握他的行蹤。一組穿著黑色西裝的嚴肅男人在他面前坐成一排，諄諄告訴他，如果他不想被逮捕，就得遵守指導原則。接著，他們給了清楚的指示，告訴他未來該怎麼替《日之時報》寫報導。最後，他們檢查和編輯他的手機，加上他需要他們時可以打的聯絡號碼。換句話說，他背後有個專業情報局撐腰，他們會動用知識和資源來保護他，如果他願意不斷提供一切情資的話。這也意味著在未獲得德國聯邦情報局同意前，他不可以擅自傳送任何報導給《日之時報》。

荷安掃視街道，試圖將一切映入眼簾。在被世界上最有效率的情報局羈押一夜後，他現在身處慕尼黑，還有剩一點錢。到目前爲止，他這幾天的人生經歷比他這一輩子的還要豐富精采。他一夕間成了重要人物，人們仰賴他。他們想讀報紙文章，全世界的人渴望讀他寫的報導，因爲他在獵捕一名非常危險的殺人犯，且在過程中成爲關鍵人物。二一一七號受難者的謀殺案！難以相信僅在幾天前，他會因一個錯誤的字眼而被擊垮。他的自尊曾如此低落，甚至曾覺得只有自殺才能了結一切。如今他在這，是個大人物，德國聯邦情報局現今最有趣的特務。特務！荷安想到此便微笑起來。如果他的前女友知道她那微薄的一千六百歐元會將他帶到如此高度就好了。

他跟著洶湧的人群朝火車站走去，城市甦醒，新的一天來臨。他在內心重複著情報人員說過的話。「通知報社你追蹤攝影師到慕尼黑，但他已經死了；說犯人仍舊逍遙法外，他可能是位叫阿布杜．阿辛的男人，又名迦利布，現在正往北逃竄。根據你的情報，他現在應該已經刮掉遮掩下巴多處疤痕的大鬍子。別提你有這個影片檔，迦利布可能不知道它的存在，也別提你已經和我們接觸過。在此期間，我們會對大眾公布我們對那男人的所知資訊。現在我們知道的還不太多，但等到我們接到在歐洲和中東的情報局同行送進來更多的情報後，局勢就會改變。所以很快，我們就會在媒體發布尋人啟事，附上我們所知的資料。如果我們的國際同僚能提供照片，我們可能也會附上；如果他們不能，我們會從影片檔中截圖，我們會操弄照片到使得他猜不出來它是從哪弄來的。我想P圖得花二十四小時，然後你會看到結果。我們已經命令從慕尼黑到法蘭克福的警方保持警覺，所以我們已經準備好逮捕他的警力了。」

「他們有在影片檔裡提到路線嗎？」荷安曾問。沒有回答，所以一定有提到。

「我不能寫警方已經查到的謀殺案細節嗎？」賀伯特．威伯大手一揮。

「可以的，有何不可？大眾已經在今早的《南德意志報》上讀到了。」

該死。他怎麼向夢瑟．維果解釋是另一家報社偷了他的故事，他還被德國人的限制綁手綁腳？真令人火大！另一方面，他慶幸自己有先見之明。他在向警方自首前，已經將攝影師的影片檔轉寄給自己的電子信箱，還刪除了發送郵件。

所以，現在只剩下他該如何得到語音翻譯，並不讓翻譯員對內容起疑。

第二十二章　卡爾

如果人們想猜出蘿思（注）的名字，他們只消看看她紅通通的臉頰和脖子。在那一刻，她整個人滿溢著正義的憤怒。如果她是拳擊手，賭她贏絕對會發大財。當然，卡爾早從以前的相處中熟悉她的火爆脾氣，但與期望相反，兩年的缺席並沒有讓她變得溫柔點。「該死，《日之時報》的主編是個沒同情心的賤貨。我想我自己是女人，可以罵那個女人賤貨。」

「她說了什麼？」卡爾問。

「她很榮幸她的報紙能起到帶頭作用，但她必須一如既往保護她的消息來源和雇員，而像在丹麥這種低劣國家的低劣警察，一點也不能改變她的立場。」

「低劣」，那個女人是這樣說的嗎？好像講得自己多厲害似的。她又不是《華盛頓郵報》的總編。「妳有跟她解釋為何聯絡上那位記者對我們而言很重要嗎？」

「我沒有告訴她阿薩德和那些女人的細節，但她竟然膽敢說她很驕傲，他們的報導能引發新線索給丹麥警方，不過故事還是必須自行發展下去，那畢竟是他們賴以為生之道。」

「真的？好沒道德。」高登說。

沒道德！確實是如此。「所以，我們還是沒有和那個男人的接觸方式！報社不是有個網站，

注　蘿思的原文「Rose」，指「玫瑰」或「玫瑰色」。

妳能在上面找到他嗎?」

「荷安·艾瓜達是位獨立記者，所以沒辦法。我當然已經用不同的搜尋引擎找過他，但我不認為能得到多大線索。就我所知，他最近在巴塞隆納沒有自己的地址。」

「嗯!那男人在慕尼黑的最新報導以一樁謀殺案的描述作為結尾。所以，我們的下一步是詢問那裡的警察。他們一定知道他在哪，還有他的動向吧。」

蘿思以略微憤怒的姿態瞪著他。

「我早就那麼做了，他們直截了當地拒絕。他們顯然不知道荷安·艾瓜達的下落。」

卡爾皺起眉頭。「那難以置信，妳不認為嗎?」

「是的，我也這樣回敬他們。」

走廊傳來吵雜聲，阿薩德回來了。

「你設法再和薩米爾談過了嗎?」卡爾問。阿薩德點點頭。

「他說了什麼?他冷靜下來了嗎?」

他臉上寫滿答案。「這個，他顯然還是很擔心。他再三問他姪女的事，無法了解為何照片裡只有一個人。但我也不能回答。」

「但我們對那照片實際上又知道什麼呢，阿薩德?那些照片是快照，她可能在攝影師按快門後才走進鏡頭裡。」

阿薩德看起來很沮喪。「沒錯，但薩米爾和我仔細審視過照片，你可以在幾張照片裡看到整群人。我的另一個女兒就是不在那，卡爾。薩米爾像我一樣，十六年來都沒見過他的姊姊或姪女，所以我們甚至認不出照片裡的這個女人。女孩們當年看起來很像，但薩米爾覺得失蹤的是小女兒，羅妮雅。她們小時，奈拉的膚色比羅妮雅稍黑，而和瑪娃在一起的女人皮膚很黑。」他以絕望的表情看著他們，「我甚至不知道自己的小孩長什麼樣子，那令人難以承受。現在她們是成年人了，卡爾。說到底我什麼都不知道。」

「你擔心她是否還活著，對吧，阿薩德？」

「當然。我怕她像我的義母一樣被殺害了。」

「阿薩德，你不該那麼想，」蘿思說，「總是有希望的。」

卡爾看著阿薩德。「我希望薩米爾知道他得保密對吧？」他問，「我們不能讓他自己展開調查，也不能讓他洩漏有關你的任何事。」

阿薩德嘆口氣。「我們不能控制第一件事，但今天我第二次過去看他時，我想，有稍微修補了我們的關係。他很感激能得知他姊姊還活著，還有我會盡一切努力——」

「聽好，阿薩德，」卡爾打斷他，「他得了解在任何情況下，他都不能和家人提起這件事，懂嗎？」

阿薩德又嘆氣。「他沒有人可以說，卡爾。薩米爾告訴我，我岳父幾個月前過世了，所以沒剩下任何人，除了我和瑪娃和……我的女兒。」

「我很遺憾聽到那個消息，阿薩德。」蘿思握住他的手腕，捏了一下，「我們都會支持你，直到這事有個快樂結局，我們不會停止的。所以，即使我們現在有點進入死胡同，事情總會有所突破，好嗎？」

他撇開頭，然後點頭。

「是時候告訴我們剩餘的故事了吧，阿薩德？或許它能讓我們更了解迦利布以及他的思考運作方式。你準備好了嗎？」她問道。

阿薩德坐挺。「是的，但你們得了解我只能說重點，細節太……」他雙手交握，放在嘴前，彷彿要阻止字眼吐出。「嗯，我還是略有保留吧。」他說。

大約在清晨五點左右，在阿薩德預定要接受極刑的時刻，他的牢房外傳來嘎嘎聲響，所以阿薩德爲他人生中最後幾分鐘做好準備。他知道從建築物到絞刑架之間只有短短幾公尺，所以他跪下來做最後的短暫祈禱。

阿薩德那晚沒闔眼。起初他從隔壁死囚房裡聽到壓低的聲音，但很快變成直接針對他的喊叫和詛咒。毫無疑問，他們認爲爲了掩蓋傑斯逃獄而捏造的囚犯暴動、並因此吊死二十人的帳都該算到他頭上。他回喊說他深感抱歉，但他們應該詛咒那些執行暴行的人。結果那只讓對方更爲憤恨。阿薩德掩住耳朵。人類最大的罪行總是不公不義，而他不會讓那個事實，或他接下來的命運，竊取他最後幾個小時的安寧或過往的快樂回憶。很快的，他就不會再是這世界的一分子，瑪娃和女兒們會有什麼下場呢？他給她們帶來了什麼樣的地獄？

阿薩德仍維持祈禱的跪姿，這時來自走廊的冷冽光線擴散過牢房地板，照亮他周遭。迦利布走了進來，他的皮膚蠟黃，呼吸滿是大蒜臭味。毫無預警下，他用靴子猛踢阿薩德的肋骨。

「起來，你這隻狗！」他叫著，拿著槍的士兵將一位年邁的囚犯推進牢房，槍則抵著老人的脖子。老人看見阿薩德在地板上痛苦蠕動，眼底滿是驚恐。

他們計畫在我面前殺害這個可憐的人，還要逼我看嗎？阿薩德納悶，他們試圖用另一個男人的死逼我崩潰嗎？

接著迦利布又踢他。「你該知道，在絞索繞住你脖子前，我打算逼你招出所有的事。我曾想讓你好過點，但現在已經太遲了。」

他對士兵比個手勢，士兵用力擊打老人背部，力道之猛，老人猛然撞上牆壁。

「你現在可以進來了。」迦利布大叫，一名穿著便衣、拿著攝影機的男人踏入牢房。

「在外面等，把門關上。」他對士兵說，後者立即聽從命令。直到現在阿薩德才了悟迦利布在監獄裡的階級有多高。

「我們失去了上次的攝影師，你已經知道這件事了。他生前是個好人。現在你得和這位攝影師問好。他費了一番工夫才到這裡，唯一的目的就是和殺害他哥哥的男人會面。」

阿薩德抬起視線，對上與一雙散發深仇大恨的眼睛，他的目光如此強烈，幾乎讓人無法招架。就算現在告訴他，不是自己殺害了他哥哥又有什麼好處？一點兒也沒有。

只見那個男人舉起攝影機開始攝影。

「你準備全部招供了嗎，薩伊德．阿薩迪？你是聯合國任務的一部分嗎？」

阿薩德輕輕抱住肋骨，慢慢站起來，眼睛盯著鏡頭。「不，我不是。我希望你和所有在這個眞主所棄的國家裡的混蛋，在地獄被烈焰焚燒。」他說，清晰地吐出每個字眼。

迦利布轉身朝向攝影師。「你可以刪掉那段。」他冷靜地說，從槍套拔出槍來。「過來。」他對角落那位年老囚犯說道。然後他轉而面對阿薩德。「昨晚，我們聽到這位穆罕默德叫說，他想戳出你的眼睛，讓你被自己的舌頭哽死。穆罕默德有充足的理由想這麼做，因爲你和你的攻擊行動，使他的兩位家人上了絞刑架。」他再次轉身面對囚犯，「現在我給你機會兌現你的誓言和詛咒，穆罕默德。」

阿薩德看著囚犯黯淡的眼神。他看起來幾乎像個殭屍，毫無意志和抵抗力。

「就做你該做的，」阿薩德低語，「但你要知道，他也會是你的劊子手。原諒我在意外之間導致的痛苦。」

迦利布微笑。「穆罕默德和我達成交換條件。他幫我處理你，我就會幫助他。對吧，穆罕默德？」

那男人稍微點個頭。阿薩德可以從襯衫敞開的領口，看到從他喉嚨到胸口上有一大片藍色瘀青，那是他並非自願達成協議的證明。

「如果你不招供，我們會讓你身處極大痛苦，薩伊德。而等你不能再保護她們時，我們也會讓你的家人痛苦萬分。所以乖乖合作吧，那是現在唯一能拯救她們的方式。」他將手伸到長袍下，拿出一個棕色小瓶子。「濃縮磷酸，薩伊德，能在你皮膚上製造絕大痛苦的一種化學物。它會讓你哭嚎著哀求憐憫，請求盡快被帶去絞刑架。如果你不吐實的話，這會永遠毀掉你妻女的臉。所以，我們現在可以有你的供詞了嗎？」

阿薩德搖搖頭。「無論我撒謊或你私自製造供詞，結果都是一樣的。我只能說我活該承受我的命運，而我的家人沒做錯任何事。所以，我以阿拉之名求你放過她們。現在就把我槍斃吧，結束一切。」

迦利布看著他面無表情，將小瓶子遞給囚犯。那男人低垂著肩膀，眼底有抹恐懼，但仍上前來拿瓶子。

迦利布將槍朝下直接指著阿薩德的胃部。「如果我開槍，你會感到無法想像的痛苦。招供吧，不然我們就開始動手。」

阿薩德咬緊牙根。那混蛋不會使我崩潰，我不會讓我家人和這個世界看見我苦苦哀求。他下定決心。時候到時，他會對他們全體展現他的勇氣。

迦利布聳聳肩。「從背部開始，穆罕默德。我們會讓這隻青蛙呱呱叫。」

阿薩德握緊拳頭，囚犯一把扯破他的衣領。幾滴磷酸滴到他被鞭打的開放傷口上，他在強烈痛苦下蠕動身軀，聽到皮膚發出嘶嘶聲響。

「穆罕默德，我的朋友，別這樣做。」他呻吟道。接著是更多滴酸液。

阿薩德仰起頭開始換氣過度，起泡的肌肉氣味使他身後的男人語無倫次。

下一秒，他打定主意要攻擊迦利布，免得再承受更多痛苦。

「不要呆站在那裡輕輕潑灑。」在他前面的混蛋命令，「整個倒下去！讓我們看看他怎麼反應。記得我們同意的條件，穆罕默德，不然——」

但當迦利布把槍指向穆罕默要他聽從命令時，情勢突然爆炸性逆轉。

「Maleun yakun Saddam wakul Kalaabuhu!」在他身後的囚犯大叫。詛咒海珊和他所有的狗。

在阿薩德攻擊他們的折磨者前，那位囚犯就將磷酸潑在迦利布舉著槍的那隻手上。

灼熱的痛苦使得迦利布在不自覺間扣下扳機，阿薩德身後的囚犯突然住手倒在地上。

迦利布的眼神變得瘋狂，用另一隻手拿槍，嘗試用長袍拚命抹掉酸液。

他身後的囚犯將一隻手按在肚子，另一隻手則將小瓶子推到阿薩德的手臂底下。

攝影師的警告來得太遲，在迦利布搞清楚狀況前，阿薩德抓住小瓶子，將酸液丟向他的臉。

這次他沒有尖叫。他的身軀彷彿短路，每個部分都癱瘓了。那一刻，當死亡陰影離開阿薩德時，他攫住迦利布的槍，奪過來，將它直接指向攝影師，那個男人正高舉攝影機過頭，準備將它當作武器。

阿薩德在他來得及反應前開槍，他像破布般倒在地上，掉進由自己的鮮血形成的血泊中。那槍聲驚醒迦利布的防衛本能。他突然變得警覺，手裡拿著刻有字的彎曲刀子，對外面的警衛大叫。

阿薩德用槍指著他，但受傷的穆罕默德將他推開，撲向迦利布。

「怎麼回事？」警衛踏進牢房時大叫，但他沒能再走得更裡面，之後便以不可置信的眼神低頭看著胸口上被阿薩德射擊的致命槍傷，倒了下來。

阿薩德跨過他，關上牢房門，轉向地板上的兩個男人，及時看見囚犯舉起刀將它刺進迦利布的腹部，在他倆摔倒時，一路劃到他的鼠膝部。

穆罕默德和迦利布一動不動躺著，肢體交纏一會兒，接著囚犯抬頭看看阿薩德，清澈的眼神裡混雜著哀傷。「現在你和我都死定了。」他說，「很快就會有更多士兵衝進來，任憑眞主的意願吧。」

「你受的傷很嚴重嗎？」阿薩德邊問邊將耳朵貼到門上。就他所能聽到的，唯一的聲音來自隔壁牢房。他們顯然以爲自己聽到了阿薩德和穆罕默德被處決的聲音而驚恐萬分。某種方式來說，他們的確聽到了。

他看著囚犯夥伴困難地起身，長袍上的血漬已經暈開。

他雙手顫抖。「如果我夠幸運的話，我會在他們抵達前流血致死。」他低語。

阿薩德指著兩具躺在地上的軀體。「我們換上他們的衣服。你穿攝影師的衣服，拿走攝影機。快點。我們沒有時間了。」

阿薩德環顧其他人，眾人正聽著他的敘述，保持沉默。「那就是我們怎麼逃出來的。作爲安全預防措施，我把迦利布的槍藏在黑袍下，這樣我們就能開槍殺出一條血路，但穆罕默德穿的長袍和他肩上扛的攝影機就已經是足夠的通行證。我們向圍牆邊的士兵大叫問好，還有站在入口大門旁的那位，他們也向我們回叫問好。夜色是我們最好的朋友。我們在攝影師的長袍裡發現一輛斯科達的鑰匙，那是唯一一輛停在圍牆外的車。它的車速很慢，但好在我們逃走很久後大家才發現。」

阿薩德停下話看著高登。他在整段時間中保持一貫沉默，臉色越發慘白。

「你沒事吧，高登？」他問。

他點點頭，但顯然心思煩亂。「我不懂你如何……你怎麼……」

「那位囚犯後來怎麼了，阿薩德？」卡爾問。

阿薩德撇開頭。「開離監獄幾公里後，他要我停車。他說他沒辦法繼續撐下去了。我轉頭看，他的周遭都浸泡在血泊裡：副駕駛座、他的長褲和鞋子、地板，全部都是。」

「他死了？」卡爾問。

「是的。他打開車門，讓自己摔出去。等我繞到車子另一邊時，他已經死了。」

「但迦利布呢？」蘿思低頭看著眼前的剪報，「在這些照片裡，他看起來活得好好的。」

阿薩德搖搖頭。

「那是我人生中的最大錯誤。我們留下他自己死去，但我們應該當場解決他的。」

「你妻女呢？」

「我費盡力氣，動用所有人脈去找她們，但費盧傑是個大城市，她們就這樣消失了。我動用所有的錢賄賂以求得到消息，但沒有幫助。後來聯合國代表團介入。他們聽說了發生的事，所以把我送回丹麥。他們說我再待在那個國家會引爆更多事。」

「但在你看到這些照片裡的迦利布之前，就已經知道他還活著？」蘿思問。

「是的。在我回到丹麥後不久，我岳父用Skype聯絡我，告訴我事情經過。他當時叫作阿布杜·阿辛，他倖存下來，還把瑪娃和女孩們抓走當成人質。我岳父要我回去自首，這樣他們才會釋放她們。我當然考慮過，但之後他們殺了瑪娃的哥哥，那讓我岳父崩潰，也在他心中栽下仇恨，使他改變心意。」

「他建議你不要回去？」她問道。

「他說我現在的人生任務是找到迦利布，並殺了他。他認爲，如果我們想讓女孩們有回來的任何機會，那才是唯一的解決方案。」

「那是十六年前，阿薩德。爲何花這麼久的時間？」

「他們在二〇〇三年逮捕海珊時，伊拉克陷入混亂。許多遜尼派躲了起來，費盧傑遭到轟炸。自那之後，我從那裡聽說的唯一消息是迦利布後來加入遜尼派民兵，得到甚至更高的升遷，現在派駐在敘利亞。那就是我放棄任何再見到妻女的希望的時候。」

「誰告訴你的？」

「他本人告訴我的。他給我岳父寫個聲明，要我岳父念給我聽。」

「聲明說了什麼？」

房間彷彿陷入一種眞空，卡爾熟知這類氛圍，這就像以前開車去車禍死者的親戚那。從他看見前門打開，到親戚臉上了悟致命慘案已經發生的那刻，世界停下腳步。阿薩德現在的表情就像那樣，他隱藏在後的停頓同樣令人心碎。在他說出那些聲明的字眼前，時間過去多久了？阿薩德是否每分每秒都在避免去思考那時付出了什麼代價？答案清晰地呈現在他的表情中。

他從未和任何人說過迦利布的聲明。他清清喉嚨好幾次，但聲音仍舊顫抖。

「聲明說了什麼？」

他再度猶豫，以迷濛的眼神抬頭瞪著天花板，然後嘆氣。他身子向前傾，深吸口氣，將雙手放在膝蓋上，彷彿整個身軀滿漲著腎上腺素。

「那份聲明說，他已經確定讓瑪娃失去我們的第三個小孩。他每天都強暴瑪娃和我女兒，而在每次她們生下小孩後，他立刻將寶寶殺掉。他一直在等我，他會確定讓我死有餘辜。」

他們三人全坐著，呆瞪著阿薩德，什麼話也說不出來。

「我想他現在就是試圖達到這個目的。」他片刻後低聲說，「我以前以為她們早就死了。」

卡爾全身發抖。這是以前這麼常和他開玩笑的阿薩德嗎？那個和他一起縱聲大笑、幫他的電池充電的男人？這個飽受折磨的男人有個如此令人崩潰的過去，而卡爾甚至不知道他每日要如何正常運作？

卡爾眼前浮現夢娜抱著新生兒的模樣。他的第一個小孩。那個脆弱的小生命對這世界的恐怖一無所知，而他會盡力保護他免於受到現實殘害。但這世界是個可怕的地方，而阿薩德的故事實在是……

卡爾停頓狂奔的思緒，直視阿薩德。他對阿薩德如何能維持理智毫無概念，更何況還籠罩在這麼可怕的知識陰影之下。但或許他沒表面上那麼鎮定，或許整件事都是一場戲，這樣他才能生存下去。

卡爾拉開抽屜，摸索著應該在那的香菸。儘管他的同事和夢娜都討厭他抽菸，但那是現在唯一能解救他自這個癱瘓氛圍中抽離的東西。

「省省力氣吧，卡爾。」蘿思說，「如果你在找的是香菸，你可以去檢查焚化爐，恐怕它們都已經化為煙霧囉。」

她綻放微笑。很好，卡爾在心中記下一筆。妳給我記住。

隨後他轉向阿薩德。「聽好，」他說，「我現在要上樓去馬庫斯那邊，並解釋我們為何馬上需要這幾年來累積的有薪假，還需要旅費和預算。兩個星期夠嗎？」

第二十三章　荷安

荷安靠向窗戶時看見自己清晰的倒影，以及慕尼黑中央車站對面軌道上的白色高鐵車廂。「你看來不錯，荷安。」他對自己喃喃低語。過去幾天的煎熬是否使得他的五官更為鮮明，眉毛更黑，表情更深沉？是的，真的是如此。等他回家後他要好好解放一下。他會坐在巴塞羅內塔地區著名的水畔餐廳「Xup, Xup」，漫不經心地端著酒杯，打量著走過身旁的女人。假使他在那坐得夠久，他會挑選某個女人。他可以感覺到私處的悸動，荷西覺得彷若重生。

他看著頭等車廂綻放微笑，將筆電放在桌上，觀察那些忙碌但安靜的生意人，他們全都坐著，一頭埋入筆電和文件中。只要加付微不足道的四塊歐元就能在午後的高鐵裡買到一個頭等車廂座位。他終於爬上社會階梯，而他可沒有再下來的打算。他就在此，是那個腦袋裡有當今最炙手可熱新聞的男人。很快的，人們會記得荷安．艾瓜達是那個冒生命危險阻止災難發生的人。冒生命危險。那是他想要全世界相信的事。閃亮盔甲騎士、及時拯救一切的豪俠，那就是他。沒有荷安．艾瓜達的話，人們會喪命。沒有他，誰知道恐怖的雷電會落在何處，並將混亂恐懼擴展至全歐。他現在就可以任憑想像馳騁。如果迦利布的恐攻計畫付諸行動，人們會紛紛逃離城市的公共空間，男女會縮回自己的殼內，小孩不准再去上學。

是的，那就是他想像的後果。想當然耳，到時，德國聯邦情報局理所當然將享有自身那份該有的榮耀，但是是誰給他們行動基準的情報的？再一次，正是荷安．艾瓜達本人。就像過去幾天那般頻繁，他的心思又轉往這個方向，他不由得對二一一七號受難者致上眞誠的感謝。

他傾身靠向筆電，爲明天的報導構思一會兒。一個圍著藍色圍巾、穿著厚重冬季外套的男人在他對面靠走道的座位坐下。

荷安出於禮貌對他點點頭，那男人展露不尋常的和藹笑容。他不太習慣，但他想頭等車廂裡的人大概都是如此吧。在此的人們了解和尊重彼此的身分和行業，所以他也報以微笑。

他的皮膚相當黝黑，是個粗獷英俊的男人。可能是義大利人。荷安想著並欣賞起那男人的鞋子。等他坐在「Xup, Xup」時，他會記得穿上一雙那樣的鞋子來炫耀。它們應該很貴，但如果《日之時報》不給他一個報酬豐富的適當職位，其他報社毫無疑問會。他很確定，畢竟加泰隆尼亞又不缺報社。但如果馬德里的報社給他職位呢？他應該接受嗎？荷安差點大聲爆笑。他當然會接受，沒有必要老是當個狂熱激進的加泰隆尼亞人吧。

他在市中心請來翻譯員，要翻譯瓦伯格手機裡的錄音檔。剛開始他大搖其頭，抱怨期限太緊，而且還得在早上十點前工作。但荷安對他施加壓力，之後翻譯員出價，那比現行價多出兩百歐元。荷安告訴他，他付不起。他解釋說目前的錢不夠，因爲這段文字只是要拿來讓一個電視節目的幾位演員讀稿用的，他會需要翻譯的理由是，他們忘記給他英文腳本。他最後同意多付一百歐元，但翻譯員不能保證準確度，因爲錄音檔的音質過差。

不管翻譯可能有什麼錯誤，迦利布顯然是個恐怖分子，花了許多年待在伊拉克和敘利亞爲民兵戰鬥，在組織中晉升到非常高階的位置。但現在戰爭翻轉，他則被賦予在任何他去的地方製造混亂和不幸的各種任務和目標。儘管那段對話並未揭露確切計畫，但聽來每件事直到細枝末節都有按照計畫走。人們正等待他下令，顯然法蘭克福和柏林會有恐怖攻擊發生。

荷安在桌上攤開從火車報攤買來的法蘭克福地圖。迦利布和其助手哈米德提到要在法蘭克福的一個廣場發動暴力攻擊，但他們沒說是在羅馬廣場、羅森納廣場、歌德廣場，或是哪裡，或是一起。只提到那個廣場很大、很寬闊，有很多人。但哪個廣場才是對的？選擇實在太多了。

荷安抬頭，與對面的男人四目交接。那男人顯然對他正在做的事興致勃勃。

「你是觀光客嗎？」他以帶有強烈口音的英文問。

「是的，算是。」他回答，敷衍一下，又低頭看。就荷安從翻譯中了解的，迦利布本人不會參與行動，但哈米德可能會。後者對所有事的確有鉅細靡遺的知識。

「抱歉打攪，但你是不是計畫參觀城市？」那男人繼續說，指著翻譯和地圖，「我可否建議你先去羅馬廣場？它毫無疑問是法蘭克福最宜人、保存最好的廣場。」

他說不出是哪裡不對勁，但那個男人似乎突然不再那麼像義大利人，所以他草草感謝他，將地圖和翻譯收起來。

火車接近紐倫堡，他應該在此換車。他已經胡亂打字差不多一個小時，卻沒辦法擠出任何靈感的火花。

「該死。」他低聲咒罵自己。當有那麼多人監視他寫作時，他要如何流暢地自由書寫呢？如果他遵守各類指示，他除了簡單重複已經寫過的東西外，還能有什麼選擇？他原本在追蹤故事，見證可怕的事件，但卻不知道他到底在追什麼，或他們試圖逮捕誰，或甚至接下來可能會發生什麼以及在哪發生。如果他膽敢洩漏絲毫他知曉迦利布和哈米德對話的細節，德國聯邦情報局和迦利布會追捕他；賀伯特．威伯可能會編造出假謀殺罪名，迦利布則會拿尖刀劃開他的喉嚨。可倘若他服膺於這些限制，就會失去他的動力和編輯的支持。他原本真的以爲自己可以設法繞過這些障礙，但現在似乎毫無希望。

荷安垂頭喪氣看向窗外。如果他要相信自己有天會聲名大噪，成爲坐在「Xup, Xup」打量女人的知名記者，就別無他法。不管有何危險，他得寫任何想寫的題材。他吃驚地發現，自己有勇氣那麼做。這是另一件他該感謝二一一七號受難者的事。荷安將注意力轉回螢幕，開始修改草稿。這次他會直言不諱。首先是標題，然後是本文。他寫出名字；鉅細靡遺描述在慕尼黑的攝影師謀殺案，以及他跌進的血泊、他要去的城鎮、他試圖阻止的意欲犯下恐怖活動的男人。

火車慢下來，最後停止時，他已經寫到某個點，得決定是否該提到他和德國聯邦情報局的會面，最重要的是，他在攝影師的手機上發現的影片檔。

等我轉車後再做決定。他心想，正要將筆電收進袋子裡，坐在對面的男人突然靠過來，帶著微笑低語，並對荷安給他的所有有用資訊表達感謝。剎那間，荷安心裡的鈴聲大作。他轉頭看著那個穿冬季大外套的男人跨幾大步走過走道，隨即消失在月台上。

荷安在高鐵停靠站等待下一班即將離開紐倫堡、開往法蘭克福的列車。在這二十七分鐘內，他的心頭縈繞著急迫的問題。那男人到底在感謝他什麼有用資訊？從他的座位距離，他不可能讀到荷安寫的東西，所以他不可能因此推論荷安爲何坐那班火車，或他將要在法蘭克福做什麼。他沒有問荷安的職業或出生地，所以他知道荷安要去法蘭克福的唯一根據就只是因爲那張地圖？

但荷安覺得很詭異。那男人究竟是誰？他是朋友抑或敵人？他是想偷他故事的記者還是迦利布的同夥？荷安大汗淋漓，利用等待時間擠到每個角落搜尋車站大廳和月台，努力尋找答案。那男人消失到哪去了？他爲何那麼匆忙地離開？這是否可能清楚暗示，情報局不會讓他離開他們的視線，而且不僅是他夾克內襯的GPS能告訴他們的地點？他衷心希望是如此。

到法蘭克福的德國高鐵二十六號頭等車廂，和前一班如出一轍。完善的工作環境，西裝筆挺的嚴肅男人，車內保持安靜，使得需要籌畫和預想的心境易於達成。他會住在法蘭克福市中心某處，如此一來，這離他想去的各個廣場的距離都會非常短。他會按部就班進行調查，熟悉所有地點，最重要的是，評估它們作爲恐攻目標的潛力。倘若他善用想像力，在每個廣場觀察人們的移動和密度，他或許能預見未來。問題在於這個未來是何時。理論上，在他抵達法蘭克福前，災難可能已經發生。迦利布和哈米德畢竟搶先他一步。

他拿出筆電掃視他的報導。

如果我涵蓋太多事實並開始預測，國家憲法保護辦公室（注）絕對不會開心。荷安忖度。但新聞記者的職責難道不是在得知災難即將來臨時，就提早發言警告大眾，不管情報局是怎麼想的？臉上有疤痕的男子顯然想透過報紙報導製造恐慌，但如果荷安在明天的報導中設置障礙阻擋他的路，他會如何反應？他會調整計畫嗎？還是他會利用這個機會創造虛假的安全感，並將恐怖攻擊轉移到最出乎意料的地點？荷安嘗試預想整個局勢。他希望迦利布不知道他目前的位置。如果他小心點，他在《日之時報》上做的事實報導就不會鬧出什麼後患。希望什麼事都不會發生。但他現今的難題是，這件恐攻背後顯然有一整串基本事實，而他卻一無所知。比如迦利布在哪？他和他的人馬想做什麼？他知道的只是這個最危險的男人可能已經進駐德國最工業化和人口稠密的某個都市，而他在掃除路上障礙時不會猶豫。所以，他該死的該寫些什麼？

他衡量利弊好一會兒，一個男人進入車廂，在他桌前停下。

「荷安．艾瓜達？」他禮貌地問。

荷安蹙緊眉頭，抬頭看到一位粗壯的小個頭男子，他的膚色在這個季節未免太過黝黑。

「是的，請問你是？」他回答。

「我來把這個給你。」那個男人說，遞給他一個信封，然後他按按帽子，爲他打攪到周遭的乘客道歉，轉身離開。

白色的信封沒什麼異狀，但內容則否。

你怎麼知道要去法蘭克福？你昨晚和警察在做什麼？我不是給你直接命令要你別找他們嗎？我們知道你做的每件事，荷安．艾瓜達，所以小心點。一個錯誤舉動，遊戲就會結束，你會成為歷史。你會在法蘭克福得知詳情。

荷安屏住呼吸。「一個錯誤舉動，遊戲就會結束。」在這個案例裡，**結束**這個詞眼意味著某種絕對和確定，毋庸置疑。**結束**是劃開的喉嚨，**結束**是恐懼和折磨，**結束**是走得太超過的某個盡頭，然後他就會成為歷史。

我該怎麼辦？他絕望地想。他能在高鐵靠近車站時跳車嗎？

他緊握手機。如果他打電話給情治單位的賀伯特．威伯，他們會認為他再無用處。他們會起訴和羈押他，直到大局得到掌控，而任何成名或在巴塞隆納海灘挑選女人的春秋大夢會化為泡影。他會馬上回到起點，以及他僅在幾天前本想永遠結束的無用存在。

他再次讀那張紙條。**結束**可能意味著死亡之外的東西嗎？

荷安的腦海旋轉個不停。他該在火車還在移動時跳車嗎？不！也許該在接近車站時跳車，但確切該在何時？法蘭克福車站不是世界上最忙碌的車站之一嗎？倘若他跳車，他可能會在鐵軌上

注　國家憲法保護辦公室（LfV，Landesbehörden für Verfassungsschutz），和德國聯邦情報局同為德國的情報機構。

被壓扁，或撞上另一輛火車。在靠站時，他不能只是抓著打開的車門，等待正確時刻，因爲迦利布會派人監視他，一下子就會抓到他；他現在了悟這點。而如果他想繼續報導，他就不能打電話告訴德國聯邦情報局此事；這點他已經想過了。但他或許能拉下緊急煞車，試圖在被抓前跳車。

荷安環顧四周。這些足智多謀的強壯男人不到五秒鐘就能制伏他，所以毫無希望。但如果他讓車廂裡的人接近自己呢？當地警察不是會在月台上等他嗎？是的，他們的確會，因爲在沒有合理的理由下，拉緊急煞車是犯法的，這事眾所皆知。

但，萬一迦利布在火車上的眼線不僅有給他紙條的那個男人，而且萬一他們懷疑有事出錯呢？或許他們就在隔壁車廂緊密監視事情發展。如果是這樣的話，他們是不是能不動聲色地悄悄做掉他，給他打致命的一針後消失？

*別讓你的想像力如脫韁野馬。*荷安握緊拳頭，試圖清晰思考。如果他運用邏輯思考好好想想就會知道，倘若迦利布的手下想殺他，爲何又要給他紙條？那說不通，但他可不要在這裡枯等答案。死亡、折磨和恐懼——不管代價爲何，他得逃離這裡。

他看著眼前的地圖，找尋出路。紐倫堡和法蘭克福之間有許多小城鎮，但他認爲火車只會在一點做緊急停留，那就是位於巴伐利亞的烏茲堡。*我聽過那個地名，*他心想，並搜尋它。那裡有十三萬居民，幾座醫院和診所。聽起來很完美。

荷安如釋重負地嘆口大氣，冷靜起身，穿上外套，將手機收進暗袋，關上筆電，將它和文件放進袋子，然後掛在肩膀上。

「啊啊啊。」他突然呻吟起來，緊抓住胸口。他重複呻吟，讓頭往後仰，露出眼白，開始盲目摸索，想抓住能撐住自己的東西。

如他所料，車廂裡的每個人都停下手邊的事，幾個乘客跑過來將他扶起來。

「這裡有醫生嗎?」其中一位大叫，沒人有反應。

「是你的心臟嗎?你有藥嗎?在哪?」另一個人問，但荷安沒有回答。

幾秒鐘後他們就會聯絡高鐵人員，一切會按照計畫進行。他想。然後他們會在烏茲堡停車，將他送上救護車。當他抵達醫院時，他會在他們知道發生什麼事前消失。

荷安的背倒到地板上，眼睛緊閉，周遭一片騷動。有人衝到隔壁車廂，另一個人則摸索他的口袋和袋子，尋找不存在的藥。

其實見到自己受到這麼多照顧和注意是滿平靜的經驗，所以荷安跟著演戲，確定保持呼吸淺促和輕到無法察覺。他沒考慮到的是，如果有人出現心臟病發作的症狀，可能會有其他人採取激烈手段——尤其這種情境下，也不能管他們技巧如何。突然間，有位巨大的男人跪在他身邊。

荷安感覺到第一個按壓時不禁恐懼起來，那個男人在他肋骨上重壓後，溫暖的嘴唇覆蓋上他的。

「啊啊啊。」他在感覺到肋骨被壓時抱怨。剎那間，他無法再演下去了。

「我拿到了。」一個聲音叫道。荷安從他半閉的眼睛瞥見一個穿著車掌制服的男人，傾身向他，眼神毅然決然。另外有人將袖子拉到肩膀處。

「你以前做過這個嗎?」那個人問。

荷安聽到車掌說有，提及他有上過課，終於察覺他打算做什麼，但了悟時已經太遲了。自動體外心臟去顫器的電擊導致他整個身體扭動，而心臟承受的壓力像塊沒消化的食物往上衝到喉嚨，所有神經末梢似乎都要爆炸開來。

幾秒鐘之間，電擊導致他的上半身緊縮。電擊停止時，他的身體扭動，後腦杓用力撞擊地板。

他聽到他們大叫：「Mein Gott.（老天。）」接著眼前一切陷入黑暗。

第二十四章　亞歷山大

這晚非常難熬。亞歷山大和遊戲奮戰了幾小時，但徒勞無功。每進一步他就被踢退兩步。

亞歷山大用手掌猛擊鍵盤，但那沒帶來任何正面效果；他的手指徒勞地猛敲鍵盤，結果仍毫無反應。他只好不情願地下了個激進的決定，離開遊戲，打開設定，分析電腦的目前狀況。如他所恐懼的，情況不妙。儘管他只玩了幾個小時，電腦已經過熱，現在進入紅色危險區。或許他用硬碟用得太超過，主機板有點承受不住，不管那聽起來有多瘋狂。他才買這個電腦十二個月，而保固期限是三年，但如果他將電腦拿去維修，得等多久才能拿回來？

*冷靜下來，這只是偶爾會發生的鳥事。*他忖度，試圖安慰自己，並等電腦冷卻下來。要是這招能奏效，他就可以重回正軌，因爲如果等電腦冷卻下來後卻沒有恢復正常，他實在不知道還能怎麼辦。光那想法就讓他狠咬指甲周遭的皮膚直到出血，而雙腿則像鼓槌般猛敲地板。

每秒鐘感覺都像是永恆。

二十分鐘後，電腦冷卻到足以讓他重新啟動。他緊張地看著螢幕。

*拜託，拜託。*他腋下開始冒汗時想著。螢幕沒有動靜，只有中間出現個白色方塊，就這樣。系統似乎死當了。

他胡亂摸索著接線，再度重新啟動，用力想到頭會痛，滿腹挫折啜泣起來，然後再重新啟動。仍舊什麼也沒。

亞歷山大眞想將自己拋出窗外。

他突然驚醒，不安地感覺到他的世界已然瓦解。他做的第一件事是以顫抖的手指按下開關，結果那個該死的電腦沒有任何改變。他寶貴的電競電腦完蛋了。

好在遊戲是存在外接硬碟。他安慰自己，抬頭看牆壁上那位溺斃老婦人的照片。

「抱歉，我把電腦燒壞了。」他對照片說，「但別擔心，我有辦法。我父親有台筆電，是我幫他買的。它沒有像我的Shark Gaming那麼快，但每秒顯示張數還算夠高。」他微笑起來，「對，妳是對的，我騙了那個白癡。他不知道該買什麼，或爲什麼那比他預想的還貴上一倍。」

亞歷山大瞬間大笑出聲，搖著頭。「對，抱歉我老是狂吠。妳可能不知道每秒顯示張數是什麼，如果它超過六十，那它對這個遊戲來說綽綽有餘。」他對自己微笑。他父親的聯想電腦顯示卡很棒，而每秒顯示張數是七十，所以應該堪用。等他父母去上班後，他會離開房間去拿電腦。他知道密碼，因爲是他設定的。他綻放微笑。毫無疑問，他父親會暴跳如雷，但他能怎麼辦？再來刮搔他房門上的漆？

望過灰色百葉窗，亞歷山大能瞥見新一天的清晨曙光。在他房門的另一邊，他父母已經在忙於每早的常規儀式，穿著拖鞋拖著腳步，對彼此鬼吼，製造一番喧鬧。十分鐘後，等他們離開，房子會安靜下來，他就能溜出房間，去拿他父親書房裡的筆電，然後把它連接到他的外接硬碟、滑鼠和遊戲螢幕，再度開始。一旦系統重新啟動又能開始跑，他就可以達到計畫中的勝利。

「亞歷山大！」他母親從走廊大叫，「我要走了。記得，我要去瑞士的盧加諾開會。跟平常一樣，冷凍庫裡留了煮好的飯菜給你和你爸。還有，亞歷山大！就那麼一次讓我驚訝吧，在我離開時走出房門，好嗎？那會讓我很開心。」

盧加諾！亞歷山大不禁哼了一聲。這是他痛恨這些噁心的僞君子的另一個理由。她已經拿開會這個理由當幌子好幾年了，她不在家時他父親也很少在家。他們為什麼就不能乾脆承認他們是去操別人？他痛恨他們。

亞歷山大將耳朵貼在門上，聽不見任何聲音。他父親一定已經離開了，但為了保險起見，他會等十分鐘後才把繞在暖氣調節器上的鋼線移開。如此一來，萬一他們忘了東西回來拿時，才不會在他放下戒備時，抓到他在屋裡神氣十足地走來走去。

他一出房門站在走廊上，迎面撲來的是更甚以往的濃重香水和欺瞞的臭味。真令人噁心。他等不及結束一切，一心只想完成任務，達成二一一七勝。

然後他們就會得到應得的報應。

正常情況下，他會吃早餐，倒光夜壺，做所有慣常會做的事，但他很怕事情可能出錯，因此他直接走過廚房，進入書房。

他站在他父親的桌子前片刻，想著如果計畫出錯他會怎麼做。大概在一年前，他的一位波士頓遊戲好友在玩多年來的一個遊戲時，經歷了相同的事。當電腦燒壞，那個笨蛋就這樣發狂，抱著滿腹挫折，威脅要自殺。

亞歷山大搖搖頭，那有多蠢和徒勞無功。自殺？沒有任何危險可言。時候來臨時，你最好拖著整批人跟你一起下地獄。

他才剛拔出硬碟的接線將它拆解，一道陰影剎時爬過桌面，鐵般的手抓住他的肩膀。

「抓到你了！」一個再熟悉不過的聲音厲聲說道。

他還沒轉身，他父親就開始用力搖晃他，彷彿他是個小孩。

「你在做什麼？」他狂吼，「除了使出其他怪招外，你真的以為偷走我的東西後能沒事嗎？亞歷山大？你真的這樣想嗎？」

亞歷山大沒有回答。他任憑自己被搖晃和推著往前走。他現在還能做什麼？承諾痛改前非，並說這只是一場遊戲？該死，才不要。

「直到我們把你住的骯髒環境整理乾淨前，我不會放你走。」他父親威脅道。

亞歷山大已經好幾個星期沒這麼靠近他老爸，他可以感覺到他的肌膚，聞到他噁心的氣息和體味。他這輩子怎麼能忍受和這個可笑的男子住在同一個屋簷下，連他自己都想不通。但現在該是結束它的時候了。

「看看你四周，老天啊。」他父親將他推進臥室後斷聲說道，「這是我們為你做了一切，給你這個房間所得到的感謝嗎？這根本是個狗窩。這是我們教導你的嗎？嗯，你是這麼想的嗎？」他狂吼，踢著散布在地上的幾個空可樂罐。「這裡聞起來像化糞池。每樣東西都在發臭。好好看看四周，亞歷山大，看看這些垃圾。這說明了什麼？你在樓上過得很好？不，並不是這樣的，不是嗎？或許現在你能了解我們為何因你而感到難堪了。有你這種兒子，我們該怎麼辦？」

「別擔心那件事，」亞歷山大將他父親推開，「反正你很快就會他媽的擺脫我了。」

不管是因為他的髒話或缺乏尊敬，他父親驚訝地倒退一步呆瞪著他，彷彿臉上被揍了一拳。

「擺脫你？你知道嗎？我想我會接受那個建議。」他在恢復鎮定後冷冰冰地說。隨後他從口袋拿出滿是鈔票的皮夾。「這裡，拿去，現在給我滾出去！我們不想恭候到殿下想走的時候。你去找個青年旅館，你不能再住在這裡了。」

他轉向門，瞥見掛在門把的癱軟鋼線。「所以這就是你的伎倆！」他邊說邊估量到調節器的距離，然後他解開門把上的鋼線，繞在他手腕上。「好了！你這下不能再躲在房間裡了，聽清楚了沒？你最好開始打包那些狗屎。如果你忘了任何東西，我確定你媽會在旅行回來後，送過去給你。」

「你指的是等她幹完她更喜歡的男人吧。她喜歡那個男人更勝於你，你是這個意思嗎？」

這不是亞歷山大第一次看見他父親憤怒到臉色刷白。他在痛揍他前總會這樣，這通常使他害怕，但現在他卻一點也不在乎。拳頭很快就飛過來，儘管出拳很重，但其實沒什麼感覺，再來的第二拳和第三拳也是。他實實在在感覺到的反而是，他父親眼底原本的滿足神情變得越來越絕望，因爲他發現自己沒辦法再威嚇兒子了。他的拳頭只確認了他們之間的權力關係已然翻轉。

「你瘋了，」他父親抽回身子時喘著氣說，「瘋了！」

亞歷山大點點頭。*或許他是對的，誰能肯定呢？*他想。他父親繼續痛罵他，他則四處走著撿起地上衣物，慢慢移向掛著武士刀的牆壁。

亞歷山大取下牆壁上的武士刀時，他父親縱聲大笑。

「你眞的想把那把刀帶到青年旅館去，亞歷山大？你以爲他們會讓你帶著那入住？你眞的有那麼笨嗎？你的情況比我想像的還要糟糕。」

他的臉因嘲弄而扭曲，繼續縱聲狂笑，直到亞歷山大將刀拔出刀鞘。

當他父親的頭被乾淨俐落砍斷、輕輕滾落在亞歷山大的床上，那抹咧嘴笑成爲了永恆。

他抬頭看著牆壁上的剪報微笑，喃喃低語：「開始了。」

*這是第一個。*他想著，心滿意足，將他父親沉重的頭放進冷凍櫃，把身體拖到雜物間，用塑膠袋包住脖子，免得血流得到處都是。

「你在這裡會很舒適，老爸。」他用割開的垃圾袋將無頭屍體包住時喃喃自語。他到處貼了膠帶，這樣屍體就可以永久存放，屍臭也不會瀰漫得整個房子都是。

亞歷山大點點頭，非常滿意。他將包裹好的屍體推近洗衣機，這樣雜物間的地板就會有空間留給他母親，等到她肯將就回到家裡的時候。

他的整個身體因狂喜而顫抖。他拿著父親的電腦設備進入房間，確切按照計畫執行，而且過程非常順利。他可輕易再做一次，再一次。再一次。

他連接所有東西，然後開機。好玩的是，他不再擔心這招行不通，當然行得通。從現在開始，萬事順利。

在他確認那台聯想服服貼貼、遊戲平穩進行時，他打過整個下一回合，絲毫未受到阻礙。該是更新最新情況的時候了。他心想，傾身去拿手機打他的聯絡人號碼。

那個叫高登的警察聽起來脾氣不好又很累，但那很快就會改變了。

「哈囉！」亞歷山大不禁逗了逗他，「我還沒達到那個二一一七勝利號碼，但我想你應該知道我已經開始了。」

他清楚感覺到那男人腦袋裡形成一個問號。他覺得好玩斃了。

「已經開始什麼？」那是預料中的問題，「一路射擊到二一一七，是嗎？那很困難嗎？」

亞歷山大放聲大笑起來。

「困難？ＬＯＬ。你對什麼困難什麼不困難，一點概念都沒有，對不對，你這個智障警察？」他數著秒數，直到電話另一端的男人消化這個侮辱。這次花的時間比他預期得還久。

「嗯，我猜我很有可能是毫無概念。」他回答，「就算是這樣，我可以告訴你，我們知道二一一七號指什麼。那是指幾天前被沖到賽普勒斯岸上的不幸受難者，對吧？但你不妨告訴我，爲什麼那位老婦人對你如此意義重大？」

亞歷山大整個人僵住。警察怎麼會知道？他環顧四周。他做錯了什麼嗎？他們追蹤了他的電話嗎？他不是都很小心地更換預付卡嗎？他們難道設法追蹤到他的ＩＰ位址，或是有什麼自己不知道的疏失？但他們是怎麼辦到的？這不可能。

「再說一次看看？」他說，但連他自己都知道，這次他的聲音比較沒那種氣勢。

「現在就停止這場遊戲，」警察說，「不然我們會過去阻止你，懂嗎？」

沉默片刻。他們現在在追蹤他嗎？

「笨蛋，你已經太遲了。」亞歷山大回答，準備掛電話。

「太遲？從來就不會太遲。」警察說。

「不會嗎？試著對我老爸在冷凍櫃裡笑的頭顱說吧。這不是一場遊戲。」他回答後掛上電話。

第二十五章　高登

死亡是人生的終極完成，就像白花椰菜對維也納炸牛排一般。高登的父親總是這樣開玩笑，直到他入院接受安寧照顧的那一天；他當時全身僵硬，臉色慘白，渾身插滿管子。

那場面有點讓那個比喻失真。

另一方面，高登則認爲死亡可以是任何事，但絕不會是人生的終極完成。對他而言，死亡已成爲人生的永恆夢魘和哀傷的根源。他花了好幾天嘗試了解爲何對他而言，意義如此重大的羅森・柏恩會以如此令人震驚的方式驟逝。而當那問題仍舊得不到答案時，出於恐懼，他每小時至少會量脈搏二十次，深怕哪天心臟會突然停止，嗚呼哀哉。他對最後心跳的恐懼逐漸吞噬他的心靈。這不但日夜籠罩他的思緒，他現在還開始感覺胸部隱隱作痛。

我晚上時呼吸有正常嗎？這是他自問的許多問題之一。如果我休息時心跳總是八十下，我的心臟會不會不堪負荷？這是另一個問題。

死亡無法逃離，會在任何時候襲擊他，這個想法令他恐懼萬分。

現在，在高登看見阿薩德眼底的死亡後，更是雪上加霜。在柏恩兄弟雙雙過世、重新擔心他家人的安危前，阿薩德不是那個總是唇上掛著微笑，與人生滄桑保持一種諷刺距離的男人嗎？那個總是樂觀迎接每一天的男人？高登非常清楚地感覺到阿薩德在其堅忍的外表下，正在憂慮和考量接下來幾天的行動會帶來的後果。聽過他故事的人不會懷疑阿薩德準備殺了迦利布，爲他的家人報仇，而他知道相同的命運可能也正等著自己。

現在，高登坐在辦公室椅子所形成的安全環境裡，在腦海深處掠過生死的沮喪探索，不斷檢查脈搏，好確定自己的心臟沒事。說起來眞可悲，也很難堪。

高登起身繞過桌子走了數次。懸案組在簡報室裡將所有偵察中的案子成排掛在布告欄上，加上紙條、刊物影印和照片。這個地下室的陰森處會讓人拋棄維持自我心靈平靜的個人考量，但他的腦袋瓜卻念茲在茲想著，如果他原地跳或做五十下伏地挺身，凡事都會轉好，死亡也不會逼近。

他做了十下伏地挺身，滿身大汗，電話響起。

「哈囉。」電話另一端的聲音說。

高登僅花一秒就知道是那個打算大開殺戒的男孩。

「對，又是我，條子。」男孩說。

高登像個晃動不已的傀儡，朝電話伸長身軀，按下錄音鍵。

那男孩的聲音聽起來很愉快，相比之下，他和世界的不和諧格外令人不安。

*現在我要問出他的名字還有他在玩的遊戲。*高登忖度。他的策略是表達友善、禮貌和理解，但在男孩的腔調變得更激烈和傲慢前，他沒取得多少進展。後來，當他也開始嘲笑和嘲諷高登後，高登不禁採取了更強硬的姿態。

當高登說，他知道二一一七號引涉眞實世界時，男孩顯然陷入焦慮。但最讓高登震驚的是，男孩反駁說，他已經砍掉父親的頭，將它冰在冷凍櫃裡，隨即掛掉電話。

高登開始渾身發抖。這是第一次，在他不再那麼年輕的人生裡，他和殺人犯說過話。一位大膽宣稱他會再殺人的瘋子，想到此眞的很令人不安，因爲等卡爾、蘿思和阿薩德離開去處理阿薩德家人的事後，責任會全落在他肩上。這將使他成爲某種生死的主宰。但萬一他應付不來呢？

他的脈搏開始無法控制地狂跳。高登攤坐在椅子裡，頭垂到膝蓋之間，祈禱電話永遠不再響起。他當然可以把電話線拔掉，但如果報告有天如雪片般飛進來，說有位年輕人在大庭廣眾下大開殺戒時，這下該怪罪誰，毫無疑問。啊，老天！他該怎麼辦？

他們四個人全默默坐在高登的辦公室裡，聽著電話錄音。甚至連卡爾都一臉嚴肅。

「你覺得如何？」卡爾聽完後說，「他做了嗎？他眞的砍了他父親的頭嗎？」

蘿思看著高登點點頭。「他以前打過電話給你，但這次不太一樣，他展現出嚴重的情緒不穩。我的意思是，前一分鐘他還在嘲笑你，下一分鐘他的腔調就變得非常具攻擊性，然後直接掛掉。當你說你知道那號碼代表什麼時，他的聲音明顯改變了。你不認爲他說的是眞的嗎，高登？」高登必須說是。

「那我們同意他不是憑衝動或幻想行事。他說的顯然是眞的，並經過愼密計畫。你們怎麼看？」卡爾和阿薩德都點點頭。

「我有沒有做錯事？」高登試探性地問。

卡爾拍拍他的背。「直到現在我們才知道你對付的是何種人物。說起來直到剛才，你不可能採取另一種策略。別怪自己。雖然我先前有所懷疑，你還是堅持要處理，這點你做得很好。」

高登鬆口大氣。「我只是擔心我無法應付。」他說，「我不想爲更多人的死負責。」

「我們保持冷靜並分析聽到的訊息。」卡爾邊說邊靠坐回椅背，「這傢伙住在公寓或別墅裡？你們覺得呢？」

「他住在別墅裡。」阿薩德回答得很肯定。

「是的。」蘿思附和，「他沒說『冰箱』，而是『冷凍櫃』。在公寓裡誰有空間放那種龐然大物？」

「沒錯。」卡爾綻放微笑，但高登可笑不出來。好，他沒住在公寓裡，但這會讓案子更好偵辦嗎？另一個選項是他們現在得追查數千棟別墅。

「這讓我聯想到那些把自己拘禁起來的年輕日本人。妳記得那叫什麼嗎，蘿思？」

「記得，他們被稱作繭居族。」

「沒錯。你沒聽說過吧，高登？」

他搖搖頭。或許他聽說過，只是不記得。

「反正，據信日本大概有多達一百萬個年輕人那樣活著，離群索居。他們住在父母家裡，但不和父母溝通；整日坐在房間裡，迷失在自己的小小世界中。那是現今日本社會的一大問題。」

「一百萬？」高登覺得頭暈。那等於丹麥有多至五萬的同類。

「那對有榮譽感的日本家庭來說非常難堪，所以通常會隱瞞這件事，不讓外人知道。」

蘿思對他豎起大拇指，「在丹麥一定也是如此。」

「他們會再走出房間嗎？」高登問。

「就我所知，不算罕見。」卡爾回答，「但會花上好幾年。儘管如此，我從未聽說任何繭居族在結束這種生活時威脅要殺人。但我猜，也會有那種情況發生。」

「他們心理有病，對吧？」高登問問題時對自己點頭。

卡爾聳聳肩。「有些人比其他人病得更重，這傢伙顯然病得不輕。」

高登再同意不過。好在，這男孩不是一般公民。

「我們都同意他很年輕，而且可能住在哥本哈根嗎？」他問道。

是。」

「是的。他說ＬＯＬ，『大聲笑』（laughing out loud），所以他一定很年輕。」阿薩德說。

卡爾搔搔脖子。「沒錯，但ＬＯＬ不是指『很多笑聲』（lots of laughs）嗎？至少我以爲它

「他沒有方言口音，我猜他住在哥本哈根。」卡爾和阿薩德又點點頭。

「但他聽起來也不像工人階級，所以他可能不是來自勞工階級地區。」蘿思模仿勞工階級口音說道。卡爾聳聳肩，他對階級口音不是很行，但畢竟他來自凡徐塞。

「所以，你想他原本來自哪裡？」他問。

「丹麥。」蘿思和阿薩德異口同聲說道。

「我再次同意。」卡爾轉向高登，「所以，你要找的是個年輕丹麥男孩，可能二十歲左右，他的父親可能幾天來都沒去上班，住在有冷凍櫃的別墅裡，而且在我看來，來自教養良好的中產階級家庭。你下一次和他談話時，改變策略，盡量嘲諷他。叫他科特布萊恩，或任何蠢名字都行。如果你一直那樣做，他還是不生氣，我會很驚訝；如果你能讓他火大，你可能就能激他和你爭論。人們一旦生氣，就會很容易搞砸，露出破綻。之後，我們的語言學家就可以聽一下對話。語言專家絕對能從那種對話中推斷出很多男孩的相關線索。」

現在高登開始覺得反胃了。他曾經手過很多不同任務，但這次……

「還有，查出誰在哥本哈根販賣預付卡。查出來後，打電話給每個老闆，問他們記不記得有個年輕丹麥男人最近買了很多張。你做得來嗎？」

高登的眼睛睜得老大，他得馬上衝去馬桶那邊。「但是，卡爾，他大可從不同地方和離家很遠的地方買啊。」他抗議，但卡爾置若罔聞。

第二十六章　卡爾

卡爾從未見過這麼多勳章、獎徽和浮誇的服飾齊聚一堂。眼前有好幾排黑色制服，總數至少有上百個，還有戴著帽子和穿暗色外套的官員，以及穿著禮服的同事。他們近期理了頭，一臉嚴肅；女人則穿著及膝長裙，有些甚至戴上面紗。

僞君子。他忿忿想著。從專業上說來，羅森．柏恩值得這份榮耀，但說到底，他也是個令人厭惡和無法對婚姻忠誠的混蛋，而阿薩德可怕的不幸遭遇都得怪他。所以，當每個人摘帽對死者致敬時，卡爾仍戴著不肯拿下。那會惹火羅森．柏恩。他忖度一會兒，直到注意到凶殺組組長在側眼瞪他。見鬼，這畢竟是國葬。他想了想後摘下帽子。

羅森．柏恩的遺孀和孩子們站在靈柩前，試圖不在禮服筆挺的嚴肅代表前掉淚。站在他們之後的是高登，他紅著眼眶，滿臉皺紋。在這群集會的人後面遠處則站著一位黝黑的小個頭男人，滿頭凌亂捲髮，蝕刻在臉上的表情如此哀戚。卡爾不忍觀看，不由得轉過頭去。

幾天後會輪到傑斯．柏恩的喪禮。毫無疑問，哀悼者會少上許多。或許那也會讓阿薩德難過，因爲那場葬禮也沒邀請他參加。他轉身抬頭看古魯維格教堂，黃色磚房裡管風琴聲管悠揚演奏，教堂雄偉地屹立著，成爲背景。在儀式中，走道掛滿花圈和花束，男性警察合唱團的歌聲震得丹麥國旗飄動，教堂內部回音蕩漾。牧師在狂喜邊緣力持平衡，一個又一個地細數、讚揚死者的榮耀，直到卡爾聽到想吐。這麼多年來，他因病或意外事故失去許多優秀警察同僚，看著他們以更卑微的方式入土爲安，所以，該死，羅森・柏恩憑什麼成爲超級巨星？

突然他想到，他正站在教堂前，而一年過後，他或許也會做同樣的事，但這次夢娜懷中會抱個小娃，小娃會穿著家傳受洗禮服，由他母親驕傲地在事前修補。

然後在他眼前的這批人可以去吻他卑微的屁股。

「你穿禮服看起來還不錯。」蘿思在守夜時刻薄地說。自從卡爾明白表示她不會陪他和阿薩德去德國後，她就這樣酸溜溜的。

「沒錯，對這麼受到歡迎的屍體而言，你得特別在外表上做足努力。」卡爾反駁，敞開雙臂指著那些正在激切談話的政治顯要，包括警察總長、司法部部長、警察局局長，和一大群低階警察，比如像他本人這樣的刑事警官。

「**受到歡迎**不是你能形容某些人的字眼。」她這次講得甚至更刻薄，而且還針對他。

卡爾走到那一大群乏味的喪禮賓客前，他們在放著紅酒和西班牙小菜的桌前猛流口水。他試圖很有禮貌地伸手去拿酒，但沒人有反應或主動讓開身子。

最後，他挺直自己那北日德蘭令人印象深刻的高大身軀，以手肘像矛般往前推擠。「抱歉。」他對著因被迫讓開而咒罵他的人說。接著，他從受到驚嚇的服務生鼻子底下抓走一整瓶紅酒離開。他在葬禮中努力保持態度莊重，總值得一點獎賞吧。

《日之時報》的編輯夢瑟・維果是個難以相處的女強人。用字含糊、口氣不屑一顧，說起來眞的不是很有魅力。「就像我曾告訴你的一位同僚那樣，我們不隨便給人我們雇員的接觸方式和資料。你可能是任何人，而荷安·艾瓜達可是牽扯到一件非常敏感的任務。他甚至受傷了，話說回來，你也沒有權力打探這件事。」

「好吧，隨妳說。但我會回來咬妳那高傲的肥屁股。」

「你說什麼?!」

卡爾再度思索自己剛選擇用來表達情緒的英文字眼，然後聳聳肩。這招不是管用嗎？他總算引起她的注意力了。「妳不肯給我訊息，但全世界都讀了荷安·艾瓜達的報導，知道他要去德國，而且可能已經在那好幾天了。」他說，「哥本哈根警察正在偵辦一件非常嚴重的恐怖主義案件，而其中這個迦利布和他的動態情資非常重要，所以如果妳不馬上讓我和荷安·艾瓜達聯絡上，妳可能會害許多無辜的人喪命。」

她大笑，聲音冷淡。「而這是出自一個因穆罕默德的諷刺漫畫害全世界遭殃的國家裡的男人說的話，又有多少無辜百姓因那而死？(注)」

「妳給我聽好！讓我告訴妳一件事，我建議妳注意聽。如果妳以爲把幾個不受控制的瘋子對言論自由的詮釋方式，歸咎於整個國家是可以接受的事情的話，那就是妳的愚蠢。就算是這樣，我也不眞的認爲妳很蠢，我猜想妳可能單純只是被這場談話激怒，所以我再問妳一次。我有位很在乎的同事，他的家人受這個迦利布脅迫，而荷安·艾瓜達恰好就在報導犯人的故事。如果我保證妳會是第一個拿到故事的人，而且我不會利用荷安·艾瓜達和他的報導的話，能否請妳給我他的電話號碼？拜託？」

卡爾對自己感到滿意，但沒人接聽夢瑟．維果給他的電話號碼。

嗯，我得再試試看。他邊想邊打量放在桌上誘惑他的紅酒。

「乾杯，羅森．柏恩。」他才剛說出這句話，凶殺組組長就出現在門邊，不巧酒杯仍靠在他唇邊。來得眞不是時候。

「好悠哉呀。」那是馬庫斯．亞各布森唯一的評論，而那已經足夠。「卡爾，我在葬禮後和高登以及阿薩德談過。」卡爾將酒杯放到一邊。

「和你相反的是，他們和我們許多人一樣，都深受柏恩之死的影響，所以你下次可能該表現出更多尊重。」他點點不存在的帽子，但卡爾已經接收到訊息了。「就我所知，你打算趁放假時在德國進行警方調查。我的消息正確嗎？」

卡爾瞥瞥那杯紅酒。如果現在能喝一小口就好了。「警方調查？不不不。」他說，「我們只是想追查幾個線索，但不會和平民百姓做的有所不同。放輕鬆，我們不會逮捕人。」

「希望如此，你們三個應該知道，警方調查得由你所在國家的警察執行才行吧。」

「當然。」

「但你們是爲了警方調查而去那？」

「這個，比較像是爲了私人理由。」

「卡爾，我知道你這個人，所以給我聽好。如果你要去那進行警方調查，你就得通知當地警察，聽懂了嗎？如果爲了某些理由，你必須進行逮捕，記得在審訊時得有一個當地警察代表在

注　二〇〇五年九月三十日，丹麥《日德蘭郵報》刊出諷刺穆罕默德先知的漫畫，導致一系列抗議事件，持續到二〇〇六年，在紛擾中有人死傷。

場。」

「是的，但是──」

「還要特別記得，無論如何，你都不能在外國攜帶武器！把你的配槍留在槍砲管理室，懂嗎？」

「馬庫斯，我們對那些法規瞭若指掌，你不用擔心我們會破壞丹麥警方的大好聲譽。」

「那就好。但如果你們做了傻事，別期望會得到這裡的任何支持。」

「當然不會，馬庫斯。」

「還有另外一件事。如我說的，我今天和高登談過。你想你什麼時候才要通知我後續發展？」

「我以為高登已經告訴你了。」

凶殺組組長看起來並不開心。「如果我的了解正確的話，你認為一樁暴力謀殺案發生了，而線索似乎顯示可能會有一波後續暴力和更多謀殺案。所以，我要問你的是，你認為這是個小案子，還是我們應該通知丹麥安全和情報局？」

「那不是你該做的決定嗎？但我懷疑就算丹麥安全和情報局介入，真會有任何差別。」

「繼續說看看。」

「我們處理的是個瘋狂男孩，儘管他的行動可以被詮釋為恐怖主義，但我不認為丹麥安全和情報局知道他的底。他是隻孤狼，馬庫斯，但他的動機似乎並非來自基本教義派，多半是出自一種嚴重誤導的政治態度。我們還不確定到底是什麼，但我們在調查了。」

「而你認為一位懸案組的辦公室助理能查清這件案子嗎？」

「蘿思和高登會留在這裡。」

那使他的臉部線條柔和一些。「但蘿思也是辦公室助理，卡爾。」

卡爾歪著頭。「真的嗎，馬庫斯？」

「好，好，好吧，我們都知道克努森小姐的能耐。但不管你在哪，你要確定自己能掌握案情發展。懂嗎？」

等凶殺組組長的前腳離開，卡爾一口灌下紅酒。隨後他打起那個應該聯絡得到荷安．艾瓜達的電話號碼。電話響了幾次，之後終於有個男性聲音以德文接聽。

卡爾非常困惑。「呃，我正試圖聯絡上荷安．艾瓜達。他在嗎？」他以英文問。

「你是誰？」

他要偷走我所有的台詞嗎？卡爾忖度。「我是哥本哈根的刑事警官卡爾．莫爾克。」他嚴肅地說，「我想請問一些有關一件調查的問題。」

「Jawohl（是的），我是LfV的賀伯特．威伯。」

LfV？它聽起來像是四輪傳動車的備胎倉庫。那個編輯賤貨真的敢給他錯誤的號碼嗎？

「Jawohl。」卡爾重複，「請問LfV代表什麼？」

「當然是國家憲法保護辦公室（Landesbehorden für Verfassungsschutz）。」

當然你個大頭啦！「那是？」

「那是一個德國情報單位的名稱。我們與聯邦憲法保衛局合作，後者在全德國運作。你究竟找荷安．艾瓜達有何貴幹？」

「我希望能直接和他談。」

「荷安．艾瓜達頭部嚴重受傷，後腦杓有些微出血。他目前失去意識，躺在這裡的醫院裡，所以你不可能和他談，再見。」

「嘿，等一下。荷安．艾瓜達現在在哪？」

「法蘭克福大學醫院，但你不能和他說話，除非你親自來此，就算那樣，我們也只能給你一次通行許可。」

親自來此。該死，別以為他辦不到。他剛將話筒放下，大聲咒罵時，電話又響了起來。

「嗯，改變心意了，對吧？」他用英文對話筒大喊。

「卡爾？」

在他認得的聲音中，只有幾個聲音能光說一個字就嚇得他半死。這個聲音說他名字的方式，彷彿他是隻平庸和無麩質的外國魚，而那人正是他的前妻，維嘉。

「呃，是我。」他回答。

「你那樣嚇我是在玩什麼把戲？對著電話大叫英文？我現在心情很不好。我母親快過世了。」

卡爾的頭垂至胸前，但不是因為震驚或悲傷。他那位幾乎九十歲的前岳母，卡拉．阿爾辛會把人逼瘋；而每隔大約兩個月，養老院就宣布他們得重新評估她的情況。沒有人能倖免於她的異想天開。縱火、不管性別或年齡的性騷擾、預謀偷竊任何種類的皮草，儘管皮草仍附著在來訪親戚的寵物身上。撇開嚴重骨質疏鬆、體重只有四十公斤不論，她從毫無自衛能力的失智鄰居那偷竊家具，並在雇員來得及反應前，以那些戰利品來重新裝飾自己的房間。卡拉賦予阿茲海默症和失智症診斷嶄新的意義，沒人知道她的心理狀態下一秒會轉向哪個方向。所以，卡爾下結論，如果她真的快死了，絕對會有某些人暗自期待清淨的未來。事實是，卡爾和維嘉的一份金錢協議規定，他有義務對維嘉不想處理的岳母事務負責，而那可是夠他受的。

「妳說快死了？老天，維嘉，真令人難過。但她只有八十九歲，所以不需要恐慌。」

「卡爾！」她大叫，「現在就給我滾來這裡！你有三個星期沒來看她了，所以你已經欠我三千克朗。我向你保證，如果你不快點過來，我會一筆勾銷和你的協議，聽懂了沒嗎？你的房子現在值多少錢？一百五十萬克朗？」

卡爾倒抽口氣，將軟木塞塞回紅酒瓶，放入塑膠袋。他回家時會需要來好幾口。

養老院的照顧人員簡短傳達卡拉的預後，好像那是二月灰濛濛日子的天氣預報。如果不是因為看護有著紅潤的臉頰，卡爾會認為她是個電池快要耗盡的機器人。

「但話說回來，她非常……嗯，老邁。」那女人在停下來選擇字眼後說。

他試探性地打開卡拉房間的門，期待看見慘白的瀕死軀體穿著睡衣躺在床上，但他完全猜錯了。卡拉是躺在床上沒錯，卻把頭埋在枕頭下面，身上穿著鮮豔的和服，那是她在五十年前贏來的。當時她和自己上班的酒吧裡的一位女子打賭，她能在二十分鐘內吻到更多五十歲以上的男人。根據傳說，當時酒吧裡沒有中年男子，而街道上超過二十公尺前後開外的男人都沒能逃過她的魔吻。

「對，」看護說，看著和服，「很抱歉衣服有點敞開，但你知道女士的個性。」

有點敞開，是啊。但他沒有任何和她如此親密的欲望。如果和服更敞開點，可能會被誤認為是放在床上、沒整理過的毛毯。

看護稍微拉攏和服，但那位瀕死的女人開始從枕頭下呻吟。

「她真的很虛弱，所以我們得沒收她的白蘭地。她當然抗拒了，但我們不能冒著她被開飲酒致死的死亡證明的險。」

然後瀕死女人抬起枕頭，沉重的眼瞼打開，露出一對迷濛的眼神盯著卡爾，彷彿他是加百列大天使親自前來迎接她。她似乎欲言又止幾次，卡爾集中注意力傾聽。如果他沒聽到她的臨終遺言，維嘉永遠不會原諒他。

「哈囉，卡拉，是我，卡爾。妳累了嗎？」他知道那是個蠢問題，但話說回來，警察學校沒有教導臨死對話應該如何進行。

她再次發出幾聲急促喘息，好像她快嚥下最後一口氣。

他急忙將耳朵貼近她乾燥的嘴唇旁。「我在聽，妳說什麼？」

「你是我的朋友嗎，小警察？」她的聲音聽起來像是放棄了。

他握住她的手，捏一捏。「妳知道我是，卡拉，妳永遠的朋友。」他的聲音平滑如巧克力，就像老電影裡面一樣。

「那就把那個該死的賤貨趕出去！」她以虛弱但清晰的聲音說。

「她說什麼？」在床尾的看護問。

「她想私下和我說最後祈禱。」

「她是那樣說的嗎？」

「對，我們說的是世界語。」

看護一臉印象深刻。她掩上房門後，一隻枯萎的手從羽絨被下伸出來抓住卡爾的手腕。

「她試圖殺我，你知道嗎？」她低語，「你最好直接逮捕她。」

卡爾看著她，滿臉同情。「在她犯罪前，我不能逮捕她，卡拉。」

「那等她殺了我之後，我會打電話通知你。」

「好的，卡拉，聽起來是個好主意。」

「你有帶禮物來給我嗎？」她貪婪地伸手向塑膠袋。

卡爾將袋子拉向自己，聽到一個晃動的聲音。

「它流出來了。」她以令人吃驚的清晰口吻說道。

卡爾靠在洗手台上，拉出酒瓶，將塑膠袋丟進洗手台裡。軟木塞還在瓶頸，但鬆開了。

「喔喔喔，紅酒耶！」他的前岳母說道，在床上半挺起身，伸手想去拿。

該死，管它的。卡爾心想，將酒瓶遞給她。

如果阿薩德在場的話，他會講個貼切的駱駝笑話，因爲她喝酒的模樣好像已經在沙漠裡流浪了數個星期，而她的轉變立即可見，所以臨終懺悔可以再等等。考量到她度過人生的方式，臨終懺悔想必長得講不完。

他走到看護辦公室的路上，都可以聽到嘗試模仿歌劇演唱的女高音在走廊裡迴盪不去。

「出了什麼事？」卡爾經過辦公室要去出口時，一名看護問道。

「呃，卡拉·阿爾辛在唱歌。」他說，「妳可以準備死亡大戲延長秀。那隻天鵝還沒打算唱最後一首歌。」

「阿薩德要在清晨來載我，夢娜。」他終於躺到床上時說。

「你會在羊膜穿刺術前趕回家嗎？」她試探性地問。

他拉起她的襯衫，撫摸她的肚子。「我們早就說好了，我當然會。」

「我很害怕，卡爾。」他愛撫她的臉頰，輕輕將臉貼在她隆起的肚子上，感覺到她在發抖。

「別擔心，夢娜。我會確保所有事情順利。只要照顧好妳自己，妳保證？」

她撇開臉，慢慢點頭。「如果你出事，誰會照顧我和小孩？」

卡爾皺起眉頭。「我只是去法蘭克福幾天，夢娜，會出什麼事？」

她聳聳肩。「任何事都有可能，德國高速公路上的駕駛開車時像瘋子。」

他綻放微笑。「不是阿薩德開車，所以不用擔心。」

她深吸口氣。「還有阿薩德和那位死去的女人以及他家人的事。」

卡爾從她肚子上挺直，抬高頭，直視她的眼睛。「妳是怎麼知道的？」

「我和高登談過。你回家前他剛巧打電話過來。」

那個白癡，他沒權利告訴她任何事。

「我看得出來你在想什麼，但那不是他的錯，卡爾。是我逼問他的。他需要我的幫助，這樣他才能釐清一件困擾他的案子。」

「那個殺手男孩？」

「對，然後他告訴我那個號碼和被謀殺的女人。事實上，我問的時候他把所有事情都告訴我了。阿薩德的過去、他的家人、還有她們是怎麼遭到綁架的，以及那是你去德國的原因。」她伸手去握他的手。「找到她們，但活著回家，親愛的。向我保證。」

「我當然會。」

「要眞心說。**你保證嗎**？」

「是的夢娜，我保證。如果我們找到她們，我們會把所有棘手的工作留給德國警察。」

她靠向床頭板。「你知道莫頓已經和哈迪從瑞士回來了嗎？」

「該死，不知道。什麼時候的事？」他們究竟爲何沒打電話告訴他結果如何？

「昨天。哈迪在治療中，但他們說，他們不知道那能不能幫助他。他們聽起來不怎麼樂觀，如果你問我的話。」

第二十七章　阿薩德

阿薩德凍醒前只睡了幾個小時，他的血液循環好像停止了。他徒勞地揉搓手臂和雙腿，納悶感覺這麼冷是不是內臟出了問題。

但答案立即擊中他。

今天是狩獵開始的日子。這想法讓他噁心想吐，有些人可能會死。而在羅森．柏恩走後，警察總局再也沒有人對他和卡爾即將要牽扯或面對的困境有任何概念，甚至連卡爾都沒有。他們得在當下做出攸關生死的決定，無論如何，那都會導致無情的後果。

阿薩德將跪毯在地上滾平，然後跪下。

「全能的阿拉，幫助我行事公正，給我認可和接受自己命運的力量。」他低聲祈禱。

他身旁的地板上放著荷安．艾瓜達的照片、報紙和一切他需要打包和帶走的東西。看到他摯愛家人的照片使他既痛苦萬分，又對命運難以理解。萊莉．卡巴比，他的守護天使。他拋下瑪娃和女兒們以及子宮中的小孩，任憑她們自生自滅。他摯愛的妻子遭到迦利布的殘忍對待，害她流掉他們的第三個小孩，然後他一次又一次地強暴她。迦利布無疑是魔鬼的化身，毀了每個人的人生，對他的女兒們做出天理不容的事，並殺害她們的新生嬰孩。

過去幾天以來，這些景象在他的靈魂深處燃燒，以致他無法記得平靜人生曾是什麼光景，或許那是爲何他醒來時像活殭屍的原因。

他起身，從書櫃拿出一本駱駝皮的薄相簿，在許多許多年後，他第一次打開它。這本相簿裡所失去的現實是他得旅行去德國復仇的原因。

記得她們過去的模樣，阿薩德。讓所有美好的回憶引導你，你會找到她們的。他翻閱相簿時心想。

相簿裡有他和瑪娃結婚典禮的照片、孩提中的孩子們、卡斯特雷特軍事堡壘的時光，以及哥本哈根的公寓——快樂的日子，以及充滿希望與生命力的微笑臉龐。

在奈拉和羅妮雅的最後一張照片中，她們各自是六歲和五歲，就拍攝於他加入伊拉克武器檢查小組前。奈拉的黑髮上綁著紅色緞帶，閃著指甲花的光芒；羅妮雅則戴著她在幼稚園做的紙板帽子。她們綻放笑容，輕觸彼此的鼻子，看起來如此美好，天真無邪。

「對不起。」他喃喃低語，「對不起，對不起，對不起。」他陷入讓她們大失所望的絕望感中，沒辦法想到其他字眼。

「最親愛的瑪娃。」他邊說邊用手指愛撫她在照片中的臉龐，失落的悲傷使他堅強面對未來。他深吸口氣，要將相簿放回書櫃時，眼睛突然注意到他長久以來遺忘的某個細節。他陡地看出，他原本以爲是羅妮雅的紙板帽子所造成的陰影，其實並非影子，因爲羅妮雅站在窗戶旁，而那道闇影則落在她臉龐的另一邊。不，這個黑影並非陰影，那是羅妮雅的胎記，從她下巴延伸到左耳。現在他清楚地想起來了。她小時對胎記很在意，但幼稚園裡有個男孩說它像一把非常、非常危險的匕首，看起來很酷；他說他希望自己也有個像那樣的美人斑。

「美人斑。」他是這麼描述它的，而羅妮雅後來沒有再提過它。

我怎麼能忘記這件事，我甜美的羅妮雅？他想著，但他深知，有時壓抑記憶會是一個人對抗瘋狂的唯一防禦機制。

他將注意力轉向地板上的剪報，將跪毯推到一邊，彎腰湊過去看。他瞇起雙眼，從不同的角度打量剪報裡站在瑪娃旁的女兒。

「喔，老天。」他在眼淚潺潺滾落臉頰時驚呼。他絲毫沒有感受到放鬆或釋放感，身軀反而因絕望而痛苦地顫抖。

根據賽普勒斯海灘上的照片，他一直沒辦法判斷哪個女兒還活著，而那在潛意識裡安慰了他，直到現在。當他不知道答案時，那可能是她們兩人，但現在他知道眞相了，他可以確定自己的眼淚是爲誰流——他的小女兒羅妮雅，有胎記的那位。因爲站在瑪娃身旁的年輕女子沒有胎記。

他跳起身，滿腦子憤怒和復仇思緒，但他能對誰發洩？在滿腹被壓抑的挫折中，他砸爛玻璃茶几，甩下書櫃裡的書，推亂所有家具，直到半個公寓被搗爛、鄰居開始敲牆壁和踏地板抗議時才住手。

他跪下來崩潰大哭，將跪毯在玻璃碎片和薄荷茶池間攤平，趴跪在上，爲瑪娃和奈拉——還有羅妮雅——向眞主祈禱。

從卡爾站在停車場等待的姿勢判斷，他可不像個你想一起坐在封閉空間裡好幾個小時的旅伴，但他能期待什麼？卡爾因缺乏睡眠而臉色慘白，沉默寡言，心情顯然非常低落。而阿薩德的過往經驗則告訴他，要和這樣的卡爾保持安全距離。

「你帶了很多東西。」卡爾冷冷評論。

他繞過車子，打開後車廂要放行李箱時，觀察到後座那一堆塑膠袋。

「對，那只是一些補給品。我們不能能奢望申請到伙食費，不是嗎？」阿薩德說。

「搞什麼鬼？這裡也堆得滿滿的。這些是什麼啊，阿薩德？」

「只是我們可能需要的各種東西。」他回答。

「這個運動袋幾乎把整個地方塞滿。」卡爾稍微將它推向一旁好塞進行李箱。

「它大概有一噸重。你是裝了什麼，阿薩德？駱駝嗎？」

「別碰它，卡爾。」他說，把手放在後車廂上。

卡爾看著他，表情嚴肅。他已經看透他了。「打開它，阿薩德。」

阿薩德搖搖頭。「你要了解，我們如果沒帶這些東西，我們沒辦法自衛。如果你不同意的話，卡爾，你得讓我單獨上路。」

「裡面是武器嗎，阿薩德？因爲如果是的話，你可能會失去工作。」

「是的，我知道，那是我必須接受的事實。」

卡爾倒退一步。「那打開它，阿薩德。」

他猶豫著，所以卡爾自己打開袋子。

過了良久，卡爾仍站在晨霧中不發一語，評估袋子裡的東西。最後他轉向阿薩德。

「我想我們倆都同意，我從未看到袋子裡的東西，對吧？」

第二十八章　荷安

這裡好白。荷安半閉著眼心想。他隱約可以聽到外國語言的聲音，這裡聞起來有種不確定的酸味。聲音越來越接近。它們似乎變得更柔和，但也更清晰。他是在睡覺嗎？

他一隻腿略微往外踢，感覺到阻力，彷彿有某樣東西壓住他。接著他完全張開眼睛。

「哈囉，荷安．艾瓜達，」一個男人以英文說道，「你終於醒過來了。」

荷安的眼神往下瞥見自己在毯子下的身體輪廓，滿心困惑。他爲何被白色亞麻布蓋著，躺在有白色床頭板的床上，周圍是白色牆壁和白色燈光？他在這裡做什麼？

「感謝老天，你醒得比我們預期得快。」一個矮胖男人靠近一步時說。

「什麼更快？」他眞的很困惑。他剛才不是在高鐵上嗎？

「你經歷了我們只能描述爲極度罕見的狀況，我們爲此深感抱歉。」

荷安用左手撫摸右手腕。他們在他手背上插了注射器嗎？那讓人很不舒服。

「我在醫院嗎？」他問。

「對，你在法蘭克福大學醫院，你從前天就住進來了。」

「你是誰？」

「我？我代表德國鐵路。當然，我們會支付你所有住院和治療的相關費用。我是來這裡陪你的，我會和你討論你應有的賠償費。我會等你準備好時和你商討，隨時都可，聽候差遣。」

醫生和護士現在到場了，他們綻放燦爛微笑。他們是在打什麼主意？

「你的手術超過我們的預期，艾瓜達先生。」站得最近的白袍男子說道，「我們得感謝德國鐵路盡快將你送至本院，使得你後腦杓的損害不至於變成永久傷害。」

「那個男人說我從前天就躺在這裡。」

「沒錯。自從兩天前你動過手術後，我們用藥物讓你進入輕微昏迷。」

「兩天！」荷安大惑不解，「但我不能待在這！我得起來，我得將報導送出去。」他嘗試將一條腿掃過床沿，但使不上力。

「我很抱歉，但你得等等，艾瓜達先生。我們已經通知你的雇主，醫院會繼續觀察你幾天。」

「但我為什麼會在這？發生了什麼事？」他問。

那個矮胖男人再度開口。「前天你在高鐵中發生痛苦的身體不適，別的乘客誤以為是心臟病發作。醫生們查不出你癲癇的理由，但我們非常清楚後來發生的事，我們對所採取的行動感到非常抱歉。我們已經開除了那位在你身上使用去顫器的員工。」

「我聽不懂。」

他微笑起來。「是很難以理解沒錯。我們說到的這個人叫作德克．紐豪森，受過醫護訓練，他那天在前往法蘭克福的高鐵上值班當車掌是你的不幸。」

荷安試圖回想那天經過。他的確假裝心臟病發作，而且是有充足理由的。

現在他也想起原因了。

荷安握緊拳頭環顧房間。人群後面有名皮膚黝黑的護士，她是唯一外表奇特的人。

「德克．紐豪森很清楚去顫器自二〇一六年起就不允許在德國鐵路的火車上使用，因為所有種類的交流電磁場都會干擾現代火車先進系統所使用的電子電路。但德克．紐豪森顯然是抱著拯救生命的夢想，結果他發現自己做的事幾乎完全相反。他罔顧使用禁令。那個白癡還從當地醫院偷走老舊的專業去顫器，在值班時放在自己的袋子裡，你是他第一個有機會使用的對象。不幸的是，紐豪森的去顫器屬於老舊機種，所以它無法判斷出你的心臟毫無問題。」

「是的，艾瓜達先生，」醫生附和，「你有顆完全健康的心臟，就我們所知，沒有任何問題。但你的身軀承受了去顫器的電擊導致痙攣，身軀緊繃，隨後你的脖子很不幸地撞到地板上，直接撞上單肩包的皮帶釦，導致後腦穿孔。你昏迷後流失了很多血。」

德國鐵路代表握住荷安的手。「是的，非常不幸。但誠如我說的，一旦你得到法律建議，你會想和我們討論賠償費。到那時，我謹代表德國鐵路，向你對整件事表達懊悔和歉意。」他指指床邊桌，上面有許多花束。「在此同時，我們希望你能享受一點自然色彩。這些玫瑰是德國鐵路致贈的。」

開向走廊的房門傳來一陣噪音，一位男人走進來，身軀幾乎占滿門框。他認出他來，但卻以爲他們不會再見面。那個的男人是賀伯特．威伯，也就是他與德國聯邦情報局的接觸人。

威伯對那些站在房間裡的人微笑，全身散發權威，明顯表示他希望他們離開。

「我看得出來你認得我。」他們獨處時他說，「所以，我猜你比我們害怕的情況還好。」

賀伯特．威伯在這幹嘛？他們光找迦利布不是就已經夠忙的嗎？

「想當然，我們很納悶爲什麼手機的GPS位置停止移動。事實上，我們還深信你已經遭到殺害，被棄屍到某個偏僻地點。感謝老天，現實沒有這麼悲慘和陰森。」他嘗試微笑，但顯然不善於此，「我們追蹤到你在這裡的病房時，我們擅自翻了你的東西，發現了這個。」

他打開紙張，大聲朗誦：

你怎麼知道要去法蘭克福？你昨晚和警察在做什麼？我不是給你直接命令要你別找他們嗎？我們知道你做的每件事，荷安．艾瓜達，所以小心點。一個錯誤舉動，遊戲就會結束，你會成爲歷史。你會在法蘭克福得知詳情。

賀伯特．威伯看著他，眼神嚴厲。「你怎麼不通知我們你收到這張紙條？如果你有通知我們的話，我們會立刻派人尾隨你，這可能可以讓我們抓到迦利布。」

「我正準備這麼做，」他反駁說，「但每件事發生得太快。我確定迦利布派人在法蘭克福火車站等我，所以我假裝心臟病發作好逃過他們。我以爲他們會在烏茲堡停車，盡快送我去醫院。」

「結果有個白癡拿著去顫器電你。」現在威伯發自內心微笑起來，幾乎帶著點惡意的喜悅。

他是想到那一定很痛嗎？

他繞過床邊。「你在法蘭克福這裡有認識的人嗎？」

荷安搖搖頭。

威伯指著和紅色玫瑰形成對比的白色水仙。

「這些花在昨天匿名送來。我們認爲那是迦利布的訊號，讓你知道他曉得你在哪。」

荷安盯著細瘦的花莖。他們當然知道他現在在哪。他們毫無疑問一定曾在法蘭克福月台上等他，注意到他被送上救護車。

荷安屏住呼吸，因爲現在他確實了悟到事件的嚴重性了。

他們知道他在哪。

「我們派了一位員警在外面守護你，這表示在我們准許前，你別動歪腦筋想離開，懂嗎？」

他又開始呼吸順暢了，他爲此感謝老天。他當然同意這點。

他轉頭望向花束。「誰送的鬱金香？你知道嗎？」

賀伯特．威伯點點頭。「我們一得知你在這就聯絡你的雇主，因此《日之時報》送了鬱金香過來。在我留你單獨休息前，我有個問題。」

「請說。」

「梅諾吉亞難民營？」

荷安緊蹙眉頭。爲什麼他要問他這個？

「一個女人在那死了。你寫說她慘遭割喉。」

「呃，沒錯。」他試圖保持腦袋清醒，但他覺得昏昏然想吐，那正是他特別不想要威伯問太多問題的癥結點。

「謀殺那女人的凶手從未被抓到。如果你知道動機爲何，你應該告訴我。」

「我不眞的知道，但那裡充滿敵意，你可以清楚感覺得到。」

「怎麼說？」

「他們那群人中有幾個人溺斃，他們責怪彼此是共犯。他們沒有指名道姓，但仍然——」

「如果你有自己的理論，說出來吧。我們也有自己的理論。」

「他們之間有人同情民兵。我報導裡有寫，不是嗎？」

「那個被謀殺的女人做出傷害他們的事嗎？」

「她和我說話，那就夠了。我在找那兩個在海灘上站在迦利布身旁的女人，因爲我認爲她們能引導我找到他和背後的所有故事。」

「所以，我們可以假設殺害難民營裡的女人的凶手，不管是單數或複數，在某種程度上是迦利布和其計畫的同情者，或至少不加以反對。他們會是那些逃離營區的人嗎？我會問是因爲我們相信逃離的人已經偷渡進入歐洲，可能準備發動恐怖攻擊。」

「我沒辦法知道那些，不是嗎？我甚至不知道有些人逃離了。我們在討論的是男人或女人？」這些問題開始使得荷安擔憂。威伯難道認爲他涉入其中？

「難民營管理單位把逃離和消失的兩個女人照片送來給我們。」他將照片放在荷安面前，「好好看一下！你認得她們嗎？」

荷安不太擅於認臉，但他馬上認出她們。那是那兩個在營區房間氣氛變得瘋狂時開始扭打的女人。所以，那場扭打可能是種障眼法。

「是的，我認得她們，她們在營區打架。」

威伯歪著頭。「好像她們是敵人？」

「嗯，我是那麼想的，但可能她們根本不是。」

威伯抿緊嘴唇。他似乎很滿意，所以感謝上帝，這場審問在此結束。

之後威伯遞給他一支手機。

「我們得調查你的手機，所以你要改用這支。我們已經輸入所有的重要號碼，比如迦利布最後使用的號碼、從慕尼黑一路到柏林的情報局的當地號碼，還有，當然，你在《日之時報》的編輯的號碼。她要我轉達，如果你在恢復意識後立即聯絡她的話，她會很感激。」

荷安收下手機。那和他的手機是同個機款。

「這次我們不會在你的衣服裡縫上GPS，而是將其內建入你的手機，不管手機有無開機都會發出訊號。所以你出院後，我們會馬上知道你在哪。在此期間，好好療養，盡快康復。」

語畢，他離開。

荷安靠在床上，感覺到後腦杓的頭髮被削得有多平整，紗布從一個耳朵貼到另一個耳朵。從後面看一定很可怕。

他環顧四周。隔壁的空床告訴他，這病房是雙人房。床尾有張桌子和兩把椅子，應該是爲訪客而準備的，還有兩張有小桌面的床頭桌。在看到他的筆電和那些花一起放在桌上時，他鬆口大氣。

荷安伸手去拿筆電並開機。幸運的是，電池還有電。他打開在車廂裡寫的文稿，心滿意足地讀了讀。儘管他進度落後，還是有給《日之時報》的足夠報導，畢竟他們付了他錢。他思索了半晌，然後用手機打電話給夢瑟·維果。他會讓她明白即使大出血也不會讓她的明星記者停筆。

「謝謝妳送的鬱金香。」這是他說的第一句話。

「啊，荷安·艾瓜達，是你，太好了。」他打斷她工作，她聽起來究竟是驚訝還是惱怒？是她要他打電話的啊，「我剛從醫院那聽說你醒過來了。」她繼續說道，「你沒事吧？」

他不禁微笑。他的健康總算引起她的注意了。

「我沒事，謝謝。」他回答，「我頭很暈，就這樣。醫院和加護病房很照顧我。俗語說，惡習易染。」他縱聲大笑。

「那是好消息。你讀了花上面的卡片嗎？」

他向鬱金香望過去，那個綠葉間的白點是卡片嗎？

「沒有，還沒。」

「嗯，算了。我現在聯絡上你了，所以我可以自己說。」

「好，但讓我先說，我非常抱歉耽誤了一天的報導，但我已經重回軌道。我接下來幾天可能沒辦法寫出所有想寫的東西，因爲我強烈懷疑很快就會有個恐怖攻擊，所以我寫的細節得先經過德國聯邦情報局的同意。但我在火車上寫了一篇報導，還有——」

「你該知道，荷安，我們已經將它刊出了。德國人在稍微檢查過後，將它傳給我們。所以，謝謝你。」

荷安皺緊眉頭。「報紙已經刊出了？」

「對，我們不是爲此付你錢嗎？」

他不太確定他是否該感到高興。

「但德國人不能決定我們該在《日之時報》刊登什麼，所以從現在開始，我們不會接受審查。」夢瑟．維果果斷說道。

「但那是我和情報局的協議。如果我不遵守他們的規定，我就不能接近迦利布。他們就會逮捕我。」

「那就是爲什麼我們得將你從那個故事撤掉的原因，荷安．艾瓜達。我們派了兩名常駐記者去寫後續報導。我們的出刊數在增加，全世界的報紙版稅蜂擁進來。我們難道該在報導到一半時停止嗎？但別擔心，荷安，你可以留著剩餘的錢作爲你爲此受苦的補償費。」

「妳可以再說一次嗎？妳說誰會寫後續報導？我是唯一能寫這個故事的人。我有消息來源、我可以接觸到迦利布，我是那個和情報局交涉的人。我是那個知道背景故事的人啊。」

「對，但我們會從一個不同的角度追蹤故事，荷安。所以它會變得比較籠統，因此更理論化，而不是講求實際細節。你可以說，會更像分析而不是報導。我們每天都需要把版面填滿，而你對我們來說太不穩定。那只是簡單算數，荷安。最好是每天能賣暢銷的故事給其他報紙，而不是偶爾大賣。我們《日之時報》講究的是持之以恆，荷安。」

荷安用力吞嚥口水。他的常駐記者職位、跟女人在「Xup, Xup」調情、成爲名記者的穩定生活夢想這下全泡湯了。

「或許你可以從別的人那邊賺點錢。有幾位蠢丹麥警察非常想找你談談。我想告訴你的只有這些。」

她隨即掛斷電話，留下荷安坐在那無言以對。現在有別人要走他開啟的路，但如果他們無法同時跟蹤迦利布，那種報導又有什麼意義？而在他們從未見過二一一七號受難者時，講得天花亂墜又有什麼意義？毫無意義。

難道是賀伯特．威伯和報社達成了某種交易嗎？報社眞的沉淪至此嗎？反正不管怎樣，他都確定自己要讓那個邪惡的女巫夢瑟．維果的頭髮在一夕間變白，就算他最後能轉而爲馬德里的報社效力也一樣。

他試圖坐挺起來，將雙腿滑過床沿，但這次也使不上力。他的雙腿太沉重，身體太虛弱，後腦杓太痛。荷安攤靠回枕頭上，不禁沉重地呼吸，盯著天花板。那是爲何報社拿掉他工作的原因。他們沒有時間等他康復，所以他就得退居二線。他眞想大哭一場。

話說回來，丹麥警察找他做什麼呢？丹麥？他不認識任何丹麥人。事實上，他對那個國家一無所知，除了有些人聲稱，丹麥人是世界上最快樂的人之外。

荷安想到這時幾乎大笑起來。此時，那名皮膚黝黑的護士和一位穿著白袍、皮膚同樣黝黑的醫生進門，醫生表情嚴肅。

現在又怎麼了？又是壞消息嗎？他撫摸後腦杓。會是什麼呢？

「德國鐵路的保險公司派了一位醫生過來探視，艾瓜達先生。他想問你一些問題，可以嗎？」

第2117號受難者
VICTIM 2117

荷安鬆口大氣，聳聳肩。該死，他會讓他們了解，任何少於六位數的歐元賠償費都不會讓他滿意。

那位醫生在自我介紹是歐漢．霍瑟尼醫生後，拿出聽診器，扶著荷安在床沿坐起來，然後掀起他的罩袍，好方便檢查他的心臟和肺部。

「嗯，嗯。」他每次移動聽診器時都這麼說，「你的心臟和肺部聽起來沒問題。」他以權威性的確定口氣說著，這似乎使荷安想像中的賠償費少掉好幾個零。「坐著不要動一會兒。」醫生說，在口袋裡摸索著什麼。然後他聽到砰的一聲，荷安轉頭時剛好看見護士摔倒在地，身體抽搐幾次。接著他感覺到自己劇烈晃動。

荷安不太記得後來發生的事，但有人進來解開床的煞車，將他迅速推到走廊上。應該守護他的警察仍在那，但已癱軟在椅子上，眼睛緊閉。

老天，這裡沒有人能阻止他們。他心想，試圖尖叫，但白費力氣。他身後的門房大叫著要大家讓路。然後他感覺到手背上的靜脈注射被加上了什麼，隨後手臂感覺到一個溫暖、稍微灼熱的刺痛。

之後他就昏迷過去。

第二十九章　卡爾

卡爾核對他們的行程表。在搭乘羅比到普加登的渡輪後，他們大概會花七個小時才能南下貫穿德國，直至法蘭克福的醫院，當然那還得包括加油、洗澡和進食。

和阿薩德一同擠在這輛車裡七個小時，老天！這份前景對卡爾而言感覺起來像是永恆，因爲自從他們離開哥本哈根後，阿薩德就淚流滿面，低喃著他小女兒的名字不下上千次。「羅妮雅，羅妮雅，羅妮雅。」他一次又一次地說。卡爾得盡力控制自己才不會失控吼叫，要阿薩德住嘴。

只見阿薩德自己突然停下來，挺坐在座位上，轉頭眺望非曼海峽的風景，接著開始用拳頭猛力敲副駕駛座的車門。卡爾擔憂地瞥他一眼，因爲他從未目睹阿薩德陷入如此無法控制的憤怒。那些毆打讓車子震動起來，他脖子上的青筋看起來就像快要爆開，表情越來越暗沉。這位一貫冷靜的男人變得汗流浹背，汗珠從腋下和額頭不斷冒出。

就讓男孩盡量發洩吧。當卡爾的繼子賈斯柏在青少年期養成愛鬧脾氣的習慣、用頭去撞牆壁時，維嘉常這麼說。現在，維嘉的建議似乎頗爲適用，儘管他們開的是寶馬，車門總有耐受的極限。阿薩德雖然個頭矮小，但他可是強壯得像隻公牛。

可憐的車子。卡爾忖度。好在那情況只維持了三或四分鐘便戛然止歇。阿薩德突然轉向卡爾，以全然的鎭定問道，如果必要時，他可不可以毫不猶豫地殺害某人。

毫不猶豫。什麼是「毫不猶豫」？在戰時？當你或你摯愛的人的生命受到威脅時？

「那得看情況，阿薩德。」

「我是說，『如果必要時』。」

「那就表示可以吧，我猜大概是如此。」

「那你能用任何種武器嗎？用雙手、斧頭、鐵絲或刀子？」

卡爾蹙緊眉頭。那是個讓人很不自在的問題。

「我想也是，卡爾，你不能。但你需要了解一件事：我們追捕的那個男人下得了手，所以我也得是鐵石心腸。而當它發生時，我想事情最後會發展至此，你不能阻止我，你懂嗎？」

卡爾沒有回答，阿薩德也沒再問任何相關問題。車子往南駛在高速公路上，車裡非常安靜，兩人靜坐著陷入各自的思緒中。

巧克力棒或許會讓他心情好點。

幾公里後，當一個刀叉標誌宣告前面有個休息站時，卡爾心想。

「我們停在這裡要做什麼？」當卡爾轉離高速公路、停在休息站前，阿薩德凶巴巴問道，「你是肚子痛之類的嗎？」

卡爾搖搖頭。所以他要是在開幾百公里後需要洗手間，那又怎樣？那會很奇怪嗎？就因爲阿薩德有個很強壯的膀胱，並不表示其他人就不需要更常使用廁所。

卡爾找到幾根巧克力棒，付錢買下。如果阿薩德不想吃東西，那至少自己有東西可吃。他將巧克力棒拿給阿薩德看，但他正瞪著架上的報紙和雜誌。

「我只是想我們需要提神振奮一下？」

阿薩德驚訝地看著他。「振奮？」他說，「那不是該私下進行嗎？」

私下進行？卡爾不確定他想更深入追問和這有關聯的更多資訊。

「那就叫它點心吧，如果這聽起來更適合的話。」

卡爾轉個身，注意到阿薩德沒聽到他的回答，因為阿薩德已經走到報攤前，手裡拿著一份報紙，沉浸在自己的世界中。卡爾從阿薩德的肩膀看過去。德文報紙頭版以大字標題橫寫著「二一一七號受難者」。阿薩德抓緊報紙，彷彿它會飛走一樣。

「拜託，阿薩德，我們走吧。」他說，但是阿薩德杵在原地不動。

不幸的是，阿薩德的德文比卡爾好。

「嘿，」店員叫道，「你不能站在那讀報紙，你得先付錢。」

阿薩德轉身瞪著店員，好像他預備要把手上的報紙塞進他的喉嚨。卡爾知道這是個危險訊號。當阿薩德偶爾屈服於憤怒而爆發時，場面可能會變得很難看又浪費時間，而事後擦屁股更是花錢。

「我會過去付錢，謝謝你！」卡爾回叫，「別擔心。」

阿薩德在回到車上時將報紙放在大腿上。他前後搖晃身軀，抱著肚子，然後彎腰，無聲地哭嚎起來，沒有流下眼淚。

處在這種狀態幾分鐘後，他又倏忽轉而面對卡爾。

「是你讓我不至於跟現實脫節，卡爾，謝謝你。」

他沒再說什麼，將目光轉向擋風玻璃，看著行駛而過的風景，緊咬下巴，腳丫以機關槍的節奏敲打車地板。

這時，卡爾才了悟，阿薩德正站在人類和殺戮機器的界線上。

第2117號受難者
VICTIM 2117

當他們抵達卡塞爾(注)附近地區時，車子的藍芽系統對卡爾的手機做出反應。是高登。

「你能說話嗎，卡爾？」他問。在經歷和阿薩德令人煎熬的靜默後，這眞讓人鬆口氣。

「我有空，說吧。」

「蘿思和我打了一整天的電話。我們從布羅比的報攤開始，然後查哈德維夫鎭、洛德雷和法爾比。然後我們把注意力轉向稍北，可能眞的查到點線索了。布朗斯霍伊區的一名報攤老闆說，在一個多月前，有個年輕男人買了他店裡所有的預付卡。他不確切記得有幾張，但他想大概是十五到二十張。」

卡爾和阿薩德面面相覷。

「該死，那可是很多張，但也有可能是團購或爲俱樂部買的。」卡爾建議。

「他不確切記得他和顧客聊了什麼，但那個傢伙不像是替別人買的模樣。老闆說，顧客不是喜歡社交的那型，所以沒有馬上討人喜歡，比較偏向是戒心重、書呆子的類型。」

「他的長相呢？」

「很一般的丹麥男孩，有著紅潤、斑點遍布的皮膚，淡金色頭髮。」

阿薩德對卡爾點點頭。他們在想同樣一件事。

「我希望他是用信用卡付款。」

他們聽到咕噥聲。高登在笑嗎？

「什麼事那麼好笑，高登？」他問。

「卡爾！我們打電話給五十家報攤，或是這的兩倍，我都數不清了。我們的報攤列表像我手臂一樣長，那些都是有怪人一次上門買四或五張預付卡的店家，而現在我們找到這家。聽起來很容易，對吧？但你以為調查會就此一路順暢嗎？他當然沒用信用卡，不然我們早就在查報攤的帳目了，不是嗎？」

高登是語帶諷刺嗎？那可眞是個新鮮事！

卡爾搖著頭。「我們政客的腦袋在想什麼啊？他們應該盡快讓販賣這些該死的預付卡、又不用實名制管控這事成為非法行徑。如果在挪威和德國和一大堆香蕉共和國裡，這類購買都採取實名制，那為何丹麥就不行？那是基本推理原則，華生！罪犯、恐怖分子和這個叫高登的白癡都知道要使用預付卡。司法部長得去聞聞咖啡清醒過來才行。」

阿薩德指著前面的道路標誌，然後指指車速表。古怪的是，這裡突然有一百公里的速限，而他正開一百五十。

無視於他的指責，卡爾滿意地點點頭。阿薩德總算慢慢回到現實了。

「蘿思已經帶著警方繪圖專家去報攤了。」高登繼續說，「她認為報攤老闆能給畫家細節描述。」

「你怎麼知道的？但很好，値得試試看。」

「等我們有畫像時，我們該怎麼辦？」

「你得問凶殺組組長。」卡爾說，「馬庫斯不太可能會同意你們公布畫像。這類畫像有時太籠統，而且會有什麼進展？我們甚至不知道他是否就是對的人，或者那個男孩只是滿口狗屎在吹牛。或許他只是想像力太豐富。我們該說什麼，又該對誰說？如果媒體聽到風聲，你們會被打來

注 卡塞爾（Kassel），德國黑森林邦北部大城，位於著名的童話大道中點。

的線報電話淹沒。」

「蘿思在FaceTime上，她半小時後想打電話給你。你能在那時停在休息站嗎？」

「告訴她，阿薩德和我正在討論重要的事，所以她得稍微等一下，晚點再說。這也能給你時間思考一下。」

「我們在討論重要的事嗎，卡爾？」卡爾掛電話時，阿薩德問道。

卡爾搖搖頭。

靜默持續。

在法蘭克福大學醫院前，迎接他們的是七到八輛閃著藍光的警車。警車擋住入口，醫院門前一片混亂和騷動。

卡爾將車斜停在人行道上。這下馬庫斯得付罰單了。

「怎麼回事？」卡爾問最靠近他的警察。

他或許聽不懂英文，但當他看見卡爾背後的阿薩德時，某種令人不安的原始本能就倏然驚醒。

「**這裡**！」那白癡對其他警察叫著，然後直接走向阿薩德。考量到阿薩德現在的心境，場面可能會一發不可收拾，但幸好他沒有抓狂，把他們痛扁一頓。反之，他乖乖讓他們給他上銬。

「放輕鬆，卡爾。」他們命令他張開雙腿，開始給他搜身時，阿薩德說道，「就把它當作在情況似乎失控時的維持冷靜訓練。」

「白癡！」卡爾大叫，拿出他的證件，「我們是丹麥警察。」他用英文說。

叫他們白癡可能不是個好主意。他們帶著不情不願和萬分懷疑的表情瞄證件一眼。老實說，那個證件實在也不怎麼令人印象深刻。他在這種時刻總是懷念以前的舊警徽。這時，站在第一線的警察後方有些騷動，面無表情的西裝男子正在低頭討論。卡爾注意到其中兩位正往他們這邊走過來，但直到他們走得很近時，他才發現他們重度武裝。

「這裡是發生了什麼事？」一位以英文問道，緊抓掛在身側的機關槍。

「我是丹麥刑事警官卡爾．莫爾克。我們從丹麥開車過來要見一位荷安．艾瓜達，他在此住院。」卡爾搞不清楚是不是他的話使一切頓時陷入混亂，但下一秒他們兩人都被上銬，粗魯地被推著走過主要入口，進入一個看起來像臨時指揮中心的房間。房間裡面氣氛緊繃，有十到十二位警察人員和一樣多的黑衣男子正埋首忙碌辦事。這不完全是他們計畫來的地方，當然也不包括被上銬。

警察將他們推坐到兩張塑膠椅上，並說為了他們好，他們最好保持安靜。他們背靠著牆，至少枯坐了半個小時，但完全沒有人注意到他們抗議連連。

「你想這是怎麼回事，阿薩德？」卡爾問。

「我的想法和你一樣，荷安．艾瓜達可能出了什麼狀況。」

「你想他被殺了嗎？」

「或許，但我們要怎麼知道？我們得離開這裡，卡爾。」他轉頭。他為何在發抖？他在哭，是因為這條線索可能斷了嗎？

「阿薩德，撐下去。總是會有可追蹤的新線索的。」

他沒有反應。他的身體從一邊搖晃到另一邊。

卡爾讓他獨自沉思，環顧四望。幾小時前，這個房間可能是個完全普通的醫生會議室，現在它像個簡報室的數位驚奇版。卡爾當然知道德國人以其手法和效率聞名於世。儘管如此，這仍令人大開眼界。如果他在警察總局的同僚看見這個光景，他們會羞愧地龜縮起來。

一個小隊將法蘭克福地區的地圖掛起來，上面標示著警方在進出路口設置的檢查哨，至少有二十五個地點以筆標誌，包括路德威格—蘭德曼大道、拉謝大道／西北街、羅密霍夫／西街、曼瑟蘭大道等等，遍布全城。

第二個小隊則坐在一排連接城裡監視器和直升機攝影機的電腦螢幕前，直升機正在郊區不斷盤旋。房間裡的螢幕畫面不斷改變，男男女女都試圖跟上速度。幾個人拿著聽筒給出最新狀況報告，其他人則討論需要釐清的問題。卡爾對這場景很熟悉，只是在他的家鄉，警察工作沒有精密和先進到這種程度。接著他注意到離他們坐的地方只有四公尺外的桌子，顯然是執行初步審訊的地方。兩位表情嚴肅的警官正在詢問被叫來問話的醫院員工，第三位則在記筆記。他們旁邊坐著第四個人，身材魁偉，穿著便衣，仔細傾聽。

卡爾將耳朵稍微轉向那個方向，試圖聽懂他們的對話，但因爲他在布朗德斯勒夫的德語學校上課時都在睡覺，他很難聽得懂。

「稍安勿躁。」他旁邊的阿薩德悄聲說。他看著卡爾，似乎冷靜放鬆，這和開車來這裡時的強烈靜默形成驚人反差。

阿薩德搖搖頭，好像能讀懂卡爾的心思，點頭示意卡爾往下看。他的手銬躺在椅子間的地板上。

「老天，你是怎麼辦到的？」卡爾低語，瞪著阿薩德放在大腿上的雙手。

他的微笑一閃即逝。「你通常把手銬鑰匙藏在哪裡？」

「呃，它現在在總局的抽屜裡，當然是和手銬放在一起囉。」

阿薩德聳聳肩。「駱駝的駝峰裡總是會有水，我的萬能鑰匙就塞在那只新的大手錶下面，這就是我們的不同之處。」

以前的阿薩德重磅回歸。

「把我的鑰匙拿去，我們得離開這裡。」阿薩德說，「這裡不會有任何進展。我的直覺告訴我，我們沒有時間可以浪費。」

「嘿，阿薩德，忍著點，這是警察工作。他們是我們的同行，坐著環顧一下四周，你不覺得他們的強大努力能幫助我們嗎？何況我們在此刻又掌握到了什麼？一點也沒！只知道一定發生了嚴重的事。你能聽懂他們說的話嗎？我沒辦法。」他朝審訊桌點點頭。

「他們在詢問人們有沒有看見任何不尋常的事，但你可能已經猜到了。」

「有人有嗎？」

「剛才他們提到一輛白色富豪，可能就是那邊螢幕上的那輛。」

卡爾伸直身軀努力張望。或許他們將鏡頭放得太大，畫面有點模糊。

「他們試圖在城裡沿線追蹤監視器，但事情似乎沒有他們想像得那麼容易。他們現在在審訊的那個人在醫院洗衣房或倉庫工作，我沒有完全聽懂。他們想知道醫師袍是否來自那裡。」

「什麼醫師袍？」卡爾問。

「這裡是怎麼回事？」那是逮捕他們的人，他指著阿薩德的手。

阿薩德舉高雙手。「我很抱歉，但它們太緊了。」他邊說邊彎腰撿起手銬，「手銬在這裡，你也不想弄丟這個吧。」

警察審視手銬，一臉不可置信，然後他走去桌子那邊，和魁梧男子竊竊私語，男子看著他們，頻頻點頭。

「我被告知，你們自稱是丹麥警察。」幾秒鐘後，他在他們面前說道。他調整套頭毛衣，拉拉長褲，可惜沒能增添他的權威感。「我被告知，有人擔心你們證件的眞實性。在此期間，我們做了些背景調查，確認你們的確是丹麥警察。我以同行的身分爲你們受到的嚴苛歡迎向你們道歉，但你們在此不是出公差，也沒出現在這的正當理由，所以你們只能多多擔待。」

儘管話說得刻薄，他仍舊伸出手。「你們應該已經注意到了，我們現在已經夠忙的了，所以請不要礙事。等我們搞定某些緊急事務後，我會再回來招呼你們。」

「謝謝你。但我們不懂發生了什麼事。荷安・艾瓜達是出了什麼差錯？」卡爾問，「我們爲何不被准許和他談話？」

「如果你能告訴我他在哪裡，你就能和他談談。我們在追蹤他到幾個街區外後，他的GPS訊號就消失了，現在我們陷入困境。」他解開卡爾的手銬，指指阿薩德，「現在告訴我，你是怎麼掙脫的，胡迪尼魔術大師。」

阿薩德給他看鑰匙。「不是完全吻合，但只要扣對地方，就能打開，你知道的。」然後他表情一變，「荷安・艾瓜達死了嗎？」

「嗯，這就是我們不確定的事。他在幾個小時前被從病房綁架，對方可能是用一輛白色富豪旅行車，而我們目前正設法找出它的位置。」

第三十章　卡爾

「已經很晚了，蘿思，你們兩個怎麼還沒回家？」

卡爾的確是來自凡徐塞的土包子，而他也確實不年輕了，但透過這個討人厭的FaceTime談話，還要瞪著比五歐元紙鈔還小的螢幕，他覺得這對任何人來說都會是一種挑戰。除此之外，德國簡報室的活動在最近一個小時內變得更混亂，因此更加難以專心。

「如果報攤老闆沒有記錯的話，這是嫌犯的長相。」她說。

卡爾瞇起眼睛看著她舉到手機前的畫像。他看起來非常年輕，五官分明，說起來相當英俊。金髮稍微凌亂，在頭頂上紮個小髮髻，就像日本武士。卡爾以前看過這種潮流，它顯然取代了大約二十年前在男人間受到熱烈歡迎的荒謬小馬尾風潮。他旋即忖度，每個世代都有其可笑的流行。但可能是他的表情吧，對這年輕男人而言，髮髻看起來並不突兀，還算吸引人。儘管他表情稚嫩，身型消瘦，但臉看起來絕對不娘娘腔，甚至還有點強悍和堅決。也許是因爲他的顴骨？或許是嘴唇的關係？但卡爾越研究那張臉，就越堅信布朗斯霍伊區的報攤老闆應該能記得那樣的一張臉。

「那是張堅毅的臉，蘿思，妳想這會像本人嗎？」

她將手機轉回朝向自己，點點頭。她爲何看起來這麼惱怒？

「妳和馬庫斯討論過了嗎？」

「討論過了，他也認為臉部表情顯示某種獨特特質，在最好的情況下應該很容易辨認，但他也說我們不能對外公布。真的好讓人生氣。」

「所以你們接下來的計畫是什麼？」

「我向他抱怨，他回報我一個安慰獎，提供我一個跟十年資歷的祕書一樣薪水的長期飯碗。」

卡爾不禁莞爾一笑。她若返回小組，真的是懸案組的紅利。

「他竟膽敢當我的面說，我可以搬去三樓取代索倫森小姐。」

卡爾靠向椅背。她該死的說了什麼？馬庫斯沒權力從他這裡偷走人手。

「那妳怎麼說？」他問，屏住呼吸。

「我說不了，謝謝，我不想當有十年資歷的祕書。」

「妳拒絕了！」

「你可以賭我拒絕了——儘管我不贊成賭博。」她試圖微笑，那可真是不常見，「我知道你愛我，卡爾，都寫在你的臉上。」

真的嗎？

「所以，現在我在懸案組擁有全職工作，而且立即生效。阿薩德和我現在都有證件，以及助理警官的新頭銜。當然啦，薪水比索倫森小姐領得少，但我稍後再處理那件事。」

她聽起來不是特別開心，但卡爾可就心花怒放啦。

「你問我們現在有什麼計畫。既然我們不准公布畫像，高登和我就得辛辛苦苦地在報攤附近的商店繞一繞，找看看那男孩有沒有平常會去的店。如果沒有結果，那他可能不住在那一帶。」

「有可能。但他也可能會跑得離家很遠，免得被認出來。」

「那也是我們的理論，但我們還是得去查訪一下。之後，我們想詢問在報攤半徑十公里內的所有高中。」

「嗯！」

「怎麼了？」她聽起來很火大。

「這可不是美國電影，妳不能就這樣理直氣壯跑進高中，問校長辦公室外的祕書，她能不能認出畫像是以前的學生——至少在電影裡總是演她會認出。蘿思，每屆都有數百名學生上高中，他可能已經二十三歲，那意味著他畢業很久了。他也可能是進社區大學或專業科技學院就讀，而在這個相關層面，他可能甚至沒上過高中。」

「多謝啊！這就是我們需要的鼓勵。你以為我不知道那是瞎猜嗎？就在現在，高登正把畫像寄給我們的教育機構名單，要求他們的辦公室將它釘在中央布告欄上和教職員休息室裡。上面寫『你認得這張臉嗎？如果你認得，請聯絡……』然後是我們的電話號碼。順便告訴你一聲，我的直覺告訴我，這男孩上過高中。」

「好吧，祝你們狩獵愉快。」他說，期望她會說同樣的話。但她顯然忘記了。

「這椅子實在不舒服。」他之後對阿薩德說，他點點頭。他的一隻腳丫在油氈上用力重踏，彷彿跟著重金屬樂曲的低音鼓節奏敲打。

「我快發瘋了，卡爾。我們困在這裡好久了，而且時間在一點一滴地流失。」他攤開手臂，看著房間，卡爾只能同意。這裡的每個人都接近精疲力竭。外面天色轉黑，已經很久沒有人過來和他們說話。他懂阿薩德心急如焚，他們的心境沉到谷底，而且他們從今早只攝取了不超過五百大卡，饑腸轆轆對現實也毫無幫助。

「**我找到車子了！**」有人在另一頭大叫，大家全跑向他，阿薩德和卡爾緊跟在後。

那是個非常清晰的白色富豪旅行車監視畫面，車子正停在停車場。人們指著螢幕，將它與醫院出口附近的監視鏡頭拍攝到的車子畫面作比對。

「**就是**這輛車。」最靠近螢幕的男人說，「看看引擎蓋上的刮痕。」

卡爾同意。他們找到車了，它還在法蘭克福，感謝上帝。

他瞥瞥阿薩德，他們的等待有了回報。

「錄影的時間是？」一名穿制服的調查人員問。

「兩個小時前。」螢幕監視員說。

「它是停在移民社區嗎？」有人問道。

「不，它停在出租公寓和家庭住宅混合的住宅區。」

那名調查人員轉而面對房間裡的人，開始調度。「你，普斐，馬上去找那輛富豪的監視畫面。同時間，沃夫岡，你去分析那地區的居民組成成分。你，彼得，去調查那地區是否住有移民，看看有無穆斯林背景和犯罪前科。還有你，恩斯特，去查車輛登記，這樣我們才會知道，車子的源頭和車主；它是贓車還是出租車？它是最近買的嗎？從哪買的？那些就夠你開始忙的了。」

他拍拍手。「所有人和我進隔壁房間。」

於是，只剩阿薩德和卡爾被單獨留在房間面對賀伯特．威伯。

食堂的菜色並不豐富，但他們囫圇吞下所有食物，毫無怨言。如果阿薩德的食物是以紙盤端的，他可能會連那都啃進肚。他們狼吞虎嚥時，賀伯特．威伯在一旁報告最新進展。

「年輕護士是被電擊棒電昏的，我們確定荷安．艾瓜達也出了類似的事。不過守在門外的警察是被人用東西從後腦杓敲昏，就敲那麼一次。他們把他放在椅子上，讓他看起來像只是在閉著眼睛打盹，那是綁架之所以花了點時間才被注意到的原因。我們可以從監視器看到他們把失去意識的荷安·艾瓜達移出病床，然後用輪椅運過走廊。我們也看到是兩個皮膚黝黑的人執行綁架任務，但這就是我們所知道的了。他們走過監視器時把頭低下，這點他們做得很成功。」

「輪椅呢？」卡爾問。

「我們在入口的一邊發現它，從監視器上，我們可以看見他是在何時和以何種車輛被載離醫院。當然，車牌號碼被爛泥遮住，沒辦法辨識，要不然我們就會有更好的線索可以追查。」

「他爲何被綁架？」

「可能是他們發現他在幾天前曾和慕尼黑警方接觸過。」

「我不懂。」阿薩德滿嘴都是菜單所能提供的食物。

「荷安·艾瓜達從迦利布那裡直接受到指示。我們通常強烈反對運用這類手法，但在這個案例裡，艾瓜達變成我們的重要消息來源，我的意思是他原本一直是，直到迦利布今天終止這一切爲止。我想他在利用艾瓜達的媒體關係來製造恐慌，想讓大眾嚇得魂飛魄散，但我們不完全了解箇中原因，那確實不是恐怖攻擊前的正常程序。」

「但我們確實知道他有犯下恐攻的意圖嗎？」卡爾不禁追問。

威伯點點頭。

「你爲何那樣認爲？」阿薩德問。

「艾瓜達提供我們的一段影片檔裡的確有那種暗示。而我確定你也從艾瓜達的報導裡得知，迦利布已經出手殺人數次。那個男人決心很堅定，非常危險。」

卡爾看著阿薩德，他的眼神從未如此陰鬱。

「我知道他這個人。」阿薩德邊說邊放下刀叉，「他的名字其實是阿布杜·阿辛，他是個怪物。他把我妻女當作人質，折磨囚禁了她們十六年，所以卡爾．莫爾克和我需要知道你知道的一切，不然他會殺害她們。」

他將剪報放在賀伯特．威伯面前，指著瑪娃和奈拉。「你知道這張照片嗎？那是我妻子和長女，奈拉，她們旁邊就是迦利布。從我認識他的那一刻開始，他就是惡魔的化身，而他與伊拉克和敘利亞的恐怖細胞組織的關聯很密切。」

「所以你是在告訴我，他完全掌控了這兩個女人？」

阿薩德的眉毛間兩條垂直線條擰起，試圖按捺住憤怒和淚水。那可不容易。

「他的動機是什麼？」威伯問。

「爲許多年前我們之間發生的宿怨報仇。」

「原來如此，我很遺憾。你說你叫什麼名字？」威伯問。

「我現在叫我自己哈菲茲．阿薩德，但我眞正的名字是薩伊德．阿薩迪。我是丹麥人，但我出生在伊拉克。我曾被關在迦利布效力的監獄裡，我是他下半張臉毀容的原因；那是他如此痛恨我的原因之一。仔細聽好我要告訴你的事！他現在做的每件事都是要引誘我公開現身。那也是爲什麼他讓荷安．艾瓜達寫這些報導。迦利布要我發現我的妻女仍舊是他的人質。」

賀伯特．威伯的手又開始拉扯套頭毛衣，那動作顯然能幫助他集中精神。

「但你說這是陳年往事，所以這一切爲什麼拖到現在才發生？」

「因爲伊斯蘭國的奮鬥現在在伊拉克和敘利亞兩地都在承受連續性的失敗，所以對像迦利布這樣的人來說，那裡變成很危險的地方。或許他在人生中輸掉太多場戰鬥，而在這場中，他想要奮戰到底並獲得勝利。」

威伯看起來彷彿突然頓悟某件事。「你說薩伊德．阿薩迪？」他將過大的皮製公事包放在桌上，拿出塑膠文件夾，「這是那名德國攝影師的影片檔的文字本。」他往前翻閱幾頁，然後指著用藍色馬克筆畫出來的名字。那裡寫著「薩伊德．阿薩迪」。

「我們現在要做的就是將兩個案子合起來辦，你們同意嗎？」

威伯看著眼前的小組，評估他們的反應。

「你們聽到薩伊德．阿薩迪的故事了。我確定迦利布行動的部分原因，是出自於個人的復仇欲望，這也是他的弱點。但如果我們不及時阻止他，他已經開始的計畫可能演變成恐怖攻擊，這點應該毋庸質疑。我已經叫人爲我們的丹麥同僚翻譯了影片檔的對話，那是有關會犧牲許多、許多生命的暴行。我們不知道會發生在何時，或甚至如何發生，所以我們得努力調查。」

他轉身面對阿薩德。「薩伊德是我們的活靶。我已經通知丹麥警方，刑事警官卡爾．莫爾克和哈菲茲．阿薩德——薩伊德如此自稱——現在是我們偵辦小組的成員。」

卡爾對新同事點點頭，阿薩德則安靜地坐在他前面。卡爾擔心用「活靶」這個詞可能牽扯到的意義，但是是阿薩德決定那麼用的。他會走出陰影，直接和迦利布對決。「我會做任何能救我妻子瑪娃和女兒奈拉的事。」他在整個小組前那樣說。

「我們得假設很快就會發生恐怖攻擊。」賀伯特繼續說，「因此最重要的是，我們得趕快找出是誰綁架了荷安．艾瓜達，而且最好是在薩伊德．阿薩迪公開表示接收到迦利布的訊息前。」

卡爾伸手按住阿薩德的肩膀，阿薩德轉身點點頭。

他的眼神一片空洞。

第三十一章　迦利布

客廳中央坐著那個可悲的人，後腦杓裹著可笑的繃帶，哀求他放過他一命。

迦利布痛恨這類軟弱的人。人們總無法了解他們在人間的生命只是短暫的，但話說回來，說服他們相信永恆並非他的工作，不是嗎？他看過不少懦夫站在他跟前數百次，徒勞地哀求要他手下留情，而不管他們哀求幾次，他總是盡速縮短他們的痛苦。

但這次不會如此，因為荷安．艾瓜達是個重要聯繫，是他在這場遊戲中的代言人。荷安會確保引發世界注意，並為毀滅薩伊德的目標鋪路。而就像國家認可的死刑專業見證人，他會好好描述他們的終極攻擊，以及所有暴力和恐怖。

「給荷安注射另外一劑。」他對那名瑞士女子說，「我們不想要讓鄰居起疑，但劑量要比給女人的稍微少些。」

「不，不！」背後傳來荷安徒勞的大叫。

現在他們總算可以從他的吵鬧中休息一下了。迦利布轉向緊挨著彼此、坐在沙發和地上的人。這小組比他原先預估的還小，因為有三個人仍被拘留在賽普勒斯，但他會善加利用這十二個人。迦利布綻放微笑。對基督徒那些狗而言，十二是個特別的數字。真是諷刺。

「**一切讚美歸於阿拉**，感謝阿拉你們都來了。放輕鬆，我們在這裡很安全。」他拿出一個盒子。「這是個鉛盒，裡面放著荷安．艾瓜達的手機。某些自以為聰明的德國人對它動過手腳，所以即使關機，它還是會送出GPS位置。我們在掃描他衣服找晶片時發現這點。」

他不由得微笑。

「但即使我們的藏匿點很安全，我們還是決定改變計畫。這是阿拉的意旨。」些許不安的憂慮擴散過房間，但他們訓練精良；他們知道殉道沒有特別期限，你只須全心擁抱它，因此沒有人動搖。

「我們將荷安・艾瓜達從醫院裡綁架出來——他會在那本身就是個重大挫敗。我們還不清楚是什麼出了錯，但我們知道警方和情報單位現在已經準備就緒。不過首先，他們沒辦法追蹤他，這對我們有利。」

他看著小組。不久以前，這小組還只是一群受過嚴格訓練的聖戰士——蓄長鬍的男人和戴頭巾的女人——但他們的外表已經改變，以符合西方頹廢墮落的本質。從他們現在的外貌，沒人會懷疑他們有恐攻的隱藏動機。他們穿著緊身衣服、化上濃妝，長褲中央燙出毫無瑕疵的摺線，無法望見一絲穆斯林背景的跡象。

「雖然你們穿得像那些狗，但你們會進入天堂。眞主至大，身爲聖戰士的你們將會得到淨化和榮耀。」幾個人低下頭，滿懷感激伸出手。

「你們全部退了旅館房間，那很好。我們現在會在這房子裡待一兩天，直到主要幹道變得安全，然後就會執行B計畫。」

聖戰士看著彼此，綻放微笑或大笑。迦利布知道這是許多人所追求的，法蘭克福會是個不錯的起點。之後，他們會回到法蘭克福，再去伯恩、布魯塞爾、史特托斯堡、安特衛普，和其他五個準備工作已就緒的城市。由於不可逆的命運，次序會稍微改變，但無妨。**一切讚美歸於阿拉**。

「從這裡到柏林大約有五百五十公里，我們預估得花上七到八小時的車程，因爲我們都會坐巴士，而不是房車。」

他轉向信任的左右手。「哈米德在時間到來時會向你們作簡報。在此之前，遵循禱告時間，吃飽睡足就好。你們得留在室內，但那不會有任何問題。哈米德爲我們租的這個別墅設備齊全，何況外面很冷，我們不希望有更多人感冒。」

迦利布轉而面對荷安，他被綁在輪椅上，垂著頭。儘管如此，迦利布不會看錯他的眼神。雖然他身軀消瘦，陷入無助，雙眼還是射出仇恨的凶光。極端情況總會使人改頭換面，眞是奇特。

「多完美的觀眾。我們還能有更好的人選嗎，荷安？你可以清楚地聽到我的話，卻不能說話或做任何反應動作，正合我們的意。」他以燦爛笑容擋開荷安惡狠狠的凝視。

「是的，對你來說很難受，但令你安慰的是，你現在不需要寫任何東西。我們會接手那個任務，我們也有幾名優秀的寫手，所以不要擔心你負責的後續報導。我們將會提供《日之時報》遠遠超過足夠的資訊，如此一來，我就能誘使薩伊德．阿薩迪公開現身。」

他望向門口，一名組員正推著輪椅進門。

「幹得好，法迪。現在所有資源都準備就緒，每樣東西都安全抵達了嗎？」

他點點頭，抽抽鼻涕。他也因爲北歐的寒冷氣候而感冒了。

「那兩個女人呢？冷靜下來了？」

他再次點點頭。

迦利布非常滿意。最後一個階段需要額外運輸，儘管非常昂貴，但每分錢都花得很值得。然後他轉向掛在牆壁上的柏林地圖。一系列白點標誌著路徑，紅點則是最後的目的地。而在這中間的某個點，薩伊德會去會見他的眞主。

第三十二章　阿薩德

阿薩德床旁的椅子上放著一個袋子，裡面有他曾派駐海外多次的各類裝備。隨著歲月推移，袋子變得越來越重，內容物更具有殺傷力，但他將最重度的武器留在丹麥。如果卡爾知悉有多少人的性命曾因這小堆被選擇的武器而結束，那他在後車廂看見袋子時，就不會選擇打開來看。

阿薩德拿出最棒的刀子。那是他在愛沙尼亞得到的，如果將它磨得鋒利，就能瞬間劃破護喉和防彈背心。每當他的心情陷入最深沉的悲哀時，他便把刀子拿出來，在磨石上慢慢磨利，直到他心神恍惚。就像現在，這份遠離現實的恍惚是他最佳的防禦機制，因為若不如此，他的心智狀態就如同用絕望與冷漠調製而成的雞尾酒——喝下之後，人們便會從壕溝走到炸得滿目瘡痍的地貌，敞開雙臂迎接敵人的子彈。如果他現在不好好照顧自己，就只能用從東城法蘭克福旅館的頂樓房間窗戶跳下到漢瑙爾大街上這個動作，來驅走那份劇痛。

但阿薩德從未真正將自殺視為解決十六年來長期痛苦的合適手段。只要還有再見到他摯愛妻女的微薄希望，不管多微小，他就會打起精神，勇敢地活下去。現在，他知道他親愛的瑪娃和長女奈拉還活著，但如果每件事完全出錯並以悲劇收場，他會毫不猶豫。到時他將來到他的袋子前，挑選個合適的武器，結束一切。

儘管沒有必要，他還是將新的ＧＰＳ手錶充電。自從他收到這份禮物後，他就掌握了許多資訊：每日走路步數、壓力程度、脈搏。最近的結果都很讓人沮喪，但它也還有其他功能。如果有人打電話來，它會震動；如果有人傳送簡訊，他可以在錶面上讀到頭幾行。

這時傳來叩門聲。

「喂，開門，阿薩德！」是卡爾，「他們找到迦利布住的房子了。」他進房間時說。他瞥瞥床上的磨石和刀子，然後望著阿薩德。只見阿薩德將GPS手錶戴回手腕上。

「他們現在正要開車去那，我們要一起去。」

在像今天天色這麼灰暗的工作日，社區裡沒有多少活動，這裡的房子緊緊挨著彼此。阿薩德看看手錶。現在還是早上，但只消好好環顧四周，就可以概略推斷此區居民的組成。只有幾扇窗戶透出燈光，可以推估大部分的人應該上班去了。唯一可見的活動是個行影孤單的腳踏車騎士和兩個年輕移民女孩，她們走來走去，打掃幾家還沒開門的咖啡館。車道上停放的車子很少，而就他們所見來判斷，從德國生產線製造的汽車數目則更少。換句話說，這地區相當平凡和死寂。

「一個了無生氣的小鎮。」阿薩德說。

「是的，在這裡，夫妻都得工作。」賀伯特．威伯說，「他們嘗試以咖啡館、直達房子的寬廣車道和公寓大樓前的長青植物，來增加此地的賣點。附近有孩童照顧服務，也很靠近公共運輸。考量到這些優點，這些房子和公寓的售價其實很合理，只可惜隱密性不足，無法吸引在城市裡工作的上班族。我們原本以爲迦利布和他的人是躲在比較便宜的移民社區，但如果是換在這裡，他們會比較有調動空間。可是他們已經離開了。」

他下達指令給他的小組，指導他們如何和警方以及屋內的鑑識人員合作。

「你在哪找到那輛富豪？」卡爾問。

「就在離房子四五條街外，但已經夠遠，想追蹤他們的住處這下變得很困難。我們昨天整天挨家挨戶查訪後才找到這棟房子。這可不容易，因爲這裡的人都很晚才下班。」

阿薩德抬頭瞪著房子，房子本身看起來毫無異狀或特殊之處。它在整體平淡的社區中並不突出，除了最後警方發現這房子裡的活動跡象遠比其他中產階級住宅要多之外。

「在倒過垃圾後，才三天垃圾就滿得垃圾蓋無法好好闔上。地點會曝光，部分是由於垃圾量太大，另一部分是由於一般垃圾被丟在回收筒裡，引發了鄰居的注意。」威伯解釋。

太遲了。阿薩德忖度。爲什麼不能早一點查到呢？這全都讓人心碎。曾住在這房子裡的某人能告訴他們瑪娃和奈拉在哪。也許兩人甚至曾就在此地，但她們現在在哪？她們在哪？

「你要加入我們嗎？」威伯問道。

明知故問。阿薩德心想，但依然點點頭。他以爲他們開了將近一千公里的車，就是爲了在這個荒涼乏味的小鎮來趟短暫觀光之旅嗎？

他們繞過房子走到草坪，這裡顯然長期缺乏妥善照顧。生硬而尖角處處的現代派房舍展現單調和千篇一律的屋子造型；土地是正四方形，以和成人等高的柳樹籬笆環繞，應該是作爲讓住戶在戶外不受干擾和自由活動之用。這是靜靜躲藏和等待更安全時機的完美地點。

警方立即注意到屋內顯然男女混居過，而且人數眾多，垃圾的內容物即是證據。鑑識人員將內容物一路散布到客廳前的陽台上。裡面有拋棄式刮鬍刀包裝、衛生棉、好幾頓熟食的包裝、紙盤、免洗餐具、礦泉水空瓶，和使用過的衛生紙和紙巾。每樣東西都訴說一個故事。

「粗略計算的話，有多少人？」威伯的一位手下問起穿著白色工作服、跪在那堆垃圾裡的鑑識人員。

「這個嘛，假設他們曾在這裡待過幾天，這點已經經過Airbnb和鄰居證實過了。如果他們每天吃三餐，而其中至少有一頓是熟食的話，那起碼有十個人。」鑑識人員推估，「我們數過使用過的衛生棉，如果只有一個女人來月經，我們認爲那個女人應該在這裡待了三或四天，這也符合熟食和總人數。從兩包衛生紙上的鼻涕判斷，我們知道至少有一個人罹患嚴重感冒，感冒可能快痊癒了，因爲垃圾上層的衛生紙不再是綠色的。」

阿薩德檢視微波爐食品包裝。「嗯，那我們也可以確定另外一點。」他說。

卡爾試圖趕上他的邏輯推理。「我們還知道什麼，阿薩德？」他問。

「那群人是穆斯林。這裡的包裝只有雞肉和羊肉，你有看見豬肉嗎？」

「嗯，很銳利的觀察，阿薩德。」卡爾說。

威伯轉向鑑識人員。「聽好，你們應該比任何人都清楚，所有微小細節都很重要。你們能給我們男女比率、年紀和外表的概況嗎？那會是我們的基本資訊，就像你們敏銳觀察到有一人感冒一樣。任何像這樣能幫助我們界定團體成員的細節都很重要，我們希望能發現該團體想攻擊哪裡，才能及早通知地方安全總監。」

「我至少看到一樣能幫助我們辨識那個團體的東西。」阿薩德說。他撿起吉列刮鬍刀的塑膠包裝，拿給他們看。

「你想什麼樣的基本教義派穆斯林會使用拋棄式刮鬍刀，把鬍子刮乾淨後走來走去？」他繼續說，「是那些想看起來很酷，或是絕對不想在德國群眾中顯得突兀的人。」

卡爾點點頭。「那麼我們就能推斷男女都穿著西式服裝。所以，沒有頭巾，沒有黑色布卡，沒有蓄長鬍，沒有皮製拖鞋。這個男女團體至少有十個人，看起來很平常。如果你要問我的話，他們計畫縝密。想來眞令人恐懼。」

在威伯身旁的人嘆口氣。

「是的，不幸的是，我們還得問，他們是要以團體還是個人方式出擊。」

「我想，說到男女比率，我在房子裡的同事或許可以提供你們更多幫助。」跪在垃圾間的鑑識人員說著。由於努力辦案，他的橡膠手套都快磨破了。激勵他們埋頭苦幹的是一種動力，希望找到這群人計畫到哪的基本暗示——它可能是某種紀錄、紙條上的字、收據、甚至是張地圖。

他們踏進一間毫無特色和裝飾的大客廳，吸過塵，非常乾淨。沙發墊以一個角度擺放，兩張柚木桌旁品味十足地放了張扶手椅，玻璃櫥櫃裡有酒杯，老舊電視機。每樣物品都很不起眼。

「他們在走前確實打掃過。」正蠕動身軀脫下白袍的鑑識人員說，「但到處都有指紋，所以他們顯然並不打算隱藏身分，就像他們沒有做任何移除DNA痕跡的舉動。洗衣籃裡有用過的骯髒茶巾和毛巾；床整理過，但沒換過床單。這點讓人納悶，那為何不是他們的優先考量。」

「對，但哪些人敢於在身後留下痕跡？」壞預感襲上心頭的阿薩德問，「那些反正要死的人。」

客廳裡的鑑識人員全轉向他。他們的反應顯然很不安，甚至帶著恐懼。

賀伯特·威伯連忙抓住阿薩德的手臂，將他拉近。「這裡的大多數人隸屬於法蘭克福警方，但只有幾個人需要在此時知道這些人有多危險。」他低語，「我們都同意不需要製造不必要的恐慌吧？」

阿薩德點點頭。威伯當然說得很有道理。

「這裡有任何特殊的跡證嗎？」威伯問最靠近他的鑑識人員。

「是的，的確有。」他指指地板上幾乎難以察覺的平行痕跡。

「是輪椅痕跡。」卡爾說。

鑑識人員點點頭。「實際上有兩把。這裡還有類似的痕跡，但車輪不同。」

「痕跡會不會是以前留下來的？」威伯問，「以前的租客或屋主的？」

「我們當然已經在調查了，但就我個人看來，車輪軌跡相當新。他們試圖掃過地板，想清除輪子痕跡，但因爲地板是溼的，他們沒注意到痕跡還留著。」他彎腰，以拇指用力摩擦痕跡，「看到了沒？其實很容易清掉。」他讓他們看黑色拇指，所以那些車輪痕跡不會是太久以前的。

「考量到他們沒有清除掉輪椅痕跡，那他們還費神清理地板不是很奇怪嗎？我們顯然不該知道他們在此有用過輪椅。」卡爾說。

「輪椅的痕跡很新。屋主或以前的租客可能清理過地板。」

「我們問過屋主了嗎？」威伯問旁邊的人。

「還沒。我們嘗試聯絡上他們，但目前屋主在非洲中部的加彭叢林深處。就我所知，他們是研究昆蟲的昆蟲學家，預定再過兩三個星期才會回到首都自由市。」

賀伯特．威伯重重嘆口大家都聽得到的氣。

「但別擔心，不管怎樣，我們都會循線追查下去。」他繼續說，「我們已經把輪子痕跡拍下來了，試圖追蹤車款和來源。」

威伯搖搖頭。「團體裡有殘障人士很奇怪，我想不通這點。」

阿薩德茫然瞪著前方。他腦海裡開始形成一個非常罕見而可怕的景象。

「誰說他們是殘障人士？」他低聲問，「輪椅也能載運健康的人，而不管他們看起來有多無辜，他們都可以被用來運送炸彈。」他急喘好幾口氣後說出結論，「那比炸彈背心的毀滅性還要大上十倍。」

阿薩德看著卡爾，一臉絕望。卡爾的臉色看起來也不好，他似乎情願在任何地方，只要不是在這裡。

阿薩德抹掉眉毛上的汗珠。「告訴我你的想法，卡爾。」

「我沒什麼想法，阿薩德。」

那顯然不是事實，但阿薩德知道卡爾爲何閃避問題。

「別這樣，請說吧，莫爾克先生。」威伯請求，「在這裡的每個人都有說出自己想法的自由。」

卡爾以憂傷的眼神看著阿薩德，將他的想法說出來，既殘酷又可怕。

「我很抱歉得說出我的推理，但輪椅可能是用來運送這行動中的非自願人員？你也這樣想嗎，阿薩德？」

他點點頭。那是他最糟糕的夢魘。

卡爾轉向鑑識人員。「你估計屋子裡有多少女人？」他問。

鑑識人員搖搖頭。「這裡房間的每樣跡證都顯示至少有三位女性在此睡過覺。枕頭上有黑色長髮，床整理得非常乾淨，羽絨被對齊折疊。」他指指客廳另一邊的門，「那裡也有女人睡過，但有點不同。就像另一個房間，也有女人的長髮，但床沒整理過。反之，床單凌亂，被從床墊一角拉開，好像被踢開過。」

阿薩德深吸口氣。「我可以進去嗎？」他問。

「我們已經完成蒐證了，請便。」

阿薩德走進房間時以雙手掩住嘴。單單凌亂的床單景象就可能讓他痛哭失聲。這是瑪娃和奈拉遭到囚禁的地方嗎？床單被踢到一邊是因爲她們試圖逃走嗎？他看著床柱，心跳加速。她們有因爲被綁在床柱上而受傷嗎？至少他看不出來，如果有的話，鑑識人員會告訴他們。

他彎腰俯向床上的枕頭，但那裡似乎沒有任何東西。鑑識人員一定已經將頭髮當作證據全採集走了。

阿薩德重重在床沿坐下，以手撫摸床單。然後他拉起一床羽絨被舉到鼻前，深深吸口氣。「喔，瑪娃和奈拉。」他聞到微弱但揮之不去的氣味時喃喃低語。他沒有認出味道，但話說回來，他怎麼可能認得出？那讓他深受震撼，因為如果他妻女兩人曾睡過這張床，那這份若有似無的殘餘氣味就是他這十六年來所能得到最接近她們的東西。

「嘿，」有人大叫，「我們查到一樣東西了。」

但阿薩德不想站起來。只要那味道在那，他就可保有摯愛的人仍活著的希望。

他握緊拳頭，想像輪椅和卡爾的理論。

如果輪椅是給瑪娃和奈拉坐的，迦利布的計畫一定包括將她們當成恐攻的犧牲品。他確定這點，那是他對阿薩德所能做的最殘忍的報復。

他將拳頭按向腹部。將她們當作恐攻的犧牲品。他思索。他不會允許這種事發生。

他起身，最後一次聞聞羽絨被，往騷動的方向走過去。

這時眾人全站在雜物間裡的餐邊櫃前，一小堆乾淨毛巾散布在那。

「如果我們假設這群人原本打算帶走所有個人物品的話，我猜其中一位或幾位想帶走乾淨毛巾，他們可能是女性。」一位阿薩德沒見過的便衣警察判斷。他可能是犯罪現場總監。

「你想他們忘記烘乾機裡還有衣物嗎？」威伯的一位同事問。

「對，誰不會忘記烘乾機裡的衣服？」他回答，「而我們從裡面發現這條毛巾。」

他攤開，遞過來。「商標不是很大，但已經洩漏了很多線索。」

他們湊近瞧，毛巾上有旅館商標。

「他們來這之前，這個人待在哪裡？我們是否該說這個人曾住過這家旅館，而它只離此地三或四公里遠？」

「等等，」一位便衣警察脫口而出，「要查出是誰偷的很花時間。是女人還是男人？他們用了什麼假名？小偷是三天前住在那的嗎？或是四天前？這些周邊問題可以導致各種答案。只要想想旅館在兩天內會有多少住客就讓人頭很大了。那家旅館雖不是法蘭克福最大的一家，但查起來還是費時費勁。」

「沒錯。」犯罪現場總監說，「追查這條線索不太有用，但我們還是得追查看看，雖然我不認爲我們會有很多時間。」

「別在那上面浪費時間，放棄這條線索吧。」後面一個聲音說道。

他們全轉向威伯站在門口的助理。「我想請我們的丹麥同僚、賀伯特．威伯先生和犯罪現場總監過來這裡。有件事得告訴你們。」

他坐在床邊對他們舉起 iPad。「《法蘭克福匯報》收到一篇應該是荷安．艾瓜達所寫的媒體聲明，但我很懷疑眞是出自他本人之手。」他說，「內容是以英文寫成，在半小時前上傳。《法蘭克福匯報》決定不將它公布而直接聯繫我們。但我並不認爲所有接到文章的媒體都能如此自制。」他直視阿薩德，那表情讓阿薩德很不安。

「我很遺憾，你的名字被提到多次。你得有心理準備，文章裡的一些資訊可能會讓你很震驚。」

阿薩德伸手去抓卡爾的手臂。

「我們坐下來，阿薩德。」卡爾邊說邊指指沙發。

威伯的助理繼續說：「新聞稿直接送往德文報紙，而不是在《日之時報》刊出——也就是荷安．艾瓜達所效力的報紙，而且他總是以西班牙文發表。這個事實告訴我，這個新聞稿與先前的相比，目的完全不同，所以它應該不是荷安．艾瓜達本人寫的。」

「你叫我們的小組追蹤IP位置了嗎？」威伯問。

「當然，那是我做的第一件事。但如果那能提供進一步的線索，我會很驚訝。」

「你確定你想聽這篇新聞稿嗎，阿薩德？」卡爾問。

阿薩德點點頭，突然了悟自己正全身打哆嗦。如果他現在失去勇氣，要怎麼幫助瑪娃和奈拉？他**必須**聽。

「標題很平常。」他說，「〈伊斯蘭團體逃離警方偵察〉。日期是昨天的二十三點四十五分，署名是『荷安．艾瓜達』。」

他讀道：「根據德國警方追緝的伊拉克籍男子迦利布的說法，在法蘭克福的恐攻計畫已無限期延期。這個恐攻團體包含七位聖戰士，目前已抵達德國，目的是爲了對阿拉伯國家人民和其北非和亞洲同胞所遭受的歐洲媒體侮辱提出抗議，這份侮辱甚至逐日增強。他們要求全球媒體立刻從明天早上開始停止這類醜化行徑，並對伊斯蘭信仰和文化展現尊重的態度。如果這項要求沒獲得回應，該團體就會在隨機地點採取嚴厲行動。聖戰士擁有重裝武器，而根據團體發言人迦利布的說法，第一場襲擊會由他們勇敢的姊妹瑪娃和奈拉．阿薩迪執行，她們都很感激能得到這個能爲榮耀阿拉而赴死的機會。」

他放下iPad。「我想我們都同意，這類恐攻操作模式相當新穎。我相信這跟任何現有的恐怖組織都沒關係。」

「我們該不該討論一下，這新聞稿裡明顯的假訊息？」犯罪現場總監推理，「他提到他們有七個人，但他公布人數有何動機？他們可多可少。我不認爲我們可以信任那個數字。」

「你們看過那兩個逃離賽普勒斯難民營的女人的照片了，」威伯說，「我確定那兩人也隸屬於這個團體，所以我們已經把她們的長相描述送出去給所有人。當然，我也假設她們已經逃離賽普勒斯，那是相當有可能的事，迦利布一定有安排管道。除了他本人以外，還有他的左右手哈米德，這樣總共是四個人。然後不幸的是，我們還得算進阿薩德的家人，再多個兩人，那就是六個人。我們當然不能排除七人是真實人數，但我想你們是對的，我們不知道他們究竟有多少人，所以可能更多。」威伯結論。

阿薩德沒有出聲，他的內心恍如死水。他能想像的只有迦利布可憎的獰笑，但他們能做什麼？他們得不計手段，追查出那個邪惡團體的下落。他不在乎要用什麼方法。他原本希望那混蛋會粗心暴露些破綻，但除了迦利布想害死瑪娃和奈拉外，他們沒有其他線索。

「我不記得有任何自殺炸彈客在恐攻**前**洩漏其姓名的案例。」威伯繼續說道。

阿薩德點頭表示贊同。「但你有搞懂那個訊息嗎？那些對歐洲媒體展開報復的荒謬言論都是障眼法。他是針對我個人而來，他可以放馬過來。這是場貓捉老鼠的遊戲，但我會確定讓局勢逆轉，即使我得付出生命代價。」

第三十三章　亞歷山大

他痛恨那個聲音。他一向痛恨那個聲音，當他父親的電話響時，他和母親總是逃得遠遠的。

「我不是告訴過你們兩個，在我講電話時閉上你們該死的嘴！」他們要是干擾到他父親，他總會在事後大吼大叫。然後他會猛搖亞歷山大的身軀，彷彿另一場痛毆會讓他的大腦更容易記得或了解他的命令。如果廚房用具在背景發出聲響，或收音機沒有馬上關掉，他母親也會被狠狠痛斥一頓。那是**他的**電話和**他的**談話，沒有事比這更重要。

亞歷山大長成青少年後，就發現他父親大部分的電話談話根本微不足道。他是個妄自尊大的無名小卒，卻要求別人在每件事上對他畢恭畢敬。現在，走廊梳妝檯上的電話又響起那個西敏寺的可笑教堂鐘聲。即使在現在，他都會反射性地畏縮一下，儘管以前將耳朵貼在那個話筒旁的腦袋，目前已躺在不到二十公尺外的冷凍櫃裡，還有那對結晶和冷凍過後的眼睛。他父親已經四天沒去上班了，所以毫無疑問，這類缺席會引發注意。因此，要是亞歷山大不小心點，他就得冒著他父親的同事突然站在大門外要求解釋的險。對著公司寄生蟲的鞋子嘔吐和衝著他的臉說出眞相的欲望雖然很誘人，但在任何情況下，他都不該讓它發生，所以他不情願地站起身。他剛達成二〇六七勝，簡直等不及再打下去，但他的理智占了上風。

「我想和威廉說說話。」電話另一頭的聲音說。

「可惜你不行。他搬家了。」

電話陷入沉默，亞歷山大不禁微笑。如果對方知道實情的話不嚇壞才怪。

「原來如此，抱歉打攪，但他在上班時沒提到這件事實在很奇怪。這是什麼時候的事？」

「四或五天前。」

「你知道他的新電話號碼嗎？」

「不知道，他就這樣搬走了。他應該是在哪裡找到新情人，但我只知道這麼多。他都沒去上班嗎？」

「沒，他就這樣消失了。你是亞歷山大嗎？」

「是的。」

「我都認不得你的聲音了，亞歷山大。眞遺憾聽到此事。所以你不知道他在哪？」

「不，他就這樣搬走了，他完全瘋狂愛上那個新情人。我母親認爲他們跑去法國了，他情人在那顯然有地方可住。」

「那你母親呢？可以和她談談嗎？」

亞歷山大思索一會兒。他才剛告訴這個男人，她丈夫沒說再見就和別人跑了，他眞的還想和他母親談談嗎？眞是混蛋。

「我母親不想談這件事，反正她正在出差。我單獨在家，但我習慣了。」

再度停頓，那男人顯然傻眼。

「喔，那麼，謝謝你，亞歷山大。很抱歉聽到這件事，請代我向你母親問好，並告訴她，我爲他們兩人感到難過。等她知道你父親的落腳處時，請她通知我們，我們很想知道。」

他當然向對方保證。

他看看時間，九點二十分。他估計在兩小時內就能打贏五十次，達成目標。

第2117號受難者
VICTIM 2117

三十小時後，他母親會走進大門，而她看到的第一個景象會是她丈夫的手機正在她總是放手套的地方旁邊充電。她會覺得很困惑，出聲叫他。「親愛的！」她會像往常般扯開喉嚨叫個幾次，然後勃然大怒。

「一切恢復正常。」她會這樣說。但她就是在那點上搞錯了。

亞歷山大往後靠坐，瞪著螢幕，心滿意足。這遊戲眞是瘋狂，他花了三小時才達到最新的勝利，現在螢幕上閃著黃色、綠色、紅色和藍色的統計數字。美麗的數字令人印象深刻，他確定沒有人能辦到他做到的。他的同學可以儘管去大吹特吹馬丘比丘和日落中飛翔的禿鷹的故事，他才不在乎什麼馬丘比丘、澳大利亞的艾爾斯岩、金字塔，或他們在巴黎、阿姆斯特丹和曼谷幹過的女孩。他們都達不到他剛在遊戲中達成的成就，他們也沒人曾經在任何事中經歷和他相同的滿足感。

他瞥瞥手機。再贏五十次就好！這不是個値得慶祝的勝利嗎？他該是唯一知道將要發生什麼大事的人嗎？

亞歷山大放聲大笑。時間正在流逝，他的警察一定很煩憂。他可能正在辦公椅上坐立不安，不確定該做什麼。但亞歷山大會安慰他，告訴他，他無能爲力，該來的總會來的。

然後亞歷山大會逗逗他，讓他困惑。他會試圖提供警察沒料到的解釋來先發制人，給他可能但牽強的線索追查。那白癡不會知道該思考什麼。如此無法想像的力量！想到這就足以讓他興奮得起雞皮疙瘩。

亞歷山大找到他的號碼，在那個男人接聽時非常開心。「懸案組的高登．泰勒。」

「又是你嗎，科特布萊恩？」亞歷山大困惑起來。科特布萊恩？他是在叫誰？「你不要再打電話來煩我們了，科特布萊恩。我們不相信你說的任何話，你只是在浪費我們的時間。」浪費他們的時間？這男人瘋了嗎？

「好，隨你愛怎麼叫我都好，我不在乎，因爲我沒你那種一聽就知道是魯蛇的名字。高登·泰勒！你是哪裡人啊？你是被一對白癡收養的小移民男孩，而你的養父母甚至不能給你取個響亮的名字嗎？」

「也許是喔，科特布萊恩。告訴我，你最近還有砍過任何人的頭嗎？」背景有個聲音，有人在對他低語嗎？是女人的聲音？這傢伙的口氣聽起來的確和平常不同。

「你有人在旁邊提醒你該說什麼嗎，高登·泰勒男孩？」

「提醒？」一陣耐人尋味的停頓，「我當然沒有人給我出主意，科特布萊恩。」他冷冷地說，「如果你不回答我的問題，我就要掛電話了。」

「叫那個賤貨來聽電話，不然我就掛掉。」

另一次停頓。

「我要掛囉！」他警告，然後他聽到另一頭傳來手忙腳亂的沙沙聲。

「嗨，科特布萊恩。我是蘿思。你儘管詆毀我的名字吧，我已經不怕青少年時期的霸凌了。回答我這個問題：你最近有再砍任何人的頭嗎？還是你只是坐在那，悶悶不樂地想著所有那些你碰不到的女孩，你這個小笨蛋？」

亞歷山大很享受此刻，因爲現在他確定警察是認眞看待他，想到此他皮膚就刺痛起來。沒人能用言語傷害他。自從他還是個小男孩時，他父親就是個善用言語霸凌的暴君，而他在上學期間也遭到朋友的相同對待。

言語只是炙熱的空氣。

「妳只是在打空包彈，爛妓女。」他說，「好好聽我說，不然就換高登來上陣。」

「我只是想讓談話活潑點，我們在忙比你更重要的案子。」

走著瞧。他心想。

「讓我給妳一點暗示，小賤貨。我們就說我的名字是羅根吧——我們不是都有英文名字嗎——而我試圖比自己多活過整整一年？現在每件事都說得通了吧？」

「好，你的名字是羅根！你父母是歐洲歌唱大賽冠軍強尼．羅根的粉絲嗎？」

見鬼，她究竟在說什麼啊？

「好，我聽得出來你不知道強尼．羅根。那告訴我，羅根不是你的真名。我說得對嗎？」

亞歷山大頭往後仰開始大笑。她重複那個問題幾次後，他的整個身軀便開始因狂笑而顫抖。事實上，以某種方式來說，這種旗鼓相當的感覺就和他剛贏第二〇六七勝時一模一樣。

「我只要再打贏五十次就好，我想我們今天應該一起慶祝。我用可樂敬勝利一杯，但你們倆可以喝香檳，或任何你們喜歡的飲料。」

「科特布萊恩．羅根，你真可笑。」那個女人反駁，「我們不和瘋子一起慶祝。」

「隨妳說吧。恭喜你們認出羅根是姓氏。幹得好，紅玫瑰。至於讓妳如此情慾高漲而想要我回答的問題，答案是不。下一次砍頭會在明天八點左右執行。再見，媽咪！」

第三十四章　蘿思

「他眞的給了我們暗示嗎，蘿思？」高登在第二次聽完錄音時問道。

「我想是如此。他說他試圖比自己多活整整一年，這話的確非常奇怪。非常奇怪。」

「他讓我毛骨悚然。你眞的認爲他會實現他的威脅，在明天砍某個人的頭嗎？」

「是的，顯然是他母親。他殺掉父母後，他們就不能阻止他把危險和病態的想法轉而針對廣大世界。」

「妳想，他在達到遊戲的二一一七勝時，眞的會實現威脅，隨機大開殺戒嗎？」

「是的，我就是怕這樣。那個瘋狂的白癡。」

「我們這下該找人來處理這個案子了吧，蘿思？我不喜歡我們獨自承擔起這個責任的點子。萬一他眞的實踐他的威脅呢？馬庫斯的確說過，我們應該聯絡丹麥安全和情報局。」

她凝視他良久良久。如果高登在調查到一半時崩潰，這案子對她而言絕對會變得太沉重。但誰能幫助他們？凶殺組的案子多得忙不完了，太多槍擊和謀殺案件使他們資源耗竭，而她和高登除了懷疑外，有什麼確切證據？那男孩顯然腦筋不正常。但他最大的罪行也可能只是想像力太過豐富？他扭曲的腦袋瓜只是很享受粗糙的電話惡作劇帶來的興奮感？他們也許該聳聳肩，不用當一回事？

「好吧。」她爲了安撫他，不得不這樣說，「我會通知丹麥安全和情報局，儘管卡爾不要他們插手懸案組的案子。」

「但如果他們眞的插手的話呢？」

「那又怎樣？我們還是得像平常一樣繼續追查這個案子，不是嗎？」

他點點頭。

她會記得遲早要給丹麥安全和情報局打個電話了，但絕對不是現在。

「那傢伙沒提到其他家庭成員。妳認爲那表示他是獨子嗎？」高登問。

「絕對是的！如果你要問我的看法，我會說是一個擁有爛透童年的男孩，還功能失調。」

「但不是因爲他們沒錢？」

「該死，才不是，恰恰相反。他正是那種爲了彌補愛和親情的匱乏，而在電腦前浪費生命的典型。誰有那種餘裕？某個不用努力賺錢過日子的人。」

「妳確定嗎？他可能是整天不用做事、乾領救濟金的米蟲。」

「不，我不認爲。他的用字和語言都暗示他來自試圖維持某種標準體面假象的家庭。」

「該死，妳想，他說要比自己多活一年是什麼意思？那和二一一七這個號碼有任何關係嗎？」

「我不知道。或許我們認爲它和賽普勒斯的受難者有關是個錯誤的偵辦方向。它**可能**就是指年分，對吧？」

「你認爲，你提到那個溺斃的女人時，他有出現可以察覺的反應嗎？」她又問。

高登聳聳肩。「很難說。我提到時他的確呆了一下。」

「嗯！但如果我們搞錯方向，而那的確是指年分，我們該怎麼偵辦下去？」她問。

「那離未來還很遙遠。」

「搜尋那個數字，高登。」

「怎麼搜尋？」

「就把數字打進去，看在老天份上。」

「數字或字母？」

她指指鍵盤右邊的數字，然後他敲了敲。

「除了是賽普勒斯那個女人的媒體名稱外，二一一七也是瑞典服飾名牌。」他在幾秒後說道，「還有一顆小行星。那個數字有很多項結果。」

「好，這是在浪費時間。改找『二一一七年』看看。」

那花了他兩秒鐘。

「《BT小報》有篇文章寫道：『預計在二一一七年會有六十萬人移民火星。』但那超過一百年。」

蘿思用雙手撐住下巴。移民火星？人們還會相信這類荒謬的異想天開多久？殖民外太空永遠，永遠，永遠不會實現，只是信仰、希望和大量金錢的完全虛擲。

她思考半晌，高登則接連瀏覽一個個下世紀會有的末日預言。

「有任何說得通的東西嗎？」她忍不住問。

「很多末日預言。或許它有某種象徵，或許他想讓我們認爲他的世界也會停止存在。」

「是啊，但他大可以提到那麼多不同的年分。打『羅根二一一七』看看。」

高登輸入新的搜尋。

蘿思在他的手停在半空中時，將臉湊過去螢幕旁邊。

「**賓果**，」他說，「休．傑克曼在二〇一七年演的一部好萊塢電影叫作《羅根》。」

「該死，很奇怪的巧合；但那早了一百年，因爲你打錯字，高登。再試試看，這次要打對字。『二一一七』，然後『羅根』。」

他照辦。

「好，」他大笑，「現在我們有美國『羅根大道二一一七號』的一大堆結果。那有更說得通嗎？」

蘿思嘆口氣。「結果有多少項？」

他掃視名單。「數百個！」

「算了。」

「我的腳丫會痛。」高登抱怨。

蘿思低頭看斯凱奇運動鞋，爲它們的存在而感謝上帝。她的腳現在比她只是坐在公寓裡時還舒服，她感覺自己還可以再走來走去幾個小時，但偵辦工作現在看起來開始像是白忙一場。

有幾名理髮師認爲他們認得畫像裡的年輕男人，但他們從未剪過他的頭髮。他會是哥本哈根模特兒公司的模特兒嗎？其中一位這樣問。

一家忙碌的男性服飾商店老闆抱怨只能看到那男人的頭部，而在店裡隨機訪查的一對情侶則認爲他們曾在電視上看過他，而那是部在礁島拍攝的瑞典電影。

「是的，那是我的兒子。」街上一個滿臉皺紋的女人說道，接著爆出大笑。她身上有強烈的酒臭。

三小時後，高登和蘿思必須承認他們毫無進展。這個男孩買預付卡的社區絕對不是他常來的地方。

「我們需要繼續訪查嗎？」高登問。

蘿思看著佛德烈松德路上的眾多招牌和閃爍生輝的商店櫥窗。

「如果我們要繼續查，就得派整批軍隊來。光佛德烈松德路就查不完了，那還不包括旁邊的巷子。我們怎麼可能有辦法在幾天內查完？」

「所以，我們何不發送電郵給半徑一英里內的所有教育機構，就像卡爾建議的？妳認為我們該這麼做嗎？」

「這個，那其實是我建議的。畫像的問題在於馬庫斯．亞各布森不准我們公布那傢伙的長相，顯然我們只能將它用電郵寄給特定相關團體。」她聳聳肩，伸手探入口袋去拿正在嗡嗡響的手機。

「哈囉，我是蘿思．克努森，低薪的調查助理。」她臉上歪斜的微笑很快就消失。

「喔，不，阿薩德。」她重複了幾次，「在法蘭克福也是？」她不斷點頭和搖頭。

高登挽住她的手臂，指指她手機上的麥克風圖示。

她按下那個圖示。「高登現在也在聽，阿薩德。你現在該怎麼辦？」

從聲音很容易聽出他有多沮喪，聲音顫抖，也不像平常般用字審慎。

「我們只能等後續發展。我們還能做什麼？」他說，語氣精疲力盡，「我滿腦子只能想著瑪娃和奈拉現在在哪，迦利布又想對她們做什麼。我每次想到，一小片的我就在死去，蘿思。」

「你完全不知道她們可能在哪？」

「我們什麼線索都沒有。德國情治單位把GPS藏在那個記者的手機裡，只要電池還有電就能跑，不管有沒有開機，但訊號在離醫院幾條街外就消失了。」

「其他警察單位呢？」

「他們都拿到簡報了。有數百位警察和探員出動去找。德國所有城鎮都進入緊急狀態。」

「我不懂，阿薩德，迦利布那張臉應該很容易被認出來。」

「我知道妳想讓我保持樂觀，蘿思，謝謝妳。但就在我們住進旅館前，一位鑑識人員發現染有化妝品的衛生紙。他們對此一笑置之，認爲一個女人想試試看用化妝會不會看起來比較不像個恐怖分子，但卡爾和我不相信這套理論。」

「迦利布遮掩了他的疤痕，對吧？」

「當然。」

蘿思以懇求的眼神看著高登，現在輪到他來想話題了。

「呃，阿薩德，我也在這。」他說，「我們手上的畫像碰到一個難題，沒人認出那個傢伙。」

蘿思看著他，一臉氣炸和絕望。阿薩德最不需要擔心這個。她搶過手機。

「抱歉，阿薩德，你有更大的問題要操心。我確定你和卡爾會找到正確的辦案線索，如果有任何事我們能幫忙的話，不要客氣。」

「是有。」

「任何事都可以，阿薩德，儘管說吧。」

「我需要妳對所有主要歐洲報紙發布新聞稿。文章上要寫，薩伊德．阿薩迪已經收到迦利布的訊息，並在法蘭克福史奇佛大道的曼高旅館恭候大駕。」

「那是個好主意嗎，阿薩德？」蘿思擔心地問，「如果他知道你在哪，不是反而會使瑪娃和奈拉陷入嚴重險境嗎？我很抱歉我得開門見山，但他爲何要讓她們活著？」

他的回答非常輕柔。「迦利布不知道過去這十六年來我在哪。所以他很清楚，我如果不是別有用心，絕對不會告訴他那樣的消息。他知道我在追蹤他，但我也有自己的盤算。他當然會去查旅館，但他知道我不會在那。我會登記入住，他們很容易就可以查出那點，但我過幾天後才會在那。他會想我是在旅館附近之類的，這樣我就能跟蹤他的人追查到他目前的地點。而他就是要我這樣做，因爲他以爲自己能控制局勢。那是貓捉老鼠遊戲在他的世界裡運作的唯一方式。他會很享受那段時間內的等待和懸疑，因爲他現在完全知道我在受苦。所以，放心吧，他會盡可能讓瑪娃和奈拉活著。我唯一擔心的是，我能不能趕在他的恐攻計畫發動前找到她們，但那得交給德國人。在那之前還要安排很多事。」

「你弄完了嗎，高登？」蘿思指著放在他桌上的列印。

「是的，阿薩德的新聞稿已經傳給大概一百家歐洲新聞媒體。所以我確定，其中有些會刊載。」

她看看文章後點點頭。

「標題會確保這點。幹得好，高登。」她拍拍他的肩膀，「與此同時，我想了想羅根那個角色，我有一些看法。」

「好，說來聽聽？」

「他說他要比自己多活一年，但他確實的意思是什麼，高登？他是指精確的某一年嗎？比如他會在二一一七年多活過自己一年？你覺得呢？你懂我的邏輯嗎？」

他聳聳肩，他不知道她的邏輯能導向何方。

「聽好。如果他活過二一一七是超過一年，那就將我們帶回二一一六，那是個小說虛構的現在，對吧？所以，改找這個吧。」

「妳不覺得這樣有點牽強嗎……」

「就照我的話去做，高登，看在老天份上。打『羅根二一一六』！」

他照辦。

「結果差不多和以前相同喔，蘿思。」

「是也不是。看下面一點，維基百科說『攔截時空禁區』。」

「好，是的，的確如此。」他打開網頁點點頭，一臉印象深刻。

蘿思大聲念出文章內容。「《攔截時空禁區》，威廉·F·諾蘭和喬治·克萊頓·強生於一九六七年寫的一本小說。它描述在二一一六年的一個反烏托邦式的未來，在那裡，人口增長以殺害年滿二十一歲的年輕人來得到控制。那本小說在一九七六年被拍成電影，而在電影中改爲年輕人滿三十歲才遭殺害。但我想，那傢伙是指這本小說。妳覺得呢？」

「是的，找得好，蘿思。但妳想他試圖告訴我們什麼？」

「他的年紀，高登。他給我們一個他年紀多大的清楚暗示。如果他在羅根的世界裡活超過自己一年，那他就是超過二十一歲一年，對吧？萬歲，我知道那有點牽強，但那不就是他腦袋的運作方式？」

「所以，是二十二歲？」

「該死，你今天的反應很快喔，高登。是的，沒錯！他是二十二歲，比我們以爲得老一點。現在我們有所突破了，高登。我們有所突破。」

第三十五章　荷安

她們看起來美呆了。荷安想道。

漂亮的金黃色肌膚、鮮豔紅唇，流行服飾強調出玲瓏有致的成熟胴體。以這類相貌，她們可以冒充成任何人。上流社會女士、教育良好的學者，或某種程度的藝術家。但外表是會騙人的——這棟大房子裡沒有其他人對待他像這兩位女子一樣粗暴或說有虐待傾向。

當他們在法蘭克福的房子裡集合，不到一個小時後，迦利布的兩名女性共犯就來到他身邊，在荷安臉上吐口水，因爲他差點在梅諾吉亞難民營暴露她們的眞實身分。就他所知，其中一位憤怒女子操著沒有口音的德文，另一位則說非常流暢的法語方言，彷彿她來自瑞士或者盧森堡。荷安最能聽懂的是說法文的女性，加泰隆尼亞人通常熟稔法文。儘管如此，她是兩人中最糟糕的——事實上，該說是全部人之中最險惡的。她首次用肉毒桿菌針癱瘓他的臉時，隨意將針頭刺得如此之深，若不是他發不出聲音，他一定會大聲尖叫；但他沒辦法大叫，因爲那該死的點滴仍插在手背上，而傷口已經慢慢開始感染。從手背上輸進的液體使他沒辦法說話，並喪失大部分的運動功能。他仍能控制眼睛和稍微轉轉頭，但僅止如此。所以當她們偶爾痛毆他，他毫無反抗能力。

說來奇怪，迦利布反而是最善待他的人，荷安不了解箇中原因。他爲迦利布的效力不是已經結束了？他爲何不乾脆擺脫這個包袱，直接殺了他？荷安當然恐懼不已，因爲他身體癱瘓時，內心也深受影響，變得認命、漠不關心和被動。

男人們則完全不和他說話。有些男人只會說阿拉伯文，而且言詞熱切。團體中只有幾個人似乎無動於衷，但其他人的舉止則彷彿自己已經置身天堂。他會不惜一切代價以求了解他們下一步要做什麼。

清晨，巴士在法蘭克福的房子前停下。那是輛設備良好的白色觀光巴士，有空調、迷你吧台和各種設施，儘管從外表看來它像是一輛超大的迷你巴士，唯一好處是附有小洗手間和可前後拉動的窗簾，可以做數種隔間變化。

他們將他抬至走道時，他面朝後方。只有那兩個折磨他的該死女人在巴士裡坐得比他更後面。目的很明顯，那兩名憤怒女子奉命在整趟旅程中監視他，確保他的情況不會改變。

他避開她們的視線。他嘗試一動不動坐著，如果他的腿或部分軀體感覺到小小刺激，他得確保自己不做出反應，即使他有時感覺得到車子的顛簸帶來的疼痛。他文風不動坐著，低頭看著巴士後面和後窗，最後兩排座位則隱藏在暗色密織布的門簾後。

車子行駛幾小時後，天色開始亮了起來。交通量越來越密集。對正常的德國人來說，正常的一天開始了，而荷安極度羨慕他們。如果他一星期前在巴塞羅內塔的浪潮裡結束生命，現在他就不會落得如此痛苦。

一輛車子超車時，他及時看到坐在裡面的人。看看我，他忖度，你們看不出來有事情不對勁嗎？快打電話給警察，告訴他們，有輛可疑的巴士。你們看不出來這些人意圖不軌嗎？你們看不出來坐在輪椅上的男人正任憑他們擺布嗎？

直到天色全亮，他才注意到後門上方的鏡子。他在鏡子的彎曲表面看見自己，瞬間瞭然。誰沒見過復康巴士，誰不會避免和無法比手勢或移動的人四目交接？不是每個人都那樣做嗎？現在，他突然變成那些可憐的人之一。他臉色如此慘白，彷彿巴塞羅內塔的夏日陽光從未遍灑；他全身無法動彈，幾乎就像失去意識或正在沉睡。他們讓他穿上藍色醫院病人服，使他看起來像是毫無希望又無助的無名小卒。

他們對我的情況視而不見，他們情願看坐在巴士更後面的兩名美麗女子。不，他無法仰賴其他駕駛的幫助，所以，這趟旅程的結果已經注定。他無法和眞實世界接觸；他注定要和其餘團體被帶往迦利布爲他們全體籌畫的命運。

荷安抬頭看巴士後面鏡子裡的司機。他只是一個小點，但那個小點是唯一能阻止這一切的人。他能在休息站下車打電話給警察當局。他能阻止這一切。但那個小點就像蒼蠅般坐在鏡子裡，甚至連其他人陸續去洗手間時也不動。

這個司機是有什麼毛病？他感覺不到有事情很不對勁嗎？他那顆龐大的頭顱都沒想到坐在巴士前面的兩張輪椅裡，那兩名無法動彈的可憐女人並不屬於這個團體嗎？他看不見她們眼底的恐慌，或她們存在的每一分毫都在狂叫著救命嗎？也許他就是不在乎。

荷安爲那兩位女性感到難過。有時迦利布那兩名可怕的女手下進入她們房間對兩人下手，而她們發出哀嚎和哀求憐憫的痛苦喊叫，那也令他十分難受。他不清楚那兩名女子對她們做了什麼，但他假設和自己遭受的待遇沒太大不同。或許她們的身體被灌滿鎮定劑，因爲在巴士抵達或大家就座時，他都沒聽到她們發出任何聲音。

不，這位司機，在鏡子中的那個小點，不會出手救他們的。他想必也參與其中。

待在法蘭克福房子的第二天中午，那兩名憤怒女子將兩名可憐女子從被囚禁的房間推出，進入浴室梳洗穿衣。就像大家，她們也穿上西式服裝以免引人注意。但不管是不是穿新衣服，荷安在最後看到她們時，都注意到自己和兩人之間那股非理性又強烈的聯繫感。他花了些時間才搞清楚原因，因為辨識臉部有時是個緩慢的過程。

荷安最後醒悟，那兩個可憐女子就是他在阿依納帕海灘上，拍到與迦利布在一起的人。當下他立刻知道，實際情況比他想像得還要糟糕。

他心頭籠罩著自己不確定是否想知道答案的問題。海灘上的女人最後為何違反意志來到此地，她們為何被下藥？迦利布為何將他帶上巴士？甚至他為何還活著？

這些難民的故事非常緩慢地開始成形，對她們的絕望提供可信的解釋。就像其他難民，她們冒生命危險渡海，想逃離當今世界上最飽受戰亂、讓人恐懼的地區——敘利亞。在那個被戰爭蹂躪和狀況一片混亂的國家，她們見證了一般人類從不用忍受或了解的苦境。她們在地中海曾與死神擦身而過，而且以最殘暴的方式失去親愛的人：二一一七號受難者。她們目睹她如何消失在海水深處，現在她們卻淪落到法蘭克福。荷安現在知道，當他看見女人一身溼透和精疲力竭地站在迦利布身旁的海灘時，她們並不是自願在那，也不是出於自己的選擇來到法蘭克福。所以，現在，那兩位被施打鎮定劑的女人變成他在這輛巴士上的唯二盟友。她們就像他一樣難逃死劫。

他利用鏡子就著座位數巴士上的人數，試圖用從法蘭克福那房子中得來的記憶來辨識他們。除了法迪猛抽鼻涕很容易辨認外，這可不是簡單的任務，因為整輛巴士搖晃不已，鏡子扭曲又讓景象變小。他只能辨識出迦利布坐在司機旁的前座。

荷安完全不知道身處何方，但路旁另一側的路標在巴士駛過時很快消逝在後方，不斷給他經過哪些城鎮的提示。不幸的是，他不清楚他們駛過的地區，所以那對他來說又有什麼用處？

當天色開始發亮，「希基海姆五公里」是他注意到的第一個路標，接著是「巴特黑斯費爾德五公里」。在他從短暫打盹驚醒後，路標顯示「艾森納赫」。要是他能認得這些地名就好了。它們就像虛構世界裡的參照點，在此，童話故事緩緩變成夢魘。這就是猶太人前往集中營路上的感覺嗎？他們將臉貼在裝牲畜的貨車的縫隙間，讀著剛駛過的火車站名字？或者他們在整趟車程中都坐在黑暗裡，被火車車軌的敲擊節奏催眠著，進而駛向無法逃脫的未知？荷安盡力睜大雙眼，試圖記得一點，就算是一丁點也好。他聽說過威瑪，那不是某種共和國嗎？但車子駛過後從眼前消失的其他地方是位於哪裡？吉納、艾森堡、施特森？直到他看見萊比錫十公里時，他心中的地圖才開始成形。他們現在已經走了超過一半的路了？在這趟惡夢旅程中，他是否有任何存活的機會？他認爲相當渺茫。

巴士停在一片濃密森林區，又是一個不起眼的無人休息站。當那些需要小解的人回到巴士上後，一個人從前座站起身轉向他們。就荷安能從鏡子裡判斷的，那是哈米德。他向其他人伸手表示歡迎，似乎背誦了一段短篇祈禱文，之後連串字眼繼續從他口中流瀉而出。荷安聽不懂他在說什麼，但整個團體陷入沉寂，仔細聆聽。坐在巴士後座的兩名憤怒女子睜大眼睛。她們眼睛下方的小肌肉緊縮，彷彿連肌肉都得齊心努力才能了解禱文。但訊息顯然清楚無比，因爲突然間，每個人都同時拍手歡呼，好像哈米德剛宣布了什麼奇妙的事。

他前面的女魔鬼彼此對看點頭。他驚訝地看見她們正抓著彼此的手，他瞬間了悟她們之間的強烈情誼。那兩個歐洲女人沉醉在聽到的字眼中，開始低聲哭泣。她們體內有某種東西被釋放了，然後便用比以前更自在的姿態，開始自由地交談。

荷安閉上眼睛，試圖聽懂她們說的話。她們交談的語言混雜著德文和法文，還有一些阿拉伯字眼，所以儘管荷安無法了解所有對話，卻能抓到其中精髓，而那就非常足夠了。

她們第一次提到，她們是如何熱切地期待跟著朋友朝七重天堂邁進，而在天堂裡的一天就像世間的一千天；那裡沒有憂愁、恐懼或恥辱，沒有腐爛的東西，沒有人會餓肚子。此時，荷安倏地張開眼睛，感覺到自己冒了一身冷汗。她們稱其為天堂和「堅奈」（注），眼睛散發真實感情和純粹的喜樂。荷安對此懷抱全心的祕密嫉妒，但那也使他非常不安。

她們自稱「聖戰士」，幾乎無法等待，渴望完成自己要執行的任務。她們再度十指交扣，彷彿兩人是失散多年而重新聚首的姊妹。

「我們在人生的任務已經完成了。」她們的話確定了荷安最糟糕的恐懼——隨著每個駛過的路標，她們越來越接近死亡。

突然間，她們像連體孿生女般同時看向他，荷安試圖閃避女人的凝視。她們的歡愉旋即消失，想起身負的任務。

「他有聽到什麼嗎？」其中一位對另一位低語。

荷安偷聽到所有的事，但試圖全神貫注地控制他的某些肌肉。巴士上的人非常確定藥物的藥效，他們甚至沒費神將他綁起來。所以，如果他能稍微伸長左臂，他手背上的套管或導管就能滑脫，癱瘓的感覺也許就能稍微降低，直到足以讓他在巴士停止時大叫求助。

荷安閉上眼睛，試圖專注在重新恢復手臂的感覺。在他發現仍毫無感覺後，他將注意力徒勞地轉向手和手指，但他全身都像死透的肌肉。

他就這樣坐了一會兒，似乎身處遙遠之境，而那兩名憤怒女子再度開始彼此低語，一位則帶著他從未見過的詭異微笑。她們扼要概述即將發生的事，悄聲笑著。就荷安所能了解的內容來看，她們都會假扮成觀光客，將數百人送入地獄。然後她們討論精神領袖迦利布，帶著一股讓人會誤認為他們是愛人的熱忱和深情。想到他會在她們人生盡頭和她們為伴，目睹她們純潔和正義的犧牲，就足以使她們進入興奮的瘋狂。

荷安的內心則以生命存在的所有本質，默默發出求救和哀求憐憫的尖叫。

幾分鐘後，坐在前座的每個人如同接到命令般一起站起身，在走道跪下準備祈禱。甚至連他身後的女人似乎都出神恍惚。荷安睜大眼睛，非常緩慢地朝窗戶和外面的公路轉頭望去。

車輛像候鳥般快速駛過，執拗地朝那天的職責前進。偶爾後座會有幾個小孩，應該是由父母載去上學，或到任何他們要去的地方。有那麼幾次，他設法捕捉好奇小孩的視線；他們的鼻子貼在窗戶上，但在車子往另一個方向駛去後，眼神迅速消失。

他擠出鬥雞眼，用力翻白眼，猛眨眼皮，但對方都微笑以對，要不就大笑。他們何必要對這些做出反應，或大驚小怪？

看看我。他在心中一次又一次地呼喊。他們也確實看見他了，只是沒看出眞相；他們沒看出，他是會在稍後帶著人群邁向死亡的男人。

「各位先生女士，」司機宣布，「我們已經抵達柏林。」司機將車開進一處一點也不像首都或世界都市的平凡住宅區時，有些人拍起手來。

於這片混亂的街區中，巴士停在遊樂場前方的停車場對面，他們陸續下車。有那麼片刻，他盯著其他乘客，彷彿他們是外星人。他們動作審愼，眼睛似乎上了釉，活像殭屍。每件事都像出自生產線，機械化且經過演練。

注　堅奈（Jannah），在阿拉伯文裡的原字意爲「花園」，引伸爲「天堂」。

大部分的人搭上私家汽車離去，第二輛爲載運他和其他兩位女性的復康巴士抵達。哈米德監督整個程序，這部分的運輸顯然至爲重要，必須順利進行。

就像上次一樣，他們將他放在走道，但這次是面對著兩位癱軟在輪椅上的女子，這給他機會看到她們的臉和眼底的恐懼。

儘管無法動彈，年紀較大的那位女性嘗試轉頭望向年輕女子，大概是想分擔這個可怕經驗和創造感情的連結，但她沒有成功。另一方面，那位年輕女性可以稍微轉頭，她渴望地盯著年長女性的臉頰。兩人看起來如此相似，她們是母女嗎？她們爲何在此？

直到現在坐在走道上，他才察覺自己在不經意間成爲這場悲劇的一部分，以及涉入其中的深廣程度。這兩個女人會成爲在這場神聖行徑中被犧牲的羊——而他也是。

隔壁的白色巴士上傳來喋喋不休的聲音，幾個男人正在巴士後方跟某樣物品掙扎。他看見艙門打開，一個大型運輸箱被移除後清空了位置。接著一個用塑膠包裹的內容物被艱難地運到新的復康巴士後方。巴士略微顫動，告訴他貨品已就位，但哈米德在旁的大呼小叫讓他過於緊張，無心去細想箱子裡的東西可能是什麼。

他們目標明確地駕駛了十分鐘，穿過柏林街道，停在一個報攤前的交通號誌前。那個報攤顯然是由移民經營，櫥窗上寫有阿拉伯文標誌，在那一瞬間，他瞥見人行道上的報架。

荷安沒時間讀到標題，但下面的照片說明了一切，因爲那是張他的照片，輕輕揚起嘴角微笑，好似接受《日之時報》的攝影師指示。

荷安深吸口氣。他們在找他，這意味著還有希望嗎？

就在那一刻，他們用頭罩蓋住他的頭。

第三十六章　卡爾

卡爾仔細觀察阿薩德，憂心忡忡。阿薩德的臉色慘白如灰，沒有一絲微笑；就像飽受創傷後壓力症候群摧殘的士兵，他對最輕微的聲響都會本能畏縮一下。顯然，等待快將他逼瘋。

「我覺得像是在等我家人被拖往斷頭台上的階梯。」他的嘴唇顫抖，「而讓人害怕的是，那是現實，卡爾。那是現在正在發生的事，而我能做什麼阻止它？我們無能爲力。」

卡爾望向賀伯特．威伯的香菸。現在，他想再度吞雲吐霧的欲望比以往更勝。他的雙手在香菸與阿薩德的手臂間揮舞、猶豫著，阿薩德的手臂則沉重地擱在桌子上。

他最後按住阿薩德的手臂。

「聽好，阿薩德，你已經在努力採取行動了。你照迦利布的指示去做，那是往正確方向的一步棋；你已經公開現身，成爲知名人物。現在他知道你在注意他的一舉一動，也知道你人在法蘭克福。你們正朝彼此逼近，你現在沒有其他步數可下了。」

「我一有機會就會殺了他，卡爾。」他以粗啞的聲音說道，「我要報的仇非常多。」

「你要小心，阿薩德。保持頭腦冷靜，要不然他會是那個刺下刀子的人。」

阿薩德轉頭去看在德國情報單位的要求下，警察提供的監視器畫面。他們似乎再度爲等待事情有所進展而枯坐於此，因此卡爾深知阿薩德的感受。那足以讓任何人抓狂。

又過了十五分鐘，賀伯特．威伯和一群黑衣男子返回，他們除了不像賀伯特那麼胖外，看起來幾乎和他一模一樣。

「各位，」大家都就座後他說，「目前情況是如此：我們已經更確定恐怖分子的位置，我們現在對那點保持樂觀。幾位警察已經提高警戒，在那個團體住過的屋外站崗，後來他們詢問一位名叫佛羅利安．霍夫曼的十七歲送報生。他告訴我們，三晚前他在那一帶騎腳踏車送報時，看到一輛巴士倒退進房子。他那時正在送早報給對面的人。而在一年半的送報生涯中，他從沒有見過任何人在那麼早的時候在那一帶開車，尤其是那麼大一輛巴士。」

卡爾觀察到房間裡的人鬆口大氣，終於有可追查下去的具體線索。他應該打電話向馬庫斯．亞各布森報告這件事。

「那時天色還很暗，所以佛羅利安沒注意到巴士有何奇特之處，但他倒是注意到車身很白。巴士駛過他時，他還注意到它有復康巴士用的那種升降機。我的同事給他看了許多不同巴士尾門殘障升降機的照片，他非常確定是這種款型。」

他點擊螢幕換到下張照片。那是非常普通、到處可見的升降機，但機器上有個很明顯的標誌寫著U型升降機。

「那男孩覺得那很好笑。他是個滑雪狂，每年冬天都和家人去滑雪。他想如果那是個滑雪升降機，就沒啥作用，所以他才會特別記得這件事。」

底下顯然有超過好幾個人搞不懂是怎麼回事。

「是的，U型升降機。」威伯帶著微笑說，「就像那種你上下後回到同一地點的電梯，只是原地上下。」

幾位領悟力慢的人終於聽懂。

「真聰明的男孩。他也注意到巴士沒有任何其他特徵。換句話說，就像他所說的，它很普通。沒有廣告或任何可以引導我們找到車主的特徵，而這實在不是非常正常。所以我們現在可以假設，警方剛找到的巴士就是我們在到處找的那輛。」

他又點擊螢幕換下一張照片。「幾小時前，我們設法從高速公路取得監視器畫面。」那張照片不是很清晰，但巴士是白色的，沒有任何特徵，車尾有個U型升降機。

「是的，我知道你們在想什麼。但我們現在非常確定，這就是那個團體離開法蘭克福時坐的巴士。根據這監視器的位置而估算的距離和大概平均時速，離開時間是半夜四點半左右。我們目前正在調閱所有車輛登記，看看能否找到車主。你們可以看出來，巴士不是很大，它至多只能載二十位乘客。」

「如果我們放大畫面，可以看到任何人嗎？」有人問。

「我們正在處理錄影帶，但不太可能。」

威伯又點擊螢幕，跳出法蘭克福和北部一帶的街道地圖。他直接指著螢幕。

「畫面裡的休息站是在上面這裡。」

下面的人再度做出反應。恐怖分子可能會去任何地方，但柏林很近，極可能是目標。

「波茨坦也很近，其他重要城市也是。」他繼續說道，「所以我們得加大在這些地區的調查力道。我們也得假設，在他們抵達最後目的地前，可能會將巴士藏匿在某處，但現在，我們的任務是找到它。」

威伯停下話，轉向阿薩德。

「我們的丹麥同僚和巴士上的幾位人士關係很深。你們現在也已經知道，他和恐怖分子領袖迦利布在過去曾有過節，長年以來都是宿敵。我們的假設是，這個迦利布特地選擇此刻是想一石二鳥：一是實施恐怖攻擊的縝密計畫，二是展開與敵人的正面對決。而他的敵人就坐在這，薩伊德．阿薩迪。迦利布藉由殺害薩伊德的親密友人，和確保這女人的照片會刊載於全球報紙這兩種手段，來發出清楚的訊號。而爲了強調他確實會發動恐怖攻擊，他還抓了薩伊德．阿薩迪的妻女作爲人質。」

他指著阿薩德，後者站起身。

「我比較喜歡各位叫我阿薩德。」阿薩德試著擠出笑容，「明天我會用眞名薩伊德．阿薩迪在法蘭克福曼高旅館登記入住。我們預期迦利布會在那和我攤牌，甚至試圖殺害我，儘管第二個選項極不可能。在最好的情況下，我會見到迦利布本人，或至少是他的手下，希望那能引導我們找到迦利布。有鑑於此，我們才會仍然待在法蘭克福。賀伯特．威伯和本地警方當然已經確定會提供我各種保護。我也知道，你們中有幾個人會在那，我爲此感謝各位。我聽說那地方從昨天起就已經在監控中，但在我入住前，什麼事也不會發生。」

他抬頭看旅館和其前方公園的幾張照片。德國人的預定計畫是，他會在清晨到那，從南方漫步進入旅館對面的公園，慢慢穿越它，並暫時在遊樂場等待。他會在那裡等待一場正面對決，但如果什麼事也沒發生，他會進入旅館坐在餐廳，在吃了半小時的簡易早餐後，走原路再穿越公園。如果仍沒人試圖攻擊他，他會再次回去，然後在旅館登記入住。

賀伯特．威伯謝過阿薩德，延續這個話題。「我們的首要任務就是確保在這行動中，沒有路人受傷。如果住在附近建築的孩童跑來遊樂場玩，我們得讓他們離開。警方已經在巷子裡部署幾位便衣女警，她們很容易便能混進來，假扮成母親或家長的朋友。」

「那旅館呢？」

威伯走到一邊，與阿薩德肩並肩。「那裡不會有任何插曲。當然，我們會確保住客的身分經過辨識，排除任何嫌疑。這樣就沒有任何可疑人物，行動便可以完全在戶外執行。」

「好。我當然希望你會在半途攔截他，但我也希望你能讓迦利布送來和我正面對決的人活下來。」阿薩德說，「我不認為迦利布會在附近。他太懦弱，沒有那個種。」

「你會有武裝嗎？」有人問。

阿薩德點點頭。

房間裡響起清晰可聞的低語。這情況太不尋常，卡爾很清楚。

「我想，阿薩德沒有得到第一個開槍的授權吧？」一個人說。

威伯確認此點。

阿薩德繼續說：「我們已經決定，如果我走兩趟公園都沒發生任何事，我就會回旅館房間待到三點。然後我會坐電梯下去，第三次回到公園。我猜他們會在那時出擊。我會穿防彈背心，但他們可能會對頭部開槍。要是我我就會。」

這聽起來令人很不舒服，但卡爾點點頭。等會議結束後，他們會再一次小心地逐一討論細節和研究那個地區，確定他們有將所有可能性納入考量。他們得確保阿薩德不會出事。

威伯謝謝他，並強調如果迦利布接受挑戰，他們得準備面對最糟糕的情境。就算他們只能抓到和迦利布以及恐怖行動有關的一位關係人，這仍會讓他們更靠近核心。

「我們在賽普勒斯的同事送給我們幾份非常重要和有用的情資，」他又說，「他們對十天前被沖上岸的難民採取了更嚴厲的措施。有些人或許會抗議他們的做法不夠人道，但在這種情況下，我們決定不予理會。」

卡爾皺緊眉頭。他是在說逼供嗎？

「我說的不是逼供。」他彷彿讀出卡爾的心思，因而說道，「而是難以抗拒的某種壓力。對，他們是有用施加於身體上的壓力，但真正能帶來結果的還是向這些難民保證，如果他們吐實，就會得到庇護。當局承諾難民，會讓他們以假名轉出梅諾吉亞。但當局很快就發現，他們的沉默是因爲恐懼。」

「他們之中難道不會有給出假資訊的投機分子嗎？」卡爾問。

「對，當然會有。是有幾個例子，但他們已經被船上另一名乘客舉報。她現在被安置在另一個地方，處境安全，但也提供我們有關逃離難民營的女子的基本資料。」

他點擊螢幕，出現幾張新照片。

「這些是當他們登記沖上岸的難民時的難民營照片。這是逃獄的兩名女子。密報人提供了她們的口音和不太會阿拉伯文的資訊，我們也從敘利亞和幾個歐洲國家的情報單位得到一些情資，兩者相互連結起來後，我們現在能確實辨識兩名女子的身分和長相。」

他指指其中一位女性。她看起來四十幾歲，有濃密黑髮、漂亮的唇型和棕色皮膚。

「她很像演員瑞雪．蒂寇汀。」

他點擊後，嫌犯照片旁跳出一張照片，相似程度簡直難以置信。

「我確定這位美麗的美國演員會原諒我們的比較。我們在找的這個女人現在處於其家鄉地盤的熟悉環境，穿著一般西式服裝，所以演員的照片有助於正確提供我們她外貌的線索。那女人的名字是碧蒂．洛瑟，但她一般被叫碧娜。她是德國人，四十八歲，來自德國西部魯爾區的盧嫩。我們認爲她在皈依伊斯蘭教和過去十年來去中東旅行無數次後，於三年前激進化。你們都已經拿到她的照片影本，我們在波茨坦和柏林的同僚也都拿到了。我們強烈懷疑她將參與行動，並是巴士乘客中的一員。」

「我們可以確切知道，她是在何時接觸到這位迦利布的嗎？」一名探員問道。

「恐怕對此毫無知悉。但就我們所知，她直到最近人都在敘利亞。她應該是特別爲這次行動而招募的。」

「另一位呢？」

「另一位女子有點難以追查，因為她用過幾個假名。她於一九七三年出生時是凱薩琳・勞茲，也用過賈絲汀・佩蘭、克勞蒂雅・佩蘭、吉瑟拉・馮、布洛克、漢利塔・科伯特等幾個假名。我們知道她是瑞士人，進過美國康乃狄克州丹伯里女子監獄，當時的假名是潔絲敏・科提斯，是個很難應付的女人。她因傷害罪在二〇〇三年三月到二〇〇四年十月間入監服刑。她在那裡壞事做盡：暴力威脅其他囚犯、絕食抗議、賄賂，還有很多罪行。奇怪的是，她因緩刑而早早得到釋放，自此消失。我們相信她在整段時間都隸屬於一個恐怖細胞組織，但卻無法證實。當她出現在梅諾吉亞時，」他點擊後跳出下張照片，「她看起來像這樣。我們現在來把這個和昨天從丹伯里收到的檔案做比較。」

卡爾頓時無話可說。儘管兩張照片間沒有立即明顯的相似處，但的確是同一個女人。眼睛像往常般會洩漏一切。

「是的，她似乎染過各種髮色，所以大可忽略這點，但請注意她的笑容。我們可以叫這是歪笑嗎？不行；張嘴大笑？也不行。她有那種能讓漂亮女人變醜的笑容。她的眼神有點惡狠狠，嘴唇幾乎往上翹。」

然後他點擊換下張照片。「我們這裡有張女演員艾倫・芭金的照片，她是名非常吸引人的女性。但等會你們馬上能看見她的改變。就像這張《激情劊子手》的電影劇照，她在其中飾演狡猾的殺人犯。我應該沒弄錯吧。」

他再度點擊，螢幕上跳出那位女演員的好幾張小照片。「這些是艾倫・芭金飾演過的不同角色，從魅力四射到較為陰鬱嚴肅的都有。你們知道，化妝和髮色有時會大幅改變臉部。而說到我們的這位女性，化名潔絲敏的凱薩琳．勞茲，你們要為其豐富的創造力做足準備。我們沒有她的近照，儘管她在戰爭肆虐的敘利亞待過，你們可不要太期待她會出現年紀增長的任何跡象。所以，專注在笑容和眼神上。」

「她是何時激進化的？」一個人問。

「我們不是很清楚。當然，她在其他案件上曾被重複審訊過，但她編故事的功夫一流，讓人猜不透她的眞實身分，以及她爲何會走到今天這個地步。但我們該特別注意一件事。她的丹伯里體檢報告顯示，她曾經試圖自殺，留下幾個特徵。她的手腕、大腿內部，甚至脖子上都有很深的疤痕。她沒有自殺成功很讓人驚訝。」

「讓人驚訝？你該說不幸吧。」阿薩德打斷他。

威伯露出挖苦的笑容。「嗯，反正就是如此。我們現在能掌握她不少情資，但我了解你爲何會有那種看法。」他轉身面對小組，「具有自殺傾向的人會對我們全體造成威脅。」

他將注意力轉向卡爾。

「卡爾．莫爾克是加入我們的另一位丹麥朋友。他是哥本哈根警察總局的懸案組組長，那組有非常高的破案率。他還有更多能協助我們了解這個任務和相關人士的情資。」

卡爾站起身。「是的，沒錯。」他環顧四周，對在場的人點點頭。如果不是爲了阿薩德，他該死的才不會搭理這些乖乖牌阿呆。在過去幾天內，卡爾了悟，除了在阿勒勒家裡的那些夥伴外，阿薩德是這世界上他唯一能驕傲地稱之爲朋友的人。他願意爲他赴湯蹈火——即使是要他勉強在眼前的德國同行間展現一點禮貌和循規蹈矩。

他對阿薩德微笑，繼續說下去。希望阿薩德也有同樣的感覺。

「我在與丹麥安全和情報局合作下，集中精力在調查荷安．艾瓜達抵達阿依納帕那天，第一個被沖上賽普勒斯岸上的屍體。」他說，「我們對其有特別高的興趣，因爲這名男子曾被丹麥驅逐出境。雅色．舍哈德是名沒有國籍的巴勒斯坦罪犯，曾擁有特殊居留（注1），但隨後在丹麥因犯下一連串罪行，在二〇〇七年被捕。隨意列舉的話，就有傷害、大量販賣大麻淬取物和硬性毒品、闖空門、威脅等。在服刑五年後，他被驅逐出境六年。他在被護送到哥本哈根機場後逃脫。這是個令人尷尬的事件，但他沒有完全逃離警方監控，因爲他被逮到，要在蘇黎世搭機前往伊斯蘭馬巴德。」

卡爾環顧四周，大家已經消化這項資訊。

「是的，我們確定當他在巴基斯坦時，曾在古蘭經學校與普什圖族（注2）接觸過。我們從美國人那取得相當詳盡的描述，說明他在敘利亞的行徑。昨天當我們翻閱他們的資料時，發現這張照片。」

他對威伯點點頭，後者再度點擊。

「各位，這是迦利布和雅色．舍哈德在巴基斯坦的合影。」

房間內響起嗡嗡聲。那兩個男人在懸崖上的野火旁吃東西，全副武裝，揹著AK-47，胸前配有子彈帶。雅色．舍哈德蓄著長到胸部的大鬍子，而迦利布的鬍碴則只長了幾天。他們開懷大笑，嘴巴裡全是肉，似乎很親密。

卡爾注意到阿薩德表情大變。昨晚卡爾給阿薩德看照片時，阿薩德痛哭失聲，哭到頭兩旁的

注1 特殊居留（Exceptional leave to remain），在不確定庇護申請者回國是否會遭迫害的情況下，暫時核發的一年居留證。接著可以再給予兩次，每次三年。

注2 普什圖族（Pashtuns），爲阿富汗第一大民族、巴基斯坦第二大民族，地中海人種。

青筋似乎都要爆開了。卡爾從未見過他這副模樣，也從未見過像阿薩德那般激烈的仇恨。

「是的，這有點讓人吃驚，但許多線索都指出，雅色在此時已經爲敘利亞民兵在戰場上效力很長一段時間，而眞名叫阿布杜·阿辛的迦利布則剛抵達。現在我們清楚知道他當時的長相，可能現在也是這個模樣。他臉下半部的疤痕是阿薩德造成的。」

每個人都轉頭看阿薩德，他則低頭瞪著地板。他實在無法再看那張照片一眼。

「美國人在戰死的聖戰士身上發現這張照片，而根據那位聖戰士被射殺的時間和其他紀錄，我們知道照片攝於二〇一四年。透過這張照片我們可以看出，從在海珊的監獄裡散播恐懼的阿布杜·阿辛，到高階聖戰士迦利布，轉變非常迅速。迦利布的殘暴無情使他升遷得比正常人快，他名列美國政府緝捕要犯名單頭幾名。所以他們現在也全面警戒，準備分享任何能幫助我們找到那個男人的情資。」

「除了我們已經知道的資料外，我們還知道他什麼？」一個人問。

卡爾點點頭。「我們已經確切掌握他的行動。他如何從敘利亞西南逃竄到東北。我們知道他隨行人員中有一群像後宮般的女人，其他聖戰士都不准碰她們。」

阿薩德猛然站起身，衝出房間。也許這樣最好。

第三十七章　亞歷山大

計程車在車道前停下時，他正站在廚房裡。就像他母親以前離開的時候一樣，她花了幾分鐘才走出車子。他可以在腦海中想像那幅場景。她在手提袋裡慌張地摸索現金或信用卡，然後將裡面的東西倒得後座都是，終於找到後，她會和司機打情罵俏一會兒，給他太多小費，拚命讚美他，而她確定這會讓她看來具有吸引力。這份爲奉承而心口不一的特質使亞歷山大更爲痛恨她。

司機將行李箱放在人行道上，她的大笑聲連在屋子內都聽得到。所以，他也許很英俊吧。換句話說，他母親是爲性刺激而活。自從到南歐城市開會成爲她的日常後，就一直是如此。但亞歷山大得承認這點很適合她，她變得臉頰陀紅，張著鮮血般豔紅的嘴唇，潛伏於其下的性慾則取代她與丈夫間的無聊生活和消失的熱情。

歡迎回家，臭婊子。他心想，關上冰箱。

「我回回回來了。」他母親的聲音裡帶著虛假的興奮叫道，從前門走進來。

亞歷山大可以在心中看見她的模樣。她總是將外套掛在勾子上，將公事包放在玄關，在鏡子前稍微整理儀容，然後走幾步進入走廊，再彷彿萬事正常般，昂首闊步進入客廳。

但這次可不會是這樣，他可以聽見她陡然在走廊止步。

亞歷山大在廚房裡對自己微笑。

「亞歷山大？」她試探性地問。她已經走到他臥室敞開的門前。

再邁開另一步。他可以想像，快速往房間裡的一瞥使她困惑。爲什麼門開著？他爲什麼不在裡面？

「亞歷山大？」她又說，這次比較大聲。

他離開廚房走進走廊。他小聲回答時，看到她畏縮一下，眞令人驚奇。

「這裡。」如果他大叫，包准她會心臟病發作，但他可不希望事情那麼簡單。

她轉向他，滿臉猶豫。她原本紅潤的雙頰已經轉爲蒼白。她雖然試圖看起來一副很驚喜的模樣，但她只能瞠目結舌。

「妳不是要我走出房門，」他邊走向她邊說，「我出來啦。妳玩得愉快嗎？」

她回答是，但有點口吃。

「妳比我預期的晚一天回來。」他說，注意到他每向她走一步，她就倒退一步。她已經注意到地毯上的血漬了嗎？

「呃，是的，因爲今年我們有額外的課程。」她撒謊。這又是她長年來變得熟練的本事，但現在卻露出破綻。她的笑容有點太燦爛，點起頭來太過激切，處處不對勁。

「額外課程！哇，太棒了。但那意味著我得告訴妳，老爸走了。他在妳到處發情操人後，無法再直視妳的眼睛。」

效果立即呈現。驚訝混雜著難以隱藏的失望。她臉上寫著，她竟然不是第一個離開的人。

「好吧。」她停頓半晌，咬著下唇，「你知道他上哪兒去了嗎？」

亞歷山大搖搖頭。「但，至少那表示我現在能離開我房間了，那混蛋不會再在這裡對我發號命令，任意差遣我。」

她歪著頭。他雙親的確有很長一段時間已經喪失對彼此的尊重，但她不希望兒子用那種口氣談他父親，這是這個家的清楚家規。

這個令人厭惡的偽君子以為他跟他們一樣心口不一。

「那我打電話給他。」她說著，擺出一副行動派女人的姿態。

「當然。」亞歷山大說，看著她指甲磨得光亮的手指在手機上找到他父親的電話號碼，然後按下。當她聽見鈴聲來自身後亞歷山大的房間裡，精心拔過的眉毛抬得老高。

「喔，老天，我猜他沒帶走。」亞歷山大裝出一臉驚訝，她也對此困惑不已。

「你父親的手機究竟為何會在你房間？」她邊問邊跟著鈴聲走。所以，她剛才沒看見血漬。現在她看見了。

就像踩高蹺站在冰上的人，她一只高跟鞋滑到一邊，這動作將她的裙子扯裂。在這個她想通一切的致命時刻，卻正面倒下，只能瞪著暗色血漬。

一位擁有商業高學歷、住在自己世界裡的女人，如何能推斷出地板上的濃稠物質為何，實在是個謎。但她心中似乎毫無疑問。

她將手掌按在地上，以極端的靈活度支撐自己跳起身。亞歷山大頓時覺得印象深刻。

「發生了什麼事？」她指著血漬呻吟。

「喔，那個？」他說，「我大概搞錯了。老爸也許根本沒有離開家，或許我砍了他的頭。但妳絕對不該指望他會回來。」

她低下頭。她相不相信他不是最重要的事。現在，她所能想的就是怎麼制伏站在她眼前的這個瘋子——是不是她兒子都不打緊了。

「別碰我！」她往後退向他電腦時大叫，「如果你碰我，我會把這該死的機器砸爛在地上，懂嗎？」

第2117號受難者
VICTIM 2117

亞歷山大聳聳肩，往後倒退走出房間。「得了，媽，那只是惡作劇。我在他離開時拿了幾瓶紅酒，結果喝得太多。我會付該死的地毯清潔費。」

然後他走到廚房，將水壺放在爐子上。

他數著她走往走廊的步數。她在幾秒鐘後停止，之後再度開始。

他轉向她，說時遲那時快，瞬間瞥見她舉高走廊凳子過頭，準備敲下來。他半轉身將水壺甩上她的臉，力道之大，她昏倒在地上。

「醒來，媽！」他輕柔地拍拍她被水壺砸中的額頭。

她稍微眨眼，掙扎著想聚焦。她低頭看著自己，試圖了解發生了什麼事，爲何她會被用膠帶緊緊綁在丈夫的辦公椅上。她鮮紅的嘴唇現在對她沒有任何幫助。

「你做了什麼事，亞歷山大？爲什麼？」

他在她跟前蹲下。這眞是罕見的機會，可以直視她的眼睛，告訴她確切原因。

「因爲妳毫無羞恥心，媽。妳和在這條街道、這個社區、這個可笑的城鎮，和這個荒謬的國家裡的所有豬玀一樣，都是可鄙的僞君子。而妳的犯罪統治在此結束。這就是爲什麼！」

「我不懂你在說什麼，亞歷山大，你反應太大了。這究竟是怎麼回事啊？」她拉扯膠帶想掙脫。「放開我！」

亞歷山大反而指指溺斃女人的剪報。「那就是爲什麼，媽！妳和妳那種人只會想到自己，所以她才會躺在沙灘上。妳看見她了嗎？」

她一臉困惑。「看見了，那是很駭人的聽聞。你怎麼能忍受一直看著這個？因爲她看起來像你祖母，所以你才把剪報掛起來嗎？你那麼想念她嗎？」

亞歷山大覺得臉在顫抖。「妳就是這樣，妳甚至不能對其他人類展現一絲同情。但她會掛在我牆壁上是因爲她不應該被遺忘。她試著在可怕的地方過日子，而當她不能再忍受時，卻死在海裡。而妳這種人根本不在乎，所以妳才會在這裡。告訴妳吧，妳無路可逃。」

然後他將辦公椅往後轉半圈，讓她看他的電腦螢幕。

「看我贏了多少，媽。二二〇〇次勝利。等我抵達二二一七時，發生在這傢伙身上的事也會發生在妳身上。」

他將電腦螢幕推到一旁。

當她看見丈夫冷凍的臉躺在桌上時，發出的尖叫聲如此淒厲，他床頭桌上的空杯子都叮噹響了起來。

他用膠帶使她停止尖叫，繞過嘴巴和頭部兩次。他不准她再尖叫了。

亞歷山大綻放微笑，將她的椅子推至角落，重新放置螢幕。他父親的頭可以放在那一會兒，之後再收回冷凍櫃。

他坐下進入遊戲，爲下一回合做準備，然後打開抽屜，拿出以前的諾基亞。他取出舊ＳＩＭ卡，丟進垃圾桶。

他插入新ＳＩＭ卡後，打開聯絡人，按下「蠢老二」。

第三十八章　蘿思

蘿思接起電話，沒有顯示來電號碼，而那個有妄想症的男孩已經有好幾天沒聯絡了。蘿思聽從自己幾乎不曾失敗的女性直覺，對高登彈彈手指，高登立即打電話給凶殺組組長。現在她得讓對話拖上幾分鐘，如此一來，馬庫斯才有時間下樓來聽。

「好啊，這下可好，這不又是我的老朋友嗎？」她邊說邊按下錄音鍵。

對方立即產生反應。「我才不是妳的朋友，我不想和妳講話。我要和那個蠢老二說話！」

蘿思看著高登，滿臉歉意。

「他在旁邊聽，我們打開擴音器。」

「很好。」他聽起來好像在笑。他現在覺得自己很重要了嗎？

「那麼，對二十二歲的科特布萊恩．羅根說哈囉，蠢老二。」她邀請高登加入。

「我名字不是科特布萊恩．羅根！」男孩聽起來很火大。

「隨你說，但我們知道你二十二歲，除非你對那點也要抱怨。」

「除了那白癡外，還有別人在聽嗎？」

「那個別人還沒來，但凶殺組組長已經移尊大駕要來訪問一下。就像我們，他覺得你很有趣。」

「凶殺組組長！所以你們知道這案子有多重要了。」他說，「我很滿意。」

滿意！蘿思深吸口氣。爲什麼和這個瘋子謀殺犯交談讓人覺得自己很粗鄙？

「你還沒幹吧，對吧，科特布萊恩．羅根？你還沒殺你媽吧？」蘿思屏住呼吸。

他又大笑。

「沒有，有夠好笑吧，她的頭現在還在。她可以聽到你們說的話，但你們聽不到她。」

事實上，她可以。那可怕的沉悶呼救聲幾乎微弱地聽不見，但還是依稀可聞。

蘿思開始冒汗。這條性命現在是她的責任。

她注意到高登的表情，顯然他也聽到那個聲音了。

「如果妳再叫我科特布萊恩，我就會砍掉她的頭，所以我建議妳不要那麼做。」

「好吧，那我該叫你什麼？」

他的沉默顯示他還沒想到這點。

蘿思一語不發。馬庫斯．亞各布森正要趕過來，所以她讓那男孩好好思索。

「妳可以叫我敏郎。」他最後說。

高登靠近。「嗨，敏郎。」他說。

「是你嗎，蠢老二？」

高登點頭，回答是。「我知道你是武士。」他繼續說。

那男孩縱聲大笑。「爲什麼？因爲我用的刀子種類？你思考滿敏捷的嘛。」

「或許吧。但可能是因爲你叫自己敏郎。那不是日本名字嗎？武士不都是來自日本？他們不是都使用武士刀？是的，所以你取這個名字。」

馬庫斯進房間坐下後，高登對馬庫斯點點頭。

「我想你指的是演員三船敏郎，螢幕上最偉大的武士。對吧，敏郎？」

他咯咯輕笑。同時聽到他的笑聲伴著他母親沉悶的呼救聲，眞是可怕。

高登看看蘿思，她點點頭表示同意。對，他應該繼續這個話題。

「我們知道你是武士，敏郎。你的金髮髮髻很明顯，不是嗎？」

現在另一端只傳來母親的聲音，輕笑聲完全戛然而止。

「哈囉，敏郎，」馬庫斯插嘴，「我叫馬庫斯．亞各布森，我是凶殺組組長。我們對付丹麥最凶狠的罪犯，我的專長就是找出你這種人，把你丟進大牢，然後丟掉鑰匙。你才二十二歲，但等司法體系把你整治完畢後，你會是個非常老的人，敏郎。當然，除非你慢慢且冷靜地停止你現在正在做的事，並告訴我，我們上哪能找到你，你就能得救。」

「叫蠢老二來聽。」他簡短說，「閉上你的狗嘴，你這混帳！我痛恨你這種人。你再說一個字，我就不再打電話過來。」

馬庫斯．亞各布森聳聳肩，比個手勢要高登接手。

「你怎麼知道我是金髮，還有髮髻？」那傢伙繼續質問。

「因爲我們有你的清楚畫像，敏郎。繪像師按照佛德烈松德路的報攤照老闆的指示畫的，你不是在那買預付卡嗎？我們在登記那些卡，然後就會過去抓你。」

蘿思大吃一驚。這個她光抓住褲襠就能誘惑上床的蒼白竹竿，什麼時候冒出骨氣和膽子來了？

「預付卡在丹麥不用登記，」他回答，「我知道這件事。你把我當笨蛋嗎？」

「不，一點也不，敏郎。但現在，我們在調查你有多聰明，和你在哪裡上學。順便告訴你，我們已經把畫像送到全國的每個教育機構。」

令人吃驚的是，他又開始狂笑。

「那可是數量龐大喔。」他說，「但，聽好，我還暫時不會殺我媽，因為我聽得出來，你們知道她還活著，覺得很有趣。現在你們能練習一點警察心理學了。」

他說「很有趣」？蘿思忖度。那男孩完全瘋了。

「很好，」高登說，「我們奉陪。」

「你還想知道我什麼？」

高登以詢問的眼神看向凶殺組組長，後者抿嘴坐著。他很顯然也知道他們面對的是個瘋子，這很容易就會演變成一個讓凶殺組出糗的案子，如果發展失去控制的話。

馬庫斯點點頭。

「好，敏郎。除了你的年紀和外表，以及你在哪買預付卡外，我們還知道你住在哥本哈根，很可能是棟優雅的大別墅。我們會找到你的，敏郎，但幫你自己一個忙，聽凶殺組組長的話，你自首的話可以入院治療，病情會得到重大改善。」

蘿思插嘴。「這樣你就不用搞砸你的腦袋，漂亮男孩。」她嚴厲地說。現在男孩的聲音聽起來更刺耳了。「妳怎麼那麼確定我會想錯過那個？」

「敏郎，」高登好言相勸，「我保證你會得到公平的審判，如果你肯告訴我你是誰。不然，你就有苦頭吃了，我們會日夜辦理這個案子。你最好知道，我們不會覺得累。」

「很好！那我只能說perseverando，再見。」喀答一聲後，電話斷線。

馬庫斯．亞各布森從他的半框眼鏡凝視過來，表情似乎很不開心。

「他的情況比我想像得還糟糕。」他說，「把錄音檔送過來給我，我要送去給丹麥安全和情報局分析。我們需要火力全開，不然幾天後，我們就得處理一樁大開殺戒的凶殺案。」

蘿思舉起手。「讓我再聽聽他最後一句，高登。」

他移動錄音檔的游標，往後拉二十秒。

蘿思的手懸在半空中，直到聽到那個字。

「他說 presevando 嗎？」她問，「再放一次。」

三人全都豎起耳朵仔細聽。

「不，是 perseverando。」馬庫斯說，「你們知道意思嗎？我可不知道。」

蘿思 Google 搜尋。

「那意味著『堅持不懈』。」她突然站起身。

「我想他洩漏了重大線索。」她嘴巴歪斜一笑，對自己點點頭，「因爲你們知道『堅持不懈』是什麼嗎？那是巴格斯威湖畔那所寄宿學校的校訓。你們看。」

其他兩人立刻將注意力轉往電腦螢幕。

第三十九章　迦利布

迦利布加入丹麥—巴勒斯坦人雅色·舍哈德的聖戰士團時，目的是爲了活著逃離敘利亞。多年來，他一直名列美國通緝要犯名單的頭幾名，而這不是毫無來由的。他最驕傲的，就是可以對擋住去路的人殘酷無情，因此名揚戰爭蹂躪的敘利亞。

迦利布是在幾年前認識舍哈德的，地點是在巴基斯坦首都伊斯蘭馬巴德幾百公里外的一座灰塵撲撲的訓練營。在與迦利布接觸過的數百名各種國籍的聖戰士中，迦利布認爲舍哈德最有潛力。舍哈德不僅聰穎，娃娃臉還能隱藏一股強烈的殘暴，大大的眼睛使人信任，而那抹微笑在更文明的世界裡可以去電影界發展，並在女性方面無往不利。換句話說，舍哈德是高尚的殺戮機器，單純的臉部表情能僞裝殺戮意圖和掩飾暴力攻擊。他也住過丹麥，那一點很有趣，但那會卻讓迦利布想起他現在並不想面對的過往。

在這兩個男人的關係中，迦利布是策畫者。海珊死後，多年來與伊拉克政權的對抗使他變得強悍，手法更爲精緻。他活得像遊牧民族，從來不連續幾夜睡在同一地點，不計代價爲何，永遠掩蓋行蹤。而代價總是無可避免。迦利布是任何游擊戰中的理想主腦，他也希望以此聞名。前一分鐘他還是短髮、鬍子刮得乾淨的男人，用化妝掩蓋下半部臉的疤痕，穿著俐落的西式服裝，活像在聯合部隊間自由穿梭的一般生意人；下一分鐘，他就像野蠻人般在戰場上衝鋒陷陣，衣服滿布血跡，眼神瘋狂無比。

他在扮演這些角色時從不冒不必要的險。儘管如此，迦利布有他無法控制的弱點，而那比任何事都還來得強烈，那就是他對復仇永不停歇的飢渴。自從薩伊德．阿薩迪在十五年前用磷酸毀了他的容、並給穆罕默德殘害他的機會後，他的人生任務就是在已經失去的過去中扳回一城。他每天對這男人最愛的三個女人施虐來報復薩伊德．阿薩迪。然而難題卻在於，若要讓復仇對敵人有所衝擊，它得顯而易見，但拖著這三個女人經過戰爭地區會為他帶來大可不必冒的持續危險。

他在二〇一八年夏季第二次遇見舍哈德時，與舍哈德協議，如果他願意把女人帶去敘利亞，就可以對她們為所欲為，但有一個條件，他必須讓她們活著，如此一來，迦利布才能在稍後去領她們回來。舍哈德同意條件，而為了報答這些麻煩，他也被賦予一個游擊隊的領導權，那個游擊隊在被殺害的危險降至最低的敘利亞某個地區活動，故而他可因此得到榮耀。

迦利布定期和舍哈德碰面，藉此他可以親自確認那些女人是死是活，除此之外，他將所有心力奉獻於尋找阿薩迪。迦利布數度嘗試透過丹麥的遜尼派追蹤薩伊德．阿薩迪的下落，但卻沒有結果，他後來了悟那男人或許並不住在丹麥。所以他追本溯源，在幾個月後發現伊拉克費盧傑有對老邁夫妻。在他用槍抵著他們的腦袋後，他們告訴他那家人在逃離海珊政權後出國了。那是他們說的最後一件事。

那天，迦利布走向位於敘利亞西南那棟被戰爭摧毀的房子，他跪下來感謝引導他至此地的好運。據傳薩伊德．阿薩迪的家人在遠赴丹麥前曾住在這。

花園裡有點點綠意，一隻孤單的山羊被綁著，在溝渠邊咀嚼。但除了山羊外，很難看出他們如何在這棟房子裡勉強度日；而在更平和的時日裡，它曾在這片土地上屹立如寶石。

屋內又是另一番景象。房子顯然遭到惡意破壞，但屋主用剩下來的東西恢復某種程度的過去榮耀和優雅，以表示其對戰爭的蔑視。

他在一樓客廳中央發現萊莉．卡巴比坐在磨破的沙發中，虛弱地捏緊早已熄滅的香菸。

迦利布禮貌地詢問阿薩迪的家人，但萊莉．卡巴比否認認識這些應該和她同住過的伊拉克人。那當然是個謊言──迦利布是名審問專家，能馬上判別謊話──但他不動聲色地離開，沒有打擾她。萊莉在不知不覺中播下一個種子，而那個點子會讓他的計畫開花結果。

三天後，雅色．舍哈德遵照指示，帶著一群游擊隊和薩伊德的三個女人，抵達敘利亞薩阿巴爾。從他們抵達的那一刻起，雅色和他的人似乎精疲力竭，因而產生厭戰的情緒。他們的疤痕和開放傷口見證一路以來和敘利亞政權及其聯盟的龐大軍力纏鬥時，所做出的犧牲。

迦利布在萊莉．卡巴比的房屋廢墟對街的廢棄製革廠紮營，並在那跟雅色還有他的手下會合。雅色一讓手下安頓下來、在製革廠殘骸外坐在他身旁後，迦利布就注意到他已經喪失戰鬥熱忱。這很不尋常。

「我們殺的人比他們殺的還多，但我一路上失去了好幾位人手。到這地區的路上簡直是地獄。太靠近大馬士革，太靠近所有動盪。迦利布，相信我，如果要我們在這裡待超過幾天，我們就不玩了。你懂嗎？」

迦利布點點頭。他懂。過去幾星期，政府軍隊對民兵的壓制讓大地被鮮血染紅，連此地都不例外。

「是的，我們得離開這裡，我知道。我有逃亡路線，我們得往西北走向大海，你們都要把鬍子刮乾淨，裝得像在押解重要犯人，那就是我。你們的證件都準備妥當了嗎？」

雅色．舍哈德點點頭。

「幾天後我們會渡海，我會介紹你給哈米德認識，他是我指定的歐洲行動領導人，那些行動將會震驚全世界。但首先，你和我要去拜訪一位住在對面房子的老女士。」他指指那棟白色房子。「我們會帶著女人一起去。她們聽話嗎？」

舍哈德點點頭，隨後進入工廠，將那三名女人抓出來。

迦利布在看到女人被推出來時不禁微笑。最年輕的羅妮雅模樣淒慘——骯髒、駝背、頭髮糾結——母親和姊姊看起來狀況則好多了，縱使眼底有抹恐懼，連最輕微的聲音都能讓她們畏縮。

「最年輕的是怎麼回事？你沒好好照顧她嗎？」他問。

舍哈德聳聳肩。「我能說什麼？男人比較喜歡她。」

他們進入白色屋子的客廳時，老婦人正等在椅子上。一把來福槍橫放在大腿，像蛇看著老鼠般，緊盯著他們的一舉一動。

迦利布將雙手放在脖子後，朝她走去。

「萊莉，冷靜下來，我是爲和平而來的。」他說，「我帶了一些人來看妳。」

他的眼睛死盯著她，在身後比個手勢。他想看那三個女人被推進客廳時她的反應，但她身體連畏縮一下也沒有。

除了他自己的呼吸聲，他沒聽到任何聲音。時間彷彿停止，他直覺這次似乎導錯了路。

「把她們推進來一點，讓她好好看看。」他對舍哈德的手下說，沒將眼神轉離萊莉的臉，「我想妳看得出來，妳必須把來福槍放下，不是嗎，萊莉？」他試了試，「不然，我們的同伴會心驚膽戰，妳看不出來她們是誰嗎？」

那時他才注意到萊莉瞇起眼睛試圖仔細看。儘管不情不願，她都得妥協。

她慢慢起身，清楚這可能是她生命中的最後一刻，但那份報酬值得。

她走近女人們，伸出手擁抱她們時哭了，但女人們則將頭轉開。

她們是以自身爲恥，還是她們想以此保護老婦人？儘管結局已經無可避免。

「我看得出來妳認出她們了，這告訴我，妳也認識薩伊德。」他邊說邊將女人拉開。

老婦人沉默地瞪著他良久，那名小女兒跪了下來，其他人忍不住啜泣。

「是的，妳聽到我說的了。我說薩伊德，薩伊德．阿薩迪，瑪娃那位懦弱的丈夫，拋棄她和兩個女兒，讓她們墜入比死亡還糟糕的命運。薩伊德，薩伊德，薩伊德。」

每當他提到那個名字，宛如有支矛刺穿他。他原本以爲那會瓦解女人的抵抗和意志，但似乎事與願違。縱使她們經歷巨大苦難和可悲的命運，卻剎時改變態度。光**薩伊德**這個名字似乎就賦予她們力量。茫然的眼神變得警戒，小女兒以虛弱的手臂將自己從地板上推起身。她們全都死瞪著他，彷彿他下一個句子會終結長年來的不確定。

「殺了那個混蛋，萊莉，殺了迦利布！」瑪娃大叫，指著他，「讓我們結束這一切。」

但她沒辦法更靠近一步，舍哈德及時出手把她打倒，她毫無招架能力，躺在地上流血。

迦利布拔出槍，指著俯臥在地的女人的頭。

「很好，現在我知道妳們認識彼此，萊莉。告訴我爲什麼，不然我就殺了瑪娃。先殺她，然後她女兒，最後是妳。」

萊莉的手指按在扳機上，但迦利布憑直覺就知道她沒力氣開槍，拯救三個女人的人生，所以他輕易一抓，就將來福槍扭出她的手，簡單得好似拔鳥毛。

「所以，薩伊德還活著？」老婦人出奇冷靜地問道。

「我沒理由相信他死了，我們要一起找出答案。回答我，你們是怎麼認識的？」

她輕易說出答案。「薩伊德和瑪娃在婚後拜訪過我好幾次，但我從未看過女孩子們。」

迦利布滿意地點點頭。

「你要對我們做什麼？」她問。

「妳們其中幾個人會渡海，那就是妳們需要知道的。」

這似乎沒讓老婦人不安。「那讓我先幫女孩們一下。你看到她們的模樣了，她們無法存活過這麼艱辛的旅程。我可以照顧她們的傷口，給她們食物，只要一兩天。」

「我們沒有時間。」

「沒有時間？告訴我，你和薩伊德有什麼深仇大恨，迦利布？」

他對舍哈德的手下點點頭，示意他們現在可以帶走女人們。接著他轉向萊莉。「迦利布和薩伊德沒有深仇大恨，但作爲阿布杜·阿辛的我倒是有。如果妳再叫我迦利布，我會殺了妳。」

第四十章　迦利布

過去幾天以來，迦利布積極在網路上搜尋，滿意地做出結論：薩伊德．阿薩迪已經咬下新聞稿所布的餌。

薩伊德在法蘭克福報紙上的回覆還附上一張自己的照片，以及碰面的日期、時間和地點的細節。眞實性毫無疑問，儘管那張臉被歲月和憂愁摧殘，他看起來還是老樣子。

迦利布的脈搏加速。那眞的是潑酸毀了他面容和人生的同一位薩伊德．阿薩迪啊。眞主最後終於顯現徵兆，他終於能夠報仇了。

他讀報時大笑，世界上有那麼多地方，薩伊德．阿薩迪現在卻偏偏在法蘭克福。所以，這表示他有透過新聞報導追蹤他們的下落。

他安排在他住的旅館攤牌，那是最好的地點。迦利布當然知道薩伊德已經和所有種類的執法者合作，不然他還能期待什麼？但哈米德確定他們能化險爲夷。

他們的活靶是位典型的阿拉伯人。虔誠的年輕男子蓄著引人注目的鬍子，穿著白色風衣，鬆垮垮的棕色長褲，頭上戴著鉤針帽，所以他們毫不質疑他的信念。哈米德透過電郵指示他，他會在何時何地找到這位異教徒，因此他能靠得夠近而處決他。之後，他的家人將不虞匱乏。那個男人以極度謙卑和喜悅接受這項任務，並願意爲遠大理想服務。

實情是，攤牌將以這位虔誠男子的死亡作爲結束。當他躺在地上的血泊中時，某人會確切引導警方對他徹底搜身。而他們會在那個可憐男人的口袋裡，發現將薩伊德和迦利布帶得更接近彼此的指示。

這就是必然結果。

而那將會使薩伊德失控。

迦利布選擇的柏林基地使哈米德抗議連連。

「我可以找到幾百個更好的地方，爲什麼偏要待在利希滕貝格的這個公寓？這不是個躲藏的好地點。這地區是右翼激進分子的溫床。我說了多少次？除了我們，你有在這裡看過阿拉伯人嗎？」

哈米德第十次從窗簾間窺探下面的街道，迦利布清楚他會看到什麼。他長年以來對這個前東柏林的地區著迷，而且是爲了一個非常特別的理由。

「我們在威丁、十字山或新克爾恩會比較不那麼突兀。」哈米德繼續碎碎念，「這些地區有三分之一的移民，許多人有中東背景。因爲很多人失業，街道上總是生氣勃勃。觀光客不常去那，至少不會去新克爾恩，黎巴嫩黑幫在那勢力龐大。我認爲你選這裡是個錯誤。」

「對，我們是討論過了，哈米德。但現在，警方和情治單位正像瘋子一樣在找我們。他們在滕伯爾霍夫找到巴士時，搜尋會集中在十字山和新克爾恩。移民是住在那裡，而不是這裡。我們只須保持低調，直到出擊前都待在室內，就不會橫生枝節。」

哈米德咕噥，即使在這種情況下，他都知道自己不能逾越本分。

「你買到帽子了嗎？」

他點點頭。「是的，還有配件。非常正統。」

「鬍子呢？」

「也買了，但它們很貴。」他稍微抽抽鼻涕。該死，他現在感冒了嗎？「但它們看起來就像眞的。」他繼續說，「我還買了不同長度的。」

迦利布綻放微笑。往柏林之旅沒有出任何差錯，而在前東柏林的這個公寓非常理想，又離霍恩申豪森監獄紀念館只有幾百公尺遠。在世界上的所有監獄中，迦利布最認同這所監獄的狡猾手法，並從其中獲得靈感。他在阿布格萊布的導師曾教導他，那裡如何處理、小心計畫任何事物的細節資訊。監獄對外界完全封閉，沒出現在任何地圖上。繞過遠路後，囚犯被封閉的卡車載到這裡，因此他們不知道自己會被帶到哪裡，而這是東德祕密警察如何在監獄裡啟動終極恐懼和控制的方式，就像迦利布在伊拉克學到的。囚犯只准仰躺著睡覺，並把雙手放在床單上，窗戶是毛玻璃。而白天，在他們等待接受審訊前，只准在牢房裡走動或站著。最狡猾的是獄警搞混囚犯時間感的能力，他們會在不對的時節擺設耶誕節裝飾。審訊可長可短，持續五分鐘或五小時，囚犯就是永遠不會知道。而最後，使這個世間地獄的形象更完美的是，他們准許許多政治犯由西柏林贖回，但先決條件是要做牙齒檢查。他們將一台強力X光機放在頭枕後方，能對馬上就要被釋放的囚犯大腦造成損害。迦利布從廚房窗戶眺望時，可飽覽監獄景觀。他們等待正確出擊時機前，他可以在那出神站幾個小時。儘管很瘦，他可以一直站到柏林和德國感覺到他們祖先罪行受到懲罰的那天。

眞是美妙的諷刺。

那天早上，迦利布頭一次在網路上看到加泰隆尼亞電視台報導，有關雅色．舍哈德溺斃在賽普勒斯海灘的新聞。在看見昔日盟友的屍體在大浪中載浮載沉時，迦利布只有嘲笑。但他怎麼可能會知道，那個強悍無比的硬漢會在出海的那一刻爲恐慌所困擾，或那個白癡還會像個無助的嬰兒般哀求幫助，並緊黏著他？迦利布若沒推他下海，他們兩人都會淹死。

迦利布搖搖頭。好在他還有哈米德，哈米德已經展現了他能單獨完成任務的能力。他看著這位徹底執行複雜初步作業的完美人選，這位理著平頭、強悍又忠誠的男子是個正確選擇。

客廳傳來的激動叫喊頓時使迦利布困惑不解。他進去時，騷動似乎更加激烈。他跟前站著一位哈米德最得意的助手，一臉憤怒，身邊圍著似乎贊同他的人們。

「我們拒絕穿他給我們的衣服去見眞主。」他邊說邊指著哈米德。

「你是在影射什麼，阿里？」迦利布冷靜地問，「不然要如何？」

「不然我們就要放棄任務。」

「放棄？但我們是聖戰士，阿里，聖戰士是不會放棄任務的。」

「你提議的是褻瀆，我們都同意。那是哈拉姆（注），是違反教律的。」

迦利布慢慢轉頭看著其他人。「你們同意阿里嗎？你們會放棄任務嗎？」

幾個人原本想點頭，但卻沒有。迦利布清楚看出他們舉棋不定。

「我再問一次！這裡有誰同意阿里？」

沒有任何反應，儘管迦利布知道他們在想什麼。

「你覺得呢，哈米德？」

「你知道我的想法。我們的計畫要完成就得靠這個，所以阿里只能接受。」

「嘿，我可不肯。」他對其他人點點頭，態度毅然決然，試圖將他們贏回來。這個發展可不利於他們的任務。

「這讓我很痛苦，阿里。」迦利布說，從土耳其長衫裡拔出槍，指著阿里的頭，「只有你有異議，所以我們不能再用你了。我很抱歉。」

兩位歐洲女子原本站在他身後，看到這一幕後趕緊到他身旁，大喊著要他住手。

迦利布立刻開槍，阿里像自由落體的麻袋般倒在地板上。人們跳得老遠，以免流過地面的鮮血濺到自己。只有坐在輪椅上的荷安．艾瓜達動彈不得。血液流過車輪底時，他的臉變得像屍體一樣慘白。

隔壁臥室裡，迦利布的人質被綁在床上，她們發出驚駭的叫喊。只有哈米德站在原地不動，無動於衷。

「原本天堂之路已經為阿里鋪好。他遲疑了，但我依然對他展現憐憫。今天，往堅奈的門為他打開，他是信仰的眞正之子。」迦利布說道。

「他是你最好的人手之一，迦利布！」潔絲敏尖叫。

看來清理血跡和這場混亂的擔子會落在她身上。

迦利布將槍塞回內袋，轉身背向大家。

現在，包括他自己，他們這個團體只剩十個人。還是足以造成難以彌補的災難。

注　哈拉姆（haram），伊斯蘭教裡的禁戒或非法之意。根據伊斯蘭教規定，穆斯林不可穿著異教的宗教服飾。

第四十一章　阿薩德

阿薩德爲自我懷疑所苦。

他做的是正確的事嗎?在過去幾個小時以來，他腦袋裡只能想著這個問題。

「我該進行到底嗎，卡爾?」他曾問。

「你有別的選擇嗎?」卡爾如此回答。

「選擇?我們在這，而迦利布在柏林。」

「我們還不確定那點，阿薩德。」

「我在柏林有認識的人，我可以去那邊讓他們開始動手調查。」

「你是指黑幫嗎?」卡爾搖搖頭。

「我是指這幾年來我四處結識的人，是的。」

「你覺得找黑幫有用嗎?迦利布會傻到暴露自己嗎?」

「我不知道。」

「那我認爲你得進行到底。如果他想報這個仇，他遲早會在你在的地方出現。我們只是需要有線索可以走下去，阿薩德。或許這是個糟糕的賭注，但你想冒險捨棄機會嗎?」

「你有聽到我的聲音嗎，阿薩德？」

阿薩德點點頭。房間另一頭，賀伯特．威伯的手下站在那，阿薩德對他豎起大拇指。耳機非常小，竟然不會掉進他耳朵。這些情報人員能發明出這種玩意實在令人驚奇。

「別冒險，懂我的意思嗎？」

賀伯特．威伯站在他面前，像老邁的老師般用食指指著他。但除了自己悲慘的人生外，阿薩德知道什麼會有風險，所以他點點頭。

「如果你被殺，迦利布就不會再延後他的恐攻計畫。你知道這點，對吧？」

阿薩德又點點頭。那可能是他最棒的壽險，除非迦利布親自現身。

「仔細看我們昨天拍的這些照片。如果迦利布決定要殺你——雖然你很懷疑這點——你可以看到公園周遭有很多窗戶，狙擊手可以輕易射殺你，所以我們把那些都納入考量。」

阿薩德掃視小公園周遭的房屋立面，到處是窗簾。窗簾、倒影、植物盆栽。東邊有更多公寓大樓，全部都五或六層樓高，有陽台，屋頂還有磚塊蓋的低矮女兒牆。在這個巨大的靶場裡，哪個心智正常的人能聲稱他們已經將一切納入考量？迦利布的幾位狂熱追隨者可能已經拿著來福槍在上面等待。或許公寓樓上已經有幾具沒有生命的屍體——那些輕易就信任來按他們家門鈴的人的住戶。

威伯說，把一切納入考量。他顯然是想奪得本年度最佳輕描淡寫評論獎。

「我看得出來你抱持懷疑，阿薩德，我能理解。但我們已經進過所有公寓檢查，所以放輕鬆，這個地方全在我們的掌控中。我們在各公寓部署了五位狙擊手，所以就算你仔細看，我也很懷疑你會瞧見他們。」

「我們計畫活逮殺手嗎？」卡爾問。

威伯指指阿薩德。「那完全要看這個男人。我們得假設，殺手會執行自殺任務。如果遇上緊要關頭將會很棘手，尤其如果攻擊是從四面八方一起來的話。」

「我知道自殺炸彈客在最後一刻會有什麼樣的眼神。」阿薩德說，「我會在他有機會前制伏他。」

但阿薩德其實在撒謊。他根本什麼都不知道，因為每個準備赴死的人反應都不同。他只曾經從一段距離外看過人們這麼做過。總是從一段距離外，而那就足夠令人覺得恐懼和毫無意義，並深深感受到邪惡的力量。

「那麼廣場、停車場和森林呢？」卡爾不放心地追問。

阿薩德對他微笑。這些是多餘的憂慮，但依舊很令人感動。

阿薩德穿越布魯奇路，走過古考路，朝橫貫公園的路徑邁步而去。時間是七點五十分整。公園以前是座墳場。

就像威伯說的，沒有跡象顯示已經有五位神槍手躲在窗戶後面，從準星監視一切活動。早晨，四周的交通緩步前進。顯然沒有人行色匆匆，儘管在這個商業城市裡，忙碌的人們通常被要求表現出一種彷彿日以繼夜工作的戰鬥式精神。

「只有我們在走動，保持冷靜。」他耳機裡的聲音解釋。

阿薩德冷靜得不得了。威伯動用了這麼多人，阿薩德幾乎為迦利布派來執行此任務的男人或女人感到難過，但只是幾乎。

「稍微走慢點，阿薩德。」那聲音持續說，「有個男人從後面過來了。他馬上就會離開布魯奇路，我們會密切監視他。」

阿薩德將手錶舉至眼前，好像要察看時間。他的確在錶面看到一個男人的倒影，在他身後快步走著。

我再走二十五公尺就會進入射程範圍。他心想，停下腳步。他可以在一秒內拔出外套口袋裡的手槍，他昨晚練習了一整夜。他快速轉身後就能瞄準那男人的肩膀。先是右肩，然後是左肩。

現在那人抵達古考路街角。他在那站了一會兒。

「他有要拿什麼嗎？」他透過耳機問。

「我看不出來。」對方對房間大叫，幾秒鐘後回來，「我同事說他在到處看。現在他朝右邊走了，他似乎只是不確定該走哪條路。我們會繼續監視他。」

「樹上沒剩任何樹葉，但我從我站的地方還是不能看見整座公園。」

「沒關係，我們看得見你。別抬頭，你頭上有支無人機。」

「趕快解決它，這些該死的東西會搞得對方警覺心大起。」

「它飛在三百公尺高，所以不用擔心！一名腳踏車騎士馬上就會從史奇佛大道的方向過來，穿過公園。他是我們的人，讓他過去。他在監視公園的所有活動。」

「這裡可以騎腳踏車嗎？」

「不知道，但我想可以吧。誰在乎？假裝你想上廁所，阿薩德。你可以看到洗手間，對吧？就在你左邊。」

「看到了。我可以看見它後面的遊樂場；我還可以聽到一個孩子在玩，但我看不見任何人。你確定沒人在嗎？」

背景傳來沙沙聲。他們檢查過，但顯然不夠徹底。

「在我出洗手間之前把那個孩子弄出公園，好嗎？」

「嘿，有事情發生了，先待在戶外。你可以看見走古考路從西邊接近的那輛車嗎？它開得很快，我認爲有點太快了。」

阿薩德聽到煞車尖叫時轉身。一名男子跳出車子，站著不動，環顧整個公園。除了風衣外，他完全是一副中東農夫打扮。寬鬆的長褲長至足踝上方，所以打扮符合清眞教規。他頭上的圓形無邊帽是白色的，鞋子的尖頭稍微往上翹。

阿薩德緊抓住手槍。

「他現在走過來了——」他耳機裡的聲音才剛開始說，一聲槍響就迫使阿薩德畏縮一下，所有樹上的鳥兒都受到驚嚇，紛紛振翅飛起。他沒看見子彈來自哪裡，但他看見右邊最大那棟白色公寓有一大片玻璃窗像雨般碎裂掉落。

「該死，」他耳機裡的聲音說，「我們有人中槍了。」背景傳來激烈騷動的吵雜聲。他又聽到一聲槍聲和看見另一片玻璃雨，本能地迅速轉身，及時看見他的攻擊者只在五公尺開外，舉著槍，圓帽掉落地面。

那傢伙扣下扳機兩次，但都卡住。他隨即將槍丟到地上，在他們之間只距離幾公尺時，抽出一把刀，那把刀長得讓人難以理解他怎麼藏得起來。

阿薩德射中他脖子，但他沒倒下來。儘管如此，從上頭來的子彈直接射中他頭部，他終於倒了下來。「還有其他像他這樣的人要過來嗎？」他大叫，但耳機裡沒有反應。

阿薩德文風不動站著。一個孩子在遊樂場嚎叫，而那聽起來不像想吸引注意。

「哈囉，發生了什麼事？」他用腳丫翻動屍體時狂吼。對方年紀不大，眼睛仍舊大張。耳機裡有喀答聲。聲音不同了，聽起來很震驚。

「快離開那裡，阿薩德，那裡不安全。」

「但那個小孩，發生了什麼事？」

「那裡沒有小孩，那只是在丹耐克路玩的一些孩子，就在公園另一頭的巷子裡。一個小孩摔倒，滾落混凝土地面，就這樣。」

什麼叫作就這樣！那足以導致他暫時分心。他們早該把巷子清空。

阿薩德躲到樹後。「誰開的槍？子彈從哪射過來的？」

「我們不知道，所以我們希望你馬上離開那裡。」

「為什麼你不是先前的那個人？」

「因為他死了，阿薩德。他和搭檔都被射中。我正在房間裡看著他們，他們都死了。」

阿薩德震驚萬分。剛在和他交談的人被射殺了。不用擔心。他剛剛還這麼說。他為何不說安全至上，並且自己好好遵守呢？

接著傳來第三聲槍響，這次子彈射中阿薩德在碎石上的影子，就在他的心臟處。

他們對付的究竟是什麼樣的敵手，這下再清楚不過。

阿薩德掃視公園西方的建築。

「你有辦法制止狙擊手嗎？」他問耳機裡的新人。

「有人過去了。」

他沒受到驚嚇，只是靜靜站在那。他周遭是警笛聲和各種騷動。威伯的人手和本地警察全穿著防彈背心，一股腦兒衝向可能是子彈射出的建築。

緊急狀態在超過兩小時後才解除。

賀伯特．威伯在離開旅館的部署位置時，表情幾乎和卡爾一樣震驚。卡爾準備了一瓶礦泉水，威伯臉上則帶著歉意和苦惱。

「我們沒抓到他，阿薩德。我們在地板上發現幾樣東西：彈殼和裝藥片的包裝。就這樣。我們不知道他是怎麼躲過我們的人的，但我們的推理是，他已經在那待了好幾天了，他還和四處檢查那地區的小組人員照過面。」

「根據鄰居的說法，公寓屋主至少離開了十天，在槍聲響前，他們都沒聽到裡面有任何動靜。」卡爾附和。他將水瓶遞給阿薩德，手則按住他的肩膀。

「好在你毫髮無傷，阿薩德。但，你知道，威伯的兩個手下不幸被殺，這令人悲傷的新聞難以逃過媒體注意。我們認爲今天的殺戮是有意爲之，目的在動搖整個德國的安全感。」他往上指著旅館，「你可以看到的，史奇佛大道完全被封鎖線封鎖了，否則我們就得應付大批蜂擁而至的記者。」

阿薩德看著屍體，他周遭的血泊已經轉暗。

「對你的手下和他們的家人，我感到很遺憾。」阿薩德對威伯說，「但我們早該預料到會有這樣的事發生，恐怖分子會給躺在這裡的年輕人掩護，以便執行任務。」

威伯點點頭。「我沒告訴你，我們在槍手所在的公寓裡找到多少彈殼。」

「只有三個，」阿薩德猜測，「兩個殺了你的手下，一個打中我的影子。」

令人驚訝的是，威伯搖搖頭。

說話的是卡爾。「他們發現四個彈殼。同一位槍手開槍射擊了殺手的頭部。」

阿薩德盯著躺在旁邊的男人，他頓時覺得無法呼吸。

「是的，我們認爲，槍手擔心你給殺手喉嚨的那槍不能保證他一槍斃命。我們不懷疑其餘部分，只是讓你知道內情。」威伯說。

「不可原諒！他們連自己的人都殺。」卡爾忿忿說道。

阿薩德看著屍體。太陽穴那槍在左側，所以子彈射來的方向和對準公園另一頭白色建築的射擊方向相同。那兩槍殺了威伯的兩名手下。

卡爾的視線流連在屍體上。「他年紀不大。」他說。

「是不大，我認爲他還沒超過二十歲。」阿薩德說。

大好生命就這樣浪費掉。

卡爾看起來憂心忡忡。「如果他有穿防彈背心，你現在不會還活著。這顯然不是迦利布想要的。他絕對不會想用狙擊手解決你，因爲在你進入公園後，他有的是機會。」

阿薩德甩掉那個想法。「我可以看看嗎？」他問。

威伯點點頭，遞給他一對橡膠手套。

「我想，你和我都認爲，他卡彈兩次不會是個巧合吧？」他邊問邊在屍體旁蹲下。

「嘿，你有什麼發現？」威伯對已經在檢查武器的人叫道。

「撞針被動過手腳。」其中一位回叫。

「你瞧，阿薩德？迦利布不想要他殺了你。」

阿薩德非常清楚是怎麼回事。他小心拉下死者的風衣拉鍊，看見全新和沒皺褶的長衫，他想應該是剛從包裝裡拿出來的。他眞的準備要上天堂。現在會有超過一位母親哭泣。

「他的內袋裡有個皮夾。」阿薩德說，將它遞給威伯，後者以略微發抖的手接過來。稍後當他得解釋事發經過時，他會被攻擊得體無完膚，因爲他是那個得爲兩位手下之死負責的人。

「他的駕照上說他滿十九歲又兩天，前天是他生日。」威伯說，「想到他沒怎麼用到駕照就讓人於心不忍，他才領到駕照四個月。他有距離這幾條街外的圖書館卡，名字是穆斯塔法。」他將皮夾交給鑑識人員，「我們會盡一切力量查出爲何這樣的年輕人會捲入這麼絕望的任務。」

另兩位鑑識人員抵達，仔細淘空死者的口袋，東西則放在鋪在地上的塑膠布上。白色手帕、一封市政府的來信、加起來總共二十五歐元的鈔票和銅板、再也用不到的鑰匙。還有一張紙條。

恭喜你大難不死。

下一站是柏林。小心所有綠色開放廣場，尤其是鴿子低飛的地方。留心，薩伊德，你的時間所剩無幾。待會見。

「鴿子？」威伯搖搖頭，「那是那位年輕人的比喻嗎？」

「你是指？」他的一位小組成員問。

「那可憐的男孩不就只是傳遞訊息的信鴿，他的生命是郵資？這個迦利布混蛋是有多憤世嫉俗？」

阿薩德深吸口氣。或許現在德國人終於了解自己對付的是怎麼樣的對手了。純粹邪惡，此外無他。

他瞪著紙條良久良久。

時間所剩無幾！

而柏林太大了。

第四十二章　蘿思

蘿思和馬庫斯·亞各布森在網路上深入挖掘「堅持不懈」這個拉丁箴言的背後故事。同時高登也沒閒著，忙著用電腦弄東弄西。

「我把男孩的畫像送到巴格斯威寄宿學校了。」他說，「希望會有結果。」

蘿思對這點很肯定。「我的直覺告訴我，我們追查這條線索是對的。『堅持不懈』這個成語不就是那個男孩整個存在的基石？光他堅持要在遊戲中抵達二一一七勝的毅力，就足以告訴我們這點。那男孩顯然知道這個成語的意義，所以這表示他接受過某種嚴厲的教育養成。巴格斯威寄宿學校的校訓就是這個拉丁成語，兩者一定有關聯。」

「我們不能查出他在玩什麼遊戲，據此推論出他在哪裡買的嗎？」馬庫斯說。

高登嘆口氣。「現在這種時代，說到買軟體，最常見的是從某個平台下載遊戲。我認爲從那個管道追查的話，我們完全沒有找到他的希望，尤其是已經沒多少時間了。當你想到他是孤狼類型時，他玩的遊戲就不太可能是像『絕對武力』系列那類典型的多人線上遊戲。再者，他也有可能是在很久以前就拿到遊戲的。我問過一些遊戲專家和電腦達人，但不幸的是，他們完全不知道我們如何能追查出他是在哪弄到那個遊戲的。」

「那是個射擊遊戲，對吧？但遊戲裡會不會有近戰武器，比方像武士刀？」馬庫斯想了又想後說。

「我很懷疑。刀子，有可能，但不是武士刀，不然我們就得追查完全不同的遊戲。比如『鬼武士』，它是種PS2遊戲。」

「PS？」馬庫斯一頭霧水。

高登不由得微笑，這是明顯的代溝。「PS！它是PlayStation的縮寫，馬庫斯！」

「好吧。」他聳聳肩，「你看得出來，我不在我的舒適圈。但我的確知道，我們該請負責管理基地台的人來協助調查。我也知道，如果只是靠查預付卡和他打電話的短暫時間，可能沒辦法有任何進展，但我會問我們在丹麥安全和情報局的朋友看看他們能做什麼。」

「好，或許我們能縮小範圍到幾百公尺內，至少那時我們會知道他是從哪個住宅區打來的。」高登說。

但蘿思知道那只是一廂情願。

凶殺組組長離開一小時後，他們接到巴格斯威寄宿學校的行政團隊成員的電話。她很友善，能力很強，做了所有她該做的事，但答案卻令人失望。

「我只是想確定，你們說他二十二歲？」

「是的。」蘿思回答。

「好，因爲對我們來說，搞清楚現任教師有沒有可能教過他，顯然很重要。」

「嗯，那是他的年紀。」

「那恐怕我的答案會讓妳失望，因爲沒有老師認得在你們電郵中的那個男孩。當然，那讓我們很困惑，因爲他如此熟悉我們的校訓，但可惜答案是不。那男孩沒讀過我們學校。」

蘿思掛掉電話後，將所有能描述她目前挫折感的髒字都罵了一遍，那可是落落長的列表。

「我查過了，沒有任何其他教育機構以任何有意義的方式使用『堅持不懈』。」高登說。有意義的方式！這說法眞是蠢斃。她會該死的給他看什麼叫有意義的方式。

「我們只能等他再打電話來，問他那個成語是源自哪裡。」他以不好的預感繼續說道。不是有人的生命正陷入險境中嗎？

等待又等待。蘿思忖度，分秒必爭下應該改採緊急戰略。

「等等，高登，我有個點子。」蘿思說，「你和夢娜討論過這個案子，所以我要打電話給她。如果有人能幫我們爲這男孩做人物側寫，非她莫屬。」

她打警察總局心理部門的內部電話，但顯然沒人在辦公室。

「她現在不是應該在上班嗎，高登？」

他看著筆記本點點頭。「打去她家看看，也許她今天提早下班。」他建議。

蘿思打夢娜的家裡電話，但接電話的人不是夢娜。蘿思不認得這個嚴峻刺耳的聲音。

「我是瑪蒂達。」某人在一片吵雜的尖叫聲中回答，「給我閉嘴一下，路威和賀克特。」但看來她的叫喊沒有用。

「我是警察總局的蘿思・克努森。我能和夢娜講話嗎？」

「不行，她今早住進王國醫院。」

蘿思大吃一驚。這麼嚴重的事情，口氣卻如此冷淡。

「住院？我很遺憾。請問妳是誰？」

「她就是這副德行，我媽顯然沒告訴任何人她有個叫瑪蒂達的女兒。對我來說有點不幸，不是嗎？」

「我很抱歉。我和妳母親不是很熟，我們只是同事關係，希望不是很嚴重的病。」

「五十一歲的女人搞到自己懷孕，又差點流產，當然是很嚴重。」

蘿思想像卡爾的表情，這會讓他很難熬。

「她沒有流產吧，有嗎？」

「差一點。我還沒準備好在三十三歲時突然有個同母異父的手足。妳覺得呢？妳懂我的感受嗎？」

我什麼也沒說，妳這隻小母牛。蘿思想道，「她住在哪個病房？」

「當然不是產科病房。」她刺耳地大笑，「路威和賀克特，閉嘴，不然就滾出去。」

蘿思在醫院婦科病房的走廊底端的房間裡，發現皮膚透明到慘白的夢娜。

「蘿思，是妳嗎？妳人眞好。」她說。

蘿思看到夢娜的眼神上下打量她，但她不在乎。她們有整整兩年沒見到彼此了，而在這期間，她有足夠的時間胖上二十公斤，誰不會注意到呢？

「妳沒事吧？」蘿思直截了當問道。

「妳是在問我會不會流產？」

蘿思點點頭。

「這幾天就會知道。妳怎麼知道我住院？瑪蒂達沒打電話給妳吧？」

「喔，妳是指那位用耐心照顧路威和他朋友的溫柔女兒嗎？」

夢娜咯咯輕笑起來。看來她沒那麼垂頭喪氣。

「不，我打電話去妳家是想建立人物側寫，但我現在不該拿那來煩妳，儘管那有點緊急。」

「有點？」

「這個，其實是很緊急。」

「那個一直打電話給你們的男孩，對吧？」

蘿思只能點點頭。

半小時後，護士認爲病人需要休息了。

「再五分鐘就好。」夢娜對護士助理說道。蘿思也注意到，夢娜眞的該休息了。

「妳解釋了可能的事實。」夢娜推論，「我可以清楚描繪那男孩的個性。」她輕敲放在羽絨被上的畫像，「考量到那男孩用那麼殘忍的方式殺害父親，現在又威脅要對母親如法炮製，你們得問自己，這家庭是有哪種功能失調現象。」

「妳認爲他是個精神變態，或純粹只是有精神疾病嗎？」

「嗯，不是傳統定義上的精神變態，縱使他完全缺乏同理心暗示這點。光是他有想傷害素昧平生的人的意圖就指向那個方向。但像他這樣住在自己的小小世界裡的傢伙，可能深受各種心理疾病所苦。他顯然有精神障礙，但在我看來，似乎又在很多層面上能夠控制自己；而根據傳統診斷方式，又不能斷言他有精神疾病。他並不像精神分裂症，但某種偏執狂和漠然常結合在一起，導致行爲無法預測。在這個時代，我們的社會產生許多像那樣的人，自我中心和漠不關心，那是我們時代的詛咒。」

「嗯，我想我感覺得到妳已經有個理論了，夢娜，快在他們叫我離開前和我說。」

她有點不太舒服地調整身子，彷彿躺著讓她下背痛。

「聽著！如果這樣比較好，我也可以明天再回來，夢娜，和我明講就好。」

「不，不，我很好。」她伸手去拿水杯，喝了一點，溼潤雙唇，然後她綻放微笑，將手按在肚子上。

「我想寶寶沒事，**必須**如此！」

「我該和卡爾說嗎？」

「不要現在。但如果這件事拖下去，我希望他回家。」

「好。」

「回到我的理論，妳是對的，我對這案子有種感覺。妳有想過什麼時候一個正常的二十二歲男人會用『堅持不懈』這種成語嗎？」

「機率很小。」

「沒錯，除非他覺得好玩，或是出自惡作劇。他只會在覺得絕對自由和全然掌控一切時那樣說，妳懂嗎？」

「我不確定，妳是說那也許不是他自己的表達方式？」

「那是他自己的表達方式，但不是寄宿學校教他的，是他的父母。我猜他是獨生子，而他母親，或更可能是他父親，在他孩童時期對他有高度期望，這讓他覺得無路可逃，導致他痛恨周遭世界。」

蘿思現在跟上夢娜的思路了，她當然能體會。「當然，是父親在後面鞭策他接受的。『堅持下去，孩子，持續努力，永不放棄』，所有那些狗屎，我確實了解妳的說法。」

夢娜盯著她瞧良久，什麼話也沒說，因爲她知道蘿思的想法。蘿思也在父親陰影籠罩下活得很難受，而這會造成致命後果。

夢娜深吸口氣。「沒錯，那是我的理論。男孩的父親在那個道德高尚的成語裡長大，年紀大一點後，他期待兒子像他一樣，就像自己小時候被教育的那般。而男孩讓他失望，因爲他無法達成『堅持不懈』的期待，這轉而使男孩和父親間發展出互不尊重和功能失調。那是我的猜想。」

「所以，父親可能才是去上巴格斯威寄宿學校的人？」

「對，我想是如此。」

「嗯，那並不會使我們的調查變得更容易，夢娜。所以他父親是誰？他可能是任何四十二歲以上、上過那個學校的人。我們講的大概是兩百人，甚至更多。我還沒去查他們每年收多少學生。」

「我知道，你們沒時間了，所以不能追查這條線索，但你們能拿我給你們的人物側寫去質問那個男孩。」

「怎麼做？」

「告訴他，你們知道他父親是巴格斯威的學生，你們快查到他的眞實身分了。你們了解有那種父親，他的成長過程一定很艱辛，那一定很悲傷和寂寞，因爲他沒有可以充作緩衝的手足。你們也知道，他母親在他父親不斷提出不合理的要求時，從未挺身捍衛過他。」

她考慮自己的推理後又繼續說。

「記得告訴他，如果他自首，法庭會認爲情有可原，尤其是他有導致心理恐懼的這類嚴苛成長背景。他應該立即釋放他母親，以展現他有尋求和平解決方式的意願。不要讓他有任何絲毫懷疑，讓他知道你們完全不同情他父親，而在任何一種情況下，他父親都是壞蛋。或許這足以拯救他母親和任何他發洩憤怒的對象。」

「那，那個在他牆壁上的受難者呢？妳想是什麼引發一切的？」

「我想那是對漠不關心的憤怒。所有他曾經歷過的和他對其他人所展現的漠不關心和敵意，而當他選擇懲罰這種無止境的漠然，也就是人類的罪孽時，卻又將它當成一種武器。」

「哇。」蘿思說。

「是的，但從另一方面來說，也可能是二一一七號受難者讓他想起某人或他喜歡過的人。但我想，妳已經有足夠讓他鬆口的東西。如果奏效，我知道妳和懸案組是能利用這點的最佳專家。」

「我們會盡力。謝謝妳，夢娜。爲表示我的感謝，我能爲妳做點什麼嗎？」

她點點頭。「妳可以照顧路威，妳能爲我那麼做嗎？瑪蒂達照顧路威的方法就像虎鯊，不但吃掉年輕虎鯊，而且在她還在子宮裡時，就獵捕和吃掉自己的手足。瑪蒂達毫無母性本能。所以，妳怎麼說？」

蘿思嚥口口水。這眞是讓人震驚的要求，但她得立刻找到解決方案，因爲路威是個小魔鬼，幾秒鐘內就能毀了她的公寓。

「妳能住在我家，蘿思。」

蘿思再度呑嚥口水，這不是個好主意。

「這樣好了，夢娜，」她說，「我有個更好的點子。我會叫高登去接他放學，他可以跟他住。」

看來她得犧牲一下，和高登做愛個一兩回了。

第四十三章　荷安

儘管沒有人說話，晨禱還是驚醒了他。那總是在相同的時間，總在控制之下。或許那是他的劫持者最讓他害怕的地方——他們在信仰上展現完全的紀律。這個信仰以他無法了解的方式控制他們的生活和思想。有時他是眞的嫉妒他們。在巴塞隆納，負責他宗教養成的神父並未灌輸他眞實天主教徒應有的集體基礎思想。

他房間隔壁的客廳裡傳出的聲音，表達出相反的宗教情緒。共同精神擁抱了作爲平等個人的他們，賦予他們抱持在來生抵達天堂的希望，並使這個世界的艱苦人生堪可忍受。

他轉頭面對那個負責幫他換尿布的男人，想對他表達一點感激之情，儘管他所忍受的羞辱讓此舉難上加難。

「你馬上會加入我們。」那男人說，像往常般給他注射一針。他站在那瞇著眼睛片刻，等待即將來臨的噴嚏，然後噴嚏聲突然爆發。接著他從口袋裡拿出一張衛生紙擤鼻涕，最後離開。

荷安與膠帶掙扎。他在過去幾天裡嘗試過無數次，總是趁他身體再度癱瘓前的寶貴時間內想辦法掙脫。結果每次都後悔萬分。他的手腕不僅磨得紅腫又破皮，現在傷口還開始感染。

半分鐘後，藥物開始奏效，荷安的頭垂至一邊。他可以感覺到頸部肌肉的拉力，但他無法自我控制。

祈禱跪毯捲起，沿著踢腳板收好，此時荷安被推進來。迦利布走進柏林公寓的寬敞客廳時，

第2117號受難者
VICTIM 2117

每個人都準備就緒，滿懷期待。哈米德陪在他身邊。

「今天，我們會舉行第一次服裝練習。我們還不知道這場秀何時會上演，但我們練習越多次，最後效果就會越好。我們想要自然俐落的整體效果，對吧？」

每個人都點點頭。他們前方地毯上的血漬使得他們毫不懷疑和迦利布合作會危險重重。

餐廳門打開，兩張輪椅被推進客廳中央。

自從在二一一七號受難者的屍體被拖上岸、兩人站在旁邊尖叫後，那兩位來自阿依納帕海灘的女人顯然一下子老邁許多。

年紀較長的女性現在如此平和安靜。她的嘴總是大張，幾顆磨損不堪的老舊牙齒露了出來。*如果他們虐待我夠久，我看起來也會那麼慘*。他心想，但內心卻猛搖著頭。他竟認爲自己能活得久到發生那種事，實在很愚蠢。這場表演不就是他的死亡序曲嗎？他敢肯定。

他嘗試用所有力氣對年輕女人微笑，但就是沒辦法。她穿著單薄的衣服，情緒如此低落，眼底有抹恐懼。

*妳看過什麼呢，女孩？*他想著，這時從通往客廳的一扇門後傳來聲響。

那聽起來像需要上油的車輪。邊門打開時，每個人都轉過去。是那個瑞士女人，於是整個團體發出驚喜的嘆氣，可能甚至是鬆了口氣。

當一位瘦弱年輕女人被年輕男人推進來時，兩個男人甚至鼓掌起來。那位女性的臉頰上有個狹長的胎記。荷安從未見過那個男人，他看起來像是年輕男孩，可能甚至不滿十八歲。他進門時溫和地笑著，態度有點疏離。或許那個可憐的男孩不知道他惹上了什麼樣的麻煩。

「現在我們的輪椅遊行完成了。讓我來介紹阿菲夫；他是個好男孩，儘管有點遲鈍。」迦利布溫柔微笑。這是怎麼回事？那很令人驚訝。他們看著彼此的方式似乎如此濃情蜜意，如此親暱，奇怪地與周遭所有事物隔絕開來。荷安實在無法描述是哪裡不對勁，但直覺那是件很重要的事。

「阿菲夫不會參與我們的準備工作，但他會是一個很好的棋子。長相溫和，天性敦厚，誰會懷疑有這種男孩的團體會計畫恐攻呢？」

然後一個嗚咽聲讓每個人陷入寂靜。那是那三個女人看見彼此的時刻。儘管最後抵達的女孩也全身癱軟，但所有注射藥物都無法控制激動情緒帶來的大量淚水。甚至連另外兩個坐輪椅的女人的表情都像這是祈禱的回應；彷彿她們的身體現在雖然好像臣服於死亡，但她們之間的凝視則成為每個人喪失良久的生命線。那條生命線在她們的無奈下，同時被斬斷。

嗚咽沒有稍歇，但迦利布充耳不聞。

「就像你們看到的，薩伊德．阿薩迪一家團聚了，所以我們現在總共有四位坐輪椅、全身無力的人，每個都有自己的任務。小女兒，羅妮雅．阿薩迪是第一次加入我們，她已經和阿菲夫共處幾個月。而為特殊目的設計的輪椅就放在原本巴士後面的箱子裡。」

幾個人湊近去看，其中一人蹲下來，撫摸座位下的棕色盒子。

「我們這位稍微有點感冒的聰明朋友，奧斯曼，很正確地注意到這不是一般的輪椅電池。你們無疑已經猜到，羅妮雅將會完全無法自行操作，所以阿菲夫會從後面推她，因為輪椅其實根本沒有電池。」他大笑了一會兒。

「阿菲夫，你可以回你的房間了。」他說，聲音中仍舊帶著某種溫柔。

那年輕男人機械式地拍拍羅妮雅的臉頰數次，他似乎腦袋不太靈光，接著跨大步離開。

「哈米德將透過遙控器引爆盒子內的炸彈，那算是老套了。」迦利布繼續說，「我們的新穎手法在於爆炸分兩個步驟。首先，椅背會炸開，隨即是座位下的盒子。」

荷安恐懼地看著另兩位坐在輪椅上的女子。這母女三人久未團聚。但她們剛才的嗚咽是因爲看到最小的女兒還活著，所以鬆口氣嗎？或者她們所發出的微弱聲音，其實是在表達無法描述的恐懼？

荷安再度望向那位小女兒。她激動的心臟跳動如此快速，即使從幾公尺遠處，他都可以看見她脖子上的脈搏狂跳。

接著哈米德往前走，站在羅妮雅的輪椅前。

「你們可以用這個角度看這件事：這不像你們想的，只是一般的自殺任務。你們不會穿炸彈背心，也不會用手榴彈將自己炸成碎片。我們會向世界顯示，眞正的聖戰士如何將命運掌控在自己手裡，並展現勇氣和決心。」

阿拉伯文在客廳裡迴盪，許多人向哈米德鞠躬。驕傲的臉轉向彼此，幾個人舉起食指，抬頭望著天花板。

哈米德轉身面對小女兒，拉起她的衣服。衣服下的她如此瘦弱，她的身體幾乎消失在椅子內。接著，哈米德的身軀擋住荷安的視線，但他清楚聽到金屬的沙沙聲。

「這裡，」哈米德轉過來時說，「這是羅妮雅的衣服隱藏的武器之一。」

他舉高一個小型武器。

「我可以看見你們在微笑。你們是對的，我們選擇猶太人最邪惡和最有效率的武器，實在是很諷刺，但九釐米烏茲衝鋒槍是完全符合我們目的的傑作。它只有一公斤半重，長六十公分，每分鐘可發射數百枚子彈，準確度極高，射程可達一百公尺。不久後，你們都會熟悉這種武器。你們之中有幾個人有使用過它的經驗，所以能幫其他人練習並跟上進度。」

荷安原本以爲自己的雙手一定會無法控制地顫抖，但當他低頭，卻發現雙手完全沒有反應。

哈米德擤擤鼻子。「你們都知道要穿什麼，所以我們不需要再討論這點。但我們得發給大家這個。」

他拿起靠放在牆壁旁的帆布袋，打開。

「這些是品質最佳的防彈背心，你們看它有多輕薄，多容易隱藏在衣服下面。我們不得不讚嘆軍火商能製造出這麼好的款式。它設計如此精良，你會覺得它就像是一般黑色西裝的背心。」

眾人再度鼓掌。

「連你也有一件，荷安．艾瓜達。」他將它丟到荷安的輪椅前。

「我看得出來你很困惑，但現在是時候告訴你你的角色了，我們不想讓你在這次行動中喪生；我們會把你部署在遠離爆炸距離外，你很安全。你會是歷史上第一位記者，不僅目睹恐怖攻擊的準備工作，還擁有前排觀賞座位的殊榮，可供你日後描述我們的行動是如何執行的。這次全世界不只會在恐攻幾個小時後，看到散布在碎石堆的鮮血和身體殘骸的照片；全世界還會透過你的眼睛看到一切事發經過，你會爲此接受採訪，你將會一再地描述這件事。」

荷安聽到這個駭人和憤世嫉俗的消息後，腦子裡一下子突然產生許多無法消化的思緒。這消息如此嚇人，但又同時讓人鬆口大氣。他會活下去，他心跳加快，但代價會是他的剩餘人生會活在被可怕景象蝕刻心理的陰影下。荷安馬上知道，當恐攻發生時，他會從此變一個人。當他知道不僅有無辜人們馬上就會死，而他還得被迫觀看，聽到尖叫聲，看到血肉炸開，且完全無法阻止暴行，他事後如何能不受良心苛責，繼續活下去？

接著，哈米德拿出一個戴在頭上的GoPro專業攝影機，就是那種《日之時報》薪水最高的記者在報導時用的機款。哈米德將它套在荷安頭上。

「很酷，不是嗎？」他對周遭的微笑臉龐說，「荷安的無辜表情、外表殘障和頭上的小攝影機幾乎會讓人感動。想像一下，四個坐著輪椅的人會受到何等的尊敬和同情。」

哈米德大笑，轉向迦利布。

「然後還有最後兩件背心。請你向我們描述一下好嗎，迦利布？」

他再度微笑，而在這種狀況下一般人應該笑不出來。荷安憤怒異常，他心中激盪著對人類的同情。他很希望自己能把手指插到耳朵裡，不去聽這個恐怖計畫。

「謝謝你，哈米德。」迦利布說，「最後兩件背心是要給瑪娃·阿薩迪和她女兒奈拉穿的。傳統炸彈背心可以用遙控器引爆，但我們更聰明，準備使用引爆羅妮雅的炸彈的遙控器。首先，羅妮雅的輪椅椅背的炸彈會被引爆，四十秒後是奈拉的，再二十秒後是瑪娃的。」

荷安差點吐出來。儘管她們攤在輪椅上，三個女人的眼神恐懼到讓荷安害怕其中一位會心臟病發。淚水潺潺流下她們的臉龐，眼睛眨得飛快。她們不再嗚咽，因爲連那樣的力氣都沒有了。逼她們聆聽這一切實在太過可怕無情，她們的驚懼與憂慮一定正活生生啃食著她們。

「你們都了解我們爲何要這麼做吧。你們都會有時間開槍，並從輪椅那尋找掩護。如果行動照計畫進行，你們中有許多人能逃過一死，或許甚至所有人都不例外，天堂之路會更漫長。但如果你們活下來參與我們的下一個任務，得到的榮耀會更大。Inshallah，但憑眞主的意願。」

幾個人再次鼓掌，但那個瑞士女人往前走一步。她看著迦利布，滿臉質疑。

「炸彈被引爆時，我們到時得全走向不同方向，誰又會掩護我們？我們難道不該排練隊形，或都在同一地點尋求掩護嗎？」

他點點頭，表示嘉許。「好主意，但我們不會這麼做。我們已經把所有可能性納入考量，如果你們分散開來，每個人冒的險會比較小。我們有位神槍手會掩護你們。我們在法蘭克福時實際用過他，他已經證明他的槍法卓越。你們不認識他，也不會和他打照面，但他今天已經在指定地點就位，準備好了。如果你們擔心他在我們抵達之前會被逮到，放心，我向你們保證。他是你們所能想像皮膚最白的改宗者，所以沒有人會懷疑他。他的外號是少校，曾在巴基斯坦受訓，過去三年來都在打野戰。」

現在每個人都像瘋子般鼓掌叫好。荷安的心臟因用力推送血液到癱軟的四肢而發疼，雙頰發燙。這實在太可怕了，邪惡到不可置信，他眞希望他們下次給他打針時會意外注射過量。他無法知道在恐攻後，他還能不能正常活下去。

如果他沒發現巴塞隆納海灘上的電台人員，他的命運就不會有這麼殘酷的轉折。

第四十四章　卡爾

一群鑑識人員正在檢查停在柏林巴瓦德路遊樂場對面停車場裡的巴士。他們在巴士裡裡外外採集跡證，將車內的東西丟到路上：座椅、行李架、馬桶、在後窗旁發現的大箱子、蘋果核、紙巾。他們幾乎把所有能拆解下來的東西都拆下來了。

「我們會發現可以循線追查的線索的。」總督察這麼說過，但四小時後樂觀的氣氛在消退。

清晨四點左右，賀伯特・威伯在法蘭克福的旅館被叫醒，得到通知，警方在柏林滕伯爾霍夫舊機場的北方發現一輛巴士，它絕對就是恐怖分子用過的那輛，因爲後面有U型升降機。之後，威伯的同僚載著所有設備，包括阿薩德的袋子，只花一小時就準備好要前往柏林。

二十分鐘後，卡爾、阿薩德、威伯和他最親近的助手就在法蘭克福機場接受安檢。

現在，數小時後，小組全體集合，審視沿著巴瓦德路從遊樂場到烏班路這一段右線道上散布的各種巴士零件，彷彿它們是墜機的殘骸。

「我們得假設他們在某處讓乘客下車，然後司機開來這裡棄車。」威伯說。

卡爾點點頭。「我同意。如果他們不想要我們找到它，他們絕對不會把車停在這麼明顯和糟糕的地點。它被特意停在這裡好讓我們輕易找到它，並想誤導我們推想這團體就在附近。這一區有很多移民嗎？」

一位開著特殊造型雪佛龍的男人自我介紹是總督察，其實警階或頭銜對卡爾來說毫無意義，他只希望那男人能提供答案。

「這一帶是有很多移民，沒錯。」

「那我認爲我們不該在這裡找他們。想想他們在法蘭克福的落腳處，那顯然不是我們一般會去查的地方。」

但阿薩德存有懷疑。「但卡爾，你說不準這些人。或許他們這次又住得靠近車子，因爲他們在法蘭克福時就是如此。就像你說的，那不是我們最容易想到的住宅區類型。」

卡爾環顧四周。這是個無聊但愉快和平的社區，相當開闊，沒有太多公寓高樓街區。

「我並不眞的了解這個城市。」他這可是某種輕描淡寫。柏林對他而言只是令人印象深刻的歷史紀念碑和建築物的總和，比如布蘭登堡門和查理檢查哨，也別忘了大分量的德國酥脆豬排和好幾桶好幾桶的啤酒。

「我們究竟在哪？」他問總督察。

他指指四周。「我們正站在十字山，這一區有許多移民。再朝西北一點有米特區，東方則是阿爾特—特雷普托；再往上是潘科和利希滕貝格；我們南方是新克爾恩，另一個住有許多移民的地區。你得了解，柏林就像個叢林，在城市所有地區，獵物和掠奪者在彼此間自由移動。當然，我們會盡力找到這些人，但坦白說，我們不僅得和時間賽跑，也必須和各種理念、意識型態、不同志業的人們接觸後再過濾訊息，而這就是你在這種規模的大城市裡所要面對的難題。這不僅是大海撈針，更像企圖在沙漠裡找到一粒沙，而且蠍子和蛇還在伺機出擊。了解和掌控這種局面需要時間，而我認爲那恰好就是我們所缺乏的。」

這個聰明的笨蛋。「那監視器呢？」卡爾問。

他點點頭。「看看你四周，注意一下街道。這一帶有太多巷子、太少監視器，甚至更少的時間。我們也許可以從商店非法架設的監視器裡找到他們的畫面，但連那都得花時間。」

卡爾嘆口氣。「我想挨家挨戶查訪也不會有人能給我們巴士從哪個方向來的線索吧？」

「毫無希望。」威伯對那個點子發表評論。眞讓人氣餒。

「有人試圖破解廣場和低飛的鴿子那個謎題了沒？」阿薩德問。

「是的，我們已經有十個人在想辦法破解。」總督察回答，「我們辨識出所有有鴿子的廣場。但和其他大都市相反的是，柏林實際上沒有很多鴿子。」

卡爾一臉困惑。「你是什麼意思？」

「沒錯，這也讓我驚訝。我們隊上有幾位業餘鳥類專家，他們告訴我，和二十年前相比，柏林的鴿子總數掉到少於當時的三分之一。」

「所以現在是有多少隻鴿子？」卡爾好奇追問。

「大概一萬隻。牠們最大的威脅來自高樓改建，建築上還有網子、鐵絲網和尖刺使牠們不易築巢。」

「柏林對鴿子反感嗎？比如太多鴿屎？」

「呃，你是問我個人的意見嗎？」總督察問。

「是的。」他不是正兩眼直視著他嗎？這還用問？

「我完全不反對鴿子。牠們的糞便比狗少多了。柏林這城市一年的狗糞多達兩萬噸，在我看來，情況嚴重多了。」

卡爾非常同意。在他當社區警員的那幾年，他幾乎每天都會惹惱他的同事，因爲他鞋底總散發著大家不會搞錯的惡臭，那時他還得坐在警察局裡花時間寫詳細報告。

「柏林還有很多蒼鷹，」總督察繼續說道，「牠們也控制著鴿子總數。」

「蒼鷹？」阿薩德問。

「是的，柏林有超過一百對，這現象其實很獨特。」

「蒼鷹在樹上築巢，對吧？」阿薩德明知故問，「那我們該請小組畫出城市中蒼鷹最多的區域。」

「爲什麼？」

「如果我是鴿子，而天空中有蒼鷹的話，我會飛得很低。」

有趣但不太管用的假設。卡爾心想，帶著試探性的微笑看看阿薩德。他現在坐在板條箱上，瘋狂研究柏林地圖，絕望地需要鼓勵。他每五分鐘就看一次手錶，彷彿要用意志力叫時間停止。

「有找到任何線索嗎？」總督察對鑑識人員叫道。

他們搖搖頭。

一位鑑識人員走近他們。「巴士後方簾子後面藏了個箱子，內襯曾鋪有聚乙烯防塵布。我們在碎片上找到一小塊布，其餘都被移除了。我們不確定放在箱子裡的東西是什麼，但我們的爆裂物質測儀器偵測到爆裂物。」

如果威伯對此感到驚訝，他也沒有顯露分毫。

「那顯然讓人擔憂。」他說，「那馬桶呢？」

「只有一般的化學物質。他們應該在停車地點使用馬桶。」

威伯對手下點點頭。「那也沒讓人得到任何正面答案吧，我猜？監視器呢？信用卡帳單？」

總督察搖搖頭。「還沒查到那裡，但我們在幾個椅背上找到長髮。我們該送去DNA採樣，以便和我同僚在法蘭克福找到的比對嗎？」

總督察看著威伯，後者搖搖頭。

「這是他們的巴士，所以我們相信比對會相符。但老實說，在這種情況下，這對我們有啥好處？喔，但還是送去比對吧，只是我們不會等結果出來。」

「你有檢查過巴士周遭嗎？」卡爾問，「或許他們會意外弄掉什麼東西，或丟掉他們不該丟的東西。」

「我們唯一找到的是用過的衛生紙。我想座位下也有，我會再對它們進行確認。」

「很好。」威伯說。他看著兩位丹麥人和他的助手，表情試圖傳達一絲希望，儘管現實中希望越來越渺茫。

然後他的手機響起。

他站在那稍微後仰著背，將手機貼在耳朵旁，面無表情瞪著天空。接著他瞇起眼睛，往上指了指。卡爾沒看見任何東西。

「你瞧，」他邊說，在講完電話時邊向上指著，「有隻蒼鷹乘著氣流在盤旋。」他微笑，但想起他剛才聽到的消息，「我們在法蘭克福的人有他的照片。」

「誰的？」

「那位射殺我們的人的狙擊手。」

「見鬼，那我們有機會阻止他了。」卡爾脫口而出。

威伯輕輕搖頭。「是公寓大樓的一位住戶在槍擊案幾天前從陽台拍攝的。你可以清楚看見那男人的臉，他那時正朝走廊入口的門走過去，手上提著小箱子。他的臉讓人有點震驚，可能會讓事情更加複雜。」

「爲什麼？」卡爾問。

「爲什麼？首先，那不是隨隨便便一個普通人；第二，住戶已經將那張照片賣給一家商業電視台。所以，殺手的身分很快就會在媒體曝光，鬧得整個德國沸沸揚揚。」

「好吧。但那不是更好嗎？」

「那要看你怎麼看。那男人實際上在德國家喻戶曉。他是德國人，名叫迪特．包曼，前德國陸軍少校。他在二〇〇七年派駐阿富汗，九個星期後就被綁架，很久一段時間以來都音訊全無。後來阿富汗人要求一千萬歐元的贖金。」

「我來猜猜看，」阿薩德說，「德國沒有付錢。」

威伯點點頭。「我想上面的人是想付，當時是有可能找到和平而且更便宜的解決方式，但當他們抵達時，包曼就這麼憑空消失了。相信他已經像許多人一樣遭到處決。」

「所以，在德國人眼中，他是英雄？」卡爾問道。

「德國爲這位爲國捐軀的軍人舉辦了前所未見的盛大追悼會。而現在，十一年後，他重現江湖。」

阿薩德將柏林地圖折好收起。

「他被激進化了，這種事屢見不鮮。」他說，「英雄變成恰好相反。那是有關於恐怖分子的最佳電視節目素材，效果會很煽情，很好炒作。我看得出來問題會在哪了。」

「除了我會再被數不清的訪談——我本人可沒參加的意願——碎屍萬段外，你還預見到什麼問題？」威伯好奇問道。

「那會製造混亂，讓大家將注意力從迦利布轉移開來。」阿薩德回答，「如果這個故事發展下去——而那發展大半還得看迦利布下次會送來什麼樣的訊息——每個德國人腦子裡只會想著他們的反英雄現在在哪，每個人都會想要找到他。你自己也說過，那會使事情變得複雜，你不但是對的，這還是迦利布確切想要造成的效果。警察和一般人，每個人都會夢想著自己將會是那個抓到叛國賊的大人物。但相信我，在他們逮到他前，他也會送出自己的訊息。」

「還有一件事，」威伯說，「我們已經聯繫上在Airbnb上把公寓租給迪特．包曼的屋主。他們堅持那個藥的包裝和他們毫無關係。所以那一定是包曼丟掉的垃圾。」

「你要問我的話，我會說他太不小心。你不覺得嗎？」卡爾問。

威伯搖搖頭。「我不認爲如此，那是很特殊的藥。」

阿薩德和卡爾滿臉問號。

「那是人們病得非常、非常重時吃的藥。我被告知，實際上那是沒剩多少時間的人吃的藥。」

「你是說他快死了？」阿薩德問。

「是的，那似乎是他要告訴我們的訊息。」他們三人相互凝視良久。

現在，外面有個非常危險的男人，他的時間所剩無幾，即將失去值得爲之奮戰的生命。

簡直跟眼前的人如出一轍。

「你在做什麼，阿薩德？」

他坐的長板凳凍得要命，卡爾坐在阿薩德隔壁時馬上感覺到屁股冰冷。阿薩德手中拿著一本小筆記本，已經寫滿兩頁。阿薩德的筆尖正停在紙上，彷彿他等著要快速寫下迷失的線索。

「我可以看看嗎？我可以再加點我的觀察。」

他讓筆記本掉入卡爾的大腿，眼睛則一逕兒凝視著前方的樹林。

卡爾讀著，就像他預料到的，那是辨識恐怖團體行動前的跡象摘要。

阿薩德寫道：

一，阿布杜．阿辛／迦利布是主導人物。
二，兩位已知身分的女性爲四十五歲的瑞士人潔絲敏．科提斯和四十八歲的德國人碧娜．洛瑟。
三，可能有兩部裝載炸彈的輪椅。
四，瑪娃．阿薩迪和奈拉．阿薩迪坐在輪椅上嗎？
五，哈米德？他是在慕尼黑僱用德國攝影師伯德．賈克伯．瓦伯格的人嗎？他是迦利布的左右手嗎？
六，其中一人感冒，可能已經傳染給其他人？
七，那個團體可能穿得不像基本教義派。他們已將鬍子刮乾淨並穿上西式服裝了嗎？
八，我們需要辨認出鴿子低飛的一座廣場。
九，找到鴿子扮演直接或間接角色的一座廣場。
十，誰招募法蘭克福公園的殺手？是哈米德嗎？
十一，誰出面租巴士？是哈米德嗎？
十二，誰出面租法蘭克福的公寓？是哈米德嗎？
十三，爲什麼迪特．包曼讓自己被拍到照片？
十四，我們該尋找能讓包曼從上方射擊的地點嗎？就像在法蘭克福時一樣？
十五，荷安．艾瓜達在哪？
十六，荷安．艾瓜達有GPS的手機現在在哪？爲何我們收不到訊號？
十七，城市裡哪裡的蒼鷹最多？這點和恐怖攻擊有關嗎？

他們倆瞪著列表，想著相同一件事。他們究竟要如何找到會讓所有其他要點都顯得多餘的第十八點？那可不容易。

「你怎麼想，阿薩德？」

「我認為這幾點都很重要，如果我們能找到他們計畫攻擊的地點，而我們已經掌握不少在他們執行計畫時能夠辨識他們的情資。我越仔細思索，越確定其中一或兩點會比其他要點都來得重要。你覺得呢？」

「你指第八和第九點？」

「對，當然。迦利布曾親自給我們提示，『鴿子低飛之處』是恐攻要發生的地點。他推著我們往那個方向查辦，不管這是不是假線索，我們能確定的是，它不會毫無意義。」

「等等。」卡爾邊說邊拿出手機。

「嗨，蘿思。」他盡可能在這種情況下用放鬆的口吻說道，「所以，妳逮到那位武士了嗎？」

她的聲音聽起來和他的腔調很不合。「我是為別的事打電話來的，別叫我滾蛋，因為我就是不會忍受這種鳥氣，懂嗎？」

現在是怎麼回事？難道她砸爛了他的電視螢幕？誤把柴油當汽油加入公務車？痛揍高登？

「也許我該說恭喜，」她繼續說道，「但那並不恰當。反正，我知道了，卡爾，我和瑪蒂達談過話了。」

「妳知道什麼？瑪蒂達是誰？」

「夢娜的女兒，你這白癡。我試圖打電話找夢娜時，瑪蒂達告訴我，夢娜出了點狀況。她昨天要去警察總局上班時開始流血。」

卡爾抓緊手機，呆瞪地面。他渾身發抖，才一秒鐘時間，黑暗就降臨。

「卡爾，你還在聽嗎？」

「在，還在。她現在在哪？她流產了嗎？」

「沒有，但她狀況不太好。她昨天住進王國醫院，還在那。我想你現在應該回家，卡爾。」

她掛斷後，卡爾呆站一會兒，嘗試冷靜下來。

最近幾天儘管案情發展緩慢，卻讓他精疲力竭。卡爾並不樂觀，尤其是對阿薩德。他在腦海裡一再想像所有景象。阿薩德的自我控制正在冒著流失的險，而他的殺手本能已經啟動，每件事都可能出錯。卡爾害怕炸彈引爆的那一刻，也怕自己必須冒險觀看人們被殺。儘管他已經經歷過一位丹麥刑警所能碰到的所有衰事，他還是不知道自己是否已爲將要發生的事做好心理準備。阿薩德兩天後會在哪？三天後？四天後？

他自己又會在哪？

現在卡爾才感覺到壓在胸口的重擔，他有好久以來有幸不用忍受那份苦楚。他立即認出這份痛苦。他知道那爲何會來，因爲此刻最糟糕的事不是夢娜情況不好，或他們可能會失去小孩，儘管那也令人心煩意亂；不，最糟糕的事是他突然在能找到充足理由離開柏林、阿薩德、眼下的巨大壓力，和所有可能發生的可怕事件時，反而感覺暫時鬆口大氣，深深地從心底鬆口大氣。他實在不該這麼想，他覺得很羞愧，這絕不是他在一般情況下會陷入的情緒。

卡爾沒察覺到自己在做什麼，不知不覺中鬆開手機，讓它砰地掉落地面。他胸口的劇痛難以忍受。他覺得頭非常暈，如果不小心點，他會崩潰到倒下來。

他鼓起所有力氣，抬起頭看著阿薩德。阿薩德以洞悉一切和全然諒解的表情看著他，這反而使他的恐慌發作更加強烈，卡爾不禁跪了下來。

阿薩德在他要側身倒下時立刻趕到他身旁。

「我想我知道出了什麼事，那表示你得馬上趕回丹麥嗎？」

他的語調溫和，卡爾自覺不值得阿薩德如此溫暖對待。

卡爾點點頭。他也只能點頭。

第四十五章　迦利布

「我們的導遊是琳達．史瓦茲，她會在這個地鐵站和我們會合。」

迦利布指著地圖上的車站。

「你們可以看看，我們有張她的照片，她幾乎是雅利安人的縮影。一位自信機智的女人，全身金色毛髮，在柏林毫不顯眼。她爲夏洛滕堡旅行社工作，穿著公司刺繡標章的俐落制服，當然，還舉著旅行社的黑傘，好讓我們緊緊跟著。」

他傳閱照片，每個人都發出相同評論。她確實是個很棒的人選。

「是的，她能擋開所有好奇目光，非常完美，她說她期待帶我們的團。」笑聲此起彼落。

「這不是她第一次帶猶太團，但我們會確定這是她的最後一次。」笑聲更響。

他在餐桌上攤開柏林地圖。「你現在可以開始攝影了嗎，哈米德？妳，碧娜，把荷安推到桌邊入鏡。這也能讓他更容易在那天跟隨事件的發展。」

「我們什麼時候展開行動，迦利布？」其中一人問道。

「你在問一件我沒辦法控制的事，但我能告訴你，一切已經就位。就像我說的，少校已經抵達柏林，準備就緒。他身體狀況不太好，但他在吃藥，決心很堅定。所以你們可以放心，他會徹底執行任務。我們也安排了你們逃出柏林的交通工具。我的計畫是，你們當中存活下來的人會在稍後再次集合，然後哈米德會開車載你們去下一個目標。」

「所以，時機要看什麼評斷？」

「等薩伊德．阿薩迪在正確時間抵達正確地點。」

「他知道正確地點在哪嗎？」另一個人問。

「如果他不知道，我們會幫他，那頂多拖上兩天，這是我的承諾。我們可以開始了吧？」他瞥瞥眾人，指著四個人。

「潔絲敏和你們三個男人會在地鐵和導遊會合，你們會有很多時間。假裝你們剛從台拉維夫搭飛機過來，對你們要觀光的景點盡可能提出問題；態度盡可能放鬆，並要看起來很開心。她會帶你們經過城市到公園和更遠的地方，直到你們抵達目標地區。」

然後他轉向法迪。「這段時間，你會和復康巴士抵達，碧娜會負責講話和溝通。之後，你、碧娜、奧斯曼和阿菲夫每個人都會推一輛輪椅進入廣場。等你們抵達紀念碑入口，你們就分成三組。第一組是碧娜和奈拉，妳們會上坡進入裡面；第二組是法迪和瑪娃，他們會跟著妳們。而奧斯曼和羅妮雅會停在塔座的無障礙坡道中央。同時，阿菲夫會將荷安推到這個角落，如此一來，他們兩人都會在爆炸範圍外，很安全。」

「那導遊呢？」

「她會和推著女人輪椅的人自我介紹，然後跟第一組進去裡面。你們都必須記得要注意自己的偽裝，免得它們掉下來。男人得確保鬍子固定住，帽子的捲髮不會跑掉。捲髮絕對不能掛在眼前。」

他看到他們發出大笑時很滿意。他們了解這項行動，並全心支持。他們對要進入戰場躍躍欲試。

他轉而面對潔絲敏和碧娜。「在到達目的地的路上，妳們兩人都應該留在所屬的團體後面，但要是有需要溝通或釐清的意外出現時，妳們要到前頭處理。」

他原本以為男人們會提出溫和的抗議，但卻一片安靜。講到語言技巧，他們遠低於需要的標準，而他們也有自知之明。

「然後你們等待訊號，哈米德會啟動任務。那時，你們會有兩人經過公園抵達目的地，站在紀念碑前面，另外兩人則站在另一端遠處。當你們從羅妮雅的輪椅取走武器時，確定要總是和推輪椅的人保持距離，這樣才不會暴露出你們是一夥的。」他指著地圖，「我要再次提醒，要確定讓三個女人的輪椅停在這裡、這裡和這裡。奈拉在塔裡，瑪娃在外面，羅妮雅在這。阿菲夫會和荷安站在角落，他會確定讓荷安的攝影機拍下全部過程。」

哈米德接著說：「瑪娃和奈拉進入塔內後，碧娜和法迪會跑出來。法迪會從坡道跳下廣場，第一個開槍，然後碧娜和奧斯曼會支援他。」他說，「你們都知道你們的位置，還有該朝哪個方向開槍。開槍時，繼續往後退到各自的位置。換句話說，在炸彈引爆時，你們已經逃出那裡了。當然，你們會遇上警衛和警察的猛烈開槍回擊，但少校會確保讓我們的損失降到最低。」

迦利布點點頭。「是的，我們知道警方和情治機構在追蹤我們。他們已經如我們預計的那般找到巴士了，所以他們對未來會發生什麼事有點概念。但我們的任務是讓他們盡可能晚點趕到行動地點，這樣他們就會對我們的攻擊措手不及。那是我們利用薩伊德·阿薩迪的理由之一。倘若巡邏警察或安全警衛在我們到那裡時冒出來，他們肯定會大吃一驚，然後倒大楣。我們殺越多他們的人，媒體就會越瘋狂。」

第四十六章　阿薩德

卡爾搭計程車離開時，阿薩德知道自己已經準備好應付任何情況。如果他得犧牲生命才能救回家人，那就這樣吧。反正，他的行動所導致的所有痛苦和不幸都有其後果，而阿薩德並不畏懼死亡。他只是不想孤單死去，他一定要拖著迦利布一起走。

現在，他正坐在梅利雅旅館五樓的精選套房內，眺望觀景窗戶外燦爛閃爍的柏林燈海。在那片獨棟房舍和公寓大樓建築間的某處，瑪娃和奈拉正感到孤單害怕。

她們知道他還活著，而且在找她們嗎？他希望她們知道。或許那能在她們心中燃起一絲希望。

他的武器零件散布眼前，等著組裝起來。他對事件的摘要也躺在羽絨被上。他又從頭看了那張列表至少十次，現在他開始擔憂了。如果他不趕快想出第八和第九點的答案，以及鴿子在哪個廣場有特殊意義的話，希望就會變得很渺茫。

阿薩德絕望無比。盡頭在哪？他又該從何處著手？

他的注意力仍停留在應該塡入第十八點的空白處，他認爲那應該會是其他幾個點的共同點。倘若他能用這點和上面羅列的事實，加成起來推論出確切的連結的話，那就會像在糾纏的纜線裡找到頭緒，慢慢解開死結。

阿薩德看看手錶，已經過了午夜。他已經有很久未曾感到如此孤單。卡爾在哥本哈根，賀伯特下榻在離他幾層樓高的房間內，可能仍爲他從媒體那得到的苛刻對待而火大。媒體發現改宗者迪特．包曼現身，和威伯的兩位手下在法蘭克福慘遭殺害後，便對他展開猛烈攻擊。

阿薩德揉揉臉，試圖清醒一點。該死，卡爾為何會這樣讓他失望？他當然了解卡爾會擔心，但他就不能等到夢娜的實際情況真的變得很糟時再走嗎？現在他能和誰討論案情？

他開始組裝幾支最棒的武器，一邊眺望施普雷河靜靜流過旅館，穿越德國最重要的都市，那是柏林的生命線。自從他們抵達此地後，他們是否已經變成隨著迦利布的曲調起舞並傻得咩咩叫的綿羊？那個混帳！

阿薩德仰躺在跪毯上，瞪著天花板。過去幾天毫無進展，使他精疲力竭。如果案情持續膠著，災難會在他們有能力阻止前發生。他真的必須改變現況，但他如何在一團亂的鐵絲網中找到線索？

他閉上眼睛，眾多問題如海浪般沖刷過他。其中一個明顯的疑問是，為何迦利布選擇柏林作為目標？單純只是因為柏林是德國最大和最重要的城市嗎？因為它是承受過如此眾多苦痛的首都嗎？因為它是揚名世界的城市，如果再次遭受恐攻，全世界的媒體都會集中目光於此嗎？或迦利布有特殊用意？

他搖搖頭，那不是最顯而易見的答案。

在三十分鐘的無用分析和仔細考量疑點列表後，他最後決定寫下第十八點：「哈米德也許是在法蘭克福招募穆斯塔法的。但是是如何招募的？找出答案。」

然後他的手錶震動起來，他知道手機響了。

「你醒著嗎？」卡爾這個問題根本是廢話。他不是都接電話了，這是什麼鬼問題？

「不，我睡得像灰姑娘一樣，卡爾，你還能期待什麼？」

「你應該說睡美人，阿薩德，灰姑娘在這裡說不通。你好嗎？你有解開任何疑點嗎？」

「我覺得不太舒服，也許我眞是如此。夢娜還好嗎？」

「我沒有在她睡覺前趕到醫院，但她情況不太好。她可能會流產，但他們會盡力穩定她的情況。現在預測結果還太早。」他沉默很久，而這類停頓並不希望被打斷。「我眞的很抱歉，阿薩德。」他最後繼續說，「如果明後天夢娜有好消息，我會馬上趕回德國，我保證。」

阿薩德沒有吭聲。後天是在如此遙遠的未來，那甚至可能不存在。

「我認爲哈米德是關鍵。」阿薩德爲改變話題說道。

「哈米德？告訴我你的推理。」

「列表中似乎有很多疑點都連結到他。就像你在慕尼黑的監視器上注意到的，他的外貌與典型阿拉伯人很不一樣，留著平頭，穿西式服裝。我認爲他住在德國，不像迦利布。整場行動得有某人出面來確保一切進行順利：像是租巴士、租法蘭克福的公寓、集合團體的人，和找到在柏林的安全住處。我也認爲他一定是在慕尼黑招募了攝影師、在法蘭克福招募了殺手穆斯塔法，以及殺害穆斯塔法的德國少校。」

「很好——」卡爾說著，然後突然中斷，好像他有別的事要說。

「你怎麼想？」阿薩德在半分鐘的沉默後問。

「你認爲哈米德可能招募穆斯塔法，儘管穆斯塔法住在法蘭克福？」卡爾的語調滿是懷疑，「在情報局的報告中，有提到這方面的事嗎？那傢伙才死了一天，所以威伯的小組可能只來得及討論表面問題，報告裡可能還有值得挖掘的內容。」

「我今天下午讀了報告，但如我所料，毫無突破。他們詢問了穆斯塔法的家人，但那些人根本不知道他是如何激進化和被招募的。他們說，他在突然走上這條路前，完全是個正常的男孩。」

「原來如此。聽起來很耳熟？一個完全正常的男孩，和兩個無法了解並深感震驚的父母？我想你該把威伯叫起來，並拿到最新報告。」

「對，但如果眞有能給我們確定線索的東西，威伯的手下早就會展開調查了。」

「當然，阿薩德。但威伯的小組不是你，對吧？」

另一個惱人的停頓。他該如何對此反應？卡爾難道不知道在這當下奉承是最蠢的行徑嗎？

「無論你要做什麼，好好照顧你自己。我明天會再打來，好好睡一覺！」

他掛掉電話。

「不，我還沒睡。和我在一樓會合，我就坐在酒吧裡。經過最近幾天的煎熬，誰還睡得著覺？」

賀伯特．威伯在電話上聽起來很正常，但當阿薩德看見他坐在面對街道的椅子上時，他全身酒臭味，眼睛半閉，幾乎無法聚焦。這是位可能從未失去過手下的男人。

「我想再讀讀穆斯塔法父母的偵訊報告。」阿薩德說。

威伯搖搖頭。「我沒隨身攜帶文件。」他的笑聲高亢拔尖，身材如此高大的男人很少會發出這種聲音，酒吧裡每個人都轉頭瞥著他。

「那誰會有呢？」

威伯舉起一根手指。「等等。」他邊說邊在口袋裡笨拙地摸索。

「在這。」他拖著語調說，將手機遞給阿薩德，「密碼是四三二一。用Gmail寄的附加檔案，檔名是穆斯塔法。」

Gmail和世界上最常用的密碼！這位眞的是在情報局裡坐鎭指揮調查的男人？

「報告沒那麼重要，阿薩德，我們有更好的情資。那是偵訊的錄影檔，我直接把它轉寄到你的電郵地址，然後給我白蘭地，你自己可能也需要一杯。」

「我不喝酒，威伯，但還是謝謝你。」

他轉寄檔案，在前桌旁的角落沙發裡找到一個隱密地點。

十分鐘後他看完了。觀看偵訊過程相當難受，因爲穆斯塔法的父母哀慟異常。他們拉扯衣服，以阿拉伯文哀求先知的救助。不到二十分鐘前，他們家的前門才響起敲門聲，警方接著告知他們，他們心愛兒子的行徑和噩耗。那是他們人生中最糟糕的時刻。

阿薩德眞的很想快轉，但隱隱約約有口譯員沒翻譯出所有話的感覺，所以他仔細聆聽父母的字眼。在大部分時間內，口譯員如實翻譯出父母的話，但有時候，他的翻譯會蓋過他們的下一個句子。顯然口譯員很熟悉這類工作，因爲他對父母的激動沒有明顯反應。當父母結結巴巴表達愛和悲傷時，他沒翻譯出來，只是重複先前說過的話。不難理解爲何威伯的手下也沒有特別注意到某些細節。

當他們問到穆斯塔法的交友圈，以及他可能在哪裡激進化時，母親猛搖著頭，她的頭巾甚至滑落肩膀。

「穆斯塔法沒有被任何人激進化。」她擤著鼻子，「他是虔誠的男孩，不會傷害任何人，而他總是和父親形影不離。他用功讀書，虔誠禱告。他都是在父親陪同下去清眞寺的。」

「我們不知道發生了什麼事。」他父親哭泣著說，「穆斯塔法是個健康的男孩，就像我一樣熱愛運動。他非常非常強壯，愛打拳擊。他希望做職業選手，我們非常以他爲榮——」

然後他爲之哽咽。說這些太令人難過。

他突然站起來，差點打翻桌上的茶杯，二十秒鐘後回來，手上拿著玻璃瓶大小的銀色獎盃。

「你看！輕中量級冠軍。他贏得所有技術擊倒比賽。」

他擦乾眼淚，將獎盃轉向鏡頭。看著這位成年男子以顫抖的嘴唇試圖捍衛兒子，令人心酸。阿薩德眞希望自己從來沒去過公園，如果那樣那個男孩可能還活著。

「穆斯塔法一直很清楚該怎麼進行訓練，該吃什麼。他是這麼聰明的好男孩，啊，我們做了什麼？」

然後他的手臂稍微垂下，可以看見獎盃上刻的字。阿薩德讓影片暫停，倒帶回去幾秒鐘。上面寫道：二〇一六輕中量級少年比賽，威斯巴登—柏林。

阿薩德認爲這也許是重要線索。

「那是穆斯塔法第一次贏得比賽，去年他在柏林贏得另一場比賽，但這次是中量級。我們那天好快樂，就他和我。」父親哭著說，母親依偎著緊抓住他。

阿薩德對看到的影片思考半晌，然後起身。他對威伯揮揮手，後者現在靠在窗戶上。他們可能最好馬上送他回他的房間。

阿薩德嘗試回想。

自從他在慕尼黑觀看瓦伯格的錄影檔以來，已經過了幾天，每當他閉上眼睛時，他都能記起同時讓他痛苦但又帶來希望的片段。他回憶起那個場景：在德國攝影師公寓的陰暗房間中，迦利布和哈米德正在進行祕密對話。那是哈米德第一次在本案中出現，他似乎是個有決心的人，迦利布非常尊敬他。在某個時間點上，儘管話題嚴肅，他們還一起大笑。阿薩德對這一幕記得非常清楚，現在他也想起原因了。那是因爲哈米德爲了闡述阿薩德聽不到的某些談話內容，跳起來示範一系列拳擊動作。他的步伐輕快，就像專業拳擊手。阿薩德心想，那在平靜的對話中，可是個很強烈的反應和動作。哈米德曾經是拳擊手嗎？那是他怎麼認識穆斯塔法的嗎？

阿薩德抿緊嘴唇吐氣，他的本能告訴自己，得馬上去調查這件事。

他只在Google裡鍵入幾個字，就找到舉辦穆斯塔法曾參賽的拳擊俱樂部。他瀏覽網站，那裡原先應該列出統計數字，放上一些照片，和提供各類資訊。儘管如此，除了事實和照片外，網站上只有俱樂部的地址，以及如果在二〇一五年十二月三十一日前申請會員的話，會有的特別折扣。那是幾乎三年前的事了。如果穆斯塔法的父母沒提到一年前的比賽，網站的維修狀態會讓阿薩德以爲俱樂部已經關門大吉。

最後，在主頁底部列著拳擊教練的聯絡電話。

阿薩德那晚看了手錶無數次。現在已過凌晨一點，不可能會是教練等待新會員上門的時間。無論如何，他還是打了那個電話號碼，耐心等到電話答錄機的聲音響起，告訴他，俱樂部每天營業時間是早上十一點到晚上九點。

他取走最靠得住的手槍，插在長褲後面的腰帶裡。

他在腓特烈路上很快就攔到計程車，但當司機聽到地址時，看起來很不安。

「那是個治安很差的地區，」他發動車子時說，「尤其在晚上這種時候，非常糟糕。」他又重複，靜靜開車，直到他們抵達目的地。

他說得沒錯。那地區讓阿薩德想起拉脫維亞最糟糕的區域。建築本身就位於鐵道旁邊，在戰前應該會是一棟壯麗的火車站，有著傾斜坡度極大的屋頂和木梁。儘管如此，在今日，它被所有種類的垃圾和早就崩塌的生鏽鐵籬笆圍繞。

「你確定地址是對的嗎？」司機問道。

阿薩德看著招牌，一對過大的拳擊手套掛在入口門上，寫著「柏林拳擊學院」。

「對，就是這裡。如果你肯等我十五分鐘，我會給你五十歐元。」

「不了。」司機說著收下錢，留阿薩德獨自站在黑夜中。

那扇門很像以前公家機關的入口。黃銅門把早已不見，可能已經流落到跳蚤市場，但門是堅實的橡木打造的。

他敲了幾下門，早料到沒人會回應，便繞到後面，沿著建築一側還殘留著狹窄的月台向前走。他用力敲窗戶大叫，看看有沒有人在裡面，但仍舊沒有回應。

他將鼻子貼在骯髒的窗玻璃上，窺探偌大的黑暗內部，這可能曾是候車室，但現在裝備了訓練設備、拳擊擂台，和至少坐得下五十人的座位。

要不是威伯醉得一塌糊塗，阿薩德會打電話給他，問他是否能查出當局對俱樂部知道多少。他不自禁搖搖頭。在這麼晚的時刻，這種電話從來無法導致有建設性的成果。

但他該怎麼辦？這類俱樂部通常能掩護顛覆行爲，並吸引社會階級中最需要奮鬥掙扎的年輕男人。美國的貧窮非裔、南美洲的貧窮拉丁裔，和歐洲的貧窮移民。難怪全世界的拳擊擂台中大都充斥著有色人種。他抬頭瞥瞥貼在後面牆壁上的破爛拳擊海報，看出這個地方也不例外。

阿薩德對自己點點頭。他破門而入要冒什麼風險？警報器會響嗎？警察會抵達、逮捕和起訴他嗎？威伯會很容易就讓起訴被撤銷嗎？

他發現不那麼壯麗的後門，上頭是剝落的油漆，而大爲縮起的三夾板吱嘎作響。他稍微助跑，用力踢下面的門板，窗戶都隨之震動起來。他等了一會兒，環顧四望，然後再踢一次，三夾板裂開，隔音板掉落。

再踢幾次後，洞口變得大到足以讓他爬進去。

他發現大廳中央柱子上有電燈開關，打開後，一排日光燈閃爍幾秒後點亮房間，白色光線冷冽，使此地活像逼供室。

他現在的目標是找到能證明哈米德常來此地的證據。

在大汗淋漓的激烈搏鬥後，哈米德很輕易就能拍拍冠軍的背，並用獎賞誘惑他們。全球的年輕男人不就是以正確的字眼、一杯冒著蒸氣的熱茶和蛋糕，而因此被成功招募無數次嗎？考量到穆斯塔法的悲慘死亡，很容易推論他可能也是在類似情況下加入恐怖組織的。是的，穆斯塔法的社交圈眞的像他父母宣稱的非常狹隘，但如果穆斯塔法曾在最後一場比賽後，碰到某人說服他西方的墮落，並灌輸他作爲捍衛信仰的眞實信徒所需負起的責任的話，阿薩德也不會訝異。

阿薩德越想，越相信招募他的人是哈米德。

大廳旁有幾個房間。兩間充斥霉味的更衣室，一間內有破爛告示板、小小的茶水間；裡面有咖啡機、水壺、盤子和幾個放滿玻璃瓶的櫥架，瓶子裡是各種茶和香料。

一定有間辦公室，也許在樓上。他忖度，將目標放在通往二樓的一座搖搖欲墜的螺旋梯。

他才走到樓梯一半，燈就在上方某處亮起，照亮樓梯頂端的階梯。

阿薩德在走最後幾階時本能地將手按在槍上。有那麼片刻，他以爲自己觸動了感應器，但有個人站在樓梯平台，證明他的猜測是錯的。在毫無預警下，那個人猛然踢了阿薩德的臉，他往後摔下樓梯，用力降落在樓梯底部，力道之大，他一時嗆著，猛喘著氣。

「你是誰？」那男人站在他上方咆哮。

他個頭很大，汗流浹背。或許阿薩德將他從安詳的熟睡中吵醒。他只穿著內衣的事實確實暗示此點。

「你不該指望那會有幫助。」他邊說邊指著阿薩德的槍。此刻阿薩德躺在四到五公尺遠的地板上。他按摩後腦杓，半站起身。

「你問我我是誰。這個，我是柏林裡最急性子的人。」他說，「我很抱歉我得破門而入，我會付門的錢。你沒聽見我敲門又大叫嗎？」

「你為什麼來這裡？這裡沒有東西可偷。」他說，粗魯地抓住阿薩德衣領，力氣大到阿薩德差點窒息。

阿薩德抓住那人的手腕讓他鬆開手。

「哈米德住在哪？」阿薩德掙扎著問道。

那巨人的臉扭曲起來。「我們這裡有很多位哈米德。」

「這個不是來這受訓的。他大概五十歲，白髮蒼蒼，理著平頭。」

那巨人放開阿薩德的衣領。「你是指這個傢伙嗎？」

他向一面牆壁點點頭，上面有張海報，兩位拳擊手瞪著彼此，下面寫著「一九九三年輕量級比賽，哈米德．阿勒萬對歐瑪．賈迪」，還有比賽日期。

阿薩德並不確定。慕尼黑的錄影檔沒清楚到讓他能肯定地認出哈米德二十五年前的長相。

「是的，我想是他。」他隨口說道，巨人隨即打出第一拳，阿薩德往後飛向裁判桌。

阿薩德估量他高兩百公分的敵手，揉揉下巴。那一拳不但到位而且還很痛，他可能是位前拳

第2117號受難者
VICTIM 2117

擊選手。體格很好、肌肉發達的上臂和大腿，但年紀和運動的激烈競爭顯然讓他深受其害，有著被打斷的鼻梁、鬆垂的眼皮，拳頭則低掛在身前。

阿薩德站起身。「那是你第一次也是最後一次得逞。」他邊說邊抹掉上唇的鮮血，「海報裡的那傢伙，哈米德．阿勒萬，那是他的眞名嗎？」

那個重量級拳擊手準備揮出下一拳。在這個圈子裡，缺乏尊敬顯然會立刻遭到嚴懲。

「住手。」阿薩德將手舉到身前做出防衛動作，「我不想傷害你，你回答我問題就好。阿勒萬是他的眞實姓氏嗎？」

「你說傷害**我**？」那巨人看起來無法相信自己的耳朵，「我會殺了你，你這個小個頭，你別以爲可以闖進來大剌剌地問——」阿薩德使出空手道的招數，往他脖子上一砍，巨人立刻跪向一側，這給阿薩德時間在他鼠膝部又快速踢兩下，最後再砍擊脖子以完成三連段攻擊。不到兩秒鐘內，那男人便重重砰地一聲倒地。

阿薩德撿起槍塞回後面長褲。他如山高大的敵手躺在地板上，抓著脖子，掙扎著想呼吸。這個重達二百七十五磅、只穿著內衣、在地上不斷蠕動、眼底有抹恐懼和憂慮的男子，模樣看起來實在不像是阿薩德來此要找的線索。

「阿勒萬是他的眞實姓氏嗎？」他再次問。那男人試圖回答，但沒辦法。

「這是你的拳擊館嗎？樓上有沒有住房？」他又問，但仍然沒有回答。

阿薩德進廚房拿些水。就算他得將那人的舌頭上油，他也要讓他開口吐實。

那男人喝了幾口，眼睛直盯著阿薩德的眼。他很顯然仍處於震驚中。阿薩德幾乎爲他難過。

「阿勒萬是他的眞實姓氏嗎？」他問了第四次。

那個巨人閉起眼睛。「他會殺了我，他會過來放火把這裡燒了。」他粗啞地說。

阿薩德得到他的答案。眞是鬆口氣。

「你有來這裡的人的紀錄嗎？」

他遲疑了很久，最後搖搖頭。

阿薩德掏出手機，打電話給威伯。

這種場景無疑會鼓勵情報局調查組長想辦法控制局面。

不到五分鐘內，五個人出現，所以威伯能理解他傳達的訊息。威伯仍渾身酒臭，但精神集中，鎮定自持，令人吃驚。

「我們會帶他去問話。」他邊說邊向手下點點頭。他環顧四周。「你在這裡做了什麼？」

阿薩德聳聳肩。「我踢破門。我會賠償損失，我已經對我們在這的老友承諾過了。」

威伯搖了幾次頭，從他聽到之後放在前額的手判斷，那不是個好主意。

第四十七章　亞歷山大

每次他母親從膠帶後發出嗚咽，爲自己的生命感到恐懼時，亞歷山大就會分心。每個毫秒之差都很重要，他通常擁有的光速反應則一再失效。自從他是這個遊戲的初打者以來，他還沒犯過如此多業餘錯誤。這情況快要把他逼瘋。

「如果妳不閉嘴，我現在就會在這殺了妳。」他恨恨地說，但馬上後悔。他不是承諾要等到完成遊戲後才殺了她？抵達二一一七勝前還有九勝。

他讓辦公椅轉過來，直視著她的眼睛。看到她如此清楚的恐懼和屈服眞是快意。

「我們該同意改變規則嗎？如果我很快贏下一回合，我們就同意妳能多活一會兒，好吧？那會讓妳安靜下來嗎？」

她嘴上的膠帶冒出點泡沫。她不懂他剛說的話嗎？她持續在椅子上前後搖晃，好像就快尿在自己身上。

亞歷山大咒罵自己。就算她尿得全身都是，他也不在乎。

然後她做了自從他父親痛毆他後，他就沒看過她做的事。她開始痛哭，鼻涕從鼻孔流出，悶聲的哭喊變得更大聲。

這幕令人厭惡的景象，使亞歷山大想起他久經壓抑的記憶。他想起她當時曾如何哀求和哭喊，試圖保護他。他記得她跳到他們中間，抓住他父親的襯衫想阻止他。但他也記得，那是她在父親家暴中，最後一次站在兒子那邊，自從那天起，她就認命接受她丈夫的喜怒無常。

儘管如此，她曾有段時間顯露自己的眞實感情，現在她又重操故技了。她害怕，她孤單，她絕對感到後悔。感情表達得雖不多，但總是有點觸動他。亞歷山大重新思索。他母親知道自己會死，但她仍擔心會把自己尿得全身都是。那幾乎讓她像個有血有肉的人類。說來有點讓人感動。

「如果我讓妳去上廁所，妳會保證讓我安靜玩遊戲嗎？」

她猛點頭。

「別鎖門，不然我會踢開。妳懂了嗎？」

她再次點頭。

他將武士刀掛在肩膀，將辦公椅連人推到洗手間門前，撕掉她手腳上的膠帶，但留著她嘴巴上的。

他倒退一步，指指刀，讓她確實了解反抗毫無用處。

「快去，趕快去尿，」他說，「別耍花招！」

她點點頭，進入洗手間。門後傳來嗖嗖聲，然後一片安靜，所以，顯然她不只是想尿尿。

亞歷山大耐心等待，直到他注意到鎖頭偷偷摸摸從綠換成紅色。

「嘿！」他大吼，「我叫妳別鎖門，現在妳又耍花招。」

他踢門好幾次，門的另一邊傳來不祥的啪答巨響。門終於被弄開，往洗手間牆壁重重一靠，她正站在鉛框玻璃窗前，嘴巴上的膠帶已被撕掉，她將沉重的馬桶蓋高舉過頭。

她將馬桶蓋朝窗戶擊打的那刻，使盡吃奶之力尖叫求救。

亞歷山大用武士刀的皮捆把手重重敲她頸背，她剎時住手，昏過去，身子一癱倒了下來。

我現在該殺了她嗎？他心想，將她拖回臥室。

第2117號受難者
VICTIM 2117

他正在思考下一步，這時，從打破的洗手間窗戶外，他聽到有人叫著問有沒有人出事。經過良久，外在世界首次變成亞歷山大的現實。他母親眞的成功阻止他的計畫了嗎？

他低頭瞥瞥她，判定她不會很快就醒過來。

接著他放下刀，走到走廊，打開開向外面世界的門。

外面的空氣寒冷。他開始躲在自己房間時才剛初夏，而現在冬季已經來了。樹木枝枒光禿禿，屋子前方的所有綠樹都已枯萎，連綠草都失去色彩，而在棕色草坪中央躺著馬桶蓋。他在離那幾公尺外的人行道上，看見對街那位愛管閒事的乾癟老鄰居瞪著草地上的馬桶蓋，手上還牽著那隻邋遢的狗。

亞歷山大和她的關係總是相敬如冰，但他現在得試圖施展魅力。

「糟糕！我顯然稍微反應過度。」他邊說邊撿起馬桶蓋，「我沒申請到我想上的課，心情很沮喪。」

她眉頭緊蹙。「原來如此，但爲何是你母親在尖叫求救？」

他裝出一臉驚訝。「我母親？不，她不在家。那是我在尖叫。我不知道我爲何尖叫求救，我只是很沮喪。」

「你沒說實話，亞歷山大。」她說，朝打開的前門走去，「你母親回家時我還和她打過招呼，我也清楚，自從那以後她都沒出門。」

亞歷山大冒著汗。

這賤貨眞的在監視這條街上發生的所有動靜嗎？她沒有更好的事可以做嗎？

她挺直背，雙手扠在臀部上。「我得和她說話，確定她沒事。如果你不肯，我會打電話給警察，我打包票。」

「妳打吧，她不在家。我沒有隱瞞任何事。」

她走到一半時停步，但她顯然不會善罷甘休。「那麼，我保證，警察會來拜訪你。」

亞歷山大的身子往後仰，覺得絕望。她自尋死路。「好吧，要看就進來看。」他邊說邊站到一旁，讓她先走。

她走到門階時，以不信任的表情端詳他。「不要關上前門。懂嗎，亞歷山大？」

他點點頭，一等她進入玄關，他就舉起馬桶蓋用力砸到她後頸上，她甚至來不及發出最細微的聲音就倒到地板上，鬆開狗繩。

那隻狗本能做出反應衝到旁邊，亞歷山大想抓住狗繩，但狗變得像瘋子一樣。牠朝打開的前門跳過去，進入安全的戶外，然後就站在花園步道中央夾著尾巴，以恐懼的表情瞪著他，他則試圖輕聲細語引誘牠回到屋內。

他努力回想狗的名字。他老是聽到那賤貨叫狗什麼？他邊哄騙狗，邊想著怎麼讓這類生物產生安全感，那隻狗卻轉身一溜煙跑開，繩子拖在身後。

他追著牠，直到牠消失在街道下方另一邊遠處的兩棟別墅之間。如果牠夠聰明的話，牠會回來在相同地點尋找主人。

然後他就能宰了牠。

回到室內，他連忙把兩個女人綁起來。對街那個脆弱的女人稍微嘟噥幾聲，但依然失去意識。他將膠帶繞著她的頭貼過嘴巴，並將她綁在床腳，手則反綁在身後。另一方面，他母親正醒過來。正好他將她綁回辦公椅上，像以前一樣綁得死緊。

「我的同事會打電話來。」她搞懂自己在哪時說。

亞歷山大沒有回答，儘管她抗議連連，還是將她嘴巴的膠帶綁得更緊。如果有人懷疑打破的窗戶而來按門鈴的話，他不能讓臥室裡傳出任何聲音。不能冒這種險。

「好了。」他在十分鐘後說，「趁妳們還有機會時，妳們倆可以享受彼此的陪伴。還有，媽，我希望妳剛才有上廁所，因爲那是最後一次。」

他坐到電腦前面。他在過去半小時以來表現得非常果決，就像遊戲裡的戰士一般。他彷彿與他們結爲一體。

「媽，還有另外一件事，」他按下Enter鍵時說，「我打電話給妳公司了。我告訴他們，妳妹妹重病，妳很擔心她，所以妳去了半島東部的霍森斯去照顧她。我希望妳覺得這個謊還算高明！他們說，他們期待妳回去上班。」他短促大笑一下，「我回答說，我也希望如此。」

然後那個老女人也醒過來。考量到她那麼單薄脆弱，她會清醒得那麼快實在奇怪。有些人就是比其他人強悍。他帶著尊敬的心情想著。

她困惑地環顧房間。在看見他母親以及她前方地板上的致命武士刀時，他輕易就可看出，縱使有人相伴，老女人仍覺得非常孤單。

亞歷山大微笑起來，因爲她理應有這類感覺。在他們住在這條街道的時間內，他不記得曾見過她有訪客。

絕對不會有人想念她。

幾小時過去了，他完全沒有轉運。他在最後幾回合中碰上激烈抵抗，他沒辦法打敗他們。眼看著就快要達到目標，這個挫敗確定會再讓他多花一整晚或更多時間。

他站起來伸懶腰，想像隔天會如何。等他殺了那兩個女人後，他會將武士刀掛在肩膀上，走進走廊，穿上他父親最長的外套。在身後鎖上前門後，就可以開始了。他決定不要穿會引發不必要注意的衣服，儘管他曾夢想穿著黑色忍者裝，以復仇者之姿征服這座城市。如果他穿那種衣服，手裡握著血淋淋的武士刀的話，模樣一定很恐怖，但人們會四散奔逃。不，他最不需要的就是引發騷動。當他殺人時，他會將刀子藏在外套下，冷靜地走到下一個窄街或巷子，繼續他的十字軍行動。

亞歷山大將注意力轉向牆壁上的女性死者。

「在我走之前，我會寫下紙條說，我這麼做都是爲了妳。」他說，「這樣我確定全世界將永遠、永遠不會忘記妳。」他對自己微笑，「我想他們也不會忘記我。」

他看到他母親試圖把椅子轉過來，想用哀求的表情看他，但只要膠帶穩穩將椅子固定在桌旁，她可以盡量掙扎。亞歷山大坐著將擴音器音量轉小，戴上耳機。在接下來數個小時內，他可得全神貫注努力打遊戲。不過，他就是不走運，他雖然已下定決心，但在接下來的十分鐘內，他在每回合一開始時就馬上被宰。

亞歷山大用力將耳機丟向牆壁。爲了某些奇怪的理由，他戴耳機時手氣就是不順，所以現在戴上耳機又會有什麼不同？他漏掉了什麼嗎？這是他母親嘗試逃跑時他沒全神貫注的懲罰嗎？或那只是遊戲的本質？他是否該忘記他以前的技術有多好，只要仰賴直覺，而那是他玩其他遊戲時的主要強項？他微笑起來。說到底，這個挫敗不過是缺乏耐性，因爲他現在已經如此接近目標。如果他能放緩一點，心跳不要那麼快，萬事都會順利的。

亞歷山大瞄瞄躺在地上的老女人。她總是將他當成小討厭鬼，他明白她心裡怎麼想，但現在他會給她看他的眞本事。

然後他拿起手機，更換SIM卡，打電話。

他看著手錶。現在還不到五點，所以懸案組裡一定還有人，但這次響了一陣子才有人接。

「我是蘿思．克努森。」那是一個女性聲音，讓他大失所望。「又是你嗎，敏郎？你進展得如何？」她問。

「快達到目標了，」他說，「很快就會！」然後他按下擴音器，對地板上的老女人點點頭，這樣她才會聽到談話內容。

「好。」那位女警說著，帶著一點也不印象深刻的腔調，「我有事想告訴你，你有興趣聽嗎？」

「妳又還沒講，我怎麼知道？」他回答，但他的確有興趣。

「你聽起來不一樣，你開了擴音器嗎？」

「對，我有兩個客人在旁邊聽。」

「兩個客人？」如他所希望的，她聽起來有點意外。

「對！現在有兩個女人等著上斷頭台，我母親和一位婊子鄰居。」

「那聽起來可不妙，發生了什麼事？」

「她干擾我。」

「干擾你？她來拜訪你父母嗎？」

「不，她只是個小麻煩。」

「她對你做了什麼，敏郎？你不會想傷害她吧？」

「不關妳的事。」

他迎上那個老賤貨的視線，看著她慢慢崩潰眞爽。

「不要吊我胃口。」他繼續說，「快說，我可能對什麼有興趣？我確定可不是妳那些可悲的問題。」

「我問你問題時你不怎麼愛講話，敏郎，那眞可惜，但我想告訴你你顯然不知道的事。」

「我不知道的事可多著呢，我也沒興趣知道。」

她大笑。他沒料到她會有這種反應。

「你讀了那位溺斃女性的後續報導嗎？你知道她叫萊莉．卡巴比嗎？」

他沒有回答。他當然知道。媒體在過去幾天瘋狂報導，但他才不在乎她的名字。名字什麼也不是，只是父母在某人還不夠老到可以自己決定時加的標籤。

「我們警察總局在認眞偵辦那個案子，你現在應該已經知道了。但你眞的知道嗎？」

「偵辦！對，是我讓你們這樣做的。」

這次，她笑聲中的嘲笑有點太明顯，他不喜歡這點。

「我想和蠢老二談談，妳讓我很煩。」

「聽好，敏郎，他在照顧一個叫路威的小男孩。你知道的，日子還是得過，所以我就打開天窗說亮話。事實是，不，我們偵辦此案的功勞不能歸於你。我們會深入偵辦這個案子，因爲萊莉．卡巴比是懸案組最佳組員的義母。你無疑已經在哪讀過他的故事了，他叫阿薩德。這個嘛，有些報紙用他本名，薩伊德。阿薩德正在偵辦此案，而這案子對他而言，比對你更牽扯到私人感情。你對此有何看法？」

「妳他媽的滿嘴狗屎，我要說的就是這些。」

「我還不知道你也能講髒話呢，敏郎，你從哪學來的？」

「這需要在特別的地方學嗎？我的意思是，這些都是妳胡謅出來的。」

「希望如此，但謀殺萊莉的男人綁架了阿薩德的妻女，你一定有讀到吧。」

「那一定是警方捏造的故事，我才不在乎是怎樣。而所有那些有關阿薩德，或薩伊德的東西都有點牽強，妳不覺得嗎？妳只是想讓我知道妳是怎麼推理我的。從A到Z，從頭到尾，是吧？順便讓妳知道一下，我比較喜歡前面那個字母。」

「我這下眞的搞不懂了。你是說你喜歡A而不是Z？你又在做比喻了嗎，敏郎．羅根？我不認爲你會喜歡你自己計畫的開場，也就是A，反而是嚮往你令人作嘔的結局，Z。所以我該怎麼想？」

「A和開場毫無關係。我只是在說A比Z和我更有關係。妳的狗屎故事還有其他情節嗎？不然我要回頭打最後幾勝了，妳對此無計可施。」

這次大笑的人是他。

「等等，敏郎。阿薩德現在在柏林，萊莉．卡巴比的凶手也在那。阿薩德正冒生命危險要爲萊莉和他家人所承受的邪惡行徑復仇。那些邪惡行徑簡直匪夷所思。你應該尊重那類決心，敏郎。」

尊重？她對那點又知道什麼？

他看看手錶，她試圖拖延他嗎？

「我可以聽到你背後有聲音。那是什麼，敏郎？」

他搖搖頭。女人們並沒發出聲音，她們已經精疲力竭了。

「是狗嗎？你有養狗嗎，敏郎？」

他轉向走廊。她說得對，那隻狗又在外面的馬路上狂吠。他爲何沒有聽到？

「我有養狗嗎？我痛恨狗，所以妳的聽力一定很差。這裡沒有狗。」

「是從街上傳來的嗎？你打開窗戶了嗎，敏郎？」

亞歷山大低頭瞪著老賤貨。該死，他該怎麼處置她的狗？他永遠抓不到牠。

「你住在有院子的地方嗎，敏郎？是那種社區嗎？你住在有別墅的街道上？那種時髦和隱蔽的別墅，沒有人會注意到你父母有無在外面露臉？我們該在那種別墅區開車到處問是否有人認識你這種男孩嗎？我們該到處開車貼你的畫像嗎？這是你想要的嗎？把你的畫像貼在電線桿和超市裡？我們該這麼做嗎？我們可以現在就輕易起頭喔。」

現在，他開始冒汗了。秒針滴答響得太快。儘管他確定他們無法追蹤他，但這通電話也拖得太久了。

「這是我最後一次打電話來。」他說，「幫我向蠢老二問好，告訴他，想對付我，他還早呢。再見！」

然後他掛斷電話，低頭看地板上的老女人。

「他們找不到我，這對妳們倆來說實在是壞消息。妳們已經學到不要管別人閒事了嗎？那樣不會有好下場的。諺語不是說：『好奇心會殺死一隻貓。』」

第四十八章　阿薩德

「你們對他做了什麼啊？」

他們護送拳擊手回來時，他好像哭了。阿薩德以前見過成年男人崩潰過許多次，但從未看過像這位柏林拳擊學院的前拳擊手這麼慘的，尤其是他以前一定挨過很多揍。他是爲了什麼這麼害怕呢？

威伯雖然有點疲憊，但他已經恢復警覺心，腦袋也很清醒。這樣的威伯聞言不禁反駁。

「如果你說的是他的割傷和瘀傷，你得謝謝你自己，阿薩德。我們沒有碰他。」

「但他看起來好像被你們判了死刑，而且馬上就會遭到處決。」

威伯扯鬆套頭毛衣領口。爲什麼他看起來一臉心虛？

「嗯，你說得沒錯，他害怕自己被殺。我們向他保證，直到一切平息前，他都會被羈押在警察局裡。」

「他告訴了你什麼？」

「哈米德的姓氏也許不是阿勒萬，那可能只是他打拳擊時用的假名，但他也不確定。不過他確實知道他以前打拳擊時都在哪混，在哪喝茶。那家咖啡館還在，所以我們知道下一步該怎麼辦。他也知道，如果哈米德發現他向警方告密，他和他的拳擊俱樂部就會成爲歷史。他看過哈米德的能耐，他人脈很廣。」

阿薩德對這點毫不懷疑。「所以你現在同意我們找到的是對的哈米德囉？」

威伯和旁邊的人都點點頭。

阿薩德吐口大氣。總算！

「你告訴他，我們確定他就是在法蘭克福招募穆斯塔法的那位哈米德時，他怎麼說？」

「他說，哈米德常不請自來俱樂部，總是在比賽後徘徊不去，和年輕拳擊手私下交談。他也聽過謠言，幾個參加比賽的年輕人後來去了敘利亞，所以他猜得出來是怎麼回事。」

「如果他懷疑他的俱樂部有非法情事，爲何不在很久以前就通報警方？」

「和他需要高壓手段才能吐實的原因相同。」

「把咖啡館的名字給我，威伯。」

「我不能那樣做。你不能自己進行調查，阿薩德，這樣會冒太多險。這不只是牽連到你的家人，我們還得考慮到許多人的生命和安全。」

阿薩德嘗試不要覺得被冒犯，現在生氣對他有什麼好處？

「如果我昨晚沒行動，我們現在就不會有任何斬獲。你只會躺在床上生悶氣，把名字給我！」

威伯現在看起來受傷了嗎？阿薩德沒辦法肯定。

「不，我們得一起行動。我們的特警隊會出動，然後我們會逮捕經營者。那是唯一的方法。如果你單獨行動，不但會置自己於險境，還會毀掉我們能圍捕恐怖分子的最後機會。」

「特警隊？那眞的是個爛主意。如果你那樣做，每個人都會把嘴巴閉上。那樣我們根本不會有進展，而時間有限。」

咖啡館位於街道另一邊，籠罩在幾座高大建築物的陰影下。

時間還很早，所以無法避開交通流量。阿薩德對此很不開心。

「你太靠近了，威伯，他們大老遠就可以看見車子。黑色奧迪在這個社區裡代表麻煩。」

威伯嘟噥一聲。「我們得看到裡面的情況，就那麼簡單，不然我們得和你一起進去。你有五分鐘，然後我們就進去。」

阿薩德搖搖頭下車。他們已經為此吵太久了。

「我想你應該把那留在這，你不需要用到它！」威伯指指阿薩德藏槍的下背部。

阿薩德置若罔聞，穿越街道。

從外表看來，咖啡館一點也不特別。它算是個運動咖啡館和水煙俱樂部的綜合體，有骯髒的窗戶和有一陣子沒掃的入口。他們販售非酒精飲料，附有七十吋的電視螢幕，播放德國甲級足球聯賽和西班牙足球甲級聯賽，而且依照不同時段，水煙的售價從五到八歐元不等。

吧台內部和外面的咖啡館差不多，只有個小小的不同，天花板下有一系列沿著牆壁架設的櫥架，滿是證書、銀色獎盃和各種強調要痛宰敵手的運動海報：拳擊、柔道、跆拳道、巴西柔術、綜合格鬥等。

裡面有一小群顧客，全是阿拉伯裔，所以派一組德國裔特警隊衝進來辦案絕對是個錯誤。他對懶洋洋抽著水煙的三個男人點點頭。氣氛很溫和，的確很適合阿薩德現在的心境。

在天鵝絨布覆蓋的吧台後方，那名男子沒有注意到他。畢竟阿薩德就像其餘顧客，顯然是他們自己人。

「As-salamu alaikum.（祝你平安。）」他開個頭，然後繼續用阿拉伯文說，「你是店主嗎？」

他點點頭，阿薩德看見牆壁上的營業執照。

「所以你是阿尤布？那你就是我得談談的人。我在找哈米德，你能幫我嗎？」

阿薩德知道那男人很輕易就會對最後一個問題回答不能，但有時假裝天眞的方法最管用。只是在這並非如此。

他搖搖頭。「哈米德？我們這裡有很多人叫哈米德。」

「我說的是哈米德．阿勒萬，那位拳擊冠軍。我沒看見牆壁上有他的海報，但我想那只是個小疏忽。」

店主停止擦拭便宜杯子。「哈米德．阿勒萬?!你找他有什麼事？」

阿薩德傾身靠過吧台。「我得馬上聯絡上他，不然他就有大麻煩了。」

「麻煩？什麼樣的麻煩？」

阿薩德皺緊眉頭，強調自己的話。「大麻煩，那種你不想知道的，懂嗎？」

所有三位在他身後抽水煙的男人都抬起頭。他說話太大聲了。

「我看到他時會通知他一聲。」店主回答。

「給我他的電話號碼，我自己會告訴他。」

現在，店主的動作瞬間變快。杯子放在一起，茶巾搭在肩膀上。然後他繞過吧台另一邊，以懇求的眼光看著咖啡館裡的其他人。

「把這傢伙帶到後面，就算得痛毆他也行，直到他說出他爲什麼來這之前，不要放他走。我不喜歡他的表情。」

阿薩德轉身面對他們。「如果你們想要咖啡館消失，儘管動手。」阿薩德轉身面對店主，三位保鑣慢慢站起來。「如果你知道是誰派我來的，你會馬上跪下。甚至連哈米德．阿勒萬都只是沙漠裡的一粒沙。」

但這招似乎沒效。

「動手。」店主命令，絲毫不受動搖。

但當阿薩德拔出槍對準店主時，這招就奏效了。所有人都僵住。

阿薩德看看手錶，它在震動。威伯送簡訊過來：你只剩四十五秒鐘。那男人是白癡嗎？

「都不要動，不然我一個個開槍打你們。」他命令。

他再次轉身面對店主。「我們沒有時間了，所以你得趕快下決定，阿尤布。告訴我上哪找哈米德，因爲他的性命有危險。你懂我說的話嗎？」

他點點頭，顯然不完全信服，但了解事情的嚴重性。

阿薩德舉起夾克，將槍塞回褲帶。

「我已經對你展現善意，現在輪到你了。」

他點點頭，但就在那一刻，好幾個影子閃過咖啡館前方，在阿薩德來得及反應前，門就被砰地被踢開，威伯的人手如大軍般衝進來。

威伯送簡訊來還不到二十秒，所以他們是在搞什麼鬼？特警隊武力強大，占盡優勢，那三個人馬上被制伏，上了手銬。接著威伯走向阿薩德，無視於他的憤怒眼神。

「好在我們路過，」他邊說邊拿出手銬，「雙手放到背後。」他對店主說，然後轉向阿薩德，「你也是。」

「我會給你九十秒鐘。」他在給阿薩德上手銬時湊在他耳邊低語，「一分鐘半，懂嗎？」

阿薩德當然懂，這次只希望威伯會信守諾言。他們拿走他的槍。他們眞的都在玩一場遊戲。

威伯和特警隊將店主和阿薩德推坐在兩張椅子內，背對他們。阿薩德已經把藏在手錶下的鑰匙弄出來了。

「你們乖乖坐在這，我們會嚴密監視你們。」威伯一位手下和阿薩德及店主說。然後他們將保鑣拖出去到車子那邊。

阿薩德和手銬掙扎了一會兒。

「我幾秒後就會掙脫，你也做好心理準備。我們得離開這裡。」

店主搖搖頭。「我哪裡也不去。他們能對我怎麼樣？我又沒犯法。」

「如果你留下來，你會看不到明天的日出。這些就是我要警告哈米德的人。動動腦筋吧，老兄！告訴我有沒有後門，你有沒有車子。」

他猶豫幾秒，然後點點頭，轉身讓阿薩德替他解開手銬。

他們衝出去到大片相通的後院，二十秒鐘後，他們就坐上阿尤布的摩托車，疾駛離開主要道路，而那三位無辜的人正要被帶去警察局羈押，直到這一切結束。阿薩德拍拍內袋，手機在那。威伯已經注意到他的ＧＰＳ訊號在往東南移動了嗎？

騎了十五分鐘後，阿尤布停在一條安靜的路旁，這一帶是排屋和低矮公寓建築群。

「你現在可以下車了。」他說。

阿薩德照辦，環顧四周。「是這一棟嗎？」他問，指著他們眼前的房子。

電光石火間，他只聽到阿尤布啟動引擎的喀答聲。那男人正要踩下油門時，他本能往前跳。阿薩德沒能把摩托車翻過來，但身子剛好來得及撲過去，抓住後座的把手。

摩托車搖來晃去甩尾，阿薩德的腳底滑過路邊石，但阿尤布技術高超，保持摩托車的平衡，高速騎過社區，阿薩德的一隻腿則沿著路邊拖行。他一直試圖拉起身子坐上後座。阿尤布用右手猛捶了幾次，成功擊中阿薩德的頭側。他嘗試第三次時，阿薩德放開把手，抓住他的左手。結果可以預期極不安全。阿尤布沒料到會被一扯，左手用盡力氣猛拉左邊把手，摩托車猛然一扭，往左倒下，阿尤布旋即被重重壓在下面。阿薩德立刻放手，剎時發現自己在路邊站著，看著沒人騎駛的摩托車一頭撞上另一邊街道的路邊石，再往前猛衝五十公尺後停下來。

「你瘋了嗎？你在玩什麼把戲？」阿薩德蹣跚走向受傷的男人時大吼。

阿尤布趴在人行道上一半處，臉貼著鋪石。除了該死的擦傷外，上半身好像沒因撞車而受傷，但左腿似乎不太妙。

「你以爲我看不出你的意圖嗎？」阿尤布喃喃低語。

阿薩德的身子靠向他。「哈米德在計畫恐怖攻擊，警方在找他。我們得警告他，你聽到了嗎？告訴我上哪找他，你可以救他一命。」

他的臉扭曲成一團。「我的腿沒有感覺。」他說得有氣無力。

「我會叫救護車，但先告訴我上哪找他。」

他看著阿薩德，但無法聚焦。

「哈米德是我哥哥。」他說，嚥下最後一口氣。

阿薩德屏住呼吸。這太可怕了。人們開始從房子裡衝出來，詢問發生什麼事，他只能閉上眼睛，爲死者和他自己的家人做個小禱告，他家人的命運這下子越來越無可避免了。

最後他將手放在男人臉頰上。「可憐又受到誤導的傻瓜。」他說，等了幾分鐘後，威伯的特警隊才終於找到他的所在位置。

第四十九章　卡爾

護士猛衝過走廊。

「等等！」護士大喊，在他要打開夢娜的病房門時，將他拉到一旁。

「卡爾．莫爾克，在你進去前我得囑咐你一下。爲了安全起見，我們要讓夢娜再住一兩天的院，所以你要跟我保證，你不會給她壓力，她在過去這幾天，身體和心理都承受了很多。即使寶寶現在好像安全，夢娜的情況還是沒穩定下來，你清楚了吧。任何情緒激動、哀傷或挫折——事實上，就是任何誇張的感情——都會引發不恰當的發展，而夢娜已經很擔心你和懸案組正在偵辦的一件案子了。」

卡爾點點頭，說他會盡力確保懷孕進展順利。他只是很開心，夢娜和寶寶都已經度過難關。

夢娜展開笑顏，握住他的雙手，彷彿那是她的心錨。不難看出，在沒有他的陪伴下，她歷經的危機有多難熬。她的皮膚看起來更脆弱，雙唇變得慘白，但她內心那股要爲寶寶拚命的力量在雙眸中閃爍。

他小心擁抱她，將手放在她肚子上。

「謝謝妳。」他只說得出這幾個字。

他們握著手，沉默地坐了片刻，此刻語言毫無意義。爲什麼他們花了這麼多年，才終於找到彼此？現在、過去似乎都不再重要。

「也謝謝你。」她緊握他的手說。

「護士有沒有試圖嚇你？」她沒等他回話，「別管她，卡爾，她只是想保護我，但她不知道我的能耐。我們得談談所有的事，卡爾，不然我沒辦法安心休息。」

他點點頭。

「時間夠嗎？你能停止在柏林發生的事嗎？阿薩德和他家人會活著脫離險境嗎？直截了當告訴我。」

「妳眞的要聽？」

「是的，看在老天份上，老實告訴我眞相。」

「全都一團亂，夢娜。我們這幾天得按兵不動，因爲沒有任何進展，我們都快被逼瘋了。我擔心，阿薩德家人的生還機會眞的很渺茫，我們可能也沒辦法阻止我們害怕會發生的事。」

「柏林恐攻？」

「是的。」

「你得回去幫阿薩德的忙，卡爾，不然你會無法原諒自己。我不會有事的，我保證；但你得向我保證，你不會冒生命危險。倘若你出了任何事，我會……」她撫撫肚子。

她無須多言。

「我保證。」他說，「但現在，我在妳身邊，我哪都不去。」

「但卡爾，你手上還有另一個案子，因爲蘿思，我也涉入極深。你得幫我和蘿思以及高登，你懂嗎？現在有兩個女人的性命危在旦夕，就看你們要怎麼做來阻止那個瘋狂男孩了。十分鐘後，你就要去警察總局做你最擅長的事，好嗎，卡爾？」

他歪著頭，眞棒的女人。

「妳知道什麼嗎，夢娜？那案子有新發展嗎？」

「那男孩告訴蘿思，他會在進城大開殺戒前，殺了那兩個女人，我們相信他的話。蘿思眞的覺得他離抵達遊戲目標已經很接近了，然後他就會展開計畫。」

「妳是指今天？」

「反正會很快，也許今天，也許明天。我知道馬庫斯．亞各布森也在密切關注這案子的發展，並努力要丹麥安全和情報局插手。」

「妳是什麼意思？」

「如果你趕過去，一個半小時後你的組裡會開個會議。蘿思告訴我的。」

卡爾忿忿咕噥。在十一點開會！**早晨**會議！他從來沒喜歡過那些丹麥安全和情報局的古板探員。

「你也應該知道，你在柏林時，哈迪和莫頓去了瑞士第二次。我想你有空時，應該和他們聯絡一下。」

高登和蘿思看著他的眼神就像搖尾乞憐的小狗，希望主人會好心分一塊肉。他眞希望他們不要用那種眼神看他。

卡爾闔上眼睛，專心聆聽錄音檔。在這個他們叫科特布萊恩．羅根的男孩的最後一次錄音中，每個抑揚頓挫和選字可能都意義重大。

錄音檔結束時，他張開雙眼，盯著他們。他們顯然有相同想法：如果他們不趕快逮到他，結果會是血流成河。卡爾可以想像爆炸性的後續發展：小報會瘋狂報導；TV2新聞台會像往常般進入超速狀態，播報和炒作這新聞很久一陣子；比較嚴肅的報紙則會公審懸案組個沒完沒了，罔顧十一年來他們流血流汗，以及成爲丹麥最佳調查單位所做的努力。如果這個瘋狂男孩成功大開殺戒，許多人要吃不完兜著走了。

「好，雖然我們目前沒多少線索可以繼續追查下去，但你們的表現已經很棒了。儘管如此，我認爲在這錄音檔中有兩件事可能很重要。那隻狂吠的狗和男孩對字母A著迷的事實。」

蘿思點點頭。

「丹麥安全和情報局聽過錄音檔了嗎？」

「聽過了，我把所有資料都給了他們。」高登回答，「馬庫斯請他們找出所有資料的相關性，他們會下來給我們摘要報告。」

竹竿看起來好像爲這個案子消瘦不少，如果他還可以更瘦的話。

他以懇求的眼神看著卡爾。「如果丹麥安全和情報局沒有提出任何新的關鍵資訊，我們勢必得請馬庫斯公布男孩畫像和殺人計畫。所有電視頻道在聽到風聲後，都會撤換掉原本的節目。你得幫我們說服他，卡爾。」

但卡爾同意凶殺組組長的看法。那會製造大眾恐慌，也引發他們爲何不在幾天前公布的大肆批評。卡爾知道馬庫斯對這類事件經驗豐富。他們公布幾小時後，就會被線報淹沒，而那些線報只會引向死胡同，並拖延辦案速度，特別是如果畫像沒那麼精準的話。男孩的父母沒去上班幾天了，可能有幫助，但仍會引發大量訊息湧進，他們還得費神費時考量和分析。這些時日以來，丹麥警方就是沒有足夠人力在短時間內處理這種案子，地方警察分局也分身乏術，縱使後者擁有對當地和其居民擁有數年經驗的員警。他和馬庫斯很清楚那些政客引進的失敗警方改革，會造成什麼嚴重後果。

「妳沒有機會問他這個A意味著什麼嗎，蘿思？」

這個問題竟會讓她尷尬？眞難得。

「他特意提到字母A，我知道我該追問，但我當時只是一心想把他拉到我們這邊，所以沒有對此多想，卡爾。我原本計畫是要讓他在聽到阿薩德在追捕萊莉・卡巴比的凶手時，會對阿薩德產生認同感，如此一來，他會認爲我們是同一國的。」

「那招顯然沒效，那能顯示他的個性。那男孩極度自我中心、自以爲是，完全不講道理。有精神變態傾向的人是很難說服的，蘿思。」

「還用你說，我最清楚這點！」

「他以前曾經給過我們很好的提示，我們不該忘了那點。他說他會活超過自己一年這種怪話，而妳破解了它的含意，那是很優異的警方推理。妳猜他年紀是二十二歲，他從未抗議過，所以我想妳命中目標。我確實認爲這次他的自信又戰勝理智，所以他想給我們另一個暗示。他百分百確定我們無法及時抓到他，我非常確定這點。」

蘿思點頭表示她跟得上他的邏輯思考。「所以，字母A是他的暗示？」

「正是。我們叫他科特布萊恩・羅根，但我們還是不知道他的眞名。我想這提示與他名字相關，它是以A開頭。」

卡爾和陪馬庫斯來的丹麥安全和情報局的人很熟，但他不認識那位滿臉青春痘、在他們身後絆跤的年輕人。他幾乎是種漫畫人物和剛畢業的大學生的混合體，他究竟在這裡幹什麼啊？

「卡爾，儘管夢娜狀況不好，但我得坦白說，我很高興你在這。」

他介紹客人。「你應該認識丹麥安全和情報局局長傑波．艾薩克森，他嚴肅看待我們的需要，並全力以赴支援我們年輕殺手案的調查。」

卡爾禮貌性地點點頭。

「但讓我為你介紹一位新人，情報局的新ＩＴ高手，顏思．卡森。他已經處理和比對了高登傳給情報局的所有資料。」他轉向那傢伙，「也許你可以自己告訴我們你的結論，顏思。」

他開始猛力清清喉嚨，喉結用力上下滑動。出乎大家意料之外，他說話的聲音幾乎比一般人低八度。「好，首先，我們跟語言學家密切合作過了。當然，那可能會是個死胡同，但我們得有奠定基礎推論的一些基本資料。所以，如果語言分析家的理論不成立，我的結論也會跟著無效。」

「謝謝你的坦白。那我們只能希望你的語言學家有把工作徹底做好。」馬庫斯說。

「我們聽了錄音檔很多次，結論是那男孩可能住在哥本哈根北部地區。」局長繼續說，「我們排除了赫勒魯普和夏治特輪德，但福格巴克、某個範圍的恩德魯普、腓特列堡，以及烏特斯列沼澤公園邊緣的社區都顯示這位年輕人說話和用字的某些特徵。」

卡爾注意到蘿思和高登四目交接，這顯然也是他們的辦案起點。

現在年輕人接下去說：「我們必須非常感謝巴格斯威寄宿學校，因為他們以堅決的意志，花時間提供我們目前已滿四十歲到七十歲之間，所有男校友的列表。除非年輕殺手和他父親的年齡差距出現不正常的過小或過大等現象，我們假設這是有二十二歲兒子的男人的年齡範圍。」

「當然，也有可能是年輕和年邁繼父，但我們決定排除那個可能性。」局長說道，彷彿他個人曾參與辦案，但卡爾非常懷疑這點。

那位低音手又掌控局面。「我假設父親和殺手登記在同一地址，於是我將四十到七十歲的男校友列表和那些我上面提過的哥本哈根居民做了比對。」

高登和蘿思的身子在座位上稍微向前傾。希望出來的數字很小。

「我的結論是，在這些社區裡，擁有相關年齡團體的校友家庭有三十三個。如果我們跟整個大哥本哈根交叉比對，那數字增加三倍，而我們不可能在有限的時間內及時找到。」

卡爾不認爲這聽起來很樂觀。不管是在較特定地區的二十一個家庭，或是在整個大哥本哈根的七十五個家庭，數字聽起來同樣都無法在有限時間內克服，因爲那男孩非常狡猾，他確實如此，而且警方去按電鈴時，他不會就這樣開門。而其中有許多家庭，人們就是不會在家。他們得取得很多搜索令才能進入沒人應門的住宅；即使眞有人應門，如果警方被拒絕入內，他們還是會有相同的難題。

「爲了更精準掌握這號人物，我基於殺手的估計年紀進行了交叉比對。」

懸案組洗耳恭聽。這個滿臉青春痘的傢伙眞是聰明。

「如果我們假設他大約二十二歲，出生於一九九五至一九九七年間，他住在家裡，又與父親登記在同一地址的話，我們的搜查範圍便降低到上述社區的十八個家庭，或大哥本哈根地區的四十個家庭。」

然後他打開資料夾，拿出一些文件。

「這些是我縮小範圍後的地址。」

蘿思和高登目瞪口呆。

第五十章　阿薩德

阿薩德一路跟著他們。首先，他們到阿尤布的家，突兀地將他的死訊告知他妻子，她聽後立刻開始換氣過度。在他們搜遍房子、找到她大伯哈米德的地址後，她才恢復些許鎮定。他們留下幾個人看管和照顧阿尤布的妻子，並派第二組人馬去包圍哈米德的房子，之後，一個個悄悄進入房屋周遭維護良好的小花園。

他們發動攻擊，花園門和前門同時被撞開，數秒鐘後，他們就發現哈米德的妻小像老鼠般安靜地躲在桌下。看起來他們似乎曾有過這種經驗。

阿薩德拍下她扭曲的臉和孩子們驚恐的表情。此時，他們強迫她打電話給丈夫，告訴他，阿尤布的妻子打電話來說，阿尤布死了，而他們害怕自己的性命也有危險；哈米德能不能回家，馬上將他們帶離那裡？

感謝眞主，哈米德對等著他的情況毫無準備。儘管如此，他擁有重裝武器，而在離家幾百公尺遠外，他就看見前門已經被撞開。

他立即做出反應。他胡亂開槍，一頭衝進灌木叢，試圖從後面花園趴著爬離逃走。他察覺自己被包圍時，脖子往後一仰，將槍抵在下巴上。就在他要扣動扳機時，腿部中彈。數秒鐘後他倒下來，他們蜂擁上去壓制他，搏鬥在還沒開始前就宣告結束。

阿薩德站在後面禱告他們不會殺了哈米德。

他們將他拖進廂型車，載他回去問話，這時他仍大量失血。

阿薩德在現場停留片刻，上了下一輛車跟著走，並納悶現在局勢會怎麼發展。他不想參與哈米德的實際偵訊。他經歷過那種肢體衝突的對峙，而他不想再擁有那種經驗。

縱使阿薩德百般不願，他們還是在午夜過後不久將他帶到警察局，因為即使他們整天對哈米德施加強大壓力，他還是堅不吐實。現在，威伯的小組準備整晚熬夜，但在他們完全累垮哈米德前，他們想看看阿薩德能否讓他吐露些線索出來。

阿薩德拒絕，他非常了解像哈米德這種男人。在幾小時前他才展示出為理想自殺的意志力，最殘忍的折磨都不可能會讓他鬆動舌頭。

儘管如此，威伯還是堅持。不管阿薩德能有進展的機會有多微小，他都該為自己和家人試一試。對，即使是連哈米德這種男人都一定有弱點，威伯說。他甚至還感冒了。

「你帶他進來時他就感冒了嗎？」

「對。所以那可以解釋我們發現的衛生紙，只要你小心不要被傳染就好。」

阿薩德點點頭，走進偵訊室。

在那個冰冷又光禿禿的房間裡，讓阿薩德驚訝的是，哈米德的壓力顯然不僅來自心理。整個房間地上淹了水，水桶裡的溼毛巾像個證據，證明日內瓦公約在反恐行動遇上危機時，就無法在全球各地被遵守。

哈米德因感冒而眼皮沉重，現在則因精疲力竭而快閉起來。他的衣服溼透，這當然加重他的感冒；牙齒則因室內低溫而喀啦打顫。但他還是以反抗、輕蔑的眼神看著門，阿薩德頓時覺得失去希望。

哈米德察覺到是阿薩德進門時，發出無法抑制的狂笑。他指著阿薩德，猛烈咳嗽，並以刺耳的聲音說，像阿薩德這樣的矮個頭混蛋，竟然會是迦利布多年來的憤怒和想復仇的對象，簡直是匪夷所思。

他站起來拉扯手銬，手銬的鍊子接到桌上。

「過來一點，你這個叛徒！」他大吼，「讓我咬住你的咽喉吧，這還算是幫你忙呢。」

接著他對阿薩德的臉吐口口水。

阿薩德抹掉唾液，哈米德發出嘲笑的微笑。他顯然以爲自己已經把立場表明清楚，但刹那間，那抹微笑便從他嘲諷的臉上抹除。阿薩德用力摑他一巴掌，對他吐口水。

「所以，你最後終於見到我了，而我還活得好好的。」阿薩德說，將哈米德推回椅子內，「現在我要問你幾個問題，希望你好好回答。」

他將妻子的照片放在哈米德面前。

「這是瑪娃，而你知道她在哪。」

然後他拿出手機，找到哈米德的妻子打電話給丈夫時的照片。他震驚萬分。

「這是你妻子，而我知道她住在哪。」

他拿出長女的照片時又重複說了一次。

「這是奈拉，你知道她在哪，就像我知道你孩子在哪一樣。你懂我的意思嗎，哈米德？這是以眼還眼，以牙還牙。就看你怎麼選擇！」

哈米德張大眼睛，以意味死亡的冰冷眼神盯著阿薩德。

阿薩德將手機按在哈米德臉上。「好好看看你美麗的妻子和美妙無辜的小孩。告訴我怎麼找到迦利布，我就會饒過你的家人。或你也想變成他們的劊子手？」

哈米德正要再吐口水，但突然改變心意。

「你愛做什麼就做什麼吧。」他恨恨地說，「我會在天堂與家人團聚，通往神聖的永恆會在何時發生根本無妨。」

在天堂與他們團聚？他在哪信的伊斯蘭？

「哈米德，聽我說！迦利布玷汙我的妻小。他爲信仰和自己帶來恥辱，那些協助他施展暴行的人只能下地獄去。」

哈米德往後靠坐，綻放微笑。「你這隻不信眞主的可悲的狗。你應該知道地獄只是暫時的。阿拉不會以無止境的懲罰來回應有限的罪行。我們都會在天堂相遇，即使是你和我。」然後他頭一仰，笑得比以前更大聲。

現在阿薩德看出他與哈米德之間有條清楚的界線，但他決定不管怎樣還是要越過去，於是用力用拳頭揍那張笑臉。每次拳頭落下時，他眼前都浮現妻小在很久以前對他揮手告別時的景象。那也許是永遠。

「你們得再潑他一點水，」他踏出房間時說，「不然他不會醒過來。」

威伯嚴肅地看著他。「你揍了他？」

他是什麼意思？他當然揍了他。

「那會比你的灌水法還糟糕嗎？我以爲在你們文明的德國禁止嚴刑逼供。」

「灌水法？我們沒用那種手法。如果你是指地上的水，我們是要在醫生替他的腿止血後，把地板的血沖洗乾淨。」

阿薩德一臉吃驚。

「所以，你們對他施展了什麼樣的壓力？」

「我們提供他和當局合作的機會，豁免權和錢。他可以為我們工作，過安全的生活。那當然很天真，但我們總得試試看。」

「是的，是很天真。」

「然後我們威脅他家人的安危，但他只是大笑。他說，無論我們做什麼，他都會在天堂和家人團聚。」

第五十一章　迦利布

迦利布派碧娜去察看哈米德的家已經過了一個小時，他覺得坐立難安。這是哈米德第一次沒有準時出現，絕對也是他們第一次聯絡不到他。倘若他出事，會破壞整個任務。

他坐在桌前，再次逐步思索所有細節，桌面上放著攤開的柏林地圖。他們已經將行動從法蘭克福搬往柏林，而現在，如果哈米德沒出現，看來他們便得再改變計畫。這雖然不是無法克服的障礙，但還是……

公寓裡的不安情緒也在高漲。

要是碧娜沒在十分鐘內回返，他就得冒著幾位較沒實戰經驗的聖戰士陷入恐慌的險。他得說服他們，不管發生什麼事，他們依然是行動力強大的小組，能成功完成任務。就算他們失去哈米德也沒啥大礙，他會親自接替哈米德的角色，成為引爆炸彈的人。

首先，他要確認少校沒事，已經在旅館房間就位，並準備在任何時刻行動。

哈米德的角色是和迪特．包曼保持聯繫的本地人，會說流暢的德語。雖然如此，少校在中東的那些年使他學會流利的阿拉伯文，所以他和迦利布之間的溝通應該沒有問題。

迦利布打電話給在旅館的少校。

「你在德國變成名人了，迪特。那給了我們希望的那類關注，但你有避免掉不必要的關注嗎？」

「我用不同的名字登記入住，自那之後就一直叫客房服務。我入住後就沒離開房間過。那也是在報紙把我刊在頭版之前的事。哈米德安排了不錯的僞裝。但爲何不是由他聯絡我？」

「他現在不在我們這。我打來確認攻擊會在明天下午兩點準時展開。你準備好了嗎？」

他稍微咳嗽。

「我準備好了。我希望明天的能見度也可以忍受。我在網路上看到，上星期籠罩柏林的霧該死的又會回來。我可以把邊窗開一條縫，好讓我可以從各種方向扭轉槍管。好消息是，下面很難看得到我，因爲窗戶是黑的，而且縫隙很小。這旅館是哈米德另一個很棒的選擇。」

他再次咳嗽。他沒剩多少肺功能了。

「哈米德在哪？」他問。

「我們並不確切知道。但別擔心，哈米德堅若磐石。」

「我知道。」

「你的健康狀況如何？」

「我還活著，」他邊咳嗽邊大笑，「至少足以決定自己什麼時候不想活。」

「要吃藥，迪特，照顧自己。As-salamu alaikum，願你平安。」

「Wa alaikum as-salam，也祝你平安。」

迦利布聽到走廊傳來吵雜聲，接著碧娜走進。

Alhamdulillah，讚美眞主，但她看起來受到驚嚇。

「抱歉花了這麼久時間，迦利布，到他家路途遙遠。」

他點點頭。

「那裡看起來不妙。我和社區的報攤老闆聊過，他告訴我，制服人員在哈米德家破門而入，他妻小還在那。在街道遠處有聽到槍聲，有些顧客看見哈米德被射中大腿，接著被有武裝的強壯男人用黑色車子載走。他們也看見一位阿拉伯人在路中央遠處觀看整場槍擊，哈米德中彈倒下，槍戰結束後，那個男人也和其他人一起坐車離開。」

「妳知道那男人的長相嗎？」

她點點頭，明顯仍處於驚嚇狀態。「多多少少。」

「薩伊德．阿薩迪？」

「對，我想是他。」

迦利布仰頭掙扎著想呼吸。他真的希望現在就在這裡處決薩伊德的妻子，但那哪能帶來最後終極復仇的甜美滋味？

「我要你們全進來這裡。」他仔細考慮過後，對整個團體說。

他冷靜地看著他們，使他們了解他已掌控全局。

「看來哈米德已經出局了。碧娜告訴我，他在自家附近被逮捕。」

團體裡有幾個人看起來很驚慌。

「是的，那是個重大挫折，但保持冷靜。哈米德是我見過最強悍的男人之一，他以前就被逮捕過，但從未吐露過半個字。我能向你們保證，他們這次也不會成功。他們很快就必須放他走，因為他們沒羈押他的證據。如果任何人能掩蓋行蹤，非哈米德莫屬。」

「但這樣我們就沒有他陪我們執行計畫，我們該怎麼辦？」

「那當然會造成一些不便，但我們也有解決方案。我會接替他的位子。」

那使他們像吃了定心丸。

「那個聲東擊西的策略呢？會在什麼時候展開？」

「大約明天下午一點半。」

第五十二章　荷安

對他們而言，他只是個隱形人。他們完全沒注意到他也不和他說話。當他鼻塞到眞的無法呼吸時，他們也不理會他發出的微弱聲響。他就坐在房間中央的輪椅上，聽到和看到所有的事，慢慢了解即將發生的慘劇。但沒人費神對荷安有所隱瞞，他們爲何會覺得有此必要呢？他又不能上哪去；他也是那個會爲他們記錄一切的人，那個等恐攻結束後描述一切經過的人。

整個事前準備工作、中間鋪陳、處決和結果，盡收眼底。

一小時一小時地流逝，他逐漸清楚地意識到，每件事會在明天下午結束。在那之後，荷安·艾瓜達會整個變個人。

那三個女人現在被單獨留在隔壁房間內，因爲恐怖分子一整天沒給她們食物，她們已經沒有力氣發出最微弱的聲音，而那就是恐怖分子想要的。他們的計畫是，那天稍晚她們都會宛如半身不遂般，垂頭喪氣毫無力氣地坐在輪椅上；沒有聲音，沒有動作，只是毀滅性恐怖炸彈的載運者。而奧斯曼現在正在檢查炸彈是否會如常運作。

當每個人爲明天的任務重新複習各自的角色和位置時，迦利布單獨坐在角落，表情陰沉。難以確定他是否是被憤怒或絕望所淹沒，但他顯然想念他的左右手並憂心忡忡，因爲哈米德是第一階段行動和整個任務本身的關鍵人物。

迦利布當然試圖隱藏他的心情，這樣聖戰士團體才不會開始懷疑任務是否會成功。直到那天深夜，在發現哈米德確切被帶去的地方後，他終於決定該如何進行任務，並恢復往常的鎮定。

他花了幾分鐘在手機上打字，仔細讀過內容後送出。

他將手機放在奧斯曼手中，下達指示。奧斯曼現在顯然是新的左右手。

然後他簡短宣布事態重回正軌。「我們最後會抓到薩伊德的，我們會抓到他的。」他用英文對荷安說著，對他綻放燦爛笑容。

他派奧斯曼上路，之後坐在荷安旁邊的椅子上。

「薩伊德，薩伊德，薩伊德，薩伊德。」他就像念著咒語般對自己嘟嘟噥噥，兩眼緊閉，猛點著頭，全身似乎充滿鬥志。

「我明天會抓到你。你會比以前更爲痛苦，我會確定那點。你不用懷疑，時候到了。」他又繼續喃喃念起咒語，「薩伊德。薩伊德。薩伊德。」

荷安是第一次在他眼中瞥見瘋狂的火焰。那晚，荷安度日如年。

他們測試他的專業攝影機，檢查烏茲衝鋒槍和彈匣以及炸彈背心，輪流穿上它們，練習位置和角色。如此一來，每件事都不會出錯。

迦利布要大家集合。「幾小時後，我們會穿著自己的衣服做個團體禱告，之後，我們會換上僞裝。男人得按部就班精準地穿上衣物。防彈背心需要緊緊套在襯衫上，這樣在你們套上外套後，看起來才會很優雅。穿好後再固定鬍子；讓碧娜和潔絲敏幫你們的忙。弄完後，戴上有捲髮的帽子。在鏡子裡檢查自己，如果有不對的地方，彼此幫助。最後戴上眼鏡。它們雖然看起來是近視眼鏡，但其實沒有度數，因爲感謝眞主，我們阿拉伯人老了以後不會退化，不像他們有那種健康問題。」

那逗得全場樂不可支。很多正統派猶太男人在某個年紀後都無法逃過基因的詛咒，近視度數會增加，那舉世皆知。

他們談了很多有關他們將執行任務的時間。第一個階段已然成爲定局；得確實在下午一點半開始，迦利布在這之前會發好幾個簡訊給薩伊德．阿薩迪，並確定他有收到。

關於主要行動，他們已經查過廣場和鐘塔的觀光客最多的時間，下午兩點似乎是最佳時段，所以他們會按時發動攻擊。

就荷安所知，現在才凌晨四點多。幾位團員已經進房間準備休息幾個小時，然後發動計畫。隔壁那三位不幸的女人和大批無辜群眾會在十小時後喪命。

那距離現在不到三萬六千秒，他估算。

滴答，滴答。

第五十三章　卡爾

早上八點。在過去一個半小時內，警方辛苦地逐一查訪地址列表，但仍找不到那個男孩。他們決定這麼早開始查訪是正確的決定。在超過半數的查訪中，那些家庭還沒去上班，而且有耐心回答所有問題。

警方沒有對眞正查訪的理由吐實，只說這是攸關公共安全感的調查。不管那意味著什麼，好在沒有人質問他們這點。今日在丹麥，仍可能以那種胡說八道來掩蓋任何事情。

「那些沒人在家的家庭呢？」回到懸案組後，滿臉蒼白的高登問，「我們要去查訪他們多次，或等到他們下班？」

「不一定，要看情況。」蘿思回答，「但你知道，那是人力問題。」

高登的腳丫點著地板，嘟嘟噥噥說他沒有料到這男孩的案子會變得這麼嚴重。

「我爲什麼沒設法讓他洩漏他的身分？該死，我有什麼不對？我究竟擅不擅長警察工作？」他望向卡爾，「我是律師，卡爾，我沒有做這行的料。」

卡爾不禁微笑，拍拍他的肩膀。「振作起來，高登。你知道諺語是怎麼說的：在你脖子以下都埋在屎裡時，別垂頭喪氣。」

蘿思很快又主導一切。「你只是太快下床，高登，你的梳子還插在頭髮裡呢。」她看著他拍拍頭。

每次那個笑話都會讓他上當，他們也總是笑得歇斯底里。

「好吧。」高登說，「我了解了。我們會繼續祈禱，在此同時，我們會打給所有販賣武士刀的商店。」

卡爾點點頭。除了等待而沒別的事可做時，那是個好主意。

此時他的手機響起，是阿薩德。卡爾看看時鐘，打的時間可真早。

「我實在不敢問，但，你會回來嗎，卡爾？今天會出事，我們現在確定了。」

卡爾在半空中揮手要大家冷靜下來。這聽起來很嚴重。

「發生了什麼事？」

「今天在凌晨四點以前，一封電郵寄到警察局的收件匣。我念給你聽。」

給薩伊德．阿薩迪的重要訊息！

今天稍後我們會把更進一步的指示寄來這個郵址。期待無法逃脫的命運，並準備和摯愛以及人生說再見吧。

迦利布

阿薩德的聲音很鎮定，但卡爾可遠非如此。

「你有任何可繼續追查的線索嗎，阿薩德？那個哈米德呢？」

「相信我，德國人給了他他們不願公開的偵訊方式，但他不肯開金口。」

卡爾咒罵一聲。

「對，你替我說了，卡爾。」阿薩德鎮靜地說。

卡爾不忍心告訴他，情況其實應該是相反。

「對，」他卻說，「那會讓你想殺了哈米德，但那樣做又有什麼好處？」

「在現在我們說話的當口，威伯的小組正在研究我的列表，他們有自己的待查事項。但總之呢，我得等，再一次。」

「鳥類專家和鴿子呢？」

「這個嘛，現在柏林每個有鴿子的廣場都受到監視。」

「那是動用很多人力，我可以想像。柏林很大。」

「我想今天不用值班的警察都不准睡覺了。」

「電郵的寄件人呢？」

「他們在一小時前，在靠近一家大銀行的波茨坦廣場的垃圾桶裡發現一支手機，信是從那發來的。」

「手機還開機？」

「是的，他們刻意要讓我們找到它。」

「資料呢？」

「除了電郵外，裡面什麼也沒。」

「手機是舊的還是新的？」

「它不是新的，所以我們無法追查它是在哪買的。有專家在研究它了，當然是要看看能不能恢復刪除掉的資料。」

「哈米德的妻子呢？」

「她遭到羈押，德國人給她壓力，但她什麼都不知道。她年輕天真，她甚至不知道哈米德是在德國出生的。」

「那他弟妹呢？」

「她也什麼事都不知道。相信我，我們試過所有手段了。」

「你說手機是在波茨坦廣場找到的？有沒有什麼想法？」

「那附近被搜遍了。那地方顯然叫作索尼中心。鴿子在那裡低飛，但我們也考慮到那地區的其他要素。波茨坦廣場非常繁忙，有個間諜博物館，所以那可能是個象徵性目標。柏林最大的購物中心也在附近。但可能性太多，卻只會有一個目標。」

卡爾接住蘿思遞給他的紙條。

「你會向我報告最新訊息，對吧，阿薩德？蘿思剛遞給我一張紙條，上面說，有班飛機會在十二點五分從卡斯特魯普機場起飛。所以我會在那之後一個小時後抵達。」

「我們只能希望到時不會太遲，卡爾。」

「我想你戴著手錶吧？」

「當然。」

「那我就會知道你的大概地點，我出發後會一直傳簡訊給你。」

他們掛斷電話後，他轉向其他兩人。「你們抓到此事的要點了嗎？」

他們點點頭。

蘿思坦率地說：「卡爾，不管你有沒有飛行恐懼症，幾小時後，在十二點五分，你都要上飛機。你沒有選擇餘地。而我們在此又只能等待。」

蘿思在列印卡爾的登機證時，電話響起，高登跳起身看螢幕上的來電顯示。

未知來電。

然後他按下錄音鍵，打開擴音器。

「嗯，敏郎，你還是打來了。蘿思還說你不會再打來了呢。」高登聽來得意洋洋，但其實他很心虛。卡爾很少看過誰流汗流成那樣。

「我上次沒機會和你說再見，蠢老二。你顯然認爲照顧一個叫路威的人比較重要，對不對？」

「是的，很抱歉，敏郎。不會再發生這種事了。」

「很好，那個賤貨惹得我很毛。」

高登靜靜深吸口氣。「你快達到你的目標了嗎？」

蘿思和卡爾一臉期待，彼此對看。那是他們最不希望的事。

「昨晚我手氣不佳，但我今早有所突破，所以我今晚絕對會達到目標。我只是想該讓你知道，謝謝你聽我說話。」

「嘿，敏郎，那隻狗後來怎麼樣了？」他試圖套他話，但他已經掛斷了。

「你有設法和哈迪談過嗎，卡爾？」蘿思爲高登端著一杯濃咖啡回來時問。高登則坐在角落，生自己悶氣不肯說話。馬庫斯．亞各布森從不曾對他的努力感到印象深刻。

卡爾豎起一根手指，他顯然忘記了。

他拿出手機，在等哈迪找到人幫他接起電話前，高登開始渾身顫抖。

「這對我們兩人來說都很難熬，高登，但你就是得保持鎮定。」蘿思將他的頭拉向她豐滿的胸脯，試圖安慰他。等到哈迪接起電話時，高登幾乎睡著了。

「嗨，哈迪，是我，卡爾。抱歉，我最近幾天沒和你聯絡，但——」

「我了解，卡爾。蘿思告訴我所有情況了，所以我知道你碰上了什麼案子。別擔心我。」

「我要馬上趕到卡斯特魯普機場，搭飛機去柏林和阿薩德會合。我只想說，我很遺憾你的瑞士之旅沒有成功。你現在要怎麼辦，哈迪？」

他嘆氣了嗎？

「是的，是沒有怎麼跟著計畫走，但我們會解決的。不幸的是，問題在錢。不總是如此嗎？我們還缺幾乎五十萬克朗才能進行最後的手術。但他們檢查過我了，我被核可為合適的候選人。一切都會否極泰來的。」

「五十萬克朗？」卡爾簡直不敢相信手術費要這麼高。就算他謀殺雙親，他會拿到的遺產也不到那數字的一半。「我眞希望我能幫忙，哈迪。」

哈迪謝謝他。他沒有必要感到抱歉。

卡爾覺得胃部又有下沉的感覺。他想說好多好多話，感受到很多很多情感，他覺得自己需要為此道歉。許多年前的那天，他、哈迪和安克爾在猝不及防下遭到攻擊。安克爾死了，哈迪就此癱瘓，但他呢？他倒是平平安安的。也許上帝挑錯該受苦的人了。

「你現在這麼忙，卡爾，不要擔心我。」哈迪清清喉嚨數次，他的聲音聽起來不太好。「但，你回來時，有件事得照料一下。」

他是在暗示夢娜的情況變糟了嗎？如果是如此，他為什麼不知道？他一小時前和她說話時，她還活蹦亂跳，情況很穩定。不可能是夢娜。

「是我們擺脫不掉的老案子，卡爾。釘槍事件。」

卡爾嘆氣，鬆口大氣。「那件事？嗯，你來應付就綽綽有餘囉。」

「我可不認爲如此。他們想談的對象是你，顯然他們有想聽聽你意見的新線索。但我不知道是什麼。」

卡爾搖搖頭。眞奇怪，那案子發生十二年了，自那之後都沒什麼進展。所以爲什麼是現在？「他們」又確切是指誰？

「他們是指斯雷格瑟的警探嗎？」

「是也不是。就我所知，這次是荷蘭人有新線索。但現在別想它，盡你的力幫助阿薩德就好。在德國發生的事眞是可怕。」

卡爾不由得點點頭。他連再考慮那件老案子的最輕微意願都沒有。他爲什麼該有？

「我就問個問題，」哈迪說，「你知道分析高登的錄音檔的人下了什麼結論嗎？」

「關於哪方面？」

「關於背景裡的聲音，一直狂吠的狗等等的。」

「恐怕什麼也沒有，我們的線索不多。」

之後，他打電話給夢娜，告訴她阿薩德來電的內容。

他在上飛機前做的最後一件事是傳簡訊給阿薩德，說他正趕過去，飛機將準時起飛。

第五十四章　阿薩德

阿薩德在光禿禿的偵訊室裡等待。沒聲音讓人分心，沒氣味引發不舒適——或是相反。房間完全消過毒，就像移除掉所有非必要物品、將剩餘東西消毒的手術室。

他默默等了好幾個小時。他踹了垃圾桶不下上百次，不斷來回踱步，坐下後又站起來，次數多到數不清。就一直枯等某人會進來告訴他，迦利布又送來了下一封電郵。

他從外面聽到的最後一件事是，他不用擔心，因爲已經部署超過千名警方人員和士兵，準備在所有想像得到和想像不到的地方展開行動，如政府建築和大使館、媒體公司和電視台、重要的鐵路和大眾運輸樞紐、紀念碑和有鴿子的廣場、猶太會所和紀念堂或墓園，甚至沒漏掉二次世界大戰同性戀犧牲者的紀念館。

一組身負協調監視行動的特警隊以離他十公尺外的房間爲基地，卯足馬力進行偵察，但阿薩德還是感覺快發瘋。迦利布總是先發制人，他還能有什麼其他感覺？「在跳棋裡搶先一步的人總是贏。」他父親總是那麼說，而那些字眼正啃食著他的靈魂，因爲阿薩德只是其中一個棋子，而等第一步下來，遊戲就會脫離他的控制。迦利布已經有很多機會可以殺他，比如法蘭克福的狙擊手。他開槍射擊穆斯塔法的腦袋側邊只是要證明，如果要殺他會有多易如反掌。但那不是迦利布想要的結果。他不只想要阿薩德的命，他不只要他受苦，他還要**看見**他受苦，而他目前的確正指引著阿薩德走上這條路——他要阿薩德在死前親眼目睹心愛的人死去。不管現在街道上部署了多少能幹的人，如果阿薩德無法阻止他，迦利布就會得逞。但該如何阻止呢？現在情況看來似乎不可能。

他聽到走廊傳來腳步聲，有人敲門，接著威伯領著一小批人進門，看見他們使得阿薩德的神經系統分泌出更多腎上腺素。

「我們收到迦利布的另一封電郵。」威伯說，「他指示你準備搭路面電車去哈倫湖站，並且不能有任何護衛。他說，你在旅途中和目的地都會受到嚴密監視。在一點半整，你必須從月台走上樓梯，在選帝侯大街靜待進一步的指示。如果有警方或情報員跟蹤你或監視你，你的妻子就會被射殺。」

阿薩德伸手去拿紙條。沒有任何內容或形式能再使他震驚了。所以從現在開始，他會跟著玩遊戲，靜待他的機會。

「這次你們是怎麼收到電郵的？」

「我們從一支以爲已經沒用的手機接到電郵。那是我們給荷安．艾瓜達的手機，這次我們只花了幾分鐘就追蹤到它。」

「地點在哪？」

「就在布蘭登堡門旁邊，可以預期；放在公共腳踏車的車籃裡。下次可能是亞歷山大廣場或德國國會大廈，我們非常確定送東西的人只是隨機收錢辦事。人們以爲他們只是參與一場惡作劇，但問題在於我們不知道該監視什麼或誰。」

離下一封電郵還有一小時四十五分鐘。在他焦急等待時，迦利布則慢條斯理策畫所有事情。想到此就令人難以承受。

他想像瑪娃和奈拉的畫面。她們有他會快樂，沒有他也會快樂，但現在，她們得爲他和他的選擇付出代價。他當初從監獄逃離時覺得存活下去意義重大，現在看起來毫無意義。

阿薩德的手錶震動起來。卡爾傳來飛機就要起飛和飛航準時的簡訊。

哈倫湖電車站所在的選帝侯大街街尾的景觀沒有其街名那般雄偉。塗上灰泥的混凝土公寓高樓林立，一家包浩斯DIY商店是那地區最大的亮點；瀝青路被雨水浸潤。遠處，從過去幾個小時聚積在柏林的潮溼霧靄中，隱約矗立一抹讓人聯想到艾菲爾鐵塔的模糊輪廓。

時間是十三點二十五分整，人們拿著雨傘衝來衝去，彷彿這是另一個平常的一天。但並非如此。人們會死，而某些家庭會永遠破碎。

可能也包括他的。

阿薩德拍拍外套後面，檢查槍還在不在原處。

然後，他的手錶和背後口袋裡的手機提早幾分鐘震動起來。阿薩德深吸口氣，這樣當他接收指示時，才能做好百分百心理準備。

好在打來的人是卡爾，阿薩德仰頭鬆口大氣。

「因爲某個白癡和大霧的關係，飛機有點延誤，所以我剛剛才下飛機。你在哪？我從手錶看到你在電車車站附近。哈倫湖，對吧？」

「對，我在等下一個指示。你要過來了嗎？」

「對，我正要從機場大廈出來。你能在原地等我嗎？」

「也許可以，我會試試看。」

這世界的每件事都在試圖達成某種安全感，而無論目前的情況有多超現實，阿薩德在卡爾打過來後，終於能稍微輕鬆呼吸了。

儘管如此，這平靜心態只持續了幾秒鐘，阿薩德的手機又響起。

「我是威伯。你得馬上離開，因爲你只有五分鐘，不然你妻子會被殺。走包浩斯商店旁左邊的史瓦茲巴克路。不久後，你會在右手邊看到一個小小的綠地公園。你在那會看到我們找了很久的鴿子。電郵說，如果你在那裡時仔細環顧四周，每件事都會前後連貫起來。就這樣。小心行事，阿薩德，保持鎮定。你看不見我們，但我們就在附近。你到那之後記得還是要保持在線上。現在盡快趕過去。」

他在三分鐘內上氣不接下氣地抵達小綠地公園。它在八層樓高的混凝土建築後現身，非常小，夾在兩條繁忙的道路之間。

阿薩德立即了解眼前光景。在一塊遭冬季蹂躪的三角形草地上，有個低矮的混凝土基座，上面立著鳥形動物的金屬雕像。它大約有三公尺高，沒有頭，伸展的翅膀指向相反方向。它幾乎是侷促不安地凍結在這個可象徵翅膀被剪斷的姿態裡，但它也可能會在任何一刻起飛遨翔。在它站立的長長莖狀物下，那應該是鳥兒伸展的雙腿，上面有小小銘文：

梅莉—碧瑟—安拉奇（Melli-Beese-Anlage），第一位德國女飛行員，一八八六至一九二五。

他將手機貼到耳朵上。「你還在嗎，威伯？」

「是的，我們已經辨識你的目標了。那是個雕像，名叫『鴿子』，我現在在網路上看到照片。那是隻低飛的鴿子，阿薩德。」他對自己大聲咒罵。不管有沒有鳥類專家，他們都應該很容易就能找到此處。「你看見什麼？」威伯問。

「一隻翅膀指向公園一端的人行天橋。我要跑上去看。」

他站在天橋中央時聽到他們在交談，眼前有條六線道，大量車流經過，通往看起來非常普通的住宅區。

「這裡什麼也沒有，威伯。」他邊叫邊跑回去。

他再看看雕像和另一隻翅膀，後者以九十度角直接指向相反方向的高樓大廈。

然後他聽到絕對不會錯的中東風格鈴聲，轉頭去看翅膀相觸處的尖銳金屬邊緣。躺在那的手機很小，是那種老式翻蓋手機，從地面很難看得見。阿薩德一手抓住自己的手機，一手抓住鳥腿，攀爬站到混凝土基座上，將手伸得遠到可以搆到手機。

「喂。」他跳回草地上打開手機後說。

「薩伊德．阿薩迪。」另一端的聲音回答，阿薩德一聽，血液彷彿凝固。

「喂。」他再說一次。

「時候到了。讓一隻翅膀定位目標，在幾分鐘內趕到，然後你就會有機會看到整件事啟動。」

打電話來的人隨即掛斷。

阿薩德的雙手不停發抖，試圖控制自己的呼吸和聲音。

「你聽到了嗎？」他喘著氣對自己的手機說。

另一端傳來抓搔聲響，但威伯什麼也沒說。

「喔，老天。」其他人叫著他們得馬上離開時，有人對電話大叫。

「所以呢？我現在該怎麼做，威伯？」

第2117號受難者
VICTIM 2117

「翅膀指向一個已知目標。我們已經在那部署，但人不多。」威伯最後說道，「它直接指向柏林廣播塔，貿易大樓旁的老舊廣播塔。現在貿易大樓區有數千位民眾。我們要趕過去了。」

阿薩德倒抽口氣。他從霧靄中隱約看見的輪廓是廣播塔。就他目光所及，那十分遙遠。

這次他在兩分鐘內就跑回電車站，像一艘無人操作的激流泛舟小艇般衝下樓梯。

他看見黃紅雙色電車駛進車站，跳上車後才醒悟它走環狀線往北。

「這班電車會去貿易大樓嗎？」他大叫。人們有點害怕地看著他，默默點頭。

「最近的車站在哪？我該留在這條線上嗎？」

「你待會得在西十字轉車，然後你要搭開往史班杜的電車，在南梅瑟站下車。那裡離貿易大樓很近。」

他幾乎沒時間道謝，電車馬上抵達車站，他跳出車外。

「往史班杜？」他在月台上瘋狂叫著，看見幾根手指在空中指了指。

他在電車上坐下緩和呼吸，等下一站，其餘乘客看他的模樣彷彿他是毒蟲，現正處於嚴重戒斷症狀：他汗流浹背，在椅子上坐立不安。那確切就是他現在的感覺，有如人生會在瞬間結束。

也許的確如此。

他跑出梅瑟貿易廳的車站時，看見街道另一邊的標示上寫著「B入口大廳」。在其後方遠處，從霧靄中可隱約看見一座金屬建物，這表示如果他不拚命狂奔，就會太晚抵達。這不可能是正確的電車下車站。

他狂奔繞過建築，抵達一片小停車場。一位身材魁梧的安全警衛拒絕讓他抄近路跑過停車場，並告訴他，那反正也不是近路。

阿薩德的心臟跳至喉嚨，瞥著停車場入口前掛著的地圖，察覺他得經過數棟大樓才能抵達廣播塔對面的東入口。

他從遠處已經可以看見穿著鎮暴裝備的武裝人員正走上建築物裡歪來扭去的螺旋梯，樓梯銜接廣播塔的餐廳平台和樓頂稍微小點的平台。迪特．包曼會從那裡射殺民眾嗎？還是從建築後方的開放廣場？在那，瑪娃和奈拉會很快被殺，而他只能無助地觀看嗎？

沿著貿易大樓地區一旁的馬路上，警笛聲往兩個方向而去。這地區仍沒有槍聲，所以迦利布一定延後了計畫。也許他只是在等阿薩德抵達。

阿薩德對此相當懷疑。也許他不該嘗試到那；也許沒有他的話，地獄就不會啟動。

他的懷疑使得自己熱淚盈眶，跑完剩下的路。前方遠處靠近十二號大樓處，他看見一群武裝人員彼此推擠著要進入主要入口，想去協助已經在裡面的同事。

他從長褲後面拔出手槍，準備就緒。他只希望威伯的人已經在那，會讓他過去。如果他們不肯，他會——

「阿薩德！」他經過一輛淡藍色福斯廂型車時，有人大叫。他只來得及想到他們已經等他很久了、並暫時升起一股奇怪的放鬆感時，突然被用力擊倒。他透過模糊的眼睛看到自己癱軟的雙腿被拖著朝向那輛廂型車而去。

第五十五章　荷安

他們沒給荷安早餐，甚至沒人換他的尿布。他們照舊給他打針，然後任憑遭到羞辱的他在輪椅上大小便。恐怖分子忙著檢查裝備，令人恐懼的金屬喀答聲和命令聲在房間四處此起彼落。

第一批人很久以前就準備就緒。他們訂於十點前離開，在客廳站著穿好一身偽裝，迦利布下達最後指示，輪流擁抱每個人。

荷安看到潔絲敏和那三個男人的偽裝如何能輕易瞞天過海時，震驚不已。她穿戴頭巾、圍巾和中規中矩的洋裝；而男人們則戴著有捲髮垂掛在耳前的帽子、各種長度的鬍子、偏紅的鐵框眼鏡，長長的黑色大衣幾乎完全遮掩住耀眼的白色襯衫、黑色西裝和防彈背心。

他們計畫搭巴士去蘭茨伯格大道的電車站，在那，他們的導遊，夏洛滕堡旅行社的琳達·史瓦茲會和他們會合。

「依照猶太規矩，潔絲敏可以和男人同坐一輛巴士嗎？」他們中的一個人問道，幾個人同意那不合教規。但碧娜插嘴，如果她跟坐輪椅的人一起坐在後面，即便是柏林最正統的猶太人都不會眨一下眼睛。

第一批人離開後，公寓裡的氛圍改變。考量到他們不會返回，其他人開始思索要完成的任務，那讓等待變得漫長，更加緊張。

迦利布一直在用手機講電話，大部分時間都沒陪剩下的人，其他人開始討論可能會出的差錯。

等到復康巴士抵達來接他們時，他們才冷靜下來，而那可能是最令人恐懼的事。

荷安緊閉雙眼，首次在人生中覺得如此孤單，比任何一刻都要來得孤獨。即使在他起心動念，想將自己拋入大浪結束生命的那個過往時刻，他都覺得自己與周遭環境融為一體；但現在，他被逼著成為魔鬼的見證人。他首度重拾自從孩提後就停止的習慣，那就是乞求他的上帝垂憐，並在腦海裡畫個十字架。以聖父、聖子和聖靈之名，阿們。他祈禱數次，接著心中默想三次萬福馬利亞——萬福馬利亞，耶穌之母，現在請在我們死亡時刻為我們罪人祈禱，阿們——然後在想像中於胸口再畫兩次十字架做結束。

他們坐了十五分鐘的車後，迦利布宣布他們已經抵達動物園，要他們準備就緒。荷安原本看著一個個灰色社區的建築立面快速掠過，現在轉頭過來直視前方在鐵路橋底下的隧道，他們很快就會經過那裡。在牆壁旁的人行道上，有一長排的流浪漢睡在骯髒的床墊上；到處散布著塑膠袋和垃圾，但荷安嫉妒他們。他願意用右手臂和他們交換位置。他多希望能安然入睡，除了煩惱夜晚冷冽和下一頓餐外，沒有其他恐懼。

多奢侈的事，儘管活得僅夠餬口，只要還能苟活下去就好。

在隧道的另一頭，動物園的入口映入眼簾，有鑄鐵柵欄和花崗石獅子。復康巴士右轉，經過巴士站停在大型玻璃帷幕建築前時，他才開始想像快樂孩童和其雙親就要面對的可怕屠殺。他猜那棟建築是電車終站。他們會在這裡下車嗎？不然他們為什麼停車？

他前方輪椅裡的女人們呼吸變得沉重。如果他能用點溫柔和同情對她們說些安慰的話就好了。

然後一輛淡藍色老舊福斯廂型車在他們旁邊停車，後面邊窗的窗簾遮住窗戶。荷安的父母一直夢想著擁有這種車，這樣他們就能開車去鄉間，或許有天甚至能帶著小孩去法國。但這只是另一個從未實現的夢想，沒能照亮他們的人生。實際上，父母或他妹妹或他的過往夢想，沒有一項成眞。

接著廂型車的窗簾稍微往後拉開，迦利布立刻衝向司機後面的窗戶前。

一名捲髮阿拉伯男子在窗簾後出現。他直瞪著坐在輪椅裡的三個女人。轉瞬間，他的臉扭曲成荷安所見過最痛苦的表情。在此同時，年紀最大、坐在窗旁的女人停止呼吸。阿拉伯男人溼潤的眼睛緊黏著她，女人小口小口噴著氣嗚咽。福斯開走後，她仍無法停止。

迦利布的身軀顫抖。他轉向女人們時，臉上完全融爲令人噁心的幸福表情，彷彿光那個景象就讓他達到高潮。坐在巴士前方的三個男人也回頭看。像迦利布般，他們似乎也很滿意，計畫似乎已經就緒。接著法迪對碧娜點點頭，她拉直圍巾準備好自己。但那是爲了什麼？

荷安的呼吸變得更沉重，就像他跟前的女人。

下一秒鐘，他們開車經過一家大型麥當勞，人們排隊等待，絲毫未發現任何異狀。

但世界就在外面這裡即將崩解，他在心裡尖叫，救救我們！

他們在左轉後似乎僅開了一百公尺，就在一個大廣場的開闊空間裡停車。他沒認出廣場中央那座雄偉屹立的高大教堂鐘樓，但數百人在其周遭和旁邊的現代建築間走動時，表情似乎相當敬畏。

所以，這就是恐攻地點。

穿戴猶太教衣著的迦利布是第一個走下巴士的人。他漫步到廣場遠處。接著其他人推出輪椅，將它們暫時留在廣場邊緣，直到復康巴士再度消失。荷安看著它駛離。他們不再需要它了。

法迪對其他男人點點頭。男人們先望向一家奢華旅館的高大建築立面，然後看著廣場遠端。那裡有棟某種新奇的建築結構，被幾道未來派的環狀樓梯圍繞，向下通到一個地下室區域。迦利布消失在它後方某處。

原本推著羅妮雅的年輕男人阿菲夫走到荷安的輪椅前，手指著他要把荷安推去的地點。年輕的阿菲夫天真快樂，似乎不知道即將要發生的事。他將專業攝影機戴在荷安頭上時，帶著驕傲咯咯輕笑起來。

一會兒後，第二批人從動物園走上來，由導遊在前方撐著雨傘領隊。

阿菲夫看到他們時歡呼，並拍拍荷安的頭，彷彿他是隻被告知該往哪看的小狗。

他們沿著路漫步，看起來像是貨眞價實的猶太人。連他們對每個人綻放的燦爛微笑都似乎是發自眞心。

儘管阿菲夫發出驚呼，那兩個團體始終跟彼此保持距離，除了有時互相點點頭外，就像兩個相同文化背景的觀光團巧遇時會做的那般。

然後第一個團體在羅妮雅的輪椅周遭聚集，第二個團體圍成緊密的圈子跟隨在後。

荷安知道他們在做什麼。幾秒鐘後，他們會全體配備烏茲衝鋒槍，而那些槍枝原本藏在長大衣和女人的圍巾下。現在只是時間問題了。

在後面站著微笑的導遊往前走向碧娜自我介紹。她的微笑溫暖，在碧娜指著奈拉的輪椅時點點頭。導遊隨後走到三位坐在輪椅上的女人跟前，輕撫她們的臉頰，那是甦醒的猶大之吻。但導遊並不是猶大；她是位無辜的受害者，只是試圖確保她的小公司有更多顧客。她跟著碧娜、法迪、奧斯曼和那三位女人繞過鐘塔，往通往塔內的無障礙坡道走去，路上一直在和碧娜交談。值此之際，其他人在廣場上散開，各自就戰鬥位置。

第五十六章　迦利布

迦利布抵達廣場遠端後，進入在那的一間餐廳。在門後的櫃檯前，有人給他一張塑膠卡，指示他在吃完準備離開餐廳時，以卡上的金額額度支付。他一在二樓點餐，廚師就會確定把帳單加在他的卡上。

迦利布點點頭。那傢伙在十五分鐘後得非常幸運，才能不用以生命作爲代價，因爲他站得離窗戶太近。

二樓餐廳熱鬧滾滾。人們在櫃檯前排隊，一排廚師審視著饑腸轆轆的顧客的點菜單，端出一盤盤的義大利燉飯、披薩、義大利麵和其他義大利特色菜。非常有條有理，非常有效率，而且非常吵。

廚師後方的牆壁上寫著一行文字，「Berlin bleibt doch Berlin.」柏林永遠會是柏林。

迦利布不禁微笑，那句話馬上得接受考驗。

他轉而面對大片落地窗，可眺望整片廣場，並在最靠近吧台的窗戶旁找到一個免費座位。他對酒保點點頭，用塑膠卡點了蘇打，然後觀賞知名的威廉皇帝紀念教堂兩邊的風光。

這目標是哈米德的絕佳點子。

儘管大部分的柏林在二次世界大戰後成了廢墟，這鐘塔下面六十公尺的塔身仍屹立不搖。柏林人暱稱這個紀念碑爲「空洞的牙齒」，永遠象徵著德國人民的殞落和重生。

永遠。迦利布在心中翻轉這兩個字眼，綻放笑顏。炸彈爆炸時，鐘塔不會依舊屹立，任務將會完成，而那些存活下來的恐怖分子會趕往下一個目標。迦利布掃視廣場。右邊遠處屹立著迪特·包曼入住的奢華旅館，他會準備好在那對付來自布達佩斯大道方向的任何形式的反抗，因此得以掩護潔絲敏的小組。他可以看到他們四位全穿著優異的僞裝，站在各自的位置，不斷環顧四周，如此才不會對警衛或警察的突然湧入措手不及。

廣場左邊是陶恩齊恩大街和選帝侯大街，一切似乎在掌控之中。碧娜、法迪以及奧斯曼的小組正慢慢朝進入鐘塔的無障礙坡道走去。

他看不見阿菲夫和荷安，因爲望向諾伯格路的角度太過尖銳。再者，他們可能已經依照計畫，站在萬年鐘錶店前面的遮陽蓬下方。無論如何，他不允許阿菲夫出任何事，因爲迦利布在這個世上只愛他，而也只有後者回報他的愛。

縱使如此，他的確能清楚看見那輛淡藍色福斯，它依照計畫，現在停在Levi's牛仔褲商店所在的圓形建築外，就在教堂鐘塔入口的無障礙坡道正對面。

他們強迫薩伊德等在車裡，因爲算總帳和迦利布的重要時刻就要來臨。薩伊德會清楚看到他妻子和兩個女兒被推向深淵。在短短幾分鐘內，他會學到復仇的眞正意義。這個教訓正在展開。而第三個女人其實是他的小女兒，但他現在並不知道她還活著。當他們將羅妮雅的輪椅留在無障礙坡道半路上，直到整件事結束前，他會數著到底有幾秒鐘流逝。羅妮雅會在椅背第一次爆炸時身亡；然後奧斯曼和另一邊的組員會開槍射擊，解決廣場上的所有性命。接著，法迪和碧娜會從教堂鐘塔內跑出一路向周遭掃射。最後，羅妮雅的輪椅底部的可怕炸彈會讓鐘塔崩毀倒下，瑪娃和奈拉穿的炸彈背心將助一臂之力。而背心將在廢墟心臟地帶引爆。

*在有機會的時候，薩伊德應該殺了我的。*迦利布心想，*殺了我能免除多年來的羞辱，那些女*

人在看著我被毀容的面容時臉上的厭惡，還有讓我無法親自和女人上床的閹割，使我在沒有選擇的餘地下，只能強迫我的手下代勞。現在這些都會得到最終的復仇。

他打了電話，看見在廣場遠處的福斯車司機拿起手機貼住耳朵。

「我可以清楚看見你在下方。準時按照時間表行動，我以你為傲。Jazakallah khair，願真主以良善回報你。」

福斯車裡的那對兄弟是哈米德從拳擊俱樂部招募來的；激進化、自信滿滿和身強體健的男人。他們有時會幫哈米德的忙，只要有讚美和報酬，完全不問問題。等這一切結束時，他們會遭受和薩伊德相同的命運，他會親自執行。不能在柏林留下活口。

「你控制住他了嗎？」他問，從外套口袋裡拿出望遠鏡。

「是的，他動都不能動。」電話另一端的男人大笑，「什麼時候會開始行動？我們幾乎等不及了。」

「我馬上會過去你那邊。但把他推近窗戶一點。我要他也好好觀賞，叫他仔細看看廣場中央那棟難看的建築結構。我正坐在這裡對他揮手。」

第五十七章　阿薩德

阿薩德被擊倒時，他花了一會兒才了解貿易大樓地區發生了什麼事。蓄鬍的年輕阿拉伯男子頭上綁著彩色頭巾坐在他前方，滿意地大笑，手裡拿著一捲膠帶。他有充分理由如此滿意，因爲阿薩德的手臂和雙腿被牢牢綁住，他一動就會滾下座位。

「歡迎來到俱樂部。」他邊說邊將膠帶綁上阿薩德的頭和嘴巴，「在接下來的半小時內，你是我們的貴賓，所以保持冷靜，不然你會被我海扁。」爲了闡明這點，他對他揮出毛茸茸的拳頭，並在他面前用力揮舞。

阿薩德全身發抖。剎那間，掠食者變成獵物。他爲何沒預料到迦利布的下一步進攻？那注定會發生。

他動也不動片刻，努力鎮定下來。現在讓自己的腎上腺素激增但又不能好好利用，對他來說有何好處？他得專心用腦，那是他在目前情況中的唯一武器。

他環顧廂型車內部。那是個典型的露營車，展露七〇年代ＤＩＹ狂熱分子的設計風格：邊窗和後窗都有窗簾，幾個鋪著薄薄橡膠泡棉的長椅，椅子間有一張米色麗光板折疊桌，還有小洗手台和可攜式火爐。從後座還可以不受阻礙地看向司機；中間的簾子沒拉上，可以看見司機正開著車橫衝直撞。

「我們抓到你了。」那位頭巾男說，「你所有的朋友都像無頭蒼蠅般在貿易大樓區跑來跑去，我納悶他們能找到什麼。」

他和司機都爆出大笑，但對阿薩德而言，那卻讓他鬆口氣。這意味著他們還沒開始行動，這也可能同時表示瑪娃和奈拉……

「抱歉喔。」那個頭巾男說道，將阿薩德被綁膠帶的手臂舉到窗戶上的掛勾，再用膠帶固定住。「現在你坐好，這就是我們要的。十分鐘後，我們會把窗簾往後拉一點，你就能往外看。我確定你會看到出乎意料之外的東西。」

阿薩德感覺到手錶震動。他稍微扭轉手臂，勉強看見卡爾的簡訊開頭。

我現在要離開貿易大樓區，你在哪？

你的GPS說你正往……

剩下的他看不到。

阿薩德望過司機的肩膀，試圖釐清他們正在駛往哪個方向。他可以在沿著道路旁看到敞開的窗戶上有慘白陽光的微弱倒影。這意味著他們正在往北。然後他們右轉經過左手邊的歌劇院，來到一個大型環狀交叉路口後再度右轉。那像是在繞路，但應該是有目的的。

接著他們停車。

「你準備好了嗎？」頭巾男問道，毫不猶豫地將窗簾往後拉一些。透過骯髒的窗戶，阿薩德直直望進一雙他十六年來朝思暮想的眼眸。那雙永遠美麗、但在此刻卻是這世上最震驚、痛苦的眼眸。她設法張開雙唇，但說不出任何字眼。世界彷彿戛然停止。瑪娃。

「我要拉上了，你看夠了。」頭巾男說，他的手在阿薩德面前好似爪子。阿薩德越過那些張開的骯髒手指，對妻子默默說再見，結果在最後一秒鐘，瞥見摯愛妻子身後的那位女子。他很難想像她就是奈拉。

他在膠帶後反芻數次，幾乎噎住。他的下半身徒勞地扭動。當他察覺到福斯又開走時，頓時失去呼吸的欲望。

「醒來！」頭巾男大叫，猛拍他臉頰，「你可不要死掉，迦利布會氣炸。踩下油門，該死！」最後一道命令是對司機而發，他已經驚險萬分地抄了三輛車。

阿薩德的胃液再度往上湧，感覺到液體流下他的下巴。現在他比較能忍受了，因爲頭巾男將他嘴巴上的膠帶往鼻子上拉，好讓他呼吸。

然後他的手錶再次震動。

你知道你的大概位置嗎……

「看那邊，」頭巾男說，拉開窗簾，「就在路的另一邊，一切會從那開始，隨時就會開始！你在這場世界盛事中有前排座位喔。」然後他抓住阿薩德鼻子下的膠帶，將它拉回嘴巴上。但它沒有以前那麼緊。

前座傳來沉悶的鈴聲，司機在副駕駛座摸索一陣，最後接起電話。

他好像坐在那裡點頭直到永遠，而坐在阿薩德身旁的瘋狂頭巾男拿出攝影機，準備錄影。

司機轉向同伴，默默用嘴型說出「迦利布」，臉上帶著誇張的表情，使得阿薩德又猛地想吐，開始全身冒大汗。

阿薩德閉上雙眼禱告。願這個世間的惡魔現在就得到他的懲罰。希望他心臟病發作，淹沒在自己的鮮血裡；希望他在最後一次呼吸前忍受最糟糕的折磨。願他所有邪惡行徑在他的最後時刻裡折騰他。

阿薩德用舌頭推著嘴前的膠帶，唾液開始流動。他流了那麼多汗，弄得渾身溼透。

即將要發生什麼？他納悶，但不敢放眼望去尋找答案。他握緊拳頭。我看得下去嗎？他心想，感到極度憎惡。然後他注意到水分正在手腕和手的膠帶下聚集。膠帶會開始鬆綁是不切實際的希望，但這點子讓他更握緊拳頭。他的特種部隊訓練教會他掙脫塑膠繩的許多方式，但想掙脫膠帶卻沒那麼容易。如果你拉扯得太用力，膠帶會扭得像裝得太重的塑膠袋把手，開始變得更緊，還會割傷皮膚。唯一有用的方法是耐心，像對待活組織般對付膠帶，感覺它的反應和運作。

阿薩德在膠帶下再三地小心轉動手腕軸心，然後感覺手錶再次震動。現在他得更用力扭轉膠帶才能讀手錶上的簡訊，這次簡訊很短。

我現在在動物園。你在附近，對吧？

卡爾就在數百公尺外！真瘋狂。

該死，卡爾，阿薩德忖度，你要到哪時才會察覺我沒辦法回答？

頭巾男抬起眉毛，暫時放下攝影機，觀察夥伴在和迦利布談話時的專心神情。

「是的，他沒辦法動。」司機說後大笑。

他看著夥伴，綻放微笑。

「什麼時候發動？」他問迦利布，「我們幾乎等不及了。」

頭巾男對他豎起大拇指，那很令人不安。接著司機將手機放在副駕駛座，他的表情活像正要打開年度最大禮物的小孩。

「迦利布叫你把他推到窗邊。」

他對阿薩德大吼，好像他重聽，聽不到兩公尺外的聲音。「看向廣場中央那棟醜陋的圓形建築，然後往上看那個餐廳，迦利布想跟你揮手，他坐在那邊的二樓。」

頭巾男把窗簾再往後拉些時，阿薩德開始覺得膠帶稍微鬆動，他於是將拇指慢慢朝掛勾彈簧移去。

頭巾男往上指向餐廳，阿薩德瞇起眼睛。想也知道，當每個人都在赴死，那個懦弱的迦利布就躲在安全距離外。是的，現在他可以看見窗邊有個小人影在左右搖擺，應該就是他。

「迦利布有遙控器。」司機說，「等一切結束後，他會下來找我們。」

迦利布有遙控器。他是這麼說的。儘管眼前一切可怕至極，阿薩德只對這項新消息感到輕蔑。司機顯然不知道炸彈引爆時，我們存活的機會有多渺茫。阿薩德邊想邊繼續巧妙地扭動雙手。

現在攝影機放得離窗戶很近，阿薩德可以從下面望出去。那位置對頭巾男而言顯然很不舒適。

「你就不能幫忙拿一下攝影機嗎？」他問夥伴。趁他伸手將攝影機遞去前座時，阿薩德掙扎著想按下一決生死的彈簧。

就在這時，副駕駛座車門發出叩叩的大聲敲擊聲。

兩個罪犯面面相覷，安靜地用嘴型發出警告。然後司機朝車門微笑，頭巾男則迅速拉上前座和後座之間的短簾子。

「你不能在這裡停車。」車門打開時，簾幕另一邊一個粗暴的聲音說。

「我知道，抱歉，我在等人，只要幾分鐘。」

「等歸等，但你是違規停車。」那聲音說，「你沒看見地上的道路標線嗎？」

「是，但我們在等的女人腿很無力。」他指指前方，「你瞧，就是在廣場上坐輪椅的人之一。她只是要去看看她母親以前常和她提到的教堂而已，只要兩分鐘，然後我們接她後就會離開。這樣可以嗎？如果我擋到誰的路，我一定馬上開走。」

「你就擋到我的路了，而且你也違反交通規則。你懂嗎？在她參觀完前，你得在附近一直繞。」司機的聲音聽起來仍滿不在乎。「不然你要給我開罰單，對吧？」他說，口氣有點狂妄。「聽好，老兄，我是能開你罰單，但如果你不開走，我會走下街道，找那個在十步外在角落喝咖啡的警察。我想你應該有他們會樂意查一查的前科。」

阿薩德聽到停車管理員縱聲大笑。他罕少有這麼想拍拍一位種族主義者的肩膀的時候，而這位種族主義者還以偏概全。

那個頭巾男伸手去拿藏在椅墊後面的槍時，下巴肌肉磨得嘎嘎作響。就阿薩德所知，那是他的槍。

「如果你一定要知道，我沒有前科，你這隻豬玀。」司機恨恨說後發動車子，然後他繞過轉角幾公尺後在路邊停下來。

頭巾男看見阿薩德盯著自己的槍時大笑。

「是的。」他說，「順便一提，我們也在看管你的手機。我們已經把手機關機以省電池。」

「我會和迦利布核對一下，看他要我們下一步怎麼做。」司機說後打電話。

「好，迦利布，你看到一切了。我除了開著車在角落繞外，什麼也不能做。但現在該怎麼辦？」司機問，「他說那邊有警察——」他點頭如搗蒜，「好，我會直接繞過街區，停在以前的地方。如果停車管理員還在那，通知我一下。」

之後，他往後靠，將簾幕拉開一點。

「迦利布要其他人等到我們回去。」他對夥伴說，「他會告訴一個在教堂另一邊的人監視這邊的巷子，這樣在警察聽到槍聲趕過來時，就可以開槍射警察。如果停車管理員再回來找麻煩，迦利布說我應該對他開槍，然後他就會發動攻擊。把那傢伙的槍給我。」

頭巾男對他豎起大拇指，將阿薩德的槍從簾子縫隙遞過去，然後轉向阿薩德，拉拉膠帶，看夠不夠緊。阿薩德吸住嘴巴的膠帶咬著，伸展雙手，如此一來，膠帶會變緊。

但阿薩德沒騙過他。

「混帳，你這豬玀妓女養的兒子。」他用德文大叫。他顯然也深受德國高級文化的薰陶。

他拉拉阿薩德手腕上的膠帶，摸索著要找放在椅子上的膠帶。

這次他將膠帶緊緊繞著阿薩德的手腕，使得他毫無掙脫希望。阿薩德仰頭閉上眼睛，現在他真的無計可施了。

阿薩德想放聲痛哭但辦不到。他體內所有功能都停止運轉，甚至是呼吸。

我需要空氣。他忖度，再度開始用舌頭推著膠帶。這次只在片刻後，他就感覺到空氣從嘴巴兩邊滲入，他的肺部輕易就能吸滿空氣。

然後他的手錶在膠帶下震動。

他的GPS現在顯示他又在移動，卡爾是不是很困惑？他開始跟著訊號跑了嗎？

喔，不，卡爾，不要那麼做，他心想，*我會馬上回你*。

福斯車啟動，又駛回車流中。

第五十八章　卡爾

卡爾終於站在柏林機場航廈前，馬上招手攔計程車。

「我得去一個叫哈倫湖的電車車站，有個人在那等我。你知道那裡嗎？」

計程車司機點點頭。

飛機沒有準時降落，因此他必須趕時間。一個白癡在登機時宿醉過於嚴重，結果在走道嘔吐，而在空少想幫忙時，還痛揍他。他一直胡鬧闖禍，直到警察上機來把他帶走，這一鬧十五分鐘就過去了。接下來又是大霧，儘管現在看起來不嚴重。總之，總共延誤了二十分鐘。

不幸的是，他現在感覺自己喪失了寶貴時間，因爲在他們要抵達電車站時，他手機上顯示阿薩德的GPS點正在往他們北方移動。

「照我的指示開車。」卡爾追蹤GPS地圖上的小點時說。

剛開始時，計程車司機很有耐心，但在卡爾改變目的地幾次後，他變得越來越緊張。

「你的錢夠，對吧？」他試探性地問，態度很是懷疑，直到卡爾拿出一百歐元鈔票，放在駕駛桿旁邊。

「我在找柏林的一位朋友，我想他還會再繞一陣子圈子，」卡爾說，「我得盡快趕到他身邊。」

計程車司機瞪著前面車流的表情，明顯顯示他懷疑其中是否有不法勾當。

「我是丹麥警察。」卡爾邊說邊秀出他的證件給司機看。司機瞄了瞄，但似乎並不怎麼信服。這個爛透又遜斃的丹麥警察證件！卡爾又想。

「他現在在我們北方一條俾斯麥大街上。你知道那條街嗎？」

司機翻個白眼。「如果我不知道，我就得找其他工作了。」他說。

實際上，那條馬路在地圖上的確看起來又寬又長。

卡爾再度打電話給阿薩德，但直接進入語音信箱。然後他要司機加速，司機卻反駁，如果他開快車，他們會被警察攔下來，他就得跟卡爾要好幾百歐元；如果警察介入，他們就絕對無法更快趕到那裡。

卡爾再次打給阿薩德，徒勞無功，他開始有事情出大錯的不安感。接著，他找到賀伯特．威伯的號碼，打了過去。

幾秒鐘後一個疲憊的聲音回答。

「是的，卡爾．莫爾克，我們現在有點忙。你在哪？在哥本哈根嗎？」

「不，我現在正走俾斯麥大街要到市中心。你知道阿薩德在往哪去嗎？他正走向哈登伯格路的方向。」

另一端沉默下來。「我不懂。」威伯最後回答，「我的柏林警察同事告訴我那條街在哪，那離這裡很遠。阿薩德應該要前往貿易大樓，我們在這裡等他。我打過電話給他，但一直沒人接。我眞的希望那是因爲他關掉手機或沒電了，但我現在開始擔心了。」

「貿易大樓？」

「是的，但那是個假警報。所以你知道他的大概位置？」

「對，阿薩德和我的智慧手機同步化，所以我們能對彼此定位。」

另一端傳來談話和叫喊聲。

這項命令。

「你得引導我們，莫爾克，我們現在要離開這裡了。」威伯大吼，確定讓周圍的人都接收到應該擔憂。該死！

卡爾振作精神。考量到自從卡爾在機場打電話給阿薩德就沒得到答覆後，他現在有充足理由

這是怎麼回事啊？沒有手機，沒有交通工具，跟合作的德國情報單位失去聯絡。

「我們搞不懂，」威伯說，「阿薩德沒有交通工具。」

兩分鐘後，阿薩德的點停止移動。就他所能判斷，那點靠動物園很近。它沒有持續很久，但足以讓卡爾納悶發生了什麼事。點又開始移動後，只移動了一分鐘左右，然後又在地圖上停住。

你知道你的大概位置嗎，阿薩德？他在簡訊裡寫，但仍舊沒有回覆。

當他們轉進動物園前的廣場時，司機變得非常不自在。

「我不知道你在玩什麼遊戲，但我一點也不喜歡。現在街上有太多警察。」

他在路邊停車。「我現在得請你下車，我受夠了。」

卡爾正要抗議，但突然間也注意到司機說的事。每個方向——沿著動物園柵欄、在停車場，和更下面的大型玻璃帷幕建築——都部署了十到十二位警察。他們中有幾位正在從小組隊長那接受命令，隊長指著街道下方。他們爲何如此確定恐攻會在此發生？

「如果你現在下車，我只收你一百歐元。」司機說，然後開走。他那樣做可能比較聰明。

我在動物園了。你離得很近，對吧？他寫簡訊，仍舊沒有答覆。但或許阿薩德依然有辦法讀簡訊，或許那能給他他們會及時找到他的希望。

卡爾看著手錶，開始跑下街，經過重裝警察。

點停在下條街，他幾秒鐘後就能抵達。一隻手臂陡然伸出來攔住他，逼他停下來。那可不是開玩笑。三位鎮暴警察撲向他，許多手臂伸出來緊緊抓住他。他顯然不該在這裡跑步。

「你以爲你要上哪去？」一位警察大吼。

卡爾差點氣炸。「該死，你在做什麼？」他對他們尖叫，先用丹麥文，然後用類似英文的語言。「放開我！現在生死攸關！」

他們搖搖頭，看他的表情好像他是連續殺人魔。

「現在就打給賀伯特．威伯，你們就會發現自己犯下大錯。」

但他們說他們不認識什麼賀伯特．威伯，如果他再反抗，他們就得逮捕他。他只好實際一點，伸開手臂乖乖讓他們搜身。他們最後終於找到他的警察證時，他憤怒地瞪著，而他們的表情好像是在看腳底按摩的折價券。

「看在老天份上，讀讀證件。我是從哥本哈根來的刑事警官，我們兩國正在合作辦案。在這當口，我的一位同事正身陷危險中，如果我幾分鐘內不找到他，你們就可以和**任何**未來會有的升遷機會說掰掰了！」

儘管他脾氣爆發，連番威脅，他們還是不放他走。卡爾害怕地看著GPS，因爲它又開始移動了。

他立即發送簡訊。你又在移動了嗎？你爲何不回覆？但卡爾內心深處知道，阿薩德無法回覆。他原本可以寫說，我會馬上過去陪你，老兄。但他沒辦法，這全要怪眼前這些該死的德國鎮暴警察。

「等等。」他說，想要回他的手機，一個白癡正盯著它看，彷彿它隨時會飛走。

他打給威伯。「你在哪?」

「我們在附近。我們已經命令所有手下朝你那個地區趕過去。你現在在哪?」

「你可以親切地告訴在動物園這裡抓住我的警官說，他如果現在不放開我，他就得滾回他原來的偏僻鄉下巡邏嗎?!」

他將手機遞給警官。他們彼此咕噥，然後那個白癡往後倒退，彷彿他從沒在這。沒有道歉，甚至沒有或許他們應該振作起來幫他忙的最輕微暗示。白癡!

卡爾開始快跑。「阿薩德剛離開我，」他對手機大叫，「但我正跑向他剛才的方向。」

「那是哪裡?」威伯緊張地問。

「到一個廣場的下一條街。就在教堂旁邊。」

「哪個教堂?」

「威廉皇帝紀念教堂。這裡一個標示這樣說。」

他聽到另一端傳來呻吟。

「那就是我們害怕的。小心點，卡爾．莫爾克，我們馬上趕到那裡。我會派手下到動物園去確保廣場安全。」

「不，等等，我馬上會到那裡。我現在可以看見教堂了。從這邊看，廣場現在沒有很多人，我想大概四十、五十個人而已。他們似乎在興建或修理什麼，因爲第二個鐘塔周遭圍了鷹架，就在教堂鐘塔廢墟旁，而眞正在用的教堂鐘塔周邊有圍板。」

「你有看見任何可疑跡象嗎?」

「沒有，只有一群看起來像正統猶太教徒的觀光客，穿著傳統衣服。」

「正統猶太教徒?他們是團體觀光客嗎?」

「不，他們分散開來，好像……」

他現在看明白了。「他們分散開來，就像要涵蓋整個廣場般各就各位。」

「卡爾，你從後面繞過去。在鐘塔廢墟隔壁就有個大型圓形建築。走兩個建築之間的走道。你有武器嗎？」

卡爾咒罵一聲。「沒有，我的配槍留在哥本哈根警察總局的抽屜裡。」

他從外套口袋拿出鑰匙，那可是一大串鑰匙：阿勒勒家的鑰匙、警察總局辦公室鑰匙、夢娜公寓鑰匙，和他公務車的鑰匙。他用右手抓住這把鑰匙，將鑰匙夾進拳頭的指縫間。那是個方便的武器，殺傷力甚至可比擬最棒的指節銅環。

卡爾望向鐘塔奢華的拱門入口，經過一個無障礙坡道，它可以從另一邊上去進入入口。

卡爾全身冒冷汗。無障礙坡道！恐怖分子什麼都考慮到了。

走過兩個建築間的走道後，他來到一條忙碌的寬廣大街，在街道另一邊的街頭標示寫著選帝侯大街，那裡的路邊黃線上停著一輛淡藍色福斯廂型車。雖然它是違規停車，但車裡的人似乎不在乎。他們顯然是**想**停在那。卡爾了悟這點後，心中警鈴聲大作，馬上起疑心。

緊接著，邊窗的窗簾稍微往後拉。縫隙很小，但卡爾冒了第二次冷汗，因爲他瞥見嘴巴綁著膠帶的阿薩德。幾秒鐘後，他試圖對卡爾比畫什麼，但突然分心，因爲就在這一刻，有位停車管理員走近福斯廂型車，在後面消失。一扇車門砰地打開，一個男性聲音大聲痛罵停車管理員。接著是一聲槍響。

廣場上的每個人都轉頭過來看，在混亂騷動中，卡爾穿越街道，偷偷趴在福斯廂型車後方。他的目光小心地梭巡車角，看見停車管理員面朝下，上半身躺在車子裡，鮮血從癱軟的手臂潺潺滴下。

就是這輛。他體內在尖叫。他毫不猶豫地跳向前，撲到停車管理員的身上。

司機仍坐在方向盤後方，手裡拿著槍。他臉上有抹這輩子第一次對活生生的人開槍的表情。他絕對會再度開槍，但卡爾撲在已無生命的屍體上，並在同一個動作中，順勢用力揮動右拳，鑰匙猛然劃過司機臉頰，接著屍體往後掉落，而司機痛苦地狂吼出聲。卡爾丟下鑰匙，在司機開第二槍的那一秒抓住槍管。擋風玻璃整個碎裂，廂型車前的街道瞬間陷入恐慌。

卡爾對那個男人臉頰揮的那拳想必超過百公斤重，司機在半昏迷中手裡的槍隨之掉落。轉瞬間，卡爾接住槍，扣下扳機，在他還來不及看清楚司機受的槍傷有多重前，簾子被拉到一旁，一個綁著彩色頭巾的男人從前座後面揮拳過來。

卡爾第二次扣下扳機，那男人往後倒向脆弱的露營桌，臉上滿是吃驚的表情。

第五十九章　阿薩德

福斯車在廣場周遭繞圈圈時，阿薩德掙扎著想在膠帶下呼吸到更多空氣。當他們回到起始點後，司機第二次將廂型車轉個彎，停在路邊的黃線。

頭巾男將邊窗的窗簾拉起，阿薩德在那一刻與卡爾的眼睛四目相接。卡爾從路另一邊的教堂鐘塔跑步繞過來，瞥見朋友時似乎鬆口大氣，但眼神悲傷。就像阿薩德，他彷彿知道現在已經太遲了。世界會在任何一秒鐘於他們四周爆炸。

*離開這裡！留下來你會死。*阿薩德試圖用眼神說，但卡爾沒意會。

阿薩德掙扎著要將膠帶完全推離嘴巴，如此他就能大叫警告他。倏地副駕駛座的車門傳來大聲的叩門聲。

頭巾男立刻拉上和前座間的簾子，所以他只能聽到聲音。副駕駛座砰地打開，一秒鐘後傳來槍響。之後一片寂靜，但只是暫時如此，緊接著另一場騷動震動了整輛廂型車。前座傳來咆哮聲，然後是另一聲槍響。

頭巾男將簾子拉起來前，阿薩德確定早先那位停車管理員已經中彈，但當那個白癡頭巾男往後摔到麗光板桌上、被第二顆子彈擊中時，他馬上知道大勢尚未過去。

接下來簡直是一片混亂。

突然從四面八方傳來槍聲，局勢升溫。

卡爾猛扯阿薩德嘴巴上的膠帶，終於將它扯下來。

「他們現在過來了，卡爾，我可以看見他們。」阿薩德大吼，卡爾幫他將雙手從勾子上掙脫。那是個令人震驚的場景，因爲連發子彈在他們周遭噠噠迴響，人們哀嚎尖叫，兩張輪椅越過火線往無障礙坡道推過去。

「對準推輪椅的人開槍，卡爾。」他的腳掙脫時大叫，「快跑！」

電光石火間，卡爾的槍警告性地指向頭巾男。儘管他胸口中彈，仍舊抓住破碎的麗光板桌面，下一秒就拿它來攻擊阿薩德。要不是那時阿薩德的腿已經掙脫，他會刺中阿薩德的喉嚨；但趁著那傢伙在半空中舉起桌面時，阿薩德猛地踢過去，導致他的頭以看起來致命的角度歪在肩膀上。

槍聲似乎很近。

阿薩德將自己推出邊門，跪在福斯車後以確定自己的方位。

卡爾對他點點頭，阿薩德小心翼翼站起身。一個女人躺在奈拉的輪椅後方，已經死亡，頭轉向一邊。但鬆口氣的時間極爲短暫，因爲還有瑪娃的輪椅，而推它的男人手上有自動步槍並向四周掃射。很多人沒能安全逃離，現在就躺在服飾店櫥窗前的人行道上，一命嗚呼。眞是可怕。

卡爾和阿薩德轉向巷子，那裡有人還擊。他們可能就是停車管理員威脅車裡白癡的警察。卡爾再次利用位置優勢，躲到廂型車後方。

他對著推瑪娃輪椅的人開幾次槍，那男人以連發子彈回應，車角被射擊得一塌糊塗，子彈穿透車身，發出空洞的砰砰金屬聲。

阿薩德連聲咒罵，趴在地上，這時連發子彈穿透沙丁魚罐頭般薄的車側，擊碎所有窗戶。

卡爾又開一槍，接著朝人行道滾回去。他文風不動躺了剎那，接著將槍推往阿薩德。

「我想我擊中他了。」他的手按在臀部上，試圖在槍聲大作中大叫。

「你沒事吧，卡爾？」阿薩德撿起槍時大吼回去。

他點點頭，但看起來並非如此。

現在教堂鐘塔兩旁的射擊變得密集。阿薩德非常清楚自動步槍發出的連發子彈聲意味著持續不斷的死亡和殘疾。

他走去被擊爛的車角，試探性地往前傾身。

瑪娃的輪椅側翻，她像身旁的男人一樣一動也不動。

然後她咳嗽數次。感謝眞主，她還活著。

阿薩德看著手槍。已經開了九或十槍嗎？如果是如此的話，就只剩三顆子彈了。

現在他從掩護後現身。在更遠處，有個傢伙拿著自動步槍對準坐在第三把輪椅裡的女人。他像鹽柱般站著不動，準備迎接命運。他顯然已經接受這個局勢，正在等待命令，或更糟的是，炸彈引爆。

阿薩德抬頭看迦利布在觀察一切的餐廳，但他無法看見他。

他爲何拖延按遙控器的時間？迦利布看不見他嗎？他正在等阿薩德看見無法想像之景象的那個魔幻時刻嗎？他在等廂型車裡的那兩個男人告訴他時間到了嗎？如果是那樣的話，他可能要等很久。

阿薩德回頭朝卡爾走去。他繞過福斯車緊緊靠牆走，因爲迦利布一看見他就會引爆炸彈。毫無疑問。

「我沒事。」卡爾瞪著長褲上的血漬說，「我想只是皮肉傷，子彈擦過。」

阿薩德連忙爬進車子側門尋找手機。司機姿勢古怪地躺在前座，頭背靠在門上，呼吸沉重。

從他身後的窗戶被槍戰擊得粉碎的景象判斷，他顯然快死了。他不須察看頭巾男，他已經死了。阿薩德確定這點。他在椅墊下摸索手機，終於找到，但手機完全被擊碎。

同時，卡爾還在車外，已設法聯絡上威伯。

「用這個！」他大叫，將手機遞給阿薩德。

「你們兩個在哪？」威伯狂吼。

「我們在選帝侯大街另一端遠處，快過來這裡！我擔心隨時會有一或幾個炸彈引爆。」

「我很抱歉，」威伯回答，「我們已經疲於應付前方的人。他們躲在歐洲中心入口處——就是廣場另一端那棟古怪的建築。我們正在和旅館的狙擊手交火，他槍法神準，一定是迪特·包曼。」

「派人上去解決他，該死。」阿薩德大叫。「派人過來找迦利布。他正坐在廣場後方的義大利餐廳裡，穿著和其他人一樣的猶太教衣服，他手上有引爆炸彈的遙控器。」

「他在等什麼？」威伯尖叫。

「我。」

阿薩德轉身要將手機還給卡爾，但卡爾不見了。

「你在做什麼，卡爾？」他看見卡爾將停車管理員的屍體拖上人行道時大叫。

「我在替自己騰出空間。」

然後他雙膝跪爬，開始拉司機的腿。稍後，駕駛座空了出來。

阿薩德馬上了解卡爾的打算。

「希望車子還能發動。」卡爾轉動引擎鑰匙時大吼。

車子發動了。

「你只有千分之一秒的時間擊中他，阿薩德。」他開始開廂型車，對第三把輪椅點點頭，「順便告訴你，彈匣裡只剩兩顆子彈。」

阿薩德跪在碎玻璃間的墊子上。他以前是有從移動中的車子開槍過，但這次不一樣！

他深吸口氣。他得一槍斃命；如果他失手，那傢伙會槍殺那位可憐的女人。他腦海中突然閃過在阿富汗學到的咒語：對頭開槍才能擊斃敵人。

他屏住呼吸，在卡爾穩定往前開時瞄準。兩秒鐘內，他們會和輪椅中的女人變成一直線。阿薩德不由得閉上眼睛。距離只有十公尺。如果廂型車能行駛在預計路徑上，並設法避免開過任何障礙物的話，槍擊很快就會結束。

剎那間他注意到年輕女人臉頰上的胎記。他整個人僵住。

阿薩德掙扎著想吸進空氣，他無法做任何事。「快開槍，阿薩德。」卡爾以沉悶的聲音大吼。但阿薩德沒辦法動，現在他不敢開槍。那是他的小女兒羅妮雅，那男人正對著她舉起自動步槍。她就坐在他前方。這怎麼可能呢？那是她沒錯，他毫不懷疑。

「我辦不到！喔，老天，坐在輪椅裡的是羅妮雅。她還活著，卡爾！」

現在廂型車嘎地停下來，就停在他們旁邊，但輪椅旁的男人毫無反應。

「他對我點頭。」卡爾低語，「如果他還以為坐在車子裡的是自己人過來接他，他會嚇一大跳。這是你的機會。」

阿薩德趴下免得暴露身分。然後他再次瞄準，屏住呼吸開槍。那感覺一點也不好。就像一般的處決。

那男人的帽子上有個彈孔，倒在地上抽搐，剎那間，另一邊有人對他們開槍。

「是警察！」卡爾狂吼，「他們以為——」然後他抓住自己的手臂。警察顯然擊中他。儘管如此，他還是盡可能地用力踩下油門。

阿薩德在廂型車急轉進入廣場時倒在座位上，連發子彈砰砰擊中車的後身。他可以感覺到頭巾男的屍體猛地撞上他。

廂型車在衝進歐洲中心紀念碑時才猛然停下，那時，兩名還存活的恐怖分子仍從階梯的一半處掃射和往後退，接著消失在中心的下面樓層內。

「你沒事吧，卡爾？」阿薩德大叫，「你哪裡中彈？」

卡爾發出呻吟並大量失血。

阿薩德抓住卡爾的手機，打電話給威伯。

「卡爾中彈了，我們需要幫助。我們殺了迦利布在這邊的三個手下，但你的手下正從街道那邊對我們開槍，叫他們住手！」

剎那後，廣場上完全安靜下來。

阿薩德爬到緊緊夾在駕駛桿和毀壞的儀表板後的卡爾身邊。他還有意識，顯然沒因撞車受傷，但前臂有個糟糕的槍傷。

「你不會有事吧？」阿薩德滑出副駕駛座門時問道，但卡爾沒有回答。阿薩德高舉兩隻手臂，慢慢走向跑向他的反恐特勤組，阿薩德聽到的最後一個聲音是卡爾緩緩開始大笑。

「出來！」他們直接跑到司機門旁時，一位反恐特勤組員大吼。他們顯然聽從威伯的指示。

現在阿薩德直接站在餐廳的窗戶下方。

希望迦利布沒有在上面或看見我。他禱告。

他望向在教堂鐘塔前的三個女人，三個人全被綁在輪椅上動彈不得。瑪娃的輪椅側翻在人行道上，其他兩位頭垂著坐在輪椅上，好像處於昏迷狀態。

「聽好，」他對反恐特勤組說，「如果我跑去那邊，幕後主腦會引爆女人穿或坐著的炸彈。他只是在等著我進入他的視線。所以你們得過去那邊，把女人們帶離鐘塔。」

他們看著他，表情似乎在說他是白癡。他想要他們靠近潛在的自殺炸彈客嗎？

他再次打電話給威伯。沒人接聽。

阿薩德抬頭看，深吸口氣，趁這機會走到建築正面的遮雨篷下尋求掩護。他正要抵達萬年鐘錶商店的櫥窗時，看見右邊有第四把輪椅。

阿薩德呆站一會兒才了悟坐在輪椅上的男人是誰。但站在後面哭的年輕男子又是誰？現在威伯打電話給他了。「你的情況怎樣？我們看不見你。你在哪？」他問。

「我站在萬年鐘錶商店前，就是義大利餐廳下面。我看見第四把輪椅，我非常確定坐在上面的人是荷安．艾瓜達。有個阿拉伯男孩在他後面哭。我該怎麼辦？」

「待在原地別動。他的輪椅裡可能會有炸彈，或許那是男孩哭的原因。」

「你得派拆彈小組到三個女人那邊，威伯。看看你們能怎麼辦。廣場前方的情況如何？我看見地上有屍體。」

「是的，現在地上躺了很多很多人。我們還不清楚整個局面，我們不能靠近他們，因爲旅館上面有狙擊手。但我們認爲在你和卡爾以及我們之間，除了消失進購物中心的那兩位外，我們已經擊斃所有的恐怖分子。」

「你忘了數迦利布和站在這裡的男孩。」

「我們認爲迦利布已經加入在購物中心的那兩位。如果你想對他們開槍，記得他們有穿防彈背心。」

阿薩德搖搖頭。好像他沒想到這點似的。迦利布爲何要加入其他人讓自己陷入險境？直到這

第2117號受難者

VICTIM 2117

一刻，他的整個任務已宣告失敗，阿薩德和他的家人還活著。不，迦利布一定已經準備就緒，就在附近的某處伺機而動。

他望向輪椅。荷安看起來像想和他互動，但他沒說任何話。就像瑪娃、奈拉和羅妮雅，他看起來癱瘓了。他想要阿薩德靠近點，還是離開那裡？

阿薩德往前走一步時對他點頭。我這樣做沒事嗎？他試圖用眼神表達。

荷安抿緊嘴唇。那是「是」還是「不」？「你的輪椅有炸彈嗎？」阿薩德大喊。荷安的眼睛左右轉動。

「如果那表示『不』，我問你問題時上下轉動你的眼睛：你是荷安嗎？」

他的眼睛上下轉動。所以，那是「是」，沒有炸彈。他再走近一步。

「那男孩危險嗎？」他問。

他的眼睛再次左右轉動。

「迦利布在附近嗎？」

他的眼睛沒有動。所以他不知道。

「那男孩正常嗎？他似乎有點遲鈍。」

他的眼睛左右轉動。

「他嗑了藥嗎？」

另一個不。

「他有武器嗎？」

「不。」他用眼睛說道。

「哈囉，小伙子。」他用阿拉伯文對那男孩說，「我叫阿薩德。你叫什麼？」

那男孩低頭看著地面，像困獸般恐懼不已。然後阿薩德再走近一步，那男孩顯然不喜歡他這樣。他舉起肩膀將手臂拉過來護住腹部，好像要保護最靠近阿薩德的身體那側。

「我不會傷害你。」阿薩德盡可能和善地說。

那男孩望著阿薩德，眼神恐懼。考量到最近恐怖的幾分鐘，阿薩德能了解他的反應。

阿薩德對反恐特勤組大叫，要他們過來這邊。

荷安發出一些口齒不清的聲音，所以阿薩德走過去他那邊，將頭湊到他嘴旁。

他花了很久的時間才能鼓起力氣說出幾個字。「他的名字是阿菲夫。」他微弱地說道。

阿薩德點點頭。

「他很重要。」他又接著說。

「對迦利布而言？」

「是的。」

阿薩德轉頭看著警官。「這兩位得待在這裡，他們有各自的重要性。」

男人們以懷疑的眼神看著男孩。

「你確定他沒穿炸彈背心嗎？」

阿薩德看著荷安，後者的眼睛上下轉動。

「是的，我確定。」他回答。

然後他又低頭湊到荷安嘴邊。

「他們給你什麼？」他問。

「注射。」他困難地吐出這兩個字。

「藥效會消退嗎？」他問。

「會。」

「那邊是我的妻女，瑪娃、奈拉和羅妮雅。她們有炸彈嗎？」

「瑪娃和奈拉穿著炸彈背心，羅妮雅有炸彈。」

「遙控器在迦利布手裡？」

眼淚潺潺流下荷安的眼睛，他的「是」如此軟弱無力，他得重複。

阿薩德感覺心臟被猛刺一刀。他的靈魂陷入混亂動盪中，但他得繼續保持鎮定，不然一切會

轟然瓦解。

看到拆彈專家開著車從紐伯格路朝廣場過來的那一刻起，阿薩德就知道他得在極短時間內找到迦利布，並解除他的武裝。這聽起來很簡單，解除他的武裝！但他在哪？他會是個爲救自己小命逃跑撒手不管的懦夫嗎？阿薩德想到此時搖搖頭。他已經計畫周全，爲何要逃跑？

現在，中心傳來一聲槍響。他聽到尖叫聲，看到群眾從離那幾公尺外的街道入口狂奔而出。

他打電話給威伯。「他們在裡面開槍，你的小組就位了嗎？」

「是的，我們從反恐特勤組派了十個人進去。」

阿薩德抓住朝他直直跑來的一位女子。

「發生了什麼事？」他以堅定的聲音說，「讓我知道！」

她上氣不接下氣，整個人失控。「有兩個人，一個男人和一個女人，他們站在健身中心旁的樓梯平台上直接對下面中心廣場的人掃射。」她以顫抖的聲音說。

阿薩德放開她。

「你聽到她說的話了嗎，威伯？」

「是的，我聽到了，但我們幾秒鐘內就會解決他們。迪特·包曼也一樣。他隱藏得很好，防衛周全，但我們現在知道他的位置了。」

阿薩德轉身面對身後義大利餐廳的窗玻璃和入口。希望裡面的人能告訴他，有猶太捲髮的男人是否還在樓上，或他何時離開建築並往哪個方向。

他透過前方落地窗可以看見許多人站在裡面，那很容易理解。他們可能在第一波攻擊時，逃入裡面尋求庇護。

阿薩德在進入餐廳前，對站在門後櫃檯後方的男人點點頭。他看到阿薩德接近時似乎很驚慌。他只是呆站著瞪他，彷彿阿薩德也是恐怖分子。

阿薩德能了解對方的心態。一位蓄鬍的棕色肌膚男子，手上拿著槍，遍體鱗傷。他是恐怖分子嗎？

所以阿薩德舉高雙手讓對方知道他不用害怕。然後他進門。

「保持冷靜，我是好人。」他說，「我在找一位前不久進門的男人，他穿得像正統派猶太教徒，就像那些開槍的人一樣。落腮鬍、帽子和捲髮，你知道他在哪嗎？」

他爲什麼站在那發抖？阿薩德這樣想時已經太遲了。敲擊他後腦杓的力道如此大力和精準，他頓時雙膝跪落在櫃檯前方。下一秒，他感覺肋骨被踢，導致他暫時失去平衡，鬆開手中的槍。餐廳內有幾個人開始驚叫，阿薩德試圖滾過來翻身站起。但那時他又被踢一腳，那使他立刻眞正了解眼下的局勢。

「別費神看了。你的手槍在我腳下，薩伊德。」他上方一個口操阿拉伯語的聲音說道。

這就是結束。阿薩德心想，往前看。愚蠢和那麼短暫地分個心，人生就結束了。

「起來。」迦利布說，「起來，你這隻狗。我終於抓到你了。你一直都很會躲嘛，薩伊德，但你不需要再躲了。」

阿薩德慢慢轉身，他可不就在眼前嗎。沒有鬍子，沒有帽子，沒有捲髮。就是那副老樣子。這世上最殘酷的男人，而阿薩德的手槍插在他的長褲後面，一手拿著烏茲衝鋒槍，另一手拿著令人恐懼的小型遙控器。

「這裡有一些朋友會和我們一起走。你們知道該怎麼做，如果你們不照辦，我會殺了你們。」他用武器指指他們。

總共有三個男人和三個女人。最前面的女子有頭燦爛金髮，穿著的制服上有個夏洛滕堡旅行社的標誌，她一臉不可置信。她可能正好帶一團觀光客，在恐攻發生時逃進來這裡找庇護。其他人沒穿大衣或外套，可能就是今天倒楣的一般餐廳客人。他們一副非常震驚和害怕的模樣，這無法怪他們。

「或許你們不知道羅馬人的最佳武器是他們的防禦能力。」迦利布竟然有心情說教，「他們以方陣攻擊，而在防禦時，他們形成有效的盾型隊形。他們叫那羅馬龜甲陣，而現在你們就是我的羅馬龜甲陣。」

他叫在櫃檯的男人打開前門，命令阿薩德先走。如果有人移動得太快，他會開槍擊斃他們，尤其是阿薩德。

「但別想一死百了，薩伊德。我會射你的身體，讓你停止動作，但不會殺了你。」

阿薩德注意到人質將他往前推的方式。迦利布已經指導過他們了嗎？

迦利布站到櫃檯旁時叫人肉盾牌停步。「這裡，我的朋友。」他對櫃檯後的男人說道，「你得把塑膠卡拿回去。我欠了餐廳一小筆錢，但我想你會替我註銷。」

之後他們站在餐廳外面。

「打電話給負責的主管，薩伊德，告訴他，他有兩分鐘可以把士兵和警察全部撤離這裡。」迦利布命令，「我是指**全部**撤退，不然，我會引爆炸彈。」

阿薩德拿起手機簡要傳達訊息，威伯聽起來震驚異常。

「如果我們撤離這個區域，你沒辦法活著離開，阿薩德。」

「反正我怎麼樣都沒辦法。就照他的話去辦，你有兩分鐘。」

阿薩德環顧四周。便衣警察、警察人員和反恐特勤組在收到命令時，都將手舉高到耳旁，慢慢而冷靜地往後倒退。

迦利布站在人質中央仔細看著。「好孩子，薩伊德。我們會以適當的方式解決這一切。」然後他轉身面對荷安輪椅所在的角落。

「阿菲夫！」他喊叫，「待在那，等我回來。」他聲音裡的那種溫柔甜膩讓阿薩德聽得想吐。要不是那三個女人現在如此靠近，他會拒絕再往前走。

「我要你在抵達人生旅途結尾之前，直視你家人的眼睛，薩伊德。我要你深深望進她們的靈魂，這樣你才會了解你爲她們招致的不幸。我要她們看到和聽到你，這樣她們就會知道你的罪惡感有多深。她們在知道死亡對你們全家都是種解脫時，會帶給她們心靈的平靜。」

他們非常緩慢地接近。阿薩德的腹部有股痛苦的灼熱感。輪椅旁的三具屍體躺在自己的血泊中，那是個令人恐懼的景象。阿薩德開槍射殺的傢伙躺臥的姿勢古怪，頭側有個非常小的彈孔，附帶捲髮的帽子靜躺在離他一個手臂遠處。可憐的瑪娃、奈拉和羅妮雅，她們的人生只有悲慘和恐怖。瑪娃要是嫁了別人下場會幸福許多，她要是從來沒認識他就好了。

人肉盾牌在羅妮雅身旁停下，她文風不動坐在輪椅裡，表情毫無生氣，儘管如此，她依然美麗。她的胎記仍舊像把匕首。

「羅妮雅，」他溫柔地用阿拉伯語說，「我是薩伊德，妳的父親。我今天來此，讓我們能一起去堅奈。我、妳母親和妳姊姊和妳一起去。」

但羅妮雅沒有反應，她在久遠以前就隱遁到一個無人可及的地方。他們在沒有警告下，就將他推離她，他甚至還沒機會撫觸她。他從來沒有機會認識這個在她僅五歲時他就失去的小女孩。

更遠處躺著開槍射卡爾臀部的男人的屍體，他面朝下躺著，鬍子掉落。如果卡爾沒射中他，他們老早就翹辮子了。事實上，這種結局可能最好。

「我可以扶她起來嗎？」阿薩德在看見摯愛的人躺在他腳邊側翻的輪椅中時懇求。

「當然可以！」折磨他的惡魔以憐憫的腔調說。

阿薩德一手架在她肩膀下，一手放在地上的輪椅扶手後方，將她扶起來、拉直輪椅。她發出呻吟。他在她面前跪下，雙手溫柔地扶住她的臉頰。她這些年來飽經的滄桑明白寫在臉上，但儘管她遭受重大不幸，她的眼睛依然溫柔、易受傷害。她也被下了很重的鎮定劑，但當她定睛看著阿薩德哀求的眼神和溫柔的微笑時，他注意到她眼中暫時閃過認出他和鬆口氣的光芒。

「親愛的，」他說，「我們很快就會會合，不要害怕，永生在等待著我們。我愛你，我一直愛你。安睡吧，我的愛。」在迦利布的命令下，人質將他拉起，但他們之間的最後一瞥給他勇氣。

他馬上認出奈拉的輪椅後那位死去的女性。威伯將她的照片給他們看時，說她叫碧娜。現在她美麗的頭髮黏在自己的鮮血上，而原來性感的雙唇現在永遠凍結在充滿恨意的表情中。她爲自己選擇了如此可悲的命運。

奈拉的情況似乎比其他人好，那幾乎讓他哀傷。她眞的得在意識到即將發生什麼事的情況下，接受折磨嗎？

「親愛的奈拉。」他說。

他的聲音令她朝人質們半舉起頭。她顯然不知道他們為何在那。她詢問和感傷的眼神使得導遊大聲啜泣，迦利布聽到後用力打她，力道之大，她立刻失去知覺，倒在輪椅旁的屍體附近。

「在我身邊圍起來。」迦利布命令剩下的人質，他們在越來越清楚會發生什麼事後，臉色都因恐懼而刷白。

「奈拉，」阿薩德又說，「我是妳父親，薩伊德。這些年以來，我非常非常想妳。妳、羅妮雅和妳們母親是我人生的光芒。當我迷失時，那道光芒引導我重獲新生。妳了解我在說什麼嗎，奈拉？」

她眨眼變得有點快，然後他們將他拉離開她。

「回到起點。」迦利布命令人質，「現在你看過她們了，薩伊德·阿薩迪，我幾乎後悔讓你這麼做。」他縱聲大笑。

阿薩德望向四方。他大可以逃走，一兩個前滾翻和朝歐洲中心入口一個迂迴跳躍，他可能可以成功逃脫。但他想嗎？

他深吸口氣。問題在於，如果他家人馬上就要被犧牲，他是否還想活下去。他確定炸藥的爆炸會將他衝倒在地，停止他的心跳。但如果沒有呢？他已經活在她們命運的夢魘中這麼多年，但在爆炸的回音中，他能繼續活下去嗎？而且那個回音會永遠蝕刻在他心中？

他做不到。

迦利布命令人質停在餐廳前十公尺處。他可能認為這裡離兩次爆炸夠遠，會很安全，而在爆炸波將餐廳落地窗震碎成數千片碎片的玻璃雨時，他們也不會遭受波及。

「我的人生有三分之一的時間都在等這一刻。」他邊說邊倒退離開人質。阿薩德轉身面對他。迦利布按下遙控器時，他不想看著自己的家人。

現在，迦利布站著，一手拿著遙控器，烏茲衝鋒槍則挾在腋下，準備就緒。他另一手拿出手機，按下一個鍵。

「我給你準備了個小驚喜，薩伊德。一個繁複的處決，我是指你的。不像你逃過絞刑那次。不，你會被槍斃，但不是由我出手。我會安靜離開此地。」

迦利布綻放微笑，倒退走向萬年鐘錶店，直到荷安和那男孩等待之處。

有人接他電話時，一抹瘋狂表情橫越過他整張臉。

「是的，少校，」他睜大眼睛說，「你就位了嗎？我們下面這裡已經準備好了。我可以看見你的旅館窗戶。景觀很美，不是嗎？你幹得很好，迪特·包曼，我從餐廳二樓用心追隨你的精準射擊。在我引爆炸彈十秒後，開槍擊斃這個男人，懂嗎？」

他仍將手機貼在耳旁，轉而對阿薩德說話，改變音高。「面對你的家人，薩伊德。」他命令，「不然我會開槍射殺站在你身後的所有人質！」

但阿薩德沒有轉身。反正無論如何迦利布都會擊斃他們，他們全都知道。

「你得爲此負責。」他邊說邊將遙控器高舉過頭，「你準備好了嗎，包曼？」他對著手機說。

接著他表情突然一變，皺緊眉頭，直接抬頭望向旅館頂端。在他被一顆子彈射中前額的最後一刻，他顯然知道一切都是枉然。

阿薩德身後的人質驚慌四竄，騷動四起，發出震耳欲聾的尖叫。阿薩德再次抬頭望向旅館，等著第二槍擊中他。但什麼事也沒發生。輪椅旁的男孩狂叫著，跑向迦利布的屍體。

*他會抓住烏茲衝鋒槍開槍射我嗎？*阿薩德心想。

他撲向前，但男孩先跑到屍體旁。儘管如此，他沒去拿武器，而是撲在屍體上哀嚎痛哭。

「爹地，爹地，爹地。」他哭喊。

阿薩德撿起烏茲衝鋒槍和遙控器，小心拆下遙控器後面的塑膠蓋，移除兩顆小電池。總共三伏特的電壓就可以撼動世界。

他的手機響起。「威伯，發生了什麼事？」

那個胖男人聽起來受到極大衝擊，但顯然鬆口大氣。

「我們五分鐘前破門進入迪特．包曼的旅館套房。情況很明顯，他四周都是彈殼，也有藥片。他趴著，來福槍探出窗口，瞄準鏡直接指向廣場右手邊，也就是你最後站立的位置。我們在他的手機響時，一把搶過來，接著給他上銬。你可以感謝你的幸運之星，我們有瑪格努斯．克雷茲莫跟我們在上面，我不認為反恐特勤組能有更棒的神槍手。我們搶過包曼的手機後，聽了迦利布的那場演說，克雷茲莫不敢多做等待。他對手機叫道：『死到臨頭的人是**你**，你這個混蛋！』然後他立即開槍擊斃迦利布。」

接著短暫停頓一下。威伯和阿薩德都深受震撼。

「你有注意到中心裡的槍擊停止了嗎？」威伯之後問。

阿薩德轉身。威伯說得對，二十分鐘以來第一次，除了傷患痛苦尖叫和駛近的救護車的警笛聲外，他的周遭一片祥和。

「那很好，」他說，「我現在才注意到。」

街道上又開始恢復生機。鎮暴警察和士兵朝迦利布的屍體衝過來，那男孩仍試圖緊攀著他。眼見年輕男孩被硬拉離屍體很令人心碎。他什麼事都沒做。

現在阿薩德聽到另一邊傳來的軍靴聲，拆彈小組衝進來，帶著所有裝備，穿著防爆衣。

第2117號受難者
VICTIM 2117

當阿薩德看見這些人過來營救瑪娃、奈拉和羅妮雅時，他再也無法抑制情緒。所有緊張和恐懼刺激身體分泌腎上腺素，同時啟動防禦機制和攻擊本能，如今則以如此強烈的力道鬆開桎梏，他不禁跪了下來。死者、生還者、被留下來的人，就像現在那位失去父親的男孩，不管他父親有多可怕。所有這些和他有多可能失去摯愛的了悟導致阿薩德痛哭失聲，而他以前從未哭得這般激動過。

現在，拆彈專家正冒著生命危險，好讓他家人能回到他身邊。這種放鬆感無法以文字形容。阿薩德將手掌伸向天際，短暫祈禱。他感謝生命和這天的結局，並承諾從現在開始，他會成爲他父母所養育的那個人，爲他自己和所有周遭的人。

拆彈小組完成任務時，他會陪著他的三位摯愛到醫院，並確保她們能得到所需的照顧和照料，撫平受到的悲慘創傷。

然後他轉身朝向荷安・艾瓜達，那男子靜靜坐在輪椅裡。

「我很抱歉，我剛才沉溺在自己的思緒裡，荷安。」

荷安試圖點頭。他不是比任何人都更能理解嗎？

阿薩德將手放在他肩膀上捏了捏。

然後荷安說話了，比以前都還要大聲。或許他的鎮定劑藥效快退了。

阿薩德彎腰請他重複。

「她的名字叫什麼？」

「誰的名字，荷安？」

「二一一七號受難者。」

歷經這麼多苦難的男人，他的凝視變得強烈。這問題仍掛在他張開的嘴巴上，然後他暫時闔上眼睛，深深吸口氣。

「她對你也意義重大，對不對，荷安？」

「隨著時間推移，是的。」

「她叫萊莉。」

「萊莉……」

阿薩德點點頭。他現在只想擁抱他。

「如果我能爲你做任何事，荷安，請告訴我。我欠你很多。」

他想了一會兒，彷彿在經歷所有這些可怕事件後，什麼都無法將他原先的人生還他。

「任何事都可以。」阿薩德說。

荷安以安詳的表情盯著阿薩德。

「好的。」他最後說，「把我頭上的攝影機拿下，放在我大腿上。」

阿薩德照辦，荷安緊盯著攝影機，好像它是世界上最珍貴的寶物。

「就這樣嗎？」阿薩德問。

荷安冒出聽起來像是大笑的連串喉音。

「打電話給我老闆，夢瑟・維果，告訴她，她可以去操自己。」

他似乎在微笑，但從他扭曲的嘴唇很難判斷。

拆彈專家小心翼翼又煞費苦心地移除瑪娃和奈拉的炸彈背心，並將羅妮雅舉離輪椅，阿薩德在旁耐心等待。這些勇敢的男人仍跪著解除靠背和座椅下的盒子裡的炸彈。這時，一把新的輪椅爲羅妮雅推來。

他恍神跟著她們走到救護車，一路握著瑪娃的手。她現在能稍微將頭轉向他，這要感謝鎮定劑藥效正在消退。

瑪娃仍封閉在自己的內心，阿薩德能夠了解。他對她而言像個陌生人。長年以來，她世界的每件事都發生在其他地方，離他很遙遠、很遙遠。但阿薩德會爲了她們而奮戰，將人生帶回給她們，讓她們再度呼吸自由空氣，並與他在丹麥團聚。

「他在哪？」瑪娃突然回過神來問道。

「妳指迦利布嗎？他死了，瑪娃，妳不用再害怕他了。」

「不，不是他，阿菲夫！他在哪？」

「迦利布的兒子？他被德國特務帶走了，我想。」

「找到他。他不是迦利布的兒子，他是你的兒子！」

第六十章　蘿思

時間是傍晚十九點五十五分，網路和全球電視媒體火力全開，大肆報導柏林威廉皇帝紀念教堂發生的恐攻。

恐怖細胞組織的活動從未得到如此密切的追蹤，而媒體關注的時間也從未如此長久。德國聯邦情報局的堅持不懈和緊追不放被全球媒體捧上了天，尤其是他們的毫不妥協和那些被及時拯救的生命。而此行動得到的外號也十分諷刺，和以色列防衛部隊多年前拯救劫機人質的恩德培行動(注)同樣蹩腳。

儘管如此，德國媒體在報導時就沒如此毫不保留和讚美有加了。幾個人在攻擊那天前就慘遭殺害，包括兩位法蘭克福警察。這行動本身現在已有十三名死者，和超過三十名傷者，其中兩名狀況危急。當然，所有九名恐怖分子都遭到擊斃；最後災難也得到阻止，這些事實足可稍微彌補失誤，但媒體無可避免地堅持對行動總監賀伯特．威伯是否採納正常程序外的措施，繼續追究到底。威伯在國家憲法保護辦公室的上級，和德國聯邦情報局的一位頂頭代表則在媒體的聚光燈

注　恩德培行動（Operation Entebbe），一九七六年六月二十七日，一架滿載猶太乘客的法國航空遭到劫持。七月三至四日，以色列軍方和情報局在烏干達恩德培機場執行反劫機行動，經過激烈交戰後，一百零二名猶太乘客和機長獲救，三人死亡，一名被烏干達政府殺害。

下，因得回答窮追猛打的問題而疲於應付。根據記者的說法，如果恐攻幕後的主腦不是因出自個人恩怨而行動，局勢可能會更加一發不可收拾。如果不是要爲私人宿怨復仇，其準備工作可能永遠不會被發現，因此他們得感謝那兩位丹麥警察。

報導伴隨著各類影片大肆播放。二次世界大戰戰前和戰後的威廉皇帝紀念教堂以一系列照片在影片中得到回顧，而關注早先幾次帶來可怕結果的恐攻行動的報導則鋪天蓋地，比如馬德里早晨通勤列車的屠殺，和在倫敦的類似協調攻擊（注）。媒體也對迪特·包曼的案子多加炒作，稱他爲從弗賴堡來的反英雄，現在已經去世。但要他命的是肺癌和胰臟癌，而不是某些媒體宣稱的一顆子彈。大眾該如何在成爲人質的情況中應變也討論得沸沸揚揚。

網路上最多人觀看的，是柏林地方電視台人員拍攝的短片。槍擊一開始後，他們就進駐選帝侯大街的梅賽德斯建築裡，而阿薩德陪伴家人到救護車的特寫模糊但深情，以其強烈的力道引得蘿思和高登既歡呼又落淚。最後，總算有好事發生。這兩人難以形容見到阿薩德和其家人安全時的放鬆感，因爲在丹麥，過去幾天的膠著已經發展成一場惡夢。

每個想尋找那個致命危險男孩的嘗試，都宣告落空。高登黏在電話旁邊，每個人都希望那男孩會打電話給高登說他放棄計畫了。警察不僅查訪最有可能的地址，鐵鞋還踏遍大哥本哈根超過兩百個住址，媒體也開始聽到風聲了。

警察這般密集探訪是爲哪樁？幕後原因是什麼？

一場會議在警察局長的辦公室裡召開，集合所有重要人物，包括司法部長、丹麥安全和情報局局長，以及東部地區局勢和行動中心局長，這是專門打擊恐怖主義所新成立的中心之一；還有警察總長和可憐的馬庫斯·亞各布森，他因沒有立即召集所有相關當局開會而飽受苛責。

與會者總結，馬庫斯·亞各布森和卡爾·莫爾克得爲沒在合理時間內告知相關人士、情治單位和媒體負起個人責任。

馬庫斯在下樓時告知蘿思和高登相關結論，並詢問他們是否在此案件中有新的進展。

他對整件事的態度非常實際。「媒體若得到風聲是管理階層的責任。」他說，「我們會流血流汗，而得到榮譽的是他們。但相信我，那什麼忙也幫不上。他們對他們即將釀成的大禍毫無概念。我們會被大眾的線報淹沒。」

而他是對的，儘管媒體，尤其是全丹麥新聞廣播網，在被告知時似乎困惑不已。卡爾・莫爾克不是那個阻止柏林大災難的人嗎？他不是才剛在柏林夏里特醫院治療傷口，現在正坐著包機返家？他們說他是英雄，所以他怎麼會同時也是狗熊？

所有丹麥電視新聞報導不斷在警方的男孩畫像和柏林恐攻之間切換。哈菲茲・阿薩德和卡爾・莫爾克的功勞受到讚揚，接著就是那位心理不正常的男孩的父母沒去上班的消息，還有那男孩瘋狂沉迷於射擊遊戲和日本武士裝備的報導。每個細節都經過仔細審視和討論。全球的情報單位正在面對不可克服的未來挑戰嗎？這不正是禁止預付卡和暴力電腦遊戲的時候了嗎？

全丹麥各警察局的電話立即陷入熱線狀態。在僅僅二十分鐘內，警方就接獲四面八方的兩千起舉報電話，洶湧打進來的線報則沒有減緩的跡象。甚至連靠近挪威和冰島的法羅群島都有人打電話來說，他們知道一位在首府托西斯港的白癡就是會有能耐做這種事。

整個國家陷入極度驚慌。如果警方對男孩的位置毫無所知，那表示他可能在任何地方。

如果他們以前沒有線索可供追查，他們現在可真的是陷入谷底。

注　二〇〇四年三月十一日，馬德里三處火車站同時遭受炸彈襲擊，一百七十三人喪生。此處指的倫敦事件應是倫敦地鐵於二〇〇五年七月七日發生的爆炸案。

但有一件事倒是可以確定：丹麥安全和情報局或許對男孩的演算法是否正確抱著懷疑，但當記者逼問語言學家時，他得承認，男孩的語言習慣可能來自哥本哈根外的任何地方；比如像一位聰明的記者指出的那般，他的家庭可能曾搬離過哥本哈根。記者說，她出生自日德蘭，但你仍能從她的口音中聽出那地方的腔調。所以，如果是相反情況呢？某個在哥本哈根出生長大的人，就算現在住在腓特烈港，難道就不會說一口哥本哈根方言嗎？

因此，根據某些最直言不諱的批評家，這顯然是差勁的辦案表現。

蘿思瞪著高登的電話。

「打過來給我們，你這該死的白癡。」她說。

高登點點頭。那男孩難道沒追蹤辦案發展嗎？如果他有的話，他就會知道整個丹麥正小心監視著有年輕男人住的房子。即使是在史達林時代的俄羅斯，彼此密報的意願都沒比現在小小的丹麥高。

「但蘿思，如果他知道現在發生什麼事，他就不會現身。」高登說，「何況現在街道幾乎杳無一人，要怎麼大開殺戒？」

她嘟囔一聲。「對，但反之亦然。他那麼想得到關注，而大家現在注意他的程度幾乎可比得上柏林恐攻。」

她試圖考慮全局。「他也可能想等上幾天，等媒體風暴稍歇後再出擊。」

高登看看她，臉色慘白。

這時凶殺組組長打電話來。

「你們能上來這裡嗎，蘿思？我們得在卡爾回來前協調好某些細節，這樣我們在面對外界批評時，回答的口徑才會一致。我正跟警察局長還有一些同僚坐在一起。」

「卡爾要過來了嗎？」

「對，他在半路上。他願意就這個案子接受採訪。」

「那是很糟糕的點子，如果你要問我意見的話。別忘了他受了傷，馬庫斯。」她說。

高登的手拋向空中。突然間，他的電話響了。

蘿思砰地掛掉電話。兇殺組組長和警察局長得等等了。

高登打開擴音器和錄音機。

「哈囉，敏郎。」他一說就開始全身冒汗。

「嗨！我想，我再不到一個小時就會玩完遊戲，我想讓你知道一下。」

「好吧，」高登說，看著蘿思，「蘿思可以聽嗎？」

「我想她已經在聽了。」他大笑，「我母親睡著了，但我想在砍她頭前，先把她叫醒。你對這有何意見？」

「嗯，我覺得那招不好。」蘿思回答，「任何人被叫醒時都會茫然失措。我覺得你該讓她盡量睡。那樣她醒來時才會比較清醒。而越清醒的人，腦袋就越清楚，越知道在發生什麼事。那不是你想要的嗎？」

他縱聲狂笑。「妳很頑皮喔，蘿思。我想妳是你們兩人中最聰明的那個。抱歉，蠢老二，我沒有冒犯你的意思。」

蘿思盯著他。白色鬼魂突然看起來像沉睡太久的火山。冒犯？那可是輕描淡寫！

蘿思對他揮揮手，要他按捺脾氣，這可不是高登爆發的時候。但他仍舊爆發了。

「你給我聽好，你這個病態、幼稚、可笑、心理不正常的低能心理變態。整個丹麥都聽說你的事了，現在你開心了嗎？」他爆怒，「你在電視上，你這自我中心、自以為是、原始的小混蛋。你要上街去就隨你吧，但今晚街上不會有人，只有在你電話裡頭瘋狂吠叫的狗。你究竟對牠做了什麼啊？」

另一端安靜下來時，高登的第一批岩漿爆發暫時止歇。

「什麼電視台？」那男孩問。

「所有的電視台，你這白癡。暫時離開遊戲一下，到和外界有某種聯繫的另一個房間，自己去好好看看他們是怎麼評論你的，那可是非常負面。我只能告訴你這麼多。而他們可沒有任何關於二一一七號受難者的報導。但他們說了很多我們兩位同事的事，他們殺死了那位謀殺老婦人的凶手。你對此怎麼說？去看看電視，等你看完後再打電話給我，然後再告訴我，能做一晚的電視明星感覺如何。」

然後他砰地放下電話筒。蘿思震驚萬分，不是因爲他終於能處理危機，而是因爲她突然茅塞頓開。

「你聽到了嗎？那隻狗還在叫！自從我們注意到這點後，已經超過二十四小時了。鄰居一定會被搞瘋。」

高登深吸口氣。他看起來像剛跑了百米，但就在終點線十公分前猛然停止。

「我們得上樓去找凶殺組組長。」他邊大叫邊站起身。

第六十一章　蘿思

他們一路衝上螺旋梯，殺進凶殺組組長辦公室時，已經喘得像兩只破了洞的風箱。

「什麼都不要說，先聽我們要說的話！」蘿思大吼。

馬庫斯．亞各布森抬高眉毛，辦公室裡的其他人也是。

「誰負責挨家挨戶查訪？」蘿思問道。

「妳最好問誰不是比較快。我們幾乎派出所有的巡邏警車、東部地區局勢和行動中心探員、反恐特勤組，和所有警察總局能調派的人手去辦這個案子。隨便說個名字，我保證他正在辦這個案子！」

「他們一直在找什麼？」

「當然是那個男孩！」

「別理那個男孩了。他們得找隻在屋外吠叫的狗。外面是有很多狗會叫，但該死的叫上一天半的狗可不多。」

凶殺組組長挺起身子。「你們是說那隻狗還在叫嗎？」

「對！我們剛和他通過電話，我們聽到後面有狗在叫。牠還在那，馬庫斯，而那男孩隨時會開始他的瘋狂計畫。他估算還不剩一個小時，而那已經是五分鐘前的事。」

警察局長對其他人點點頭，除了凶殺組組長外，他們全起身離開房間。

蘿思快發狂了。如果他們警覺性更高一點，也許就能早早想通這點，昨天就能先發制人。

「我們只得希望我們還能及時阻止。」凶殺組組長說。

外面辦公室突然傳來幾回短短的鼓掌聲，然後一個男人進門，右手臂吊著吊帶，臉上寫滿驚訝。「人們像瘋子一樣跑來跑去，」卡爾說，「是發生了什麼事？」

凶殺組組長、警察局長、高登和蘿思立刻肅然起立，那是英雄大駕光臨時該有的反應。

「看在老天份上，坐下。我不是女王，但我還是謝謝各位！」

他看著蘿思，她的表情非常感動，鬆了一大口氣，這真違逆她的本性。

他就在那，還活著。

「我剛去過地下室，狀況一切正常。」

「你怎麼不是在夢娜那邊？」蘿思問。

「她情況不錯，現在已經回家了。她堅持要我來聽聽這瘋狂傢伙的案情發展。」

蘿思再度起立。除了手臂掛在吊帶裡、臉色糟透外，他回來了，而且仍舊是老樣子，感謝老天。她小心翼翼擁抱他，帶著滿滿感情將頭靠在他胸口上；雖然如此，她還是注意到他本能舉起完好的那隻手臂稍微往後推了一下。

「呃，謝謝妳眞情流露，蘿思，但我能靠自己站穩。」他說。

她點點頭表示讚許。

「阿薩德情況如何？」她問，「他也能靠自己站得好好的嗎？」

卡爾稍微搖搖頭。

「他熬過來了，是的。實際上，我從未看過他那麼堅強過。但直到事情好轉前，他和他家人得非常努力解決問題。柏林市政府提供他們暫時的住處好好療養，我想他可能需要休假好一陣子。但他要我向大家問好。他最後說的話是要我們把舌頭伸出喉嚨，逮到那個男孩。」

「他說什麼？」警察局長一頭霧水地問。她是唯一沒在笑的人。

「嗯，他的表達方式的確有點問題，但妳和阿薩德沒比我們熟。」卡爾轉向蘿思，「這案子目前情況如何？」

他只花二十秒鐘就掌握所有最新資訊。

「那我們眞的得組織起來，而且要快。」卡爾說，「光在哥本哈根一定就有五十隻狗不斷吠叫，快把鄰居逼瘋，有些可能從還是小狗時起就是這樣。」

「所以，我們該怎麼辦？」高登問。

「拜託，高登，用用腦袋。現在人們最快在哪裡反應？上臉書或推特，或不管那叫什麼，在那宣洩怒氣。」

「社群媒體！」蘿思想了一會兒，「我確定臉書太慢，而我懷疑有足夠的人使用推特，但値得試試看。」

她抓住手機，又停下來想了想，「該死，我該找什麼？」

「試試看主題標籤『流浪狗』。」高登建議。

「不，那不會管用。我們絕對不會在乎丹麥南部的流浪狗。」

「那麼，試試看主題標籤『流浪狗哥本哈根』。」

蘿思舉起一根手指打字。「流浪狗哥本哈根。」她喃喃自語。幾分鐘過後，他們全都坐著，大睜眼睛直瞪手機。

她突然大叫，每個人都嚇了一跳。

「該死，有了！有兩個狗一直在狂吠的地方。一個在法爾比，另一個在德拉厄。」

「哪裡？哪裡？」卡爾驚呼出聲，「問貼文的人在哪？」

她又打字，答案馬上跳出來。她指指手機。

「在這！」

他們全都站起來，馬庫斯走去角落的保險箱，打開它。

「把這拿去，卡爾。我會找另外一把。」他將自己的配槍遞給卡爾，「你開車去德拉厄，我去法爾比。」

他們從遠處就可聽到狗吠聲，叫聲聽起來既沙啞又歇斯底里，所以高登知道該朝哪個方向駛去。

狗在此地困惑又害怕地跑來跑去。這地區是哥本哈根相當珍稀的地段，屬於較時髦的地帶，矗立著維護良好和無疑非常昂貴的大小別墅。在幾十年前可能會被形容成風光明媚，現在則是誇張地燈火通明，彷彿在說著歡迎。這不是你在過去兩星期以來，會第一個去查訪恐怖事件的地點。

「今天這裡不是曾有人來挨家挨戶查訪過？」卡爾問。

「是的，」蘿思點點頭，「他們今早從阿邁厄島開始。他們沒發現任何蹊蹺實在很奇怪。」

卡爾點點頭聽著狗吠。牠聽起來忽遠忽近，聲音真的很絕望。

「一條一條街查，高登。罩子放亮點。」

來回幾分鐘後，卡爾傾身朝向擋風玻璃，集中注意力在前面某樣東西。他指著稍遠處一棟別墅草坪上的黑點，那裡只有街燈的黯淡照明。「停在這，高登。那邊草坪上有東西。看起來有點奇怪。那是什麼？」

他們停在離社群媒體上提到的房子幾個房屋外的一棟別墅旁，從外表看來，無疑是這一帶興建得最好和最時髦的。

「是玻璃嗎？妳能過去檢查一下嗎，蘿思？」卡爾說。

她跨大步走上枯萎的草坪，彎腰檢查那裡的東西，從她突然往後跳的模樣判斷，她似乎嚇一大跳。然後她恢復鎮定，試探性地往別墅走近幾步，仔細審視它。

她轉而面對他們，食指放在嘴唇上，比個姿勢要他們走出車子加入她。

「鉛框玻璃窗的碎片，」她低語，「而它本來在那。」她指指破裂的窗玻璃原先所在的窗框現在留下的洞。

現在那隻狗從他們後面衝過來，無法控制地狂吠。牠左右彈跳，猛繞圈圈，跑下馬路，然後又跑回來。蘿思想拉住牠的繩子好讓牠冷靜下來，但牠這副模樣，就算出動百名捕狗人大概都沒辦法抓住牠。牠又跑開了。

「他在裡面，我確定。」蘿思小聲說，在卡爾拔槍時點點頭。

「拿去，高登。」他說，「我沒辦法用一隻手打開保險栓。」

竹竿的手抖得很厲害。

「我們該怎麼辦？」蘿思低語。她小心握住門把，但門鎖起來了。

「把槍給蘿思。」那蠢蛋慌亂地試圖打開保險栓時卡爾說道。他以前沒用過槍嗎？

「我們不能打電話給他，因爲他用預付卡。但我們能檢查這個地址是不是還有其他電話。」蘿思建議。

「那樣做有啥好處？」卡爾問，他搔著脖子。今天對他而言漫長而辛苦。「打電話給馬庫斯，告訴他，我們找到地方了。叫他派人帶著撞門鎚或別的什麼東西來這裡，這樣我們就能破門而入。」

「撞門鎚？」蘿思無法想像那是什麼東西。

「對，或是挖土機，什麼都可以。」

「那太花時間了，卡爾。但我們還有那個。」蘿思指指公務車。

卡爾蹙緊眉頭，他不是很喜歡這個點子。

他們之中誰該開車？可不是手臂和臀部都受傷的卡爾。而現在，高登看起來緊張萬分，讓人懷疑他是否有能力辦好撞開大門的任務。

「把鑰匙給我，高登。」她邊命令，手邊伸出來。

高登遲疑了一下，看著卡爾。他當然不會同意吧，她會是那個全身瘀傷的人。

然後她打開保險栓，把槍遞給高登。

「你只消扣下扳機，但請等到你完全確定你瞄準東西後。」她說，然後走向公務車。

安全氣囊最好該死的會正常運作。她繫上安全帶時心想。

她將車以九十度角開過馬路，祈禱那隻笨狗在她開始衝時，不會跑出來擋路。

卡爾和高登移到旁邊的安全距離外。她得撞到正確的地方，不然就會變成鋼鐵撞牆壁，可沒人想要那種結果。

片刻間，她提醒自己爲何沒能從警察學校畢業。「妳在壓力下是個可怕的駕駛。」她的教練告訴她，「需要緊急反應時，妳就像車流中的炸彈。」另一位教練則這麼說。

而現在，她摸索著將公務車掛在一檔，踩下油門。

衝刺的距離比她想像的還要遠。遠到足夠讓她察覺眼前這個情況的瘋狂性，並知道她可能會受重傷，以及……

擅擊後伴隨著意料之外的玻璃小碎片所形成的冰雹、安全氣囊爆破，和在頭燈前旋轉的白色粉塵，而金屬的撞擊和木製前門的破裂聲交雜，那是她該倒車的訊號，如此一來，其他人才能衝進去。

蘿思感覺肺部的氣體好像整個突然排放出來，肋骨似乎全從胸骨上斷裂。劇痛傳來，該死，這輛車的倒車檔在哪？

接著卡爾站在車門旁拉門。

「妳打檔打得很對，但現在妳得重新發動，蘿思。引擎熄火了。」

她重新發動，儘管車子發出可怕的聲音，還是慢慢往後退。卡爾和高登立刻衝入別墅。

她徒勞地和車子的前門掙扎，門像殘骸般掛在絞鍊上。她打開安全帶，爬到後座，開始拉後門，這時別墅裡傳來大喊。

蘿思進入別墅時上氣不接下氣。裡面安靜地詭異。他們來得太遲了嗎？現在她得做好心理準備，要看到兩位躺在地上、被砍頭的女性屍體了嗎？

我不覺得我有做足心理準備。她忖度。

她聽見卡爾的聲音。他聽起來既威權又清晰，聲音則是從走廊旁的一個房間裡傳來。

「不要激動，敏郎。」他說。

她站在門口望進房間，半閉者眼，害怕自己會看到恐怖的景象。

房內有股惡臭，在地板中央，有個男孩將武士刀高舉過頭站著。除了金髮和武士髮髻外，他看起來一點也不像警方的畫像。

直到現在她才搞清楚眼前的局面。

第2117號受難者
VICTIM 2117

她瞥見一個女人被綁在辦公椅上，赤裸的脖子就在男孩前面。

他就站在電腦桌前，擺出武士在攻擊前的站姿；他的身體略微扭轉，一隻腿在前方，另一隻腿往後拉，手臂高舉武士刀。

卡爾站在房間角落，但高登離男孩最近，正用顫抖的手將槍指著他的頭。每個人似乎都凝結在他們的姿勢裡。

一名女性在地板上抽搐，身軀下一大片暗色汗漬越變越大，襯衫已經被拉下肩膀，完全露出脖子準備遭受處決。

男孩開始冒汗。顯然事情沒有照該有的方式發展，他的思緒正在奔騰。他該發動斬首攻擊嗎？他在被殺前來得及殺人嗎？還有其他選擇嗎？

蘿思看見房間裡唯一顯然完全冷靜的人，她假設那是他的母親。她背對著其他人，呼吸平靜，彷彿已經接受事實，無論會發生什麼事。

結果是高登最先行動。不管那是因爲他緊張或出自平常的笨拙，他突然扣下扳機。子彈砰地打中電腦上方的牆壁，在有二一一七號受難者照片的剪報中射出個大洞。

男孩看著剪報，顯然深受震撼。

「不不不！」他狂叫，在挫折下舉起刀就要往高登身上砍，而高登仍舊狼狽慌張。

唯一及時做出反應的人是他的母親。她扭動身軀，弄翻自己和辦公椅以及她被綁住的桌子，並一頭撞上自己的兒子，他猛然朝角落牆壁滾落。

他顯然措手不及，表情彷彿他不了解剛剛這幾秒鐘內發生的事。但在任何人來得及反應前，他便將刀把對準身前，拉起T恤，刀尖抵住腹部。

「我會切腹喔，你們沒辦法阻止我！」他以高音尖叫。他雙手發抖，有一小滴血從尖銳的刀尖下流出。他眞的會說到做到。

高登又舉起槍。有鑑於他先前的失誤，他不太可能會再度開槍，更不可能射中男孩的哪裡來阻止他。但高登另有打算。

「你這個無知的小混蛋。那不是切腹，只是把肚子剖開而已。你應該知道其中的差別才對。」

男孩皺緊眉頭，聽到高登的聲音時似乎非常吃驚。

「蠢老二？」他驚呼，凝視高登。接著他將注意力轉向蘿思，上下打量她。

「跟我想像的完全不一樣。」他說，「妳胖得像個相撲力士。」

在如此多天的神經緊綳和心理失衡後，高登受夠了。他走近男孩，在身前揮舞手槍。「閉嘴，你這個小狗屎。繼續啊，快切啊，諒你沒膽！」他惡狠狠地說。

警察鼓勵罪犯自殺是種有點危險的策略。蘿思心想，但唇上掛著一抹淡淡微笑。他這麼火大眞令人窩心。你總是能信賴高登，他永遠會挺身捍衛妳。

「關我個屁事，你可以開始切了。」高登冷漠地說，「這還可以省掉我上法庭爲你的審判出席作證的麻煩。」

他的激將法勸誘策略，這下讓卡爾和蘿思都有點不自在了。

「我不懂，你是怎麼找到我的？」男孩以微弱的聲音問。他的嘴角黏著唾液，最後終於察覺自己打不贏這場遊戲。

「那不關你的事，繼續抱著頭燒吧。」高登回答。接著他走向女人，將槍放在電腦螢幕前，螢幕上正閃著進入下一階段的提示——二一一八。

他的手伸過去拿下老婦人被毀的照片，就在男孩面前將它捏皺成一團。

「對，我們不想再看到照片了。」他邊說邊翻起綁住母親的辦公椅和桌子，將兩位女人嘴巴上的膠帶撕掉。

老女人鬆口氣，放聲大哭，但男孩的母親略帶困難站起身，以絕然的冷漠姿態走近兒子。

「Perseverando，兒子，」她冷冰冰地說，「堅持不懈。我不是教你不要半途而廢嗎？用力切下去，一了百了吧。」

她沒對兒子表達任何同情或了解，而男孩此時正坐在角落像隻困獸。最近這幾天對他們的關係想必造成可以理解的衝擊。

但男孩以挑釁的眼神望著她。她不能決定他在這個世上的最後一幕爲何，所以他等待著，而血液開始聚集在他的長褲內襯頂端。

蘿思百思不得其解，爲何丹麥安全和情報局懷疑男孩的演算法無效？這個男孩有著高雅的口音，年紀也對，德拉厄也在今早列表的地址內。所以警察爲何沒查訪到這棟房子？

「妳說『堅持不懈』？你丈夫上過巴格斯威寄宿學校，對吧？」她問母親。

她轉向蘿思，一臉不解。

「我丈夫？」她說，「我丈夫在十五歲時就從中學輟學，他只接受到那個程度的教育。但妳爲什麼問那個問題？因爲我用學校的校訓？」

「對。」

「那讓我告訴妳，年輕女孩，巴格斯威是男女同校，去那上學的是**我**。」

高登和蘿思瞪著她。這可能是他們警察生涯中最尷尬的時刻。

另一方面，卡爾則突然無法控制地縱聲大笑。儘管他的手臂還掛在吊帶裡，渾身痠痛。他整個人滑下地板，簡直變得歇斯底里。

他像瘋子般躺在那半晌，試圖喘過氣來。今天的事件紛亂到讓他發瘋了嗎？

他突然盡力伸展身體，接著猛一扭身，繃緊每條肌肉，用盡所有力氣以腳丫直踢刀刃，刀子劃過男孩的腹部飛出，刀尖則牢牢嵌在層架上。

卡爾冷靜但困難地站起身，嘴上不帶一絲微笑，看著男孩。男孩的傲慢現在轉變成全然的困惑和絕望。

「叫救護車，高登。」他說著，男孩低頭看著劃得很深的傷口，一臉不可置信，鮮血現在把他下半身都染紅。

「男孩叫什麼名字？」他問母親。

「亞歷山大。」她回答，連假裝關心看兒子一眼都懶。

「亞歷山大（Alexander）！當然，它以A開頭。」卡爾恍然大悟，並掙扎著想恢復刑事警官的權威。這時，他瞥見智慧手錶，隨後開始微笑。他的下一句話懸在半空中。他等待著。

蘿思不懂爲什麼。他在等什麼？他爲何移動嘴唇好像在倒數？

「**就是現在**！」卡爾大叫，轉身面對流血不止的男孩。

「亞歷山大，」他以冷漠的口氣說，「現在時間是二一點一七分整，你被逮捕了！」

〈全書完〉

致謝

感謝我的妻子和靈魂伴侶漢娜美妙而充滿愛意的支持，以及她優秀的評論。我極度感謝韓寧・庫爾以閱讀、建議和睿智的觀察指引我往對的方向。謝謝伊莉莎白・阿勒非德特—勞文的研究、足智多謀和身兼多重任務。也謝謝伊莉莎白・委倫、艾迪・基朗、漢內・彼得森、米恰・史瑪斯提格、克斯・阿德勒—歐爾森、賈斯伯・賀柏、席格利・安格勒、潘尼勒・恩格伯特・威爾、科・德・佛利和卡洛。謝謝安德森的優秀初步校對和建議。我要感謝我卓越的新編輯，Politikens Forlag的勒內・威辛，她秉持深度了解和專業精神快速融入這個世界。謝謝Politikens Forlag的勒內・保羅和夏洛蒂・威斯堅定的信念、希望和耐心。謝謝海勒・斯科夫・瓦卻為此小說所做的公關努力。感謝勒內・伯雷森總是保持事物走在正軌之內。大大感謝Politikens Forlag的其餘團隊，他們價值非凡的努力並確保萬事平順使我非常感激。謝謝雷夫・克里斯騰森警察局長在相關警察事務上的指正。謝謝克傑・S・斯克傑貝克總是使得每天顯得特別。謝謝魯迪・烏班・拉斯木森和索非・沃勒保持世界轉動。謝謝丹尼爾・史特儒爾該死的優異ＩＴ技巧。謝謝班尼・索格森和莉娜・皮洛拉的異想天開。感謝歐拉夫・史洛特—彼得森提供巴塞隆納一處絕佳的優異書寫環境。謝謝身兼警佐和調查員的湯姆・克里斯騰森在重要警察資訊上的指引。誠摯感謝麥可・別倫德・漢森介紹法拉・阿蘇非，我感謝後者允許我引用他美妙的詩。感謝伯德—亞歷山大・史提格勒提供他在慕尼黑攝影博物館的錄影檔和照片，謝謝佩特拉・布施爾支持他這麼做。也謝謝賈斯伯·戴斯，他每天照亮我們的生活。謝謝漢娜、歐拉夫·史洛特—彼得森、巴塞隆納眼科中心診所，特別是我本人的眼科醫生，波·哈曼，以及格洛斯楚普國家醫院眼科部，拯救我的左眼視力。最後，感謝安娜·克里斯婷·安德森與我十五年來的絕佳合作。

名詞對照表

A

Aalborg　奧圖堡

Abdul Azim　阿布杜・阿辛

Abu Ghraib　阿布格萊布

Afif　阿菲夫

Albu Amer　阿布阿瑪

Alexander　亞歷山大

Ali　阿里

Allerød　阿勒勒

Alt-Treptow　阿爾特—特雷普托

annah　堅奈

Ansbach　安斯巴赫

Aradippou　阿拉季普

Ayia Napa　阿依納帕

Ayub　阿尤布

B

Ba'ath Party　阿拉伯復興社會黨

Bagsværd Lake　巴格斯威湖

Baluard　巴勞德街

Barceloneta　巴塞羅內塔

Bashar al-Assad　巴沙爾・阿塞德

Bayern　拜揚

Beate Lothar, Beena　碧蒂・洛瑟，碧娜

Bente Hansen　碧特・韓森

Berlin　柏林

Bernd Jacob Warberg　伯德・賈克伯・瓦伯格

Bernstorff's Park　伯恩斯托夫公園

Bismarckstrasse　俾斯麥大街

Brandenburg Gate　布蘭登堡門

Brønderslev　布朗德斯勒夫

Brønshøj　布朗斯霍伊區

Bruchstrasse　布魯奇路

Budapester Strasse　布達佩斯大街

C

Carl Mørck　卡爾・莫爾克

Catherin Lauzier　凱薩琳・勞茲

Charité Hospital　夏里特醫院

Charlottenlund　夏洛特倫德

Checkpoint Charlie　查理檢查哨

D

Danneckerstrasse　丹耐克路

Diagonal　對角線大道

Dieter Baumann　迪特・包曼

Dillingen　迪林根

Dirk Neuhausen　德克・紐豪森

Dragør　德拉厄

E

El Corte Inglés　英格列斯百貨

El País　國家報

exoskeleton　外骨骼動力服

F

Fadi　法迪

Fallujab　費盧傑

Fehmarn Belt　非曼海峽

Florian Hoffmann
佛羅利安・霍夫曼

Frankfurter Allgemeine Zeitung
法蘭克福匯報

Frederiksberg　腓特烈堡

Frederikshavn　腓特烈港

Frederikssundsvej　佛德烈松德路

Friedrichstrasse　腓特烈路

Fuglebakke　福格巴克

G

Gabon　加彭

Gammel Holte　蓋莫爾霍特

Gentofte Hospital　根托特醫院

Ghaalib　迦利布

Glostrup　格洛楚普

Goetheplatz　歌德廣場

Gordon　高登

Grafing　葛拉芬

Gruntvig's Church　古魯維格教堂

Gutzkowstrasse　古考路

H

Hafez el-Assad　哈菲茲・阿薩德

Halabja　哈拉卜賈

Halensee　哈倫湖

Hamid Alwan　哈米德・阿勒萬

Hans Blix　漢斯・布利克斯

Hardenbergstrasse　哈登伯格路

Hardy　哈迪

Hellerup　赫勒魯普

Herbert Weber　賀伯特・威伯

Hohenschönhausen　霍恩申豪森紀念館

Hores del dia　《日之時報》

Hornbæk　霍恩貝克

Horsens　霍森斯

J

Janus Staal　亞努斯・史塔爾

Jasmin Curtis　潔絲敏・科提斯

Jens Carlsen　顏思・卡森

Jeppe Isaksen　傑波・艾薩克森

Jesper　賈斯柏

Jess Bjørn　傑斯・柏恩

Joan Aiguder　荷安・艾瓜達

K

Kaiser Wilhelm Memorial Church　威廉皇帝紀念教堂

Karl Herbert Hübbel　卡爾・賀伯・忽貝爾

Karla Alsing　卡拉・阿爾辛

Kastellet　卡斯特雷特

Kastrup　卡斯特魯普

Kreuzberg　十字山

Krufürstendamm　選帝侯大街

L

Landberger Allee　蘭茨伯格大道

Larnaca　拉納卡

Lars Bjørn　羅森・柏恩

Lely Kababi　萊莉・卡巴比

Libreville　自由市

Lichtenberg　利希滕貝格

Limassol　利馬索爾

Linda Schwarz　琳達・史瓦茲

Lis　麗絲

Logan　羅根

Ludwig　路威

Lugano　盧加諾

M

Magnus Kretzmer　瑪格努斯・克雷茲莫

Marcus Jacobsen　馬庫斯・亞各布森

Marta Torra　瑪塔・托拉

Marwa　瑪娃

Mathilde　瑪蒂達

Melli-Beese-Anlage　梅莉—碧瑟—安拉奇

Menogeia　梅諾吉亞

Messe Süd　南梅瑟

Mika　米卡

Mona　夢娜

Montse Vigo　夢瑟・維果

Moosach　莫薩赫

Morten Holland　莫頓・賀藍

Munich　慕尼黑

Münster　明斯特

Mustafa　穆斯塔法

N

Nella　奈拉

Neukölln　新克爾恩

Nicosia　尼科西亞

Nørrebro　諾勒布羅區

Nørresundby　諾勒松比

North Jutland　北于特蘭

Nuremberg　紐倫堡

O

Orhan Hosseini　歐漢・霍瑟尼

Oroklini　奧羅克林尼

Osman　奧斯曼

P

Pankow　潘科

Potsdam　波茨坦

Pueffel　普斐

R

Rambla　蘭布拉大道

Rathenauplatz　羅森納廣場

Rigshopitalet　國家醫院

Rødovre　洛德雷

Römerberg　羅馬廣場

Ronia　羅妮雅

Rose Knudsen　羅思・克努森

Rungsted　倫斯登

S

Sab Abar　薩阿巴爾

Samantha　莎曼珊

Samir Ghazi　薩米爾・迦齊

Sant miquel　桑特米特爾

Schifferstrasse　史奇佛大道

Schwarzbacher Strasse
史瓦茲巴尼路

Sigurd Harms　席格・哈爾姆

Slagelse　斯雷格瑟

Sørensen　索倫森

Spandau　史班杜

Spree River　施普雷河

Süddeutsche Zeitung　南德意志報

Susanne　蘇珊娜

T

Tarragona　塔拉戈納

Tauentzienstrasse　陶恩齊恩大街

Tempelhof　滕珀爾霍夫

Terje Ploug　泰耶・蒲羅

Tomas Laursen　湯瑪斯・勞森

Tórshavn　托爾斯港

Toshiro Mifune　三船敏郎

Troodos Mountains　特羅多斯山

U

Utterslev Mose
烏特斯列沼澤公園

V

Valby　法爾比

Vendsyssel　凡徐塞

Vigga　維嘉

W

Wedding　威丁

Westkreuz　西十字車站

Wolfgang　沃夫岡

Würzburg　烏茲堡

Y

Yasser Shehade　雅色・舍哈德

Z

Zaid al-Asadi　薩伊德・阿薩迪

家圖書館出版品預行編目資料

懸案密碼. 8, 第2117號受難者 / 猶希.阿德勒.歐
爾森(Jussi Adler-Olsen)著 ; 廖素珊譯. -- 初版. --
臺北市 : 奇幻基地出版, 城邦文化事業股份有限
公司出版 : 英屬蓋曼群島商家庭傳媒股份有限
公司城邦分公司發行, 民110.05
 面 ; 公分. -- (Best嚴選 ; 125)
譯自 : Victim 2117.
ISBN 978-986-06450-5-7 (平裝)
881.557 110006502

BN 978-986-06450-5-7

inted in Taiwan.

城邦讀書花園
www.cite.com.tw

BEST 嚴選 130

懸案密碼8：第2117號受難者

原著書名／VICTIM 2117
作　　者／猶希・阿德勒・歐爾森（Jussi Adler-Olsen）
譯　　者／廖素珊
總 編 輯／王雪莉
責任編輯／何寧
行銷業務經理／李振東
行銷企劃／陳姿億

發 行 人／何飛鵬
法律顧問／元禾法律事務所　王子文律師
出版／奇幻基地出版
城邦文化事業股份有限公司
台北市104民生東路二段141號8樓
電話：(02)25007008　傳眞：(02)25027676
網址：www.ffoundation.com.tw
e-mail：ffoundation@cite.com.tw
發行／英屬蓋曼群島商家庭傳媒股份有限公司城邦分公司
台北市104民生東路二段141號11樓
書虫客服服務專線：(02)25007718・(02)25007719
24小時傳眞服務：(02)25170999・(02)25001991
服務時間：週一至週五09:30-12:00・13:30-17:00
郵撥帳號：19863813　戶名：書虫股份有限公司
讀者服務信箱 e-mail：service@readingclub.com.tw
歡迎光臨城邦讀書花園　網址：www.cite.com.tw
香港發行所／城邦（香港）出版集團有限公司
香港灣仔駱克道193號東超商業中心1樓
電話：(852) 2508-6231　傳眞：(852) 2578-9337
e-mail：hkcite@biznetvigator.com
馬新發行所／城邦（馬新）出版集團
【Cite(M)Sdn. Bhd】
41, Jalan Radin Anum, Bandar Baru Sri Petaling,
57000 Kuala Lumpur, Malaysia.
Tel: (603) 90578822　Fax:(603) 90576622
email:cite@cite.com.my

封面設計／捌子
排　　版／極翔企業有限公司
印　　刷／高典印刷有限公司
■2021年（民110）5月27日初版一刷

售價／499元

廣　告　回　函
北區郵政管理登記證
台北廣字第000791號
郵資已付，免貼郵票

104台北市民生東路二段141號11樓

英屬蓋曼群島商家庭傳媒股份有限公司城邦分公司 收

請沿虛線對摺，謝謝

奇幻基地

每個人都有一本奇幻文學的啓蒙書

奇幻基地官網：http://www.ffoundation.com.tw

奇幻基地粉絲團：http://www.facebook.com/ffoundation

書號：**1HB130**　　書名：懸案密碼8：第2117號受難者

奇幻基地20週年・幻魂不滅，淬鍊傳奇

集點好禮瘋狂送，開書即有獎！購書禮金、6個月免費新書大放送！

活動期間，購買奇幻基地作品，剪下回函卡右下角點數，
集滿兩點以上，寄回本公司即可兌換獎品&參加抽獎！
參加辦法與集點兌換說明：
活動時間：2021年3月起至2021年12月1日（以郵戳為憑）
抽獎日：2021年5月31日、2021年12月31日，共抽兩次
奇幻基地2021年3月至2021年12月出版之新書，每本書回函卡右下角都有一點活動點數，剪下新書點數集滿兩點，黏貼並寄回活動回函，即可參加抽獎！單張回函集滿五點，還可以另外免費兌換「奇幻龍」書檔乙個！

【集點處】（點數與回函卡皆影印無效）

1	2	3	4	5
6	7	8	9	10

活動獎項說明：

★ **「基地締造者獎・給未來的讀者」抽獎禮**：中獎後6個月每月提供免費當月新書一本。（共6個名額，兩次抽獎日各抽3名）

★ **「無垠書城・戰隊嚴選」抽獎禮**：中獎後獲得戰隊嚴選覆面書一本，隨書附贈編輯手寫信一份。（共10個名額，兩次抽獎日各抽5名）

★ **「燦軍之魂・資深山迷獎」抽獎禮**：布蘭登・山德森「無垠祕典限量精裝布紋燙金筆記本」。
抽獎資格：集滿兩點，並挑戰「山迷究極問答」活動，全對者即有抽獎資格（共10個名額，兩次抽獎日各抽5名），若有公開或抄襲答案者視同放棄抽獎資格，**活動詳情請見奇幻基地FB及IG公告！**

特別說明：
1. 請以正楷書寫回函卡資料，若字跡潦草無法辨識，視同棄權。
2. 活動贈品限寄台澎金馬。

當您同意報名本活動時，您同意【奇幻基地】（城邦文化事業股份有限公司）及城邦媒體出版集團（包括英屬蓋曼群島商家庭傳媒股份有限公司城邦分公司、書虫股份有限公司、墨刻出版股份有限公司、城邦原創股份有限公司），於營運期間及地區內，為提供訂購、行銷、客戶管理或其他合於營業登記項目或章程所定業務需要之目的，以電郵、傳真、電話、簡訊或其他通知公告方式利用您所提供之資料（資料類別C001、C011 等各項類別相關資料）。利用對象亦可能包括相關服務的協力機構。如您有依個資法第三條或其他需要協助之處，得致電本公司（(02) 2500-7718）。

個人資料：

姓名：＿＿＿＿＿＿＿＿ 性別：☐男 ☐女

地址：＿＿＿＿＿＿＿＿＿＿＿＿ Email：＿＿＿＿＿＿＿＿

想對奇幻基地說的話或是建議：＿＿＿＿＿＿＿＿＿＿＿＿＿＿＿＿＿＿

FB粉絲團　戰隊IG日常

奇幻基地20週年慶・城邦讀書花園 2021/12/31前樂享獨家獻禮！
立即掃描QRCODE可享50元購書金、250元折價券、6折購書優惠！
注意事項與活動詳情請見：https://www.cite.com.tw/z/L2U48/

讀書花園

請剪下右側點數，貼於集點處，集滿兩點即可參加抽獎

1P 2021

Denmark Police's Mystery

懸案密碼

Denmark Police's Mystery

懸案密碼